프루스트의 화가들

프루스트의 화가들

초판 1쇄 발행 | 2010년 3월 15일
초판 4쇄 발행 | 2024년 7월 30일

지은이 | 유예진
감수한이 | 유재길
펴낸이 | 조미현

펴낸곳 | (주)현암사
등록 | 1951년 12월 24일 · 제10-126호
주소 | 04029 서울시 마포구 동교로12안길 35
전화 | 02-365-5051 · 팩스 | 02-313-2729
전자우편 | editor@hyeonamsa.com
홈페이지 | www.hyeonamsa.com

ISBN 978-89-323-1549-2 03860

이 도서의 국립중앙도서관 출판시도서목록(CIP)은
e-CIP 홈페이지(http://www.nl.go.kr/ecip)에서 이용하실 수 있습니다.
(CIP제어번호: CIP2010000697)

Marcel Proust

프루스트의
화가들

『잃어버린 시간을 찾아서』를 읽는 새로운 방법

유예진 지음 유재길 감수

ᄒ 현암사

⟨ 새로운 방법으로 프루스트 읽기 ⟩

이 책은『잃어버린 시간을 찾아서』에 나오는 화가들과 그들의 회화 작품을 통해 프루스트가 어떤 방식으로 예술에 대해 접근했는지를 이해하는 데 도움을 주는 안내서이다. 예술 작품, 그리고 그것을 창조하는 예술가는 소설 속 주인공이자 이야기를 서술하는 화자인 마르셀이 최종적으로 선택하는 길이다. 그에게 예술가란 일반인의 눈에는 보이지 않는 세계를 표현하는 임무를 띠고 이를 수행하는 자들이다. 우리는 주변을 구성하는 요소들을 보지 못하고 지나치는 경우가 허다하다. 하지만 예술가들이 그것을 작품으로 표현함으로써 보이지 않던 것들을 우리의 눈앞에 펼쳐놓는 경우, 우리는 그제야 여태껏 놓쳐 왔던 것들의 아름다움을 깨닫게 된다.

이 책의 목적은『잃어버린 시간을 찾아서』에 나오는 화가들 중 비중의 중요도에 따라 선정된 15명과 그들의 특정한 그림들을 대하는 마르셀의 시선을 분석함으로써 프루스트의 소설을 새로운 방법으로 읽을 수 있도록 하는 데 있다. 구성은 전체 5장으로 소설 속 마르셀의 성장 과정을 따른다. 이는 마르셀이 콩브레의 레오니 아주머니 댁에서 여름 방학을 보내던 유년기부터, 40대의 중년이 된 그가 파리에서 게르망트 대공 부인이 주최하는 오찬에 참석하여 자기 삶의 한 부분을 차지한 많은 등장인물과 한자리에 모여 있는 것으로 이야기를 맺는 소설의 전개와 일치한다.

각 장은 세 명의 화가로 구성된다. 이 화가들은 마르셀의 삶과 예술론에 결정적 영향을 끼치며, 나아가 이야기 전개에서 시각 효과를 높인다. 제2장에서 언급하는 허구의 화가 엘스티르를 제외하고는 모두 실존한 화가들로 소설 전개와 일체감을 주는 작품들이 등장하고 소개된다. 시기상으로는 중세의 이탈리아 화가 조토부터 르네상스의 절정기에 활동했던 보티첼리와 벨리니, 17세기 네덜란드를 대표하는 베르메르와 렘브란트, 그리고 프루스트와 동시대에 활동했던 인상파 화가인 모네에 이르기까지 다양하다.

또한 부록에는 프루스트가 『잃어버린 시간을 찾아서』를 출판했을 때 신문사와 가진 인터뷰, 당시 문단의 반응을 말해 주는 평론 글, 그리고 앙드레 지드와 주고받은 편지와 일기를 소개함으로써 프루스트와 그의 작품을 더욱 잘 이해할 수 있게 하였다.

나와 프루스트의 인연은 고등학교 시절로 거슬러 올라간다. 프랑스에서 고등학교를 다닐 때, 2학년을 마치고 치르는 1차 바칼로레아 시험에서 프루스트를 처음 만났다. 『잃어버린 시간을 찾아서』 중 발췌된 한 문단을 네 시간 동안 분석한 뒤 논술식으로

써야 했는데, 당시 나는 프루스트의 소설을 읽어 보기 전이었던 지라 결과는 당연히 참담했다. 이후 내게는 일종의 프루스트 회피증이 생겨 의식적으로 그의 글을 멀리하게 되었다. 하지만 그로부터 10여 년이 흐른 후 우연한 기회에 다시 『잃어버린 시간을 찾아서』를 접하게 되었는데, 예전에는 난해하게만 생각되던 프루스트의 문장들이 매력적으로 느껴지고 주인공 마르셀에게 은밀한 공감대가 형성되었다.

불문학 박사학위 논문의 주제로 프루스트와 미술을 접목하게 된 것은 미술을 전공하신 부모님을 따라 어렸을 때부터 습관처럼 미술관을 드나들었던 경험이 있기 때문이다. 학위 논문을 쓸 때, 방학을 이용하여 소설 속 콩브레의 무대가 된 일리에, 베르메르의「델프트의 풍경」이 소장된 헤이그, 그리고 작가의 묘가 있는 파리의 페르 라셰즈 묘지를 프루스트를 향해 떠나는 순례자의 심정으로 찾아가기도 했다. 일리에 콩브레에서 어린 프루스트가 머물렀던 '레오니 아주머니' 집을 방문하며 이 작가와 그의 소설에 더욱 큰 애정이 생길 수 있었고, 이런 과정에서 한국의 독자들에게 어렵게 느껴지는 프루스트의 소설을 새로운 방법으로 접근할 수 있는 길을 제시하고 싶었다. 그렇게 해서 쓰기 시작한 이 책은 딱딱한 학위 논문과 씨름하던 내게 숨구멍과도 같은 존재가 되었다.

나로서는 이 책이 『잃어버린 시간을 찾아서』에 나타난 미술 작품의 해설서에 그치는 것이 아니라 프루스트의 원작 소설과 그의 예술 세계를 이해하는 데 필요한 지침서 역할을 하기 바란다. 우리에게도 널리 알려져 있거나 낯선 명화들을 프루스트의 시선을 통해 감상하면서 『잃어버린 시간을 찾아서』에 접근할 수 있는 다양한 방식들 중 하나의 도구가 되기를 자처한다. 이 책을 통해 프루스트의 소설에 호기심을 갖고 프루스트의 원작을 읽고자 하는 마음이 든다면 나의 목적은 달성한 것이 아닌가 한다. 더불어 예술가들이 예술 작품을 어떻게 바라보고 그것을 어떻게 자신의 시각으로 새로운 예술 작품으로 탄생시키는가에 대한 과정을 이해하는 즐거움도 맛보기를 바란다.

마지막으로 처음부터 끝까지 세심한 배려와 조언을 아끼지 않은 현암사의 김영화 편집팀장님과 나의 첫 원고를 읽고 받아주신 조미현 사장님, 책의 구상과 전개에 절대적인 영향을 준 아버님과 지도교수 Kevin Newmark께 감사의 말씀을 드린다.

2010년 3월

유예진

| 차례 |

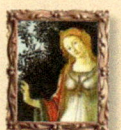
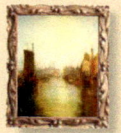
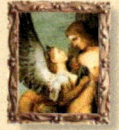

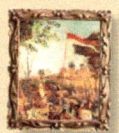
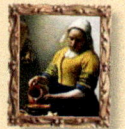

﹛ 프루스트의 시선으로 명화 보기 ﹜

프루스트는 우리에게 소설 『잃어버린 시간을 찾아서』의 작가로 알려져 있다. 그러나 상당히 낭만적인 제목의 이 소설은 막상 폭넓은 독자층을 보유하고 있지 못한 것이 사실이다. 그 이유 중 하나로 무엇보다 이 소설이 3,000쪽이 넘는 방대한 작품이라는 사실을 들 수 있겠다. 호기심에 프루스트의 소설을 읽으려 도서관 혹은 서점에서 『잃어버린 시간을 찾아서』를 찾아 들춰 보고는 이 소설이 모두 7권으로 구성되어 있고, 각 권이 제각기 다른 제목의 소설일 뿐만 아니라, 한 권의 책이 두세 개의 파트로 나뉘어 있고, 각 파트의 분량도 엄청나다는 것을 알게 될 때, 웬만큼 용기가 있거나 열정적인 사람이 아닌 이상 그 방대한 양에 지레 겁을 먹고 돌아서기 십상이다.

『잃어버린 시간을 찾아서』가 뚜렷한 독자층을 확보하고 있지 못한 또 다른 이유는 이 소설은 우리에게 익숙한 전개 방식을 따르고 있지 않다는 사실에 있다. 첫 1권을 집어 든 소수의 독자는 첫 몇 쪽을 넘기며 당황할 것이다. 소설의 화자가 나이 든 사람인지, 어린 소년인지, 그가 있는 방이 파리에 있는 방인지, 시골의 방인지, 꿈을 꾸고 있는지, 깨어 있는지 수시로 시간과 공간이 바뀌는 이야기 전개 방식에 당혹하게 된다. 이러한 프루스트의 글쓰기 방식은 쉽고 빠르게 읽히는 요즘의 베스트셀러에 익숙해진 독자들에게는 여간 피곤한 일이 아닐 것이다. 게다가 장문으로 유명한 프루스트 특유의 문체는 종종 하나의 문장을 여러 번 반복해서 읽은 후에야 숨은 의미를 파악할 수 있다. 한참을 읽어도 무슨 뜻인지 다시 앞부분을 뒤적거리기 예사다. 많은 사람이 용기를 내어 첫 권을 결쳤다가도 끝까지 읽지 못하고, 중간에 포기하는 일이 태반이다.

그럼에도 이 책이 현대 소설의 새로운 장을 열었다고 평가받고 꾸준히 사랑을 받아 스테디셀러의 위상을 유지하는 이유는 한 번 이 소설의 묘미를 맛본 독자들은 이 책이 담고 있는 고유의 매력, 그 어떤 소설과도 차별되는 매력에 푹 빠지기 때문일 것이다.

소설 앞부분부터 중요하게 등장하는 미술은 프루스트의 삶에서 늘 중요한 자리를 차지해 왔다. 파리에서 학창 시절을 보낸 그에게 루브르 미술관 시내의 여러 미술관은 쉬는 시간에 즐기는 산책 장소였으며 그와 가장 가까운 친구들 중에는 「마지막 수업」, 「별」 등의 단편으로 잘 알려진 작가 알퐁스 도데의 아들이자 화가인 뤼시앵 도데, 그리고 프루스트의 초상화를 남긴 자크 에밀 블랑쉬 등 유명 화가가 많다. 실제로 프루스트는 존 러스킨을 통해 발견한 이탈리아 화가들의 작품을 보기 위해 1900년에 베네치아를 두 차례나 방문하며, 암스테르담에서는 렘브란트의 초상화 앞에서 예술적 희열을 느끼고, 젊었을 때 헤이그를 여행하던 당시 '세상에서 가장 아름다운 그림'이라고 느꼈던 베르메르의 「델프트의 풍경」이 30여 년이 지난 어느 날 파리에서 특별전을 통해 전시되는 것을 알고서는 아픈 몸을 이끈 채 마지막으로 전시장을 찾기도 한다.

이러한 미술에 대한 남다른 애정과 평론가 못지않은 깊이 있는 관찰과 이해를 프루스트는 시와 산문 형식의 글들로 남긴다. 샤르댕, 렘브란트, 모네, 모로 등에 관해 쓴 에세이들은 작가 생전에는 출판되지 못하지만 이러한 명화 감상과 그에 대한 글쓰기가 있었기에 『잃어버린 시간을 찾아서』에 프루스트의 미술론이 총집결될 수 있는 것이다.

이 소설은 작가인 마르셀 프루스트와 이름이 같은 '마르셀'이라는 인물이 나이가 들어 자신의 과거를 회상하는 전개를 따른다. 이름만큼이나 주인공 마르셀은 작가 프루스트와 공통점이 많은데 소설 속에서 겪는 일화들 중에는 작가의 경험에 바탕을 둔 것이 많으며 소설 속 다양한 인물을 통해 작가는 실제 자신의 가족, 친구들의 모습을 표현하고 있다.

궁극적으로 이 소설은 마르셀이 작가가 되고자 하는 소명을 발견해 나가는 일종의 성장 소설이라고 할 수 있다. 그런 과정에서 총 100여 명의 실제 예술가와 200여 점의 실제 작품이 언급된다. 이들 중에는 바그너, 생상스, 포레, 루빈슈타인 등의 작곡가도 포함되며, 허구의 인물 뱅퇴유의 칠중주는 마르셀에게 음악이야말로 가장 이상적인 소통 수단이라는 사색까지 하게 만든다. 소설가 중에는 조르주 상드, 플로베르, 세비녜 부인, 도스토예프스키 등이 그들의 작품을 통해 인용된다. 허구의 소설가 베르고트는 마르셀의 삶에 밀접하게 얽혀 그의 죽음은 마르셀에게 예술 작품의 불멸성에 비해 인간의 삶이 얼마나 상대적인지를 뼈저리게 깨닫게 만드는 계기를 제공한다.

특히 소설에서 화가와 그들의 회화 작품이 차지하는 비중은 음악, 문학, 건축, 연극 등의 나머지 예술 분야에 비해 월등히 크다. 프루스트가 음악이나 문학이 아닌 미술에 더 큰 비중을 싣고 주인공 마르셀에게 예술 세계를 향한 길을 안내하는 스승으로 화가인 엘스티르를 선택한 것은 프루스트가 '보는 것'과 '시선'의 중요성을 일찌감치 알았기 때문이다.

소설 속 가상의 화가인 엘스티르는 인상주의의 거장 마네를 비롯하여 모네, 르누아르, 시슬레 등의 이론을 혼합하여 빚은 매우 주목할 만한 인물이다. 마르셀은 휴양지인 발베크에서 늘 산책하던 가파른 절벽이 어우러진 해변가에 특별한 매력을 느끼지 못한다. 그것을 보면서도 진정으로 보지 못하고 있던 마르셀은 어느 날 같은 장소를 표현한 엘스티르의 스케치를 보고 처음으로 그 절벽들이 아름답다고 생각한다. 늘 보던 풍경을 화가의 시선으로 표현한 예술 작품 앞에서 마르셀은 자신의 주변을 둘러싼 실재를 새로운 시선으로 바라봄으로써 그것에 숨겨진 진실을 발견하는 방법을 배운 것이다.

이렇듯 '본다'는 사실은 마르셀에게 앞으로 자신의 예술이 나아가야 할 방향을 안내하는 중요한 기준이 된다. 새로운 시선을 통해 무한대의 세계를 창조하는 화가는 작가로서 방향을 잡는 마르셀에게 그것을 들려주는 음악가 혹은 문자로 표현하는 소설가와는 다르게 더욱 특별한 의미를 갖는다. 화가들이 붓으로 표현한 내면의 세계를 마르셀은 펜으로 표현하리라 결심하게 된다.

다양한 시대와 나라를 망라하는 여러 화가가 소설 속에 언급되는 것은 미술에 대한 프루스트의 폭넓은 관심과 애정을 보여 준다고 할 수 있지만 이보다 중요한 사실은 각각의 화가가 마르셀과 연관되어 소설의 전체적인 구성에 미치는 영향이다. 마르셀의 입을 통해 묘사되는 여러 그림이 소설의 줄거리뿐 아니라 당시 주인공의 심리 상태와 절묘하게 엮이는 방식에서 우리는 프루스트의 창작 과정을 이해하게 되고 삶과 예술, 그리고 시간을 이해하는 작가의 시선을 엿보게 될 것이다.

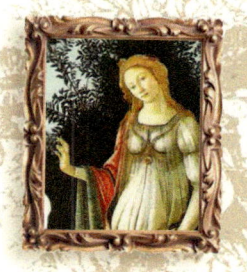

chapter 1

두 개의 산책로

마르셀의 유년기

마르셀이 유년기를 보내는 가상의 무대 콩브레Combray[1]는 앞으로 전개될 이야기의 씨앗이 다 부분 이곳에서 싹튼다는 점에서 가장 중요한 곳이다. 소설 속 콩브레의 추억은 의식적으로 떠올리는 기억과 감각이 우연의 매가 체와 접촉했을 때 펼쳐지는 비의도

---

[1] 콩브레의 무대가 되는 실제 마을은 일리에Illiers라는 이름의 작은 시골로 파리에서 남서쪽으로 120km 떨어진 곳에 위치해 있다. 이 마을은 프루스트 아버지의 고향이기도 하다. 파리에서 살던 프루스트 가족은 여전히 일리에서 가게를 운영하는 작가의 고모인 엘리자베스 아미오Elizabeth Amiot네 집에 여름이면 놀러 가 긴 방학을 보내고는 했다. 프루스트는 일곱 살부터 처음으로 천식 발작을 일으켜 더 이상 놀러 가지 못하게 된 열 살까지 보냈던 이곳에서의 추억을 바탕으로 소설 제1권의 1부인 '콩브레'를 집필한다. 일리에 바탕을 둔 마을과 주변 풍경의 묘사, 또 이에 얽힌 이야기는 『잃어버린 시간을 찾아서』 중에서 가장 많이 읽히며 앞으로 마르셀 인생에서 일어날 많은 사건의 발단이 이곳에서 비롯하고 있다.

1971년 일리에는 프루스트 탄생 100주년을 기념하여 마을 이름을 소설 속 허구의 지명인 콩브레와 결합하여 '일리에 콩브레'로 개명하였는데 프랑스에서 소설 속의 지명이 실제로 채택된 것은 유례없는 일이었다. 현재 일리에 콩브레에는 실제로 프루스트 가족이 여름을 지내던 고모의 집이 있는데, 이는 소설에서 '레오니 아주머니 댁'으로 그 설정이 바뀌었고, 현재 이 집은 프루스트 박물관으로 공개되어 있다. 이곳을 방문하면 마르셀이 묘사한 2층 자신의 방, 하녀 프랑수아즈가 요리를 하던 반지하 부엌, 가족들이 즐기던 '스완네 쪽' 산책로 등을 직접 볼 수 있다.

적인 기억, 이 두 가지가 상반되는 연상 작용에 의해 펼쳐진다. 마르셀의 유년기는 『잃어버린 시간을 찾아서』를 구성하는 제1권 「스완네 집 쪽에서」를 통해 전개된다.

어른이 된 화자 마르셀이 의식적으로 기억하는 콩브레의 추억은 천성적으로 허약한 자신의 체질과 병약한 심성을 그대로 보여 주는 '잠자리의 비극'에 얽힌 일화 정도이다. 마르셀은 지나칠 정도로 어머니에 대한 애착이 강하다. 어느 날 저녁 식사에 초대된 손님이 늦게까지 집에 머물자 어쩔 수 없이 잠자리에 든 채 잘 자라는 엄마의 입맞춤을 기다리던 마르셀은 발작에 가까운 불안 증세를 보인다.

그러나 진정한 콩브레의 추억, 즉 깊은 망각 속에 수십 년 동안 잃어버리고 있던 어린 시절은 나이가 든 마르셀이 어느 추운 겨울날, 파리에 있는 자신의 집에서 따뜻한 차 한 잔과 함께 마들렌 과자 한 입을 베어 무는 순간, 복합적인 감정의 소용돌이와 함께 손에 잡힐 듯 눈앞에 펼쳐진다.

차에 적셔 먹는 마들렌 과자가 입 안에서 녹는 순간, 소년 마르셀이 일요일이면 미사를 가기 전 인사를 하러 들른 레오니 아주머님 방에서 그녀가 내민 따뜻한 차에 곁들여 먹던 마들렌 과자가 떠올랐다. 그와 함께 이층에 있던 아주머님의 방, 그녀의 집, 콩브레에서 보냈던 따스한 여름날들은 햇살 가득한 다락방에서 독서를 하고, 장이 서는 날이면 광장에 나가 사람들을 구경하고, 하녀인 프랑수아즈의 맛있는 요리로 식단을 즐겼던 근심 없는 날들이 입 안에 퍼지는 과자의 향처럼 순간적으로 펼쳐진다.

마들렌 과자로 상징되는 이러한 비의도적 기억mémoire involon-taire[2]은 『잃어버린 시간을 찾아서』를 구성하는 고유의 테마 중 하나로 마르셀은 무의식적 연상 작용에 의해 떠오르는 기억이야말로 잃어버린 실재를 되찾을 수 있는 유일한 방법임을 이야기하고 있다.

어린 시절 마르셀은 가족과 함께 한가한 오후면 길고 여유로운 산책을 즐긴다. 레오니 아주머님 댁을 출발점으로 각기 다른 방향으로 갈라지는 두 개의 산책로가 있는데, 각각의 길이 어디를 향하는지에 따라 '스완네 쪽' 그리고 '게르망트네 쪽'으로 불린다. 이 두 개의 산책로는 정반대의 주변 풍경이 전개되며, 무엇보다 두 축을 이루는 상반되는 요소들로 『잃어버린 시간을 찾아서』의 전체적인 구성을 이룬다는 점에서 의미가 있다.

우선 '스완네 쪽'으로 불리는 산책로는 하얀 산사나무 꽃이 무성하게 피어 있는 들판을 가로지르는 완만한 길인 반면, '게르망트네 쪽' 길은 수련이 가득한 비본 강을 끼고 언덕이 있는, 훨씬 긴 산책로이다. 따라서 비 올 염려가 없는 화창한 날에만 선택하는 길이다. 그러나 소설 속에서 앞으로 각각의 이름, 즉 스완과 게르망트가 상징하는 것은 스완이 부유한 부르주아지만 오랜 전

---

2 의도적 기억과 비의도적 기억은 『잃어버린 시간을 찾아서』를 구성하는 중요한 테마 중 하나로, 부록에 있는 1913년 11월 12일자 프루스트의 인터뷰 기사에 잘 나타나 있다.

통이 있는 귀족 계급은 아니라면, 게르망트는 그의 선조가 중세에 지어진 마을 성당의 스테인드글라스에도 등장하는 명망 높은 귀족이자 파리의 고급 사교계를 주름 잡는 귀족 계급이라는 점이다.

마르셀은 게르망트라는 이름이 내포하는 고유의 역사적인 아름다움에 반해 있었고, 먼발치에서 공작 부부를 보며 그들에 대한 환상을 키운다. 뿐만 아니라 '게르망트네 쪽' 산책로는 마르셀에게 작가로서의 열망을 갖게 함과 동시에 자신에게는 아무런 문학적 소질이 없음을 깨닫게 한 길이기도 하다.

게르망트 저택의 인근 마을에서 콩브레로 돌아오는 마차 안에서 바라본 마르탱빌 성당의 뾰족한 종탑들은 마르셀에게 그것들이 자기에게 남긴 인상을 글로 표현하고 싶은 충동을 처음으로 일게 한다. 꼬불꼬불 난 길을 따라 이동하는 마차 안에서 보는 각도에 의해 시시각각 변하는 종탑들의 인상에 깊게 감명받은 마르셀은 마차 안에서 문학적 열정에 가득 차 글로 표현한다. 하지만 곧 마르셀은 자기에게는 뛰어난 작가로서의 재질이 결여되어 있다고 확신하며 잠시나마 꾸었던 그 꿈을 접게 된다.

그러나 이 시기의 소년 마르셀과 직접 접하며 대화를 나누고, 주인공에게 가장 깊은 영향을 미치는 사람은 게르망트가 아닌 샤를 스완이다. 금발에 파란 눈, 그리고 품격 높은 예술적 취향을 가진 이 부유한 유대인은 미술품 수집가이다. 그는 호기심으로 가득한 마르셀에게 소설가 베르고트와의 친분을 내비침으로

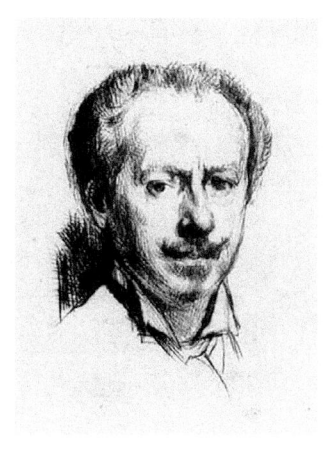

마르셀랑 데부땅, 「샤를 아스의 초상」, 드라이포인트, 1877, 프랑스 국립도서관.
프루스트는 샤를 아스라는 실제 인물에 바탕을 두고 샤를 스완을 창조하였다. 샤를 아스는 예술품 수집가이자 당시 유대인으로는 드물게 파리 최고의 사교계인 조키 클럽 회원이었다.

써 그로부터 존경의 눈길을 받고, 또한 이탈리아 중세 화가인 조토가 파도바의 성당에 그린 알레고리 벽화의 형상들을 담은 사진을 선물함으로써 마르셀에게 예술 세계에 첫발을 들이게 하는 스승의 역할을 한다.

물론 이 시기에 스완만이 마르셀에게 예술 세계에 눈뜨게 한 유일한 인물은 아니다. 마르셀의 할머니는 손자에게 여류 작가 조르주 상드George Sand의 소설을 선물하기도 하고, 화가가 손수 그린 그림이 기계적으로 찍은 사진보다 한 단계 높은 예술적 가치를 띤다는 생각에 손자의 방에 상업적인 엽서 사진 대신에 대가의 그림이 담긴 사진들을 걸었다. 그렇게 해서 마르셀의 방에는 카미유 코로Camille Corot가 그린 샤르트르 대성당, 로베르 위베르Robert Hubert가 그린 생클루 분수, 그리고 J. M. 윌리엄 터너Joseph Mallord Wiliam Turner가 그린 베수비오 화산이 걸려 있다. 할머니가 펼치는 "여러 겹 입힌 예술은 그 깊이가 더한다"라는 이론은 마르셀이 앞으로 전개할 자신의 예술론에 깊은 영향을 끼친다.

마르셀네와 마찬가지로 귀족 칭호는 없으나 넉넉하고 교양 있는 부르주아 계급을 대표하는 스완은 매우 자유분방한 성향의 인물로 귀족들의 사교 모임인 게르망트 공작 부인이 주최하는 점잖은 살롱3뿐만 아니라 돈만 있을 뿐 그야말로 천박한 베르뒤랑네 부부가 정기적으로 여는 소란스러운 모임에도 주저 없이 드나드는 단골손님이다. 이때 스완은 자유분방한 예술가들과 몰락한 귀족들에 둘러싸여 그들의 속된 농담에 턱이 빠질 정도로 웃어대는 베르뒤랑 부인의 저택에서 화류계의 여인인 오데트 드 크레시를 소개받는다.

오데트를 만나기 전 스완은 고급스러운 그의 예술품에 대한 취향과는 정반대되는 뚱뚱하고 못생긴 하녀들이나 길거리 여자들

---

3 살롱Salons은 프랑스 상류 사회의 귀족들과 문인들이 정기적으로 날짜를 정해 놓고 만나는 사교 모임을 가리킨다. 르네상스 이탈리아에서 영향을 받은 살롱 문화는 17세기 프랑스 궁정과 귀족의 저택을 중심으로 꽃을 피웠다. 여성들의 지위가 향상됨과 동시에 개인의 개성이 중요시됨에 따라 귀족 부인들이 주기적으로 자신의 객실을 문화계 명사들에게 개방하여 식사를 나누고 예술, 문화 등에 대해 토론하는 장소를 제공하였다. 18세기에는 남자가 주축이 되어 여는 살롱도 생겼는데 과학의 발달과 계몽사상의 전파로 토론의 주제는 정치, 사회, 경제 등으로 넓어졌으며 프랑스 혁명에도 지대한 영향을 주었다.

19세기에 들어서 대중적인 카페의 보급과 저널리즘의 발달로 살롱은 내리막길을 향했지만 파리의 몇몇 귀족 부인의 살롱은 여전히 대화와 사고의 온상이 되어 당대 문학에 지대한 영향을 끼쳤다. 프루스트는 마들렌 르메르가 화요일마다 여는 살롱, 작곡가 비제의 부인이 여는 살롱, 소설가 알퐁스 도데의 부인이 여는 살롱, 공쿠르 형제의 살롱 등을 출입하였으며, 그곳에서 수많은 문필가, 음악가, 화가들과 나눈 대화는 후에 『잃어버린 시간을 찾아서』의 밑거름이 되었다.

4 '스완Swann'과 '오데트Odette'라는 이름을 통해 독자는 차이코프스키의 발레곡인 「백조의 호수」를 떠올릴 수 있다. 프루스트에게 '이름'은 사람의 이름이건 마을의 이름이건 간에 그 객체만이 갖는 독특한 정체성을 반영하는 것으로 소설 속 등장인물의 이름들은 우연히 선택된 것이 아니다. 스완은 영어로 백조를 의미하는 '스완Swann'을 떠올리게 하고 오데트는 「백조의 호수」에서 지크프리트 왕자가 사랑에 빠진, 밤이면 백조로 변신하는 마법에 걸린 오데트 공주를 떠올리게 한다.

을 쫓아다니는 호색가였다. 따라서 왠지 피곤해 보이는 커다란 눈과 마른 체형의 오데트를 처음 봤을 때 자신의 취향이 아니라고 간주하지만, 어느 순간 그녀의 가냘픈 외모에서 보티첼리가 그린 여인들을 떠올리고, 이대부터 오데트에 대한 그의 관심은 건잡을 수 없게 된다. 처음부터 스완에게 마음이 있었던 오데트는 그의 변화를 감지하고, 이들은 곧 열정적인 사랑에 빠진다. 결국 이들은 결혼하고, 그들 사이에서 질베르트 스완이 태어나는데, 그녀는 마르셀의 첫 사랑의 대상이 되기도 한다.[4]

그러나 이미 스완과의 만남이 두 번째 결혼인 오데트는 그와의 결혼 생활에도 이내 싫증을 느끼며 베르뒤랑네 살롱에서 만난 포르쉬빌 백작과 눈이 닿는다. 이때 스완이 느끼는 질투는 앞으로 전개될 소설의 중요한 테마인 사랑과 절대 뗄 수 없는 요소로서 이후 작가는 질투를 사랑과 등의어로 여기게 된다. 스완과 오데트는 결국 이혼하고 오데트는 포르쉬빌 백작과 세 번째 결혼을 한다.

제1장에서 등장하는 화가들은 조토, 보티첼리, 벨리니이다. 각각이 마르셀의 유년기를 상징하는 콩브레를 배경으로, 또한 마르셀의 '실패한 분신'이라고도 불리는 스완과 연관되어 언급된다. 스완을 마르셀의 분신, 그것드 실패한 분신이라고 부를 수 있는데에는 소설의 화자인 마르셀을 대신하여 스완의 사랑 이야기는 별개로, 『잃어버린 시간을 찾아서』라는 거대한 소설 속에서 또 하나의 개별적인 소설을 구성하고 있기 때문이다.

스완의 사랑 이야기는 일반적으로 '나'라는 일인칭 화법을 통해 이야기되는 것과 달리 유일하게 '그'라는 삼인칭 화법을 택하고 있다. 이렇게 전개되는 스완의 이야기는 앞으로 마르셀이 겪게 될 사랑과 너무나도 비슷할 뿐만 아니라 주인공은 스완의 예술에 대한 열정을 고스란히 물려받는다.

스완에 의해 조토를 발견하고, 습관처럼 주변의 인물 속에서 예술 작품에 표현된 신화적, 역사적 인물들의 잔재를 발견하려는 스완의 예술 숭배주의péché d'idolâtrie는 어린 마르셀에게 보티첼리, 벨리니 등의 화가들을 발견하게 한다. 하지만 이 둘을 구분하는 가장 큰 차이점이 있으니, 이는 바로 수동적인 감상자의 역할에 그치는 스완에 비해 마르셀은 창조자로서 예술에 보다 적극적인 입장을 취한다는 사실이다. 마르셀이 예술가로서의 소명을 발견하고 이를 이루려는 노력을 쏟는 것이 영원한 '예술의 미혼자'로 머문 스완과 차별되는 점이다.

상징하는 것과 상징되는 것의
차이가 주는 충격의 감동
조토

조토의 위대함은 추상적인 개념을
구체적인 행동을 하는 인물들로부터 형상화했다는 데 있다기보다는
그러한 개념들이 갖는 상징성과
그것을 표현하기 위해 선택된 소재들과의 거리감에 있다.

조토의 그림 속 여인과 부엌데기

소설 초반, 마르셀은 콩브레의 전원적인 아름다움을 묘사한다. 콩브레에서 가장 높이 솟아 있는 뾰족한 종탑이 멀리서 이곳을 찾아오는 이들을 가장 먼저 반긴다. 지금은 콩브레를 대표하는 상징물이 된 마을 성당은 마르셀이 가장 좋아하는 건물로 앞으로 소설 속에 등장할 여러 성당의 기본을 이룬다. 일요일이면 부모와 함께 미사를 마치고 나온 주인공이 광장에서 마주치는 친숙한 사람들을 비롯해 일상적인 콩브레의 여름날이 펼쳐진다.

　이들 중 가령, 르그랑댕 씨는 엔지니어로서 본거주지는 파리이나 주말이면 자신의 소유지가 있는 콩브레에 모습을 드러내는 인물인데, 그는 주인공에게 "한 조각 푸른 하늘을 항상 머리에 이고

살도록 하게나." 하는 식의 유려한 말솜씨를 뽐내며 마르셀에게 깊은 인상을 남기기도 한다.

그의 또 다른 특징 중 하나는 자신의 친공화당 정치적 성향을 상대가 누구이건 간에 대화중에 유감없이 드러낸다는 점인데, 왕족을 비롯해서 세습적인 직위를 물려받은 귀족들, 그리고 그들이 주를 이루는 파리의 사교계, 또한 그들에게 아첨하는 속물근성을 가진 이들까지 모조리 그에게 호된 비난의 대상이 되기도 한다. 이런 르그랑댕 씨이지만 정작 그는 귀족들에게 콤플렉스를 가진 인물로 소설이 전개되면서 그가 귀족 사회에 발을 들여 놓기 위해 얼마나 위선적인 행동을 하는지를 알 수 있다.

콩브레 마을이 묘사되며 소개되는 또 다른 인물 중에는 '을랄리'라는 다리가 불편한 노처녀가 있다. 귀가 어두운 그녀는 성당 옆에 방을 빌려 살며, 성당의 허드렛일을 하고 마을의 노인들을 방문하는 것으로 시간을 보내는데, 그녀가 방문하는 이들 중에는 방 안에서 꼼짝도 하지 않고 침대에만 누워 있는 레오니 아주머님이 있다.

레오니 아주머님이 어떤 친지나 동네 사람보다도 을랄리를 가장 좋아하고 일주일에 한 번 방문하는 그녀를 목이 빠지게 기다리는 이유는 바로 을랄리야말로 아주머님이 사는 방식을 비난하지 않고 있는 그대로 받아들이고 이해해 주기 때문이다. 그러나 이런 을랄리를 못마땅하게 여기는 인물도 있으니 그녀는 바로 마르셀네의 하녀 겸 요리사인 프랑수아즈이다.

이름에서부터 가장 프랑스인다운 그녀는 마르셀의 어머니와 할머니를 비롯해서 주인공에 가장 가까이 있는 여성 중 한 명으로 「스완네 집 쪽에서」에는 집 정원과 과수원에서 따온 온갖 제철 과일과 채소로 매번 집안 식구들의 감탄을 자아내는 요리를 선보임으로써 자기만이 할 수 있는 일에 대한 자부심과 우월감을 갖고 있는 인물이다.

그러나 프랑수아즈는 가사일 처리에 있어 완벽하고 흠잡을 데 없는 요리 솜씨를 가지고 있지만 레오니 아주머님을 매번 방문할 때마다 그녀에게서 용돈을 받아 가는 올랄리를 못마땅해 하는 것처럼, 그해 여름, 마르셀네에 고용된 부엌데기 또한 곱지 않은 시선으로 대한다. 소설 속에서 이름도 없는 이 가여운 부엌데기가 바로 우리가 이제부터 이야기할 조토 디 본도네Giotto di Bondone (1267~1337)와 관련되어 등장하는 인물이다.

마르셀네에 고용되었을 때 이미 임신하고 있던 부엌데기는 만삭의 몸으로 프랑수아즈 밑에서 그녀가 시키는 온갖 궂은일을 도맡아 한다. 그런 그녀를 가리켜 마르셀네에 고정적으로 초대받아 저녁 식사를 하던 스완은 조토가 스크로베니 예배당의 벽화에 남긴 미덕과 악덕의 알레고리 형상 중 '자비'를 표현한 형상에 비유했다.

부엌데기가 늘 입고 있던 풍성하게 주름 잡힌 치마가 조토의 「자비」에서 풍만한 여인이 입고 있는 옷을 상기한다는 이유에서이다. 스완은 자신이 생각해 낸 그 비유에 스스로도 만족하듯 그

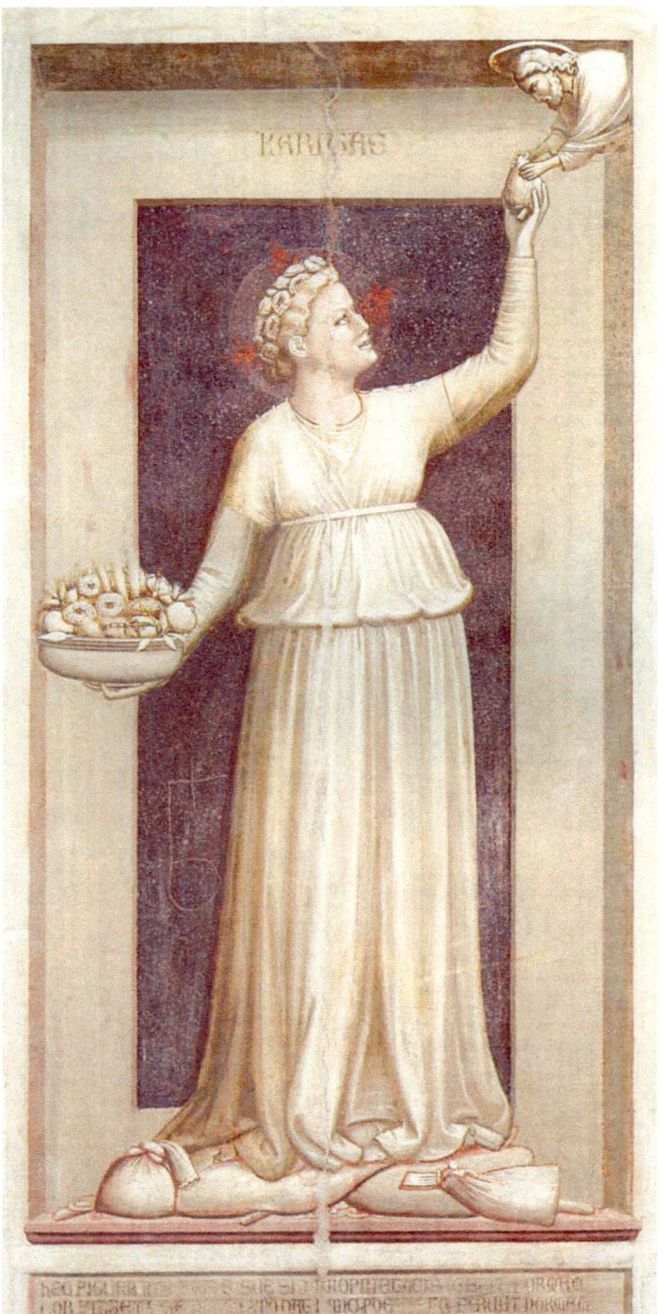

조토, 「자비」, 프레스코, 1303
~1305, 스크로베니 예배당, 파
도바, 이탈리아.

녀의 근황을 물을 때면 "우리의 '자비'는 요즘 어떻게 지내고 있나요?" 하고 표현하기도 한다. 발목까지 덮는 긴 치마를 입은 조토의 '자비'는 가슴팍 바로 아래를 조여 매는 가는 끈 때문에 마치 임신한 것 같은 인상을 풍긴다. 한쪽 손에는 다양한 과일이 잔뜩 담긴 바구니를 들고 다른 한 손으로는 하늘에 있는 천사에게 무엇인가를 바치고 있다. 그녀의 발밑에는 돈주머니로 보이는 묵직한 덩어리가 여러 개 있는데, 그녀는 그것들을 밟고 서 있다. 조토는 재산에는 무관심한 채 자신의 것을 나누는 넉넉함을 표현한 이 여인의 행동을 통해 '자비'라는 기독교적인 미덕을 형상화하고자 했을 것이다.

스완의 비유를 통해 마르셀은 묵묵히 일만 하는 부엌데기를 새로운 눈으로 본다. 뚱뚱한 육체를 가졌다는 유사점 말고도 마르셀은 두 여인을 연결시키는 또 다른 고리를 발견한다.

"그 당시 부엌데기 처녀를 가장 잘 상징하는 것은 그녀의 거대하게 부풀어 오른 배인데 그녀는 단지 무겁고 귀찮은 짐을 끌어안고 있는 것마냥 자신의 내부에 있는 상징물 자체를 이해하지 못하는 듯했다. 당시 내 방의 한 벽면에 걸어 놓은 조토의 '자비' 형상에 표현된 억세고 튼튼한 여인이 자신의 머리 위에 쓰여 있는 '자비'라는 라틴어 단어를 이해하지 못하는 것과 같은 이치이다. 조토가 표현한 그녀는 너무나도 속되고 거칠어 보여서 그녀가 형상화하고 있는 '자비'라는 개념과는 너무나 동떨어져 보였다." —「스완네 집 쪽에서」

조토의 그림 속 여인은 '자비'라는 아름다운 덕목을 형상화하고 있지만 자신이 나타내고 있는 그 미덕과는 너무나 대조적으로 억세고 거친 장사꾼과 같은 얼굴과 몸을 하고 있다. 뿐만 아니라 그녀가 하늘의 천사에게 바치고 있는 것을 그녀의 '심장'이라고 표현한 마르셀에 의하면 그 여인은 자신이 하고 있는 행동이 무엇을 의미하는지도 인식하지 못한 채 본능에 의해 자비를 행하고 있다는 것이다. 그와 마찬가지로 그의 집에서 일하는 부엌데기는 부풀어 오른 자신의 배를 내보이지만 그것이 어떠한 상징성을 띠고 있는지, 자신에게 어떠한 변화가 일어나고 있는지조차 이해하지도 못한 채 살아가고 있는 것 같다고 서술한다.

스완을 통해 알게 된 조토의 알레고리 형상들

스완은 마르셀에게 미덕과 악덕 알레고리 형상을 담은 사진을 선물하고 이는 액자 속에 넣어진 채 마르셀의 서재에 걸린다. 스완이 마르셀에게 선물한 유명한 그림의 복사본은 조토의 알레고리 형상들을 담은 흑백 사진뿐만이 아니다. 그는 마르셀의 할머니의 부탁으로 베네치아 여행에서 구입한, 이 도시를 담은 거장들의 그림 사진 몇 장을 마르셀에게 선물하기도 했다.

처음에 마르셀은 조토의 형상들을 보며 '자비'를 상인 같은 억센 여인으로, '정의'를 거뭇거뭇한 얼굴의 차가워 보이는 여인으로 표현한 것을 영 마음에 들어 하지 않았다. 그러나 마르셀이 그 그림들의 진정한 가치를 깨닫게 된 것은 한참 후이다. 즉 조토의 위대함은 그림 속의 인물들이 자비, 정의, 욕망, 우상 숭배 등의 추상적인 개념을 구체적인 행동으로부터 형상화한 데 있다기보다 그러한 개념이 갖는 상징성과 그것을 표현하기 위해 선택한 소재와의 거리감에 있다.

'정의'를 표현하는 그 사나워 보이는 여인에 대해 마르셀은 콩브레에서 일요일이면 흔히 볼 수 있는 미사를 마치고 나오는 여인들의 무감각하고 냉정해 보이는 표정에서 곧잘 보았다고 말한다. 실제로 마르셀은 그후에 자신이 만난 가장 자비롭고 정의로운 사람들은 대개 수도원에서 만난 종교인들인데, 그들은 하나같이 자비나 정의와는 거리가 던 딱딱하고 차가운 얼굴을 한 이들이었다고 서술한다. 내면에 있는 상징성과 그것을 담고 있는 개체가 전달하는 느낌이 상반될 수 있다는 모순을 이해했을 때 마르셀은 그것을 파악하고 그림으로 표현한 조토의 천재성에 감탄하게 된다.

'자비'에 상반되는 악덕은 '욕망'이다. 「게르망트네 쪽」을 보면 마르셀이 이 욕망의 알레고리 형상에 대해 이야기하는 부분이 있다. 『잃어버린 시간을 찾아서』 중에 세 번째 권을 구성하는 이 책은 이제 청년이 된 마르셀이 콩브레가 아닌 파리를 무대로 프랑스 최고의 귀족 사회에 발을 들여 놓기 위해 애쓰는 모습을 담고 있다.

마르셀은 게르망트의 자손인 로베르 드 생 루와 우정을 쌓는 데 성공하고 그와의 우정은 진심으로 그를 기쁘게 했다. 군인이었던 생 루는 마르셀을 자신의 다른 군인 친구들에게 소개시켜 준다며 그를 막사가 있는 동시에르에 초대한다. 그곳에서 마르셀은 허약한 자신과는 달리 혈기가 넘치고 자유분방한 청년들과 만나 한껏 들뜬 상태에서 다시 파리로 돌아온다.

자신의 방에서 잠이 든 마르셀은 친구들을 만나는 꿈을 꾸게 되는데, 그들과 말을 하고 싶어도 혀는 뻣뻣하게 굳어 있고, 발은 꼼짝달싹할 수가 없다. 두 눈은 무엇인가에 의해 가려져 친구들의 모습조차 보이지 않아 답답할 뿐이다. 마르셀은 꿈속에서의 그 느낌을 조토가 입안 가득히 뱀 한 마리가 꿈틀거리며 기어 나오는 모습을 예배당에 그린 '욕망'의 알레고리에 비유한다. 높은 신분의 친구를 사귀고 싶은 허영심을 어느 정도 만족시켜 준 여행에서 돌아온 마르셀이지만 무의식 속의 꿈에서는 그것이 얼마나 어리석은 욕망을 나타내는지 느끼고 있었던 것은 아닐까?

'자비'와 '욕망'에 이어 소설에서 또 한 차례 언급되는 조토의 알레고리 형상 중에는 '우상 숭배'가 있다. '이교 신앙' 혹은 '우상 숭배'라고 해석되는 라틴어의 'Infidelitas'를 형상화한 조토의 그림은 「꽃핀 소녀들의 그늘에서」에도 언급된다.

그 그림은 목에 밧줄이 감긴 한 여인이 오른손에 조그만 조각상을 들고 있는 모습을 하고 있다. 자신이 들고 있는 조각상이 밧줄의 끝을 잡고 있는데, 이는 우상 숭배를 금하는 교회의 율법을 배반하는, 조각상에 맹목적으로 숭배하는 그녀의 모습을 보여 준다. 그녀의 왼편으로는 지옥을 상징하는 뜨거운 불꽃이 타

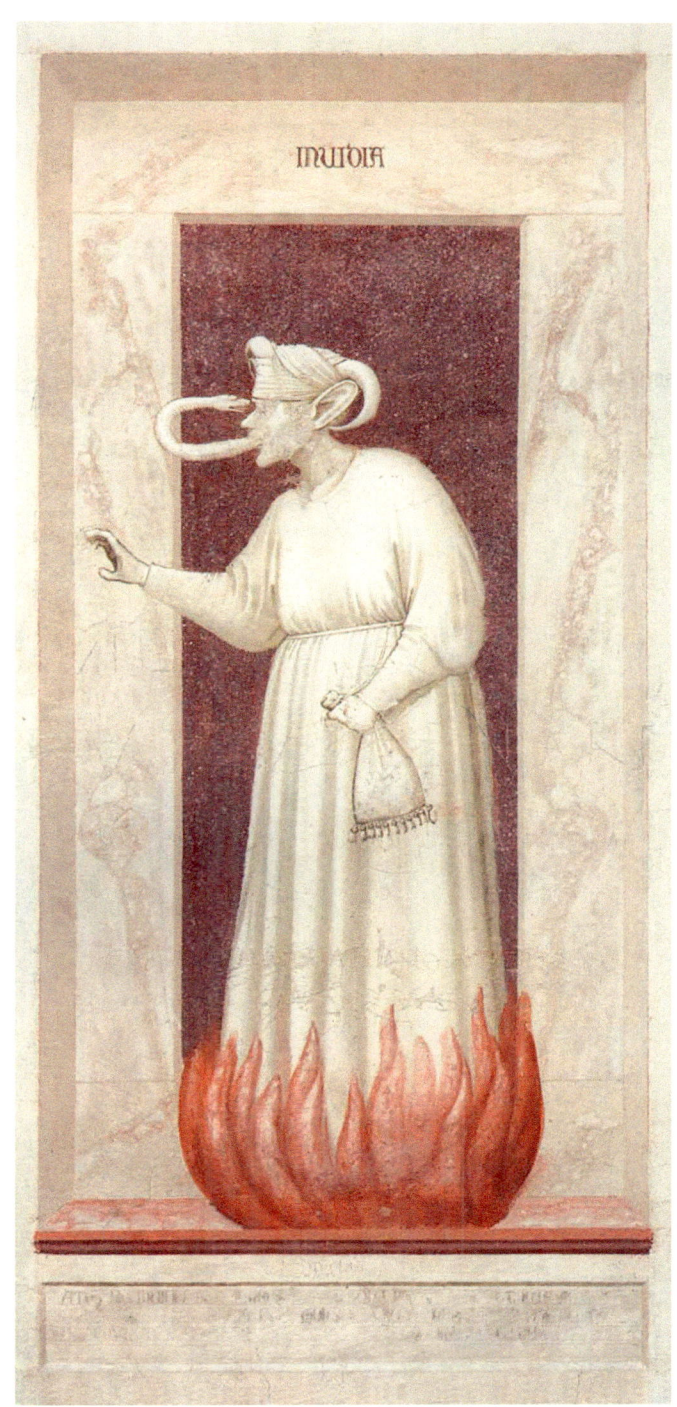

조토, 「욕망」, 프레스코, 1303
~1305, 스크로베니 예배당, 파
도바, 이탈리아.

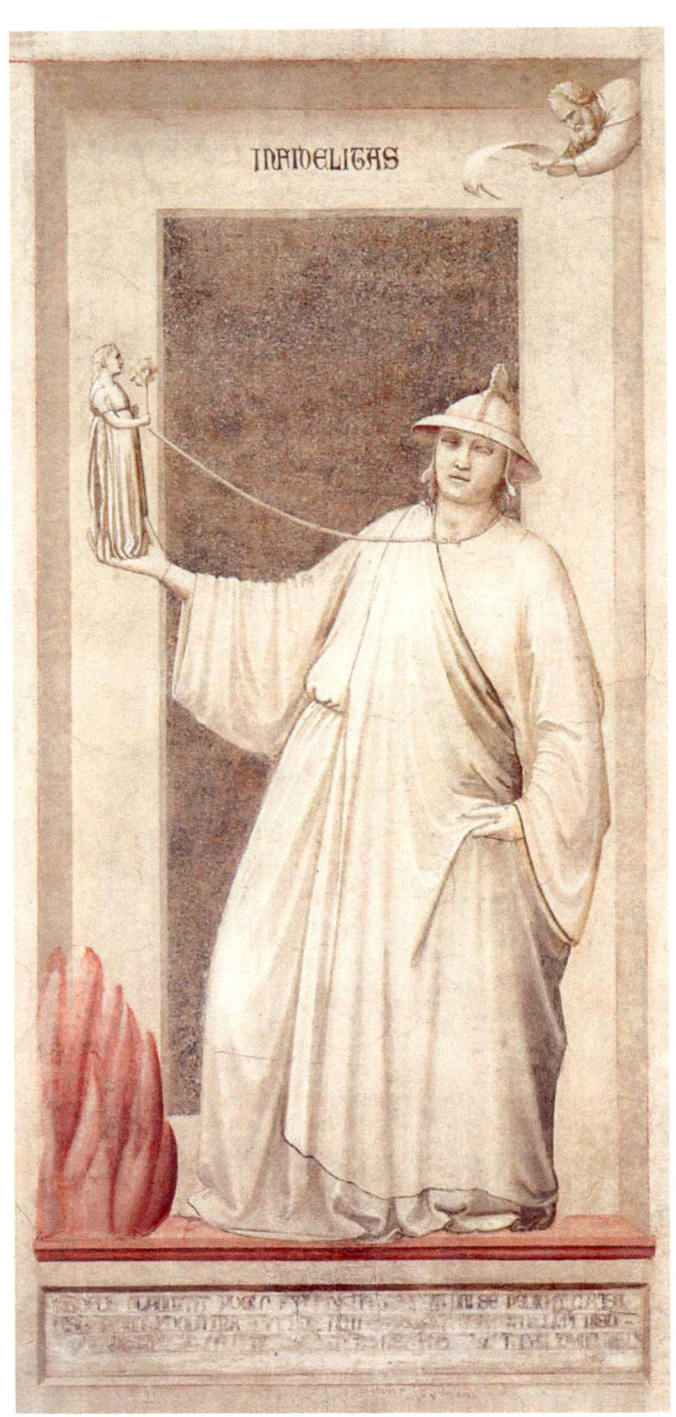

조토, 「우상 숭배」, 프레스코, 1303~1305, 스크로베니 예배당, 파도바, 이탈리아.

오르고 있고 오른편 위로는 『성서』두루마기를 든 채 그것을 읽는 천사가 보이는데 ○인은 그에게 등을 돌리고 있다.

마르셀은 바닷가를 배경으로 '디아볼로' 놀이를 하고 있는 알베르틴의 모습을 보며 조토의 '우상 숭배'를 떠올린다. 디아볼로란 두 개의 막대기를 연결하고 있는 줄 위에 홈이 파진 나무로 만든 공을 올려놓고 그것이 떨어지지 않도록 막대기를 양손으로 조종하며 균형을 잡는 놀이이다. 알베르틴이 디아볼로를 하는 모습을 보며 마르셀은 지금 알베르틴의 모습을 담은 초상을 미래에 보게 된다면 그 놀이는 이미 한참이나 유행이 지난 것이어서 그 모습은 마치 조토의 '우상 숭배'를 해석할 때처럼 옛 것을 파헤치는 느낌일 것이라고 혼잣말을 한다. 이렇듯 마르셀이 주변의 인물에서 그림 속에 등장하는 인물과의 공통점을 발견하는 취미는 스완에게서 영향을 받은 것이라고 할 수 있다.

천사들의 아름다운 비상

조토는 프루스트가 『잃어버린 시간을 찾아서』에서 언급하는 화가 중 가장 오래된 화가이다. 르네상스가 꽃피기도 훨씬 전인 13세기 후반과 14세기 초에 활동한 이 중세 화가는 이탈리아 북부 지방의 여러 성당에 그전에 볼 수 없었던 인물들의 실감나는 감정과 동작들을 원색에 가까운 색채로 표현함으로써 서구 미술의 새 장을 연 인물로 평가된다.

그러나 조토의 삶이 대해 우리에게 알려진 것은 거의 없다. 그가 활동한 지 수백 년이 지나 그에 대해 쓴 전기들은 불확실하고 허구적인 정보들로 가득한데 이의 진의 여부를 밝혀 낼 방법은 없다. 그중에서 16세기 이탈리아 전기작가인 바사리가 남긴 조토의 전기에는 재미있는 일화들로 가득하다. 그중 하나는 지금까지 전설처럼 내려와 기념비에 새겨져 있는데 현재 조토가 살았던 거리에 가면 이를 볼 수 있다.

그 이야기인즉, 열두 살이었던 조토는 양치기를 하며 가족의 살림을 거들었는데, 어느 날 판판한 돌에 검은 숯으로 자신이 지키고 있는 양들을 그리고 있었다. 그때 마침 그곳을 지나가던 화가 치마부에Cimabue가 어린 조토의 재능에 감탄하고 아버지를 설득시켜 자신의 문하에 들게 했다고 한다. 또 다른 일화로 조토는 치마부에가 작업 중이던 그림 속 인물의 코 위에 파리 한 마리를 그려 넣었는데 그의 스승은 그 사실을 모른 채 진짜 파리인 줄 알고 그것을 날려 버리려 여러 차례 손짓을 했다는 것이다.

이 일화가 사실인지를 떠나서 피렌체 화파의 창시자로 일컫는 치마부에가 실제로 조토의 스승이었는지조차 오늘날 확인된 바는 없다. 그러나 수세기가 지난 후에도 우리들은 조토가 남긴 그림 앞에서 시대에 앞선 그의 천재성에 감탄하고 만다.

프루스트가 언급하는 조토의 그림은 모두 이탈리아 파도바에 있는 예배당의 벽화들이다. 아레나 예배당 혹은 그 예배당의 건설을 후원한 사람의 이름을 따 '스크로베니 예배당' 이라고 불리는 이 예배당의 벽화들은 오늘날 조토의 대표작으로 꼽히고 있다. 베네치아에서 서쪽으로 40km 정도 떨어져 있는 파도바를 프루스트는 실제로 1900년에 방문한다.

　조토는 이 예배당의 벽화를 크게 세 부분으로 나누어 작업하는데 1303년에 시작하여 3년 간 지속된다.[5] 스크로베니 예배당의 벽화 중에서 가장 작은 면적을 차지하는 알레고리 형상들은 총 7개의 미덕과 7개의 악덕으로 구성되어 있다. 알레고리란 중세에 교훈적인 목적을 띠고 추상적인 개념을 구체적인 대상으로 표현하는 형식으로, 주로 문학에서 많이 이용되었다. 조토는 미덕과 악덕을 의인화하여 표현하고 있다.

　우의상이라고도 불리는 이 그림들은 상반되는 덕목이 각각 짝을 지어 서로 마주 보고 있다. '신중'과 '어리석음', '인내'와 '변덕', '절제'와 '분노', '정의'와 '불의', '믿음'과 '우상 숭배', '자비'와 '욕망', '희망'과 '절망'이 마주한 채 있다. 사람의 눈높이에 위치하여 서로 마주 보고 있는 이 형상들 사이에 서 있노라면 관객들은 각자 내부에 있는 그 감정들을 절로 떠올리게 된다.

　강렬한 색채로 마리아와 예수의 삶을 표현한 것에 비해, 이 미덕과 악덕의 형상들은 마치 흑백 사진처럼 단조로운 회색 톤으로 그려져 있다. 예배당의 대리석 벽과 같은 색채로 그려진 이 형상들을 멀리서 보면 그림이 아니라 마치 벽에 조각되어 있는 부조상처럼 보인다. 이를 두고 평론가들은 회화로 조각을 모방하고자 한 첫 시도로 꼽고 있다. 2차원의 그림으로 3차원의 입체 효과를 내기 위한 '트롱프뢰유Trompe-l'œil(눈속임)'의 전신으로

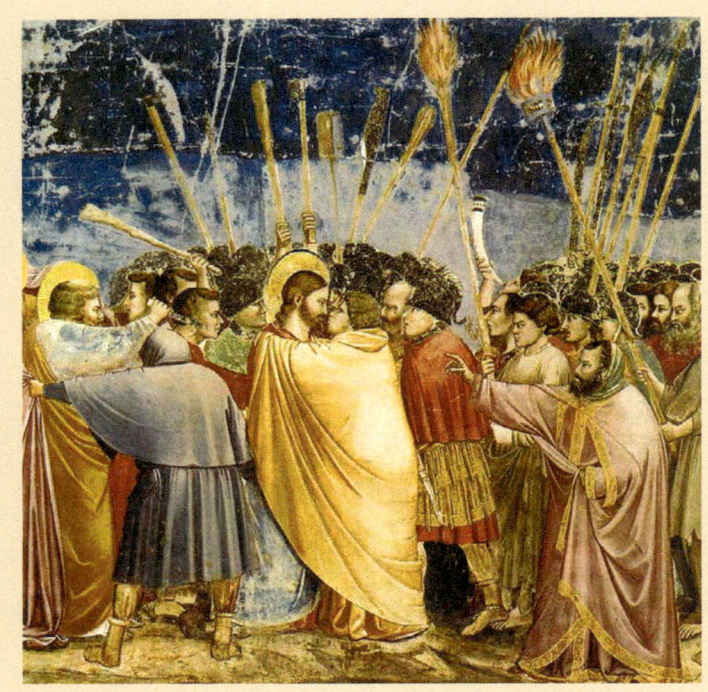

조토, 「유다의 키스」, 프레스코, 1303~1305, 스크로베니 예배당, 파도바, 이탈리아.

5 우선 벽화의 첫 번째 부분은 성모 마리아와 예수의 삶을 37개 장면으로 나누어 다루고 있다. 요하킴과 안나는 아이가 없어 오랫동안 마음고생을 하는데 조토의 첫 번째 그림은 성전에 양을 제물로 바치러 갔던 요하킴이 사제로부터 쫓겨 나오는 모습으로 시작하고 있다. 당시 유대인의 율법에 의하면 불임은 신이 내린 벌로 여겨졌기에 아이가 없는 부부들을 성당 측에서는 기피의 대상으로 보았다. 상심한 요하킴은 집으로 돌아오지 않고 산으로 올라가 양치기들과 생활하기 시작한다. 그러던 어느 날 안나의 꿈속에 천사가 나타나 곧 잉태할 것이라고 알리고 요하킴 또한 꿈속에서 천사의 예고를 듣고 곧 집으로 돌아온다. 여섯 번째 그림은 요하킴과 안나가 서로 끌어안고 입맞추는 모습을 담고 있다. 그들 사이에 태어난 아이가 곧 마리아이고 그녀는 여러 남자가 성전에 바친 어린 가지들 중에서 꽃이 피는 가지를 바친 남자와 결혼하게 될 것이라는 사제의 말을 따라 자신보다 훨씬 나이가 많은 요셉과 결혼한다. 그림들은 이어서 예수의 탄생, 이집트로의 탈출, 요르단 강에서의 세례, 유다의 배신, 최후의 만찬, 십자가 처형 등으로 이어진다.

두 번째 부분은 예배당의 뒤쪽 벽면 입구 위를 장식한 거대한 프레스코로 최후의 심판을 나타내고 있다. 중앙을

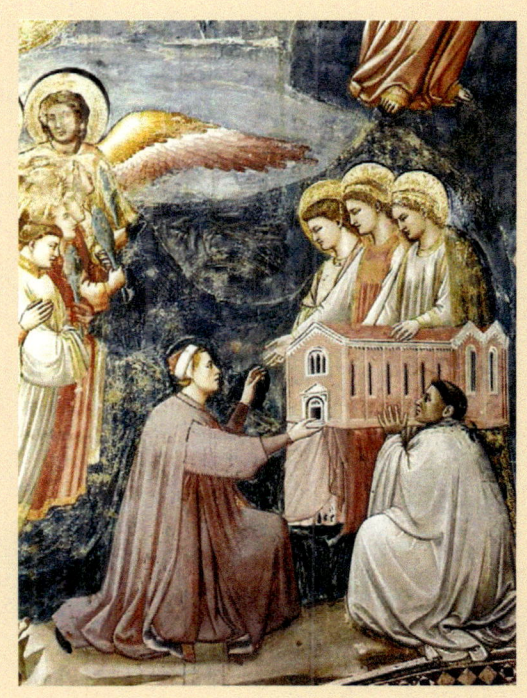

조토, 「최후의 심판」 일부, 프레스코, 1303~1305, 스크
로베니 예배당, 파도바, 이탈리아.
성당의 건설을 후원한 엔리코 스크로베니가 무릎을 굽힌
채 성당 모형을 성모 마리아에게 바치는 모습이다.

차지한 예수를 중심으로 그의 오른편 위로는 천사들이 기다리는 천당으로 올라가는 선한 사람들과 그의 왼편 아
래로는 지옥으로 떨어지는 사람들, 그리고 그곳에서 온갖 형태의 잔인한 방법으로 무시무시한 고문을 당하는 사
람들이 보인다. 그 천당과 지옥 사이에 위치한 예수 아래로 시선을 돌리면 무릎을 꿇은 채 성당의 모형을 딴 조형
물을 천사들에게 바치고 있는 인물이 있는데 그가 바로 성당의 설립자 스크로베니이다. 그의 아버지는 고리대금
업자로 엄청난 부를 축적하였다고 한다. 그러나 그 당시 돈으로 돈을 부풀리는 업종을 교회는 엄격하게 금하고 있
었기에 아버지 스크로베니는 많은 사람으로부터 비난의 대상이었다. 조토가 이 프레스코를 제작하던 당시 파도바
에 머물고 있던 단테는 그의 『신곡』 중 「지옥」 편에서 지옥으로 떨어지는 고리대금업자 스크로베니를 언급하고 있
다. 그의 아들은 이런 아버지를 대신해 그로부터 물려받은 재산으로 자신의 영토에 성당을 건설하게 함으로써 용
서받고자 했을 것이다.
벽화를 구성하는 세 번째 부분은 앞서 언급한 미덕과 악덕 알레고리 형상들로 구성되어 있으며 마리아와 예수의
삶을 표현한 그림들 아래에 표현되어 있다.

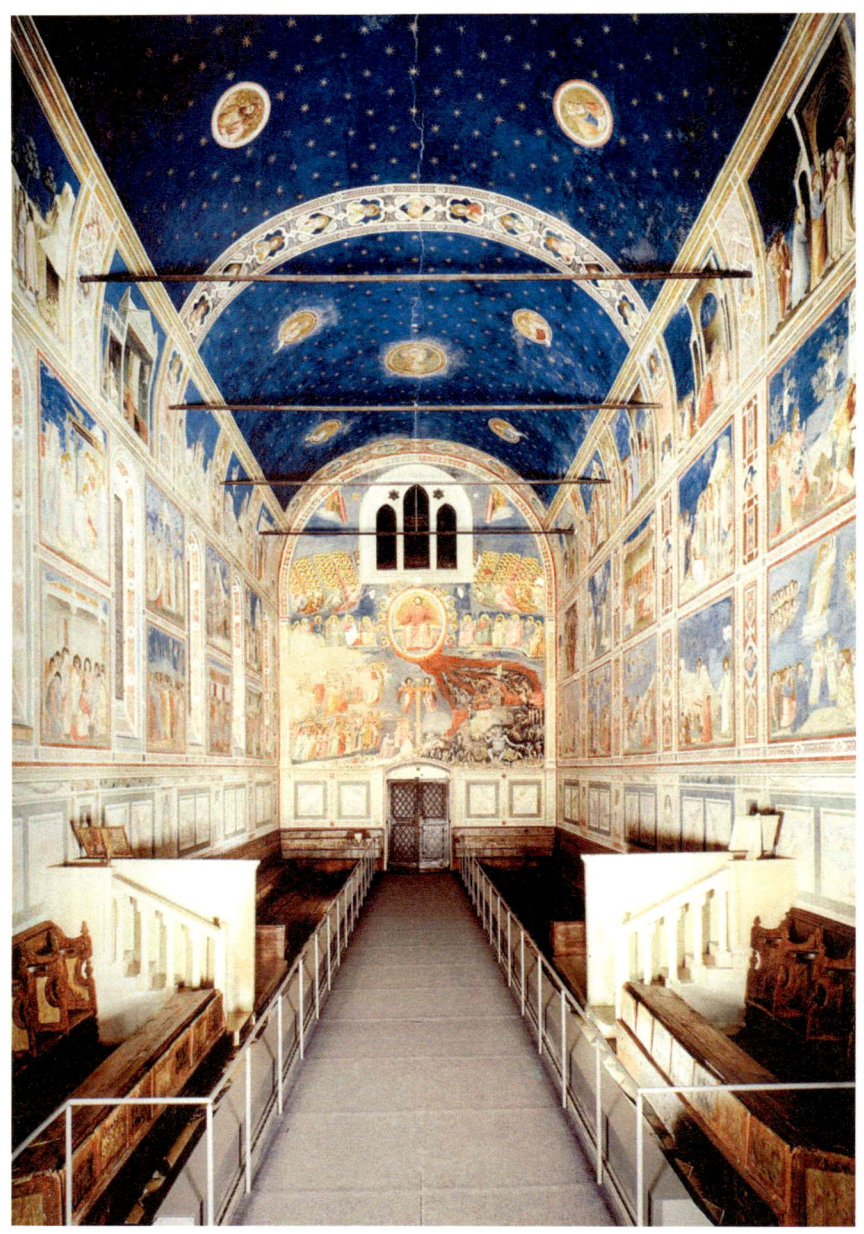

조토, 「최후의 심판」이 마주 보이는 스크로베니 예배당 내부, 1303〜1305, 파도바, 이탈리아.
신자석 바로 위에 나열된 알레고리 형상들이 보인다.

평가하는 것이다.

고대 그리스, 로마 시대부터 미술에서 조각은 회화보다 예술적 가치가 더 높은 장르였다. 이는 대리석을 깎아서 표현해야 하는 제작의 어려움뿐만 아니라 얼마나 실물에 가깝게 모방하느냐에 예술의 가치를 둔 당시의 기준 때문이다. 조토의 모노톤 알레고리 형상들은 그러한 인식에 반기를 들고 회화가 조각을 뛰어 넘을 수 있음을 보여 주고자 한 것이라 할 수 있다.

조토는 소설에서 또 한 번 언급되는데 이번에는 제4장에서 본격적으로 이야기하게 될 「사라진 알베르틴」 중 마르셀이 어머니와 떠나는 베네치아 여행 중에서다. 하루 계획으로 베네치아에서 파도바를 찾은 마르셀은 스크로베니 예배당에서 푸른색으로 표현된 하늘 위를 날아다니는 천사들에 사로잡힌다. 실제로 마르셀은 그 천사들을 처음 본 것이다. 스완은 그에게 미덕과 악덕 알레고리 사진만을 주었기 때문이다. 그 천사들의 모습에서 마르셀은 '자비'를 통해 깨달았던 현실적인 것의 아름다움을 새삼 다시 느낀다.

"천사들의 비상을 보며 나는 '자비'나 '욕망'을 통해 느낀 바 있는 만져질 듯 실제적이며 효과적인 행동이 공통적으로 주는 인상을 받았다. 천상의 열정으로, 혹은 아이처럼 조심스럽게 두 손을 모은 채 표현된 아레나 성당의 천사들은 실제로 존재했을 법한, 다시 말해 역사적인 실재감을 가진 『성서』 속 인물 중 하나인 것만도 같았다. 성인들이 산책을 할 때면 그들 위에서 날아 다녔을 법한 존재들이다.

천사들 위에는 또 다른 천사들이 날고 있고 그들은 탄력을 받아 가볍게 공중회전을 하기도 하며 중력의 법칙에 억압받지 않고 머리를 밑으로 한 채 물구나무 선 모습으로 땅을 향해 돌진하기도 한다. 그들을 보며 천사라기보다는 차라리 이제는 찾아볼 수 없는 멸종된 새의 한 종류이거나 퐁크[6]의 어린 제자들이 비행 수업을 받고 있는 듯한 인상을 받았다. 이들은 하나의 상징물로서 날개를 달고 있을 뿐 그것을 실제로 이용하여 날지는 못하고, 그들의 주변에 나란히 그려진 날개 없는 성인들과 다를 바 없는 자세로 표현된 르네상스나 그 후대의 화가들이 무수히 그리게 될 천사들과는 분명히 다른 모습을 하고 있다."

—「사라진 알베르틴」

동네에서 흔히 볼 수 있는 여인을 통해 미덕의 한 덕목을 표현한 것처럼, 조토의 천사들은 마르셀에게 우리에게 익숙한 영적인 존재로서의 천사들이 아니라 손을 뻗치면 만져질 듯한 실제의 육체를 가진 인물들로 표현되었다. 스완을 통해 알게 된 '자비'라는 알레고리 형상이 깨닫게 해준 교훈, 즉 상징하는 것과 상징되는 것의 차이가 주는 충격에서 발생하는 감동을 이번에는 마르셀이 누구의 도움도 없이 조토의 비상하는 천사들의 모습에서 혼자 깨

---

6 르네 퐁크René Fonck(1894~1953): 프랑스의 비행기 조종사. 제1차 세계대전 당시 전투기 조종사로 활동하며 남긴 뛰어난 업적으로 국민적 영웅이 되었다.

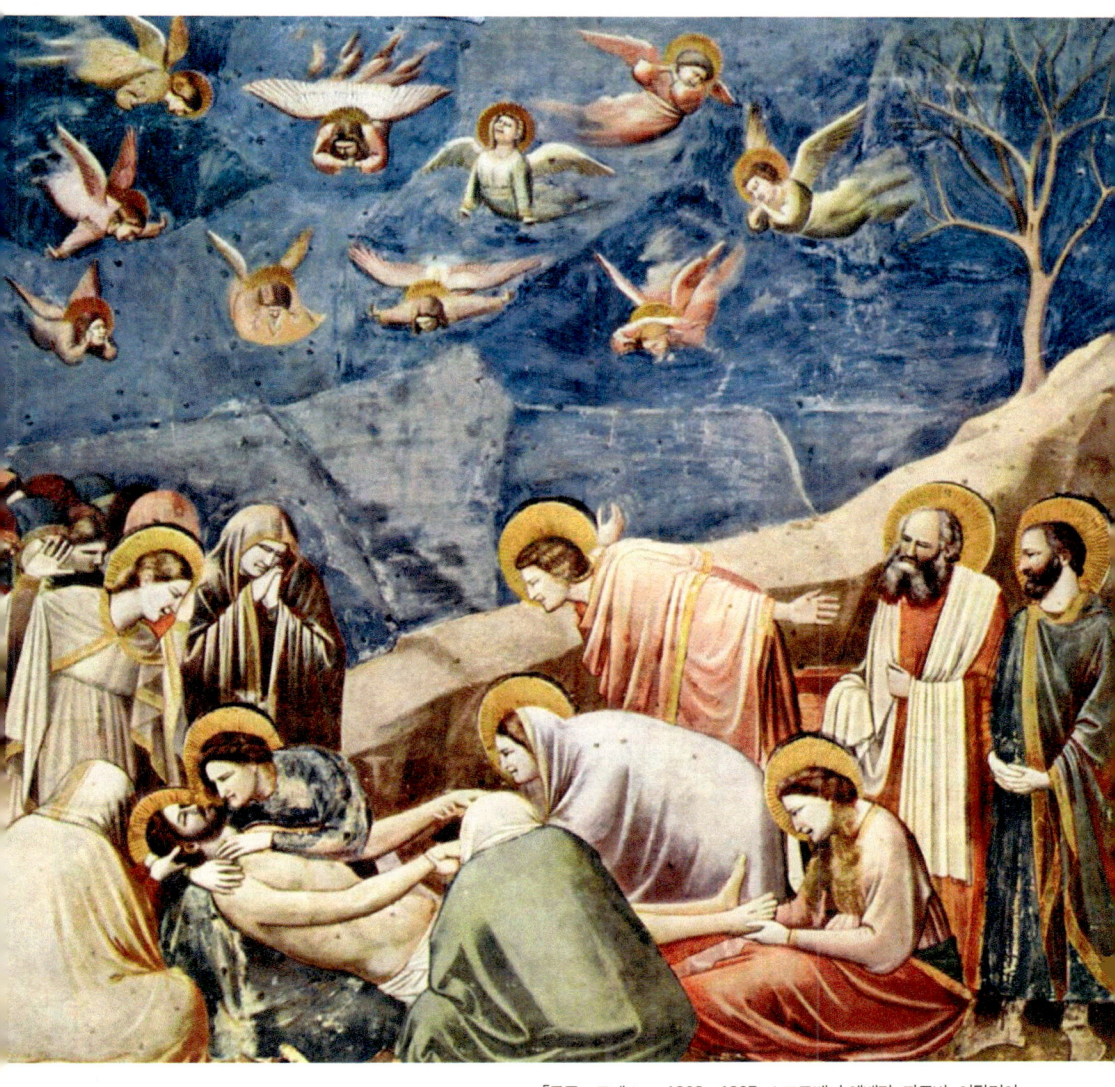

조토, 「통곡」, 프레스코, 1303~1305, 스크로베니 예배당, 파도바, 이탈리아.

닮게 된다.

조토가 스크로베니 예배당에 애착을 가지고 수년에 걸쳐 벽화를 완성했듯이 마르셀은 콩브레 성당에 남다른 애착이 있다. 마르셀에게 성당은 신을 향해 영혼을 바치고 기도함으로써 마음을 정화하는 신성한 장소라기보다는 거대한 구조의 완성이라는 한 가지 목적을 향해 여러 건축가가 다양한 요소를 조화롭게 배합시키고, 수많은 무명의 석공이 무한한 인내심을 가지고 돌 하나하나를 쌓고, 화가들이 천장화를 그려 넣은 예술품이다. 거기에 더해 수백 년이라는 세월을 견디면서 공간화된 시간을 표현하여 다른 어떤 예술품에서도 볼 수 없는 성당 특유의 아름다움이 존재하는 것이다. 마르셀은 성당에 대한 자신의 이러한 사색을 콩브레 성당을 통해 이미 표현한 바 있다.

"미사에 참가하러 콩브레의 성당 입구를 지나 우리의 좌석으로 들어갈 때면, 요정들이 한 차례 지나간 계곡 사이를 시골 소년이 걸어가며 자신의 주변에 있는 바위, 나무, 늪 등에서 그 요정들이 남긴 초자연적인 자취에 심취하듯 성당을 둘러보곤 했다. 이런 모든 요소는 성당으로 하여금 마을에 있는 다른 무엇과도 구분시키는 매력을 갖게 하는 것이었다. 성당이란 시간이라는 네 번째 차원이 더해져 이루어진 사차원의 존재로 수세기를 건너온 하나의 선박이라고 할 수 있는데 그 내부를 이루는 것은 단지 좌석의 열과 열 사이, 혹은 제단과 제단 사이를 이루는 몇 미터가 아니라 시간과의 싸움에서 당당하게 승리한

자의 모습이다." —「스완네 집 쪽에서」

　마르셀은 자신이 쓸 소설이 이러한 거대한 구조를 띤 작품이될 것임을 알고 있다. 수백 년에 걸쳐 공사되는 성당들이지만 상당수는 본래의 원대한 계획에 미치지 못한 채 미완성으로 남는경우가 많다면서 마르셀은 자신이 쓸 소설만은 무슨 일이 있어도끝을 보리라는 결심을 한다.

　독자는 『잃어버린 시간을 찾아서』를 읽다 보면 프루스트가 미술뿐만 아니라 음악, 사진, 문학, 건축, 의학 등 얼마나 방대한 분야를 소설 속에 포괄시키고자 했는지 알 수 있을 것이다. 거기에시간이라는 개념을 소설의 주된 테마로 도입시킴으로써 어린 마르셀이 콩브레의 성당에 대해 느꼈던 것은 그대로 미래에 그의소설의 뼈대가 된다. 조토의 알레고리 형상들처럼 프루스트의 소설은 하나의 거대한 알레고리라고 할 수 있다.

종교적 자유와
신화적 요소의 아름다운 조합
보티첼리

스완은 현실 속에서 예술을 찾아내려는 노력,
다시 말하면 현실과 예술의 세계를 혼동하는 버릇이 있다.

오데트와의 첫만남

소설에서 산드로 보티첼리Sandro Botticelli(1445~1510)가 차지하는
위치를 이해하기 위해서는 우선 스완과 오데트 드 크레시의 관계
를 이해할 필요가 있다. 보티첼리가 언급될 때마다 오데트를 바
라보는 스완의 시선과 연관되어 있기 때문이다.

오데트라는 여인은 소설의 제1권에서부터 마지막인 7권에 이
르기까지 끊임없이 등장하며 마르셀의 삶에 지대한 영향을 미치
는 인물 중 하나이다. 「스완네 집 쪽에서」에 소개되는 수많은 인
물 중 그녀의 남편이 될 스완을 비롯해서 마르셀의 할머니, 소설
가 베르고트 등이 소설의 중반에서는 모두 죽음을 맞이해 마르셀
의 삶에서 사라지고, 심지어 어머니조차 어느 순간부터는 모습을

보이지 않는 반면, 그녀는 마지막 권에서 벌어지는 게르망트 대공의 오찬에 당당하게 등장하여 주인공과 이런저런 이야기를 나누는 등 소설에서 그 존재가 유일하게 마지막까지 유지되는 인물 중 한 명이다.

마르셀이 오데트를 처음 만나게 되는 것은 할아버지의 형제인 아돌프 종조부네에 놀러 갔을 때이다. 마르셀은 시간을 정해 놓고 규칙적으로 아돌프 종조부네에 놀러 가고는 했는데, 어느 날 과외 수업이 취소되어 갑자기 시간이 비자 예고 없이 종조부를 찾아가기로 한 것이다. 그러나 아돌프 종조부는 '분홍색 옷을 입은 여인'과 함께 있었다.

마르셀은 여태껏 그의 주변에서 보던 여자들과는 전혀 다른 묘한 매력의 여인, 습관처럼 말 중간 중간에 '홈', '어 컵 오브 티' 등의 영어 표현을 섞어 쓰는 그 세련된 여인 앞에서 당황하지만 용기를 내어 그녀의 손등에 입맞춤한다. 그녀는 그런 어린 마르셀을 보고 웃으며 친절하게 대한다. 하지만 이번 만남으로 마르셀네가 아돌프 종조부와 인연을 끊게 될 것이라는 사실은 꿈에도 모른 채 마르셀은 새로운 경험에 잔뜩 들뜬 상태로 집에 돌아와 그날 오후에 있었던 이야기를 하나도 빠뜨리지 않고 말한다.

문제는 그 여인이 여러 남자와 사귀며 그들에게서 경제적인 도움을 받아 생활하는 저속한 화류계의 여자라는 사실이다. 그 사실을 알고 있던 보수적이며 완고한 마르셀의 부모와 조부모는 그런 여자를 마르셀에게 소개시켜 준 사실에 분개하며 마르셀로 하여금 다시는 아돌프 종조부를 찾아가지 못하도록 금한 것이다. 예상치 못한 결과에 놀라고 속이 상한 마르셀은 종조부를 만나 자신에 대해 오해하지 않도록 상황을 설명할 기회를 노린다. 그러다 거리를 지나던 마르셀이 마차를 타고 가던 아돌프 종조부와 우연히 마주친 순간, 마르셀은 놀란 나머지 시선을 돌리고 딴청을 피우고 만다. 이를 두고 이번에는 아돌프 종조부 또한 어린 마르셀이 자신을 외면하도록 가족이 지시했다는 확신에 노여워하고 마르셀네와 의절한 채 지내게 된다.

그후 오데트는 스완의 시선을 통해서 묘사된다. 여자를 워낙 좋아하는 스완은 파리의 귀족 사회에 속한 여자들은 이미 섭렵하여 그녀들에게는 흥미를 잃었고, 이제는 시골 지주들의 딸이나 비천한 신분의 하녀와 요리사들, 또는 길거리 여자들을 쫓아다니며 시간을 보내고 있었다. 당시 그는 자신이 수집하는 대가들의 그림에 표현된 완벽하고 전형적인 아름다움을 지닌 여인과는 거리가 먼 저속하고 값싼, 풍만한 육체를 가진 여인에게 흠뻑 빠져 있는 상태였다.

이런 그가 어느 날 극장에서 오데트를 처음 소개받았을 때는 아름답지 않은 것은 아니지만 자신의 취향은 아니라고 여기며 별 관심을 두지 않는다. 이에 반해 오데트는 그의 수집품에 관심이 있다며 스완에게 접근하여 몇 차례 그의 집을 방문하기도 한다. 하지만 그때만 해도 스완은 오데트에게 특별한 매력을 느끼지 못했고 그녀가 그에게 가져다 준 유일한 즐거움이라고는 그녀가 잘 알고 지내던 베르뒤랑 부부를 소개받아 그들의 무리에 속하게 되었다는 사실이다.

생제르맹 구역Faubourg Saint-Germain으로 대표되는 파리의 폐쇄적인 귀족 사교계에 지루함을 느끼던 스완은 자유분방한 예술가들과 신분에 관계없이 모여 있는 베르뒤랑네 '패거리'와 친분을 쌓는다. 그러던 중 젊은 피아니스트가 연주하는 뱅퇴유의 소나타를 들으며 예전에 어디선가 들은 적이 있는 소절을 발견하고는 소중한 친구와 오랜만에 재회한 듯 벅찬 감동을 느낀다. 미술만큼이나 음악은 프루스트에게 중요한 역할을 하는데 뱅퇴유의 이 소나타는 앞으로 소설에서 여러 차례 등장하며 마르셀이 음악을 통해 진리를 발견하는 중요한 매개체가 된다.

시스티나 벽화의 시포라와 오데트

스완이 오데트와 사랑에 빠지게 되는 계기는 그녀의 모습에서 보티첼리가 바티칸의 시스티나 성당에 그린 시포라Zéphora를 떠올리면서이다. 스완에게는 주변 사람들에게서 회화나 조각에 표현된 인물들과의 공통된 특징을 발견하며 거기에서 즐거움을 찾는 유별난 취미가 있다. 이미 만삭인 부엌데기 처녀의 모습에서 조토의 '자비' 형상을 발견한 것이 그 한 예이다. 또한 스완은 자신의 마부 레미의 튀어나온 광대뼈를 보고 로레단 총독의 흉상을, 팔랑시의 코를 통해 기를란다요의 초상을, 그리고 불봉 박사의 턱수염과 가라앉은 코, 날카로운 시선에서 틴토레토가 그린 인물을 떠올린다.

이런 스완은 오데트가 예전부터 보고 싶어 하던 판화를 가지고 그녀를 찾아갔을 때, 그날 몸의 상태가 좋지 않은 그녀의 볼을 따라 흘러내린 긴 머리와, 판화를 보기 위해 한쪽 무릎을 약간 굽힌 채 몸을 앞으로 기울이는 모습에서 보티첼리의 시포라를 발견하고 적잖이 놀란다. 시포라의 시선과 마찬가지로 오데트의 커다란 두 눈에서 피곤이 깃든 무력함을 읽으며 그 순간의 인상에서 오데트가 비록

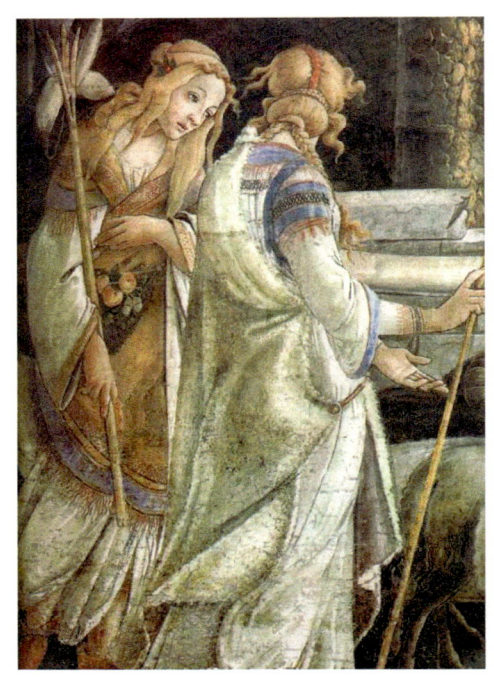

보티첼리, 「모세의 삶」 일부, 시포라, 프레스코, 1481~1482, 시스티나 성당, 바티칸.

자신이 여태껏 좋아하던 풍만하고 관능미 넘치는 여인들과는 거리가 멀지만 시스티나 벽화에 남겨진 명작인 보티첼리의 인물을 떠올리며 그녀와 사랑에 빠지기 시작한다.

시포라는 『구약성서』에 나오는 인물로 미디안의 사제 이드로 Jéthro의 일곱 딸 가운데 하나로 모세의 부인이 된다. 『구약성서』 「출애굽기」 2장 16~22절을 보면 이드로의 딸들은 자신들이 돌보는 양에게 물을 먹이기 위해 우물가에 다가갔다. 그러자 주변의 다른 양치기들이 그녀들을 내쫓으려 했다. 그때 마침 우물가 옆에서 우연히 이를 본 모세는 양치기들을 나무라고 그녀들이 무사히 물을 길을 수 있게 도와주었다. 이 사실을 알게 된 이드로는

딸들 중 시포라를 모세에게 아내로 맞이하게 한다.

1481년에 보티첼리는 시스티나 성당에 세 개의 프레스코를 제작하는데 그중 하나에는 '모세의 삶'을 묘사했다. 그 프레스코의 중앙 앞 쪽에는 모세가 양동이에 물 따르는 두 자매를 돕는 모습이 보인다. 한 여인은 등을 보이고 있고 다른 한 명은 45°정도 몸을 틀어 관객을 향하고 있다. 그녀가 바로 시포라이다.

『잃어버린 시간을 찾아서』 중 화가나 특정한 그림을 언급하는 부분을 묘사할 때 프루스트는 존 러스킨[7]의 글을 참조하고는 했는데 특히 보티첼리의 시스티나 벽화를 표현한 부분이 대표적인 예이다. 소설 속에서 화자나 다른 등장인물에 의해 특정 작품이 언급될 때는 원본이 아닌 그것을 담은 사진이나 판화, 도판을 통해 표현된다. 스완이 시포라를 떠올릴 때, 그는 시스티나 성당의 프레스코 원본이 아니라 자신의 탁자 위에 올려놓은 그것의 모사품이 담긴 액자를 언급한다. 이는 프루스트가 이탈리아를 방문하기 전에 먼저 러스킨의 글과 그림을 통해 보티첼리를 발견한 작가 자신의 경험을 반영한 것이라 할 수 있다. 여기서 우리가 이 영국 평론가에 대해 알고 넘어가야 할 점이 있다면 프루스트는 청년 시절에 러스킨의 책을 탐독했으며 특히 이탈리아 화가에 대한 그의 지식은 대부분 러스킨을 통해 습득했다는 사실이다.

러스킨은 1874년, 바티칸의 시스티나 성당 내부에 있는 프레스

---

7 존 러스킨 John Ruskin (1819~1900)에 대해서는 제4장에서 자세히 다루고 있다.

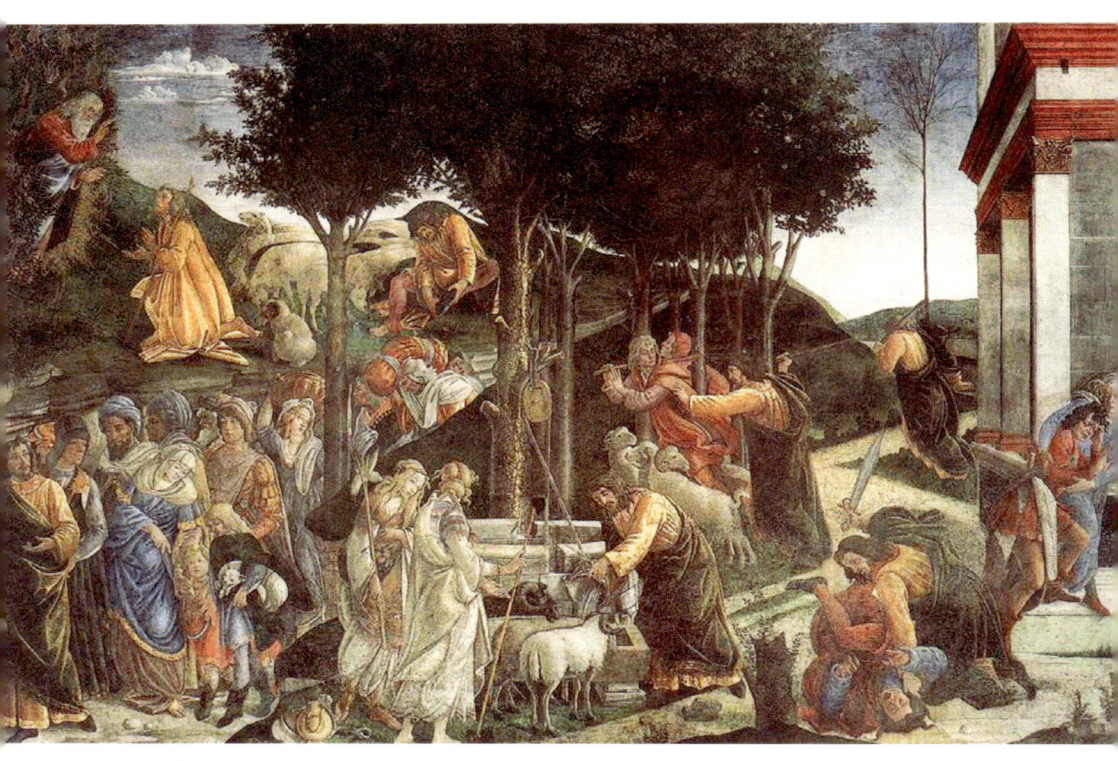

보티첼리, 「모세의 삶」, 프레스코, 1481~1482, 시스티나 성당, 바티칸.

코 앞에서 오랜 시간을 들여 보티첼리의 그림을 모사하는데, 특히 시포라가 마음에 들어 자신이 그린 시포라의 그림을 39권으로 구성된 전집 중 제23권의 겉표지 안쪽에 실었다. 러스킨의 전집을 소유하고 있던 프루스트는 보티첼리가 아닌 러스킨의 손으로 그린 시포라를 눈앞에 두고 오데트를 묘사한 것이다. 프루스트가 만약 실제로 바티칸에 가서 보티첼리의 전체 그림 앞에서 시포라를 보고 글로 묘사했다면 그림 속 그녀의 시선은 한곳에 고정되어 있다기보다는 목적 없이 땅에 떨어져 있다는 것을 알 수 있었을 것이다.

하지만 러스킨은 시포라를 주변의 인물과 분리하여 오로지 그녀만을 표현했는데, 그 도판만 보면 우리는 왜 프루스트가 오데트를 묘사할 때 한쪽 무릎을 약간 굽힌 채 몸을 앞으로 기울여 무엇인가를 열중해서 보는 인상을 받았는지 이해하게 된다. 실제로 시포라만 따로 그린 러스킨의 도판을 보면 시포라의 시선은 허공에 있다기보다는 가까운 곳에 있는 어떤 사물에 고정되어 있다는 느낌을 지울 수가 없다. 「스완네 집 쪽에서」에 묘사된 오데트는 왠지 허약해 보이고 늘 기운이 없으며 얼굴에 비해 지나치게 커다란 두 눈은 얼굴 전체를 피곤함에 젖어 보이게 한다. 육체적으로, 심리적으로 괴로워하는 듯한 모습의 오데트는 러스킨이 모사한 시포라를 그대로 나타낸다.

보티첼리의 진정한 매력

이에 한 발자국 더 나아가서 스완은 오데트를 보티첼리의 「봄」에 표현된 여인의 이미지와 동일시하려 한다. 피렌체의 우피치 미술관이 소장하고 있는 1482년에 제작된 「봄」을 보면 중앙에서 약간 오른편에 화관을 쓰고 온갖 종류의 꽃으로 몸을 치장한 여인을 볼 수 있다. 소설 속에서 스완은 그 그림에 표현된 것과 거의 동일한 데이지, 수레국화, 물망초, 초롱꽃 등의 무늬가 화려하게 수놓인 가운을 오데트에게 선물한다. 봄 중에서도 절정인 5월을 배경으로 한 이 그림은 풍성하게 자란 주황색 오렌지 나무를 지붕 삼아 다양한 인물들이 세 무리로 나누어져 있다.

그중에서 프루스트는 오른쪽에 있는 무리 중에서 다양한 꽃 장식이 있는 하늘하늘한 옷을 입고 꽃이 가득한 바구니에서 장미꽃 잎을 흩뿌리고 있는 여인에게 관심을 갖는다. 그녀는 오비디우스의 『변신 이야기』에 나오는 꽃의 여신 플로라이다. 오비디우스는 대지의 님프 클로리스가 플로라로 변신하는 과정을 이야기하고 있다. 클로리스는 숨을 쉴 때마다 잎에서 꽃이 피어나는 정령이었는데 그녀의 아름다움에 반한 바람의 신 제프로스는 클로리스를 납치한 후 강제로 자신의 아내로 맞았다. 하지만 이내 자신의 행동을 부끄럽게 여기고 후회하게 되자 그녀를 꽃의 여신 플로라로 변신시킨 뒤 그녀에게 봄이 영원히 계속되는 정원을 선물하였다는 전설이다.

그림 속에서 보티첼리는 오비디우스가 기록한 신화의 이야기

중에서 같은 인물이었던 클로리스와 플로라를 나란히 배열하면서 변신 전후의 모습을 보여 주는데 바람에 흩날리는 두 여인이 입고 있는 치마의 방향을 다르게 표현함으로써 같은 장소에 있지만 다른 시기에 있는 두 여인의 모습을 나타내고 있다.

우선 플로라는 안정된 자세와 표정으로 당당하게 관객의 시선을 마주보고 있다. 그녀와 상반되는 자세로 바로 오른쪽에 있는 클로리스는 도망치듯 한쪽 발에 온 몸의 무게를 싣고 절박한 표정으로 발을 내딛고 있다. 그녀를 쫓고 있는 바람의 신 제프로스는 닿기만 해도 차가워 보이는 청동색으로 표현되었고, 그는 가볍게 허공을 날아 덮치듯 클로리스를 향한 채 볼에 한 가득 바람을 물고 그녀의 얼굴에 힘껏 내뿜고 있다. 보티첼리의 그림 속에서 제프로스가 클로리스에게 바람을 불어 넣는 순간 그녀의 몸은 성에 눈을 뜨게 되고, 이는 입에서 피어나는 봄의 꽃으로 상징된다.

시선을 왼편으로 돌리면 그곳에는 세 여인으로 구성된 또 다른 무리를 볼 수 있다. 서로 손을 맞잡고 원을 만든 채 윤무를 즐기고 있는 세 여인 중에서 왼쪽에 있는 여인은 사랑의 여신이다. 가장 풍만하고 몸의 동작이 유연한 곡선으로 표현되었다. 세 명 중 가운데에서 관객을 향해 등지고 있는 갈색 머리의 여인은 순결의 여신이다. 마지막으로 가장 오른쪽에 위치한 여인은 아름다움의 여신이다. 이 세 명의 여인은 그림의 한쪽에서 다른 등장인물들과는 상관없다는 듯 자기네들만의 갇힌 공간에서 서로를 바라보고 있다.

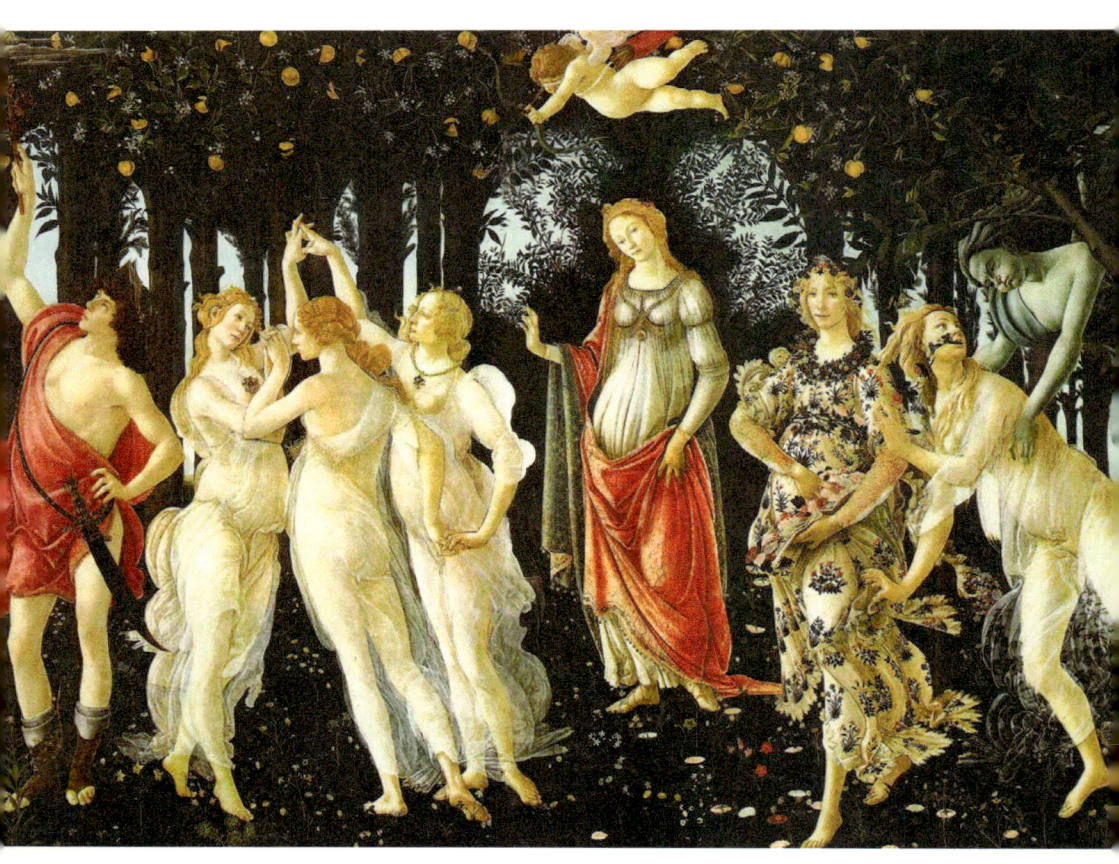

보티첼리, 「봄」, 나무 패널에 템페라, 1482, 우피치 미술관, 피렌체, 이탈리아.

재미있는 사실은 순결을 상징하는 가운데의 여인이 왼쪽에 있는 사랑의 여신에 영향을 받은 듯 그녀의 왼쪽 어깨에 걸친 옷이 흘러내려 맨살을 훤히 드러내고 있다는 점이다. 이렇듯 전혀 관계없어 보이는 두 무리의 여인들, 왼쪽의 세 여신과 오른쪽의 플로라로 변신하는 대지의 님프 클로리스는 모두 사랑에 눈을 뜬다는 공통된 주제를 통해 조화를 이루고 있다.

　보티첼리의 매력은 또한 전통 기독교의 관점에서 보면 이교도라 생각될 수 있는 신화에 나오는 여신들과 이 두 무리 사이에 성모 마리아를 연상시키는 비너스를 그려 넣은 데 있다. 그림 중앙을 차지하는 여인은 주변 인물들로 미루어 볼 때 미의 여신인 비너스인 듯하지만 밝은 하늘색 바탕에 대조되는 짙은 녹색의 식물 줄기가 그녀의 실루엣을 두드러지게 함으로써 마치 후광에 감싸인 성모 마리아의 이미지를 겹쳐 표현한 듯하다. 종교적인 요소와 신화적인 요소의 조합은 진정한 르네상스 정신을 표현한 것이라 할 수 있다.

　영원히 꽃이 지지 않는 정원을 아내에게 선물한 제프로스처럼 스완은 오데트에게 플로라가 입고 있는 옷과 같은 디자인의 가운을 선물함으로써 그들의 사랑을 붙잡고자 했을 것이다. 슬픈 큰 눈을 한 오데트에게서 시포라의 모습을 연상하고 그러한 작용의 연속으로 사랑하는 사람에게 영원한 봄을 상징하는 플로라의 이미지를 덧붙인 것이다.

　이러한 스완의 노력은 프루스트가 말하는 지성인이라면 곧잘 빠질 수 있는 위험한 함정인 '우상 숭배'[8]의 전형적인 예이다. 프루스트는 예술 작품을 감상하는 데 있어 그 형태가 우상 숭배적인 경향을 띨 수 있음을 이야기하는데 이를 두 종류로 나눈다. 첫 번째 형태의 우상 숭배는 특정 예술 작품의 미적 가치를 판단할 때 그것이 다루는 소재의 아름다움을 기준 삼아 작품의 가치를 결정하는 오류이다. 이런 경우는 가령 어느 작품이 아름다운 여인을 표현하거나 멋진 풍경을 담았다고 해서 그 작품이 아름답다고 생각하는 형태의 우상 숭배를 이야기한다.

두 번째 형태로는 예술 작품에 표현된 모든 것에 절대적인 가치를 부여하는 오류이다. 프루스트가 거론하는 여러 예 중에는 가령 어느 여배우가 입고 있는 드레스가 발자크의 소설에 묘사된 바 있는 것이라 하여 더욱 아름답다고 여기는 것이나, 유명한 시인이나 화가들이 쓰던 물건을 비싼 가격을 주고 수집하는 취미를 예로 든다. 스완의 경우 현실 속에서 예술을 찾아내려는 노력, 다시 말하면 현실과 예술의 세계를 혼동하는 버릇이 후자의 '우상 숭배'의 형태를 띠고 있다고 할 수 있다.

스완은 실패한 예술가의 전형으로 묘사된다. 마르셀에게 미술 세계에 처음으로 눈뜨게 하고, 여러 이탈리아 거장을 발견하게

---

8 프루스트가 번역한 러스킨의 『아미앵의 성서』 서문에서 그는 러스킨의 두 가지 사항을 비판한다. 그중 하나가 러스킨의 도덕성, 혹은 종교관에 의한 미학이고, 나머지 하나는 예술 작품에 대한 근시안적인 우상 숭배이다.

하지만 정작 자신은 오데트와 여러 여자와의 관계에서 허우적거리고 미술품 수집만으로 만족하며 창조적인 예술가의 길을 가는 데는 역부족인 인물이다. 마르셀은 이러한 스완과 사랑의 형태 및 예술 접근 방식에서 여러 모로 공통점이 있지만 결정적으로 작가로서의 소명을 발견하고 실천함으로써 그와 구분된다.

뱅퇴유의 소나타를 연상시키는
천사들의 연주
벨리니

혀끝에서 녹는 마들렌 과자를 느꼈을 때의 촉각,
홍차에 젖은 과자의 향기를 들이마셨을 때의 후각,
이들이 가져다 준 비의도적인 기억에 이어 칠중주의 연주 앞에
또 다른 연상 작용이 벌어진다.

점점 사랑에 빠지는 스완

오데트에 대한 스완의 사랑을 두 부분으로 나눈다면, 전반부가 보
티첼리의 시포라로 대변되는 상상력의 산물에 의한 사랑이라면
후반부는 젠틸레 벨리니Gentile Bellini(1429~1507)의 메흐메트 2세
의 초상이 상징하는 질투의 희생양으로 요약될 수 있다. 오데트
에 대한 스완의 감정은 한눈에 반한 사랑과는 거리가 멀다. 앞
서 보았듯이 처음 오데트를 소개받았을 때 스완은 그녀가 아름
답기는 하지만 자신의 취향은 아니라고 생각하고, 그녀에게 별
관심을 두지 않았다.

 그런 그가 완전히 바뀌게 된 계기는 그녀를 병문안했을 때 기
운 없어 보이는 그녀의 모습에서 피렌체의 거장 보티첼리가 그린

여인들 특유의 가냘프고 하늘하늘한 아름다움을 겹쳐 보게 된 순간이다. 이때부터 오데트에게 자신이 가진 예술적 기호를 입히며 그녀에게 새로운 의미를 부여하고 마치 그녀가 하나의 예술품이기라도 하듯 그녀에게서 진귀한 아름다움을 찾아내고 갑작스럽게 그녀가 아름답다고 생각하게 된다.

어느 날 저녁, 당연히 오데트가 있을 것이라 생각하고 찾아간 베르뒤랑네 살롱에서 그녀의 모습이 보이지 않자 스완은 여태껏 한 번도 느껴보지 못했던 그녀의 부재감을 절실히 느낀다. 늘 주변에 있었던 그녀의 존재감이 자신에게 얼마나 중요했는지를 새삼 깨달은 스완은 베르뒤랑네를 나와 그녀의 행방을 찾아 밤길을 헤맨다. 마부 레미가 운전하는 마차 안에 몸을 싣고 그녀가 있을 만한 식당을 손바닥 뒤지듯 샅샅이 찾아 나섰지만 그 어디에도 그녀의 모습은 보이지 않는다. 이 순간 스완의 안절부절못하는 심정을 통해 프루스트는 한 사람이 사랑에 빠지는 순간을 탁월하게 묘사한다.

"길거리 여기저기서 불이 하나 둘 꺼지고 있었다. 대로의 큰 나무들 밑에서 신비한 어둠이 감싸인 채 형체를 알아보기 힘든 행인들이 유령 같은 모습으로 지나가고 있었다. 간혹 혼자 있는 여인들의 그림자가 스완에게 다가와 그의 귀어 나지막이 유혹의 말을 속삭여 그를 긴장하게 만들곤 했다. 그는 그러한 어둠에 가려진 여인들 사이를 초조히 누비며 죽음의 왕국에서 에우리디케[9]를 찾아 헤매듯 오데트를 찾아 나섰네.

사랑이 생기는 다양한 방법, 즉 천상의 고통을 느끼게 하는 여러 근원 중에서 간혹 우리를 통째로 뒤흔들어 놓는 거대한 입김이 불어오는 때가 있다. 그러면 이미 운명은 정해졌고, 그때 그 장소에 우리 곁에 있는 바로 그 대상을 우리는 사랑하게 되는 것이다. 그 사람이 여태껏 자신에게 어떤 존재였는지, 마음에 들기나 했는지 여부는 중요하지 않다. 그 사람에 대한 자신의 감정이 절대적이 되는 단 한순간이 필요할 뿐이다. 이 조건이 충당되는 순간은 바로 그 대상이 한순간에 사라짐으로써 여태껏 당연시 여기던 그의 존재감을 깨달으며 갑자기 초조함에 몸을 떨고, 그를 필요로 하는 마음이 부조리하다고까지 느껴지며, 그 사람을 소유하고자 하는 고통스러울 정도의 욕망을 자각하는 순간이다. 이는 이성의 법칙으로는 설명이 불가능하고 그 불안에서 해방되지도 못할 뿐이다." —「스완네 집 쪽에서」

---

9 에우리디케Eurydice는 그리스 신화에 등장하는 나무의 요정으로 시인이자 음악가인 오르페우스의 아내이다. 어느 날 그녀에게 흑심을 품은 아리스타이오스Aristaeus (아폴론과 님프 사이에서 난 아들)에게 쫓겨 도망가다가 독사에게 물려 사망한다. 거대한 슬픔에 잠긴 오르페우스는 죽은 아내를 되찾기 위해 저승으로 내려간다. 그곳에서 그가 연주를 하고 노래를 부르자 이에 감명받은 저승의 지배인인 하데스는 그에게 에우리디케를 되찾아가도록 허락한다. 단 한 가지 조건은 오르페우스가 저승을 빠져나가 지상에 도착하기까지 아내보다 앞서 가야 하며 뒤돌아보지 않는 것이었다. 지상의 문턱에 거의 도착해 그곳에서 내려오는 빛이 보이자 기쁨을 참지 못한 오르페우스는 아내가 잘 따라오는지 확인하기 위해 뒤를 돌아보는데 그 순간 에우리디케는 그의 눈앞에서 사라지고 만다.

이번에도 성과 없이 한 식당을 둘러보고 나왔을 때 스완은 맞은편 방향에서 걸어오고 있는 여인과 어깨를 부딪친다. 다름 아닌 오데트였다. 전혀 기대하지 않고 있던 터라 오데트는 놀라움을 금치 못하지만 이내 그녀는 스완을 자신의 마차에 합승시킨다. 그녀의 집으로 가는 도중 그들이 탄 마차를 끄는 말이 돌부리에 걸린 듯 갑자기 뛰어오르자 스완과 오데트의 몸이 서로 부딪친다.

그날 그녀는 가슴이 깊게 파인 옷을 입고 있었는데 그녀의 코르셋에 장식으로 꽂은 카틀레야가 그 충돌로 인해 비뚤어진 것을 보고 스완은 그녀에게 자신이 손수 그 꽃을 바로 잡아도 되겠느냐고 묻는다. 남자들로부터 이렇게나 정중한 대접을 받아 본 적이 없는 오데트는 당황하면서도 그 상황을 즐기며 응한다. 카틀레야 꽃을 제자리에 꽂아 주려 스완의 손은 오데트의 가슴을 스치고, 꽃의 향기를 맡으려 스완이 고개를 숙이며 오데트의 가슴을 향한다. 이날 밤 그들은 자연스럽게 잠자리를 나누고 그들의 관계는 급속도로 가까워진다. 이후 스완과 오데트 사이에는 그들만의 암호가 생기는데, 스완이 사랑을 하자고 조를 때면 오데트에게 "카틀레야를 할까요?" 하고 물어본다.

오데트를 향한 스완의 무서운 질투

스완과 애인 관계로 발전한 오데트이지만 그녀는 한 남자에게 연정을 쏟는 사람이 아니다. 그 무렵 베르뒤랭네 모임에는 포르슈빌 백작이라는 새로운 인물이 등장한다. 스완이 자신네 모임에

드나들면서도 다른 귀족 살롱에 출입할 뿐만 아니라 그들 모임을 비난하기는커녕, 그 귀족들도 매우 훌륭하고 지식이 풍부한 사람들이라는 식의 칭찬을 하는 것에 대해 못마땅하게 여기는 베르뒤랑 부인은 오데트에게 포르슈빌 백작을 소개한다.

그러던 어느 날, 스완이 오데트를 찾아갔을 때 그녀는 몸 상태가 좋지 않다며 은근히 사랑을 할 목적으로 찾아온 그를 매정하게 쫓아 보낸다. 자정이 넘어 비가 휘몰아치는 밤거리를 지나 집으로 돌아온 스완은 자신도 막 잠자리에 들 준비를 마쳤는데, 그 순간 갑자기 오데트가 그를 내보낸 이유는 그녀가 누군가를 기다리고 있었기 때문이라는 확신이 든다. 이미 자신에 대한 애정이 예전 같지 않다고 느끼게 된 스완이 처음으로 의심을 하게 되는 순간이다.

그는 다시 떠날 채비를 갖추고 오데트의 집으로 향한다. 아니나 다를까 일찍 잠자리에 든다는 그녀의 창문은 불이 환하게 켜 있다. 불빛이 새어 나오는 창문 밑에서 스완은 그녀와 함께 있는 남자가 누구일지를 상상하며 몇 시간 동안이고 괴로워하다가 결심한 듯 일층의 그 창문을 두드린다. 그러자 그곳에서는 엉뚱한 사람이 고개를 내민다. 모두 비슷비슷하게 생긴 창문들 때문에 어둠 속에서 스완은 이웃집과 오데트의 방 창문을 혼동한 것이다. 하지만 비록 그것이 자신의 실수였고, 그날 밤, 오데트는 피곤하니 오늘은 일찍 잠자리에 들겠다는 말 그대로 일찌감치 불을 끄고 잠들어 있는 것을 확인했지만 엉뚱한 창문 밑에서 스완이 느낀 고통은 쉽게 지워지지 않는다. 이제 오데트가 다른 남자를 만나는 것의 진위 여부는 중요하지 않게 되었다. 르네상스의 명작에서 따온 이미지를 오데트에게 입혀 허상과 사랑에 빠졌던 스완은 또 한 번 자신이 간든 상상력의 희생자가 된 것이다.

스완의 의심은 이제는 정도가 점점 심해지며 오데트의 모든 행동과 말을 믿지 못하는 상태에 이르게 된다. 다른 약속이 취소되어 갑자기 오후 시간이 한가해진 스완은 평소 저녁에만 찾아가는 오데트를 오후에 찾아간다. 문지기는 스완을 보고 오데트가 집 안에 있는 것 같다는 말을 전하지만 막상 오데트의 집 문을 두드렸을 때는 아무도 열어 주는 이가 없다.

스완은 그때 분명히 안에서 인기척을 느끼지만 여전히 문은 꼭 닫힌 채이다. 자신이 착각했다고 생각하고 다음 날 오데트를 만났을 때, 그녀는 어제 자신이 낮잠을 자고 있다가 문을 노크하는 소리를 듣고 나가 보니, 그때는 이미 문 밖에 아무도 없었다고 말한다. 그때 그녀의 얼굴에서 스완은 분명히 예전에 언젠가 본 적 있는 매우 슬프고 괴로워하는 듯한 표정을 읽는다. 그 슬픈 표정을 언제 봤을까 기억을 더듬던 스완은 결국 그때를 떠올리는 순간 절망감을 느낀다.

그녀가 스완과 밤늦게까지 시간을 보내고 약속한 베르뒤랑네 모임에 불참했던 다음 날, 그녀는 몸이 좋지 않았다며 지난 밤 모임에 오지 못한 진짜 이유를 숨기고 거짓말했는데, 그때 스완은 지금과 똑같이 슬프고 괴로워하는 듯한 미소를 그녀에게서 보았던 것이다. 그러자 스완은 어제도 오데트가 다른 누군가와 같이 있었다가 자신의 노크 소리를 듣고 문을 열지 않았음을 확신한다.

이후 스완은 그녀의 집을 나서며 식탁 위에 있는 아직 부치지 않은 편지들을 보고 오데트에게 자신이 우체국에 들러 그 편지들을 부쳐 주겠다고 한다. 집에 돌아온 스완은 곧 잊어버리고 그 편지들을 부치지 않은 채 그대로 간직한다. 얼마 후 편지들을 발견하는데 수신자 중에 포르슈빌 백작이 포함되어 있었다. 스완은 갑자기 의심이 들어 그 편지를 촛불에 비춰 가며 안에 쓰여진 내용을 보려고 애쓴다.

얇은 봉투 사이로 비치는 글자 중에는 마지막 인사말이 가장 먼저 보이는데, 그 표현이 애인한테 쓰는 것이라기보다는 사무적이고 차가운 표현인 것에 일단 안심을 한다. 그리고 곧 다음 표현이 보이는데 이번에는 "문을 열어 주기를 잘 했어요. 제 삼촌이 찾아 왔었더라고요." 하는 내용이었다. 그러자 스완은 그날 있었던 모든 일을 명확히 이해하게 된다. 자신이 예고도 없이 찾아왔을 때 오데트는 포르슈빌 백작과 함께 있었고, 노크 소리에 서둘러 다른 문으로 백작을 내보낸 다음 문을 열어 주었는데, 그때 이미 스완은 발길을 돌린 후였다. 오데트는 백작에게 편지를 보내서 그렇게 경황 없이 쫓아 보낸 사실을 미안해 하며 사과했고, 또 한 번 거짓말로 스완이라는 존재를 삼촌으로 바꾼 것이다.

이제 더 이상 의심할 바 없이 그녀와 백작의 관계가 명확해지자 스완은 그녀를 백작에게서 떼어 놓기 위해 며칠 동안 그녀를 데리고 남부로 여행을 떠난다. 하지만 오데트가 그곳 호텔에 투숙하는 남자 손님들과 대화를 나눌 때마다 다시 의심과 질투로 괴로워한다.

사랑하는 여자 노예의 목을 벤 메호메트 2세

그 무렵에 스완은 젠틸레 벨리니가 그린 터키의 술탄인 「메호메트 2세의 초상」에 특히 애착을 느낀다고 말한다. 이 그림은 1,000여 년에 걸친 역사를 가진 동로마 제국을 1453년에 함락시킨 오토만 제국의 황제 메호메트 2세의 초상을 1480년에 콘스탄티노플에 있었던 벨리니가 그린 것이다. 프루스트가 읽은 바 있는 이야기에 의하면 그 술탄은 한 여자 노예를 너무나 사랑한 나머지 황제로서의 일도 뒷전으로 하고 전투사로서의 기강도 해이해졌다는 가신들의 비난을 잠재우기 위해 자신이 사랑한 노예의 목을 베게 하였다고 한다. 프루스트는 이 이야기를 소설 속에 차용한다. 사랑에서 벗어나 자유를 찾았다는 술탄의 이야기를 떠올리며 스완은 이렇게나 자신을 소모시키는 사랑을 하느니 차라리 오데트가 자동차 사고라도 나서 자기를 자유롭게 해 주었으면 하고 바란다. 하지만 이내 오데트의 죽음을 상상 속에서나마 바란 것에 죄책감을 느끼게 된다.

재미난 사실은 메호메트 2세의 초상은 예전에도 스완에 의해 언급된 적이 있는데 그때는 완전히 다른 이유에서라는 점이다. 마르셀의 할아버지와 친구이기도 한 스완은 어느 일요일, 콩브레

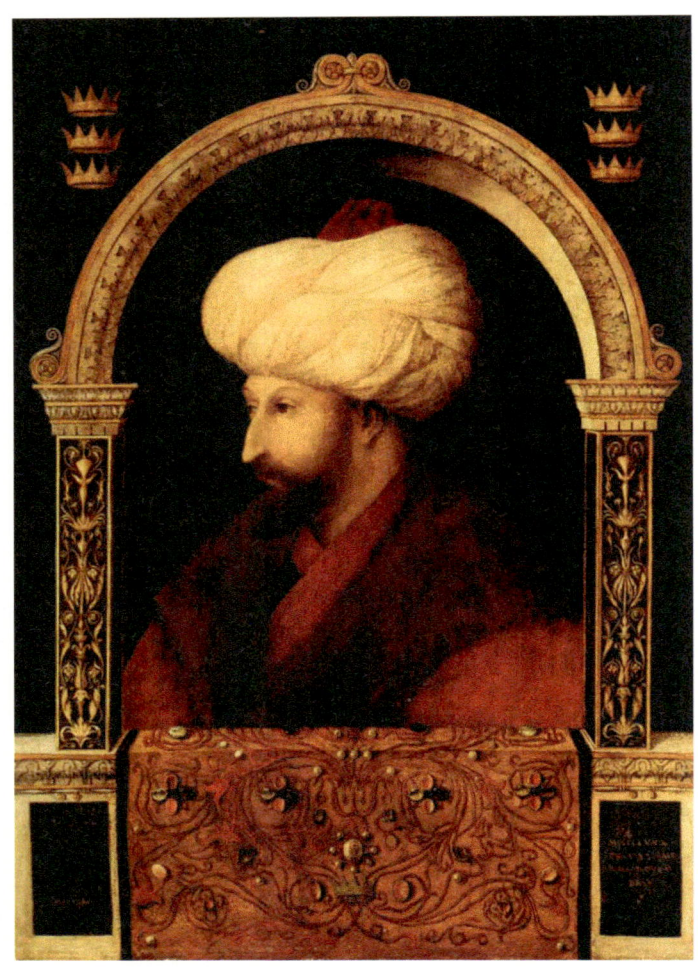

젠틸레 벨리니, 「메흐메트 2
세의 초상」, 캔버스에 유채.
1480. 런던 내셔널 갤러리,
영국.

의 마르셀네를 방문했을 때 햇살을 받으며 정원에서 독서를 하고
있는 마르셀을 본다. 마르셀이 읽고 있는 책이 베르고트가 쓴 소
설임을 발견하고는 어린 나이인데도 상당한 문학적 소양이 있다
며 칭찬을 하자, 마르셀은 자신에게 그 작가의 책을 권한 것은 학
교 친구인 블로크라고 한다.

예전에 마르셀네에서 블로크를 한 차례 본 적 있는 스완은 이번에도 특유의 습관대로 특정 미술 작품에 표현된 인물과의 공통점을 찾아내는데, 블로크의 비교 대상이 되는 그림이 바로 벨리니가 그린 메흐메트 2세의 초상이다. 블로크가 끝이 처진 눈썹을 하고 있고 코끝이 내려갔으며 광대뼈가 튀어나왔다는 이유에서인데, 거기에 그가 수염만 기른다면 영락없는 오토만 제국의 황제와 동일인물로 착각할 것이라고 호들갑스럽게 이야기했던 것이다. 하지만 블로크를 메흐메트 2세와 비교한 것은 아이러니가 아닐 수 없다. 이 둘 사이에는 신체적 유사점을 제외하고 모든 것이 상반되었다고 해도 과언이 아니기 때문이다.

　블로크는 마르셀의 학우이지만 그보다 연장자인데 처음부터 모순 덩어리이자 현학자인 체하는 인물로 그려진다. 마르셀의 집에 초대받아서는 아버지가 밖에 비가 오느냐고 묻는 말에 자신은 일기예보에는 통 관심이 없어서 비가 오는지 어떤지를 대답할 수 없다고 하는 바람에 아버지의 눈 밖에 나는가 하면, 마르셀의 할머니가 최근에 편찮았다는 말을 듣고는 그 자리에서 울음을 터뜨리는 통에 할머니는 블로크를 약간 정신이 나간 사람으로 취급하기에 이른다.

　또 한 번은 마르셀네에 식사 초대를 받고는 한 시간 반이나 지각했으면서 사과하기는커녕 앞뒤가 맞지 않는 변명을 대는 통에 온 가족의 미움을 사기도 했다. 더구나 전쟁이 발발한 1914년, 블로크와 우연히 다시 한 번 마주치게 된 마르셀과 군인인 로베르

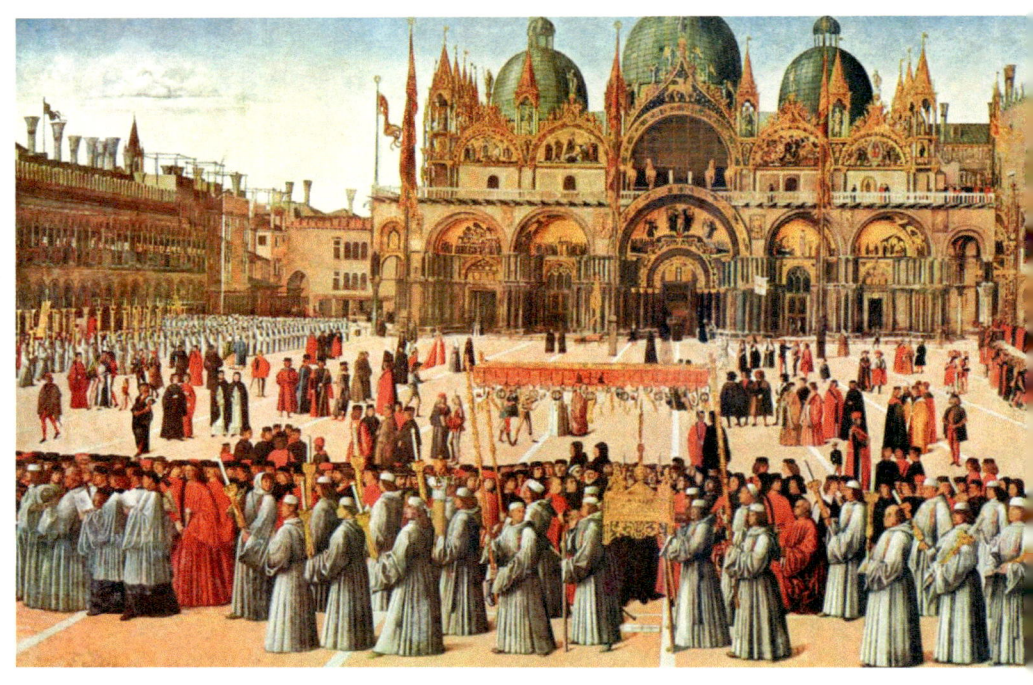

젠틸레 벨리니, 「산 마르코 광
장 앞의 행렬」, 캔버스에 템페
라, 1496, 베네치아 아카데미
갤러리, 이탈리아.

드 생루 앞에서 그는 어떻게 하면 군대를 빠질 수 있는지 걱정하
는 비겁한 인물로 그려진다. 이런 블로크를 스물한 살에 콘스탄티
노플을 함락시키고 거대한 제국의 술탄으로 군림한 메흐메트 2세
와 비교하는 것은 아이러니가 아닐 수 없다. 이렇듯 벨리니가 그
린 메흐메트 2세의 초상은 스완이 머릿속에 자세한 부분까지 기
억하고 있을 정도로 친숙한 작품이었다. 하지만 같은 그림이라도
스완 자신의 심리 상태에 의해 다른 접근 방식으로 해석된다는
점이 의미가 있다.

『잃어버린 시간을 찾아서』에서 젠틸레 벨리니가 「메흐메트 2세
의 초상」을 통해 가장 처음 등장하는 것은 아니다. 이 베네치아

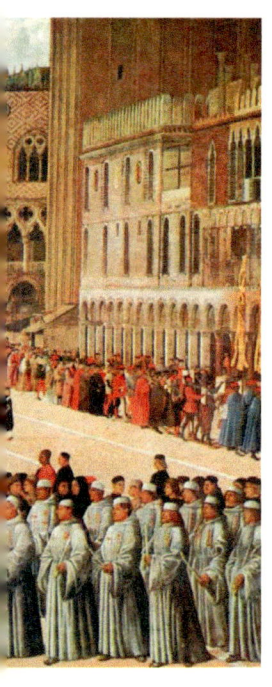

화파 화가는 「스완의 집 쪽에서」에 마르셀이 '게르망트 쪽' 길을 산책하던 중 이미 한 번 인용된 바 있다. 마르셀은 벨리니가 그림으로 남긴 베네치아의 '산 마르코 성당의 정문'을 이야기하는데, 이는 1496년에 제작한 「산 마르코 광장 앞의 행렬La Procession devant le piazza de Saint-Marc」[10]을 일컫는다. 레오니 아주머니 댁의 작은 정원에 있는 정문을 나서면 바로 이어지는 '게르망트 쪽' 산책로에 지금은 학교가 지어져 예전의 모습을 찾아볼 수 없지만, 마르셀이 콩브레를 추억할 때 떠올리는 것은 현재의 변형된 모습이 아니라 이제는 실제로 존재하지 않는 예전의 콩브레 모습이다. 이때 마르셀은 벨리니의 그림에 담긴 산 마르코 성당의 정문을 이야기한다.

「산 마르코 광장 앞의 행렬」을 보면 13세기에 지어진 베네치아의 명물인 산 마르코 성당과 그 정면의 문 위에 당당하게 버

---

10 「산 마르코 광장 앞의 행렬」은 그림을 그릴 당시보다 50년 전인 1444년에 산 마르코 광장 앞을 지나던 행렬에서 일어난 기적을 묘사하고 있다. 성유물로 생각되던 십자가를 흰 옷을 입은 성직자들이 화려하게 수놓은 들것 위에 싣고 장중한 행렬을 하는데 심한 병을 앓고 있는 아들을 둔 한 아버지가 십자가 앞으로 튀어나와 절을 하였다. 그후 아버지가 집에 돌아와 보니 아들의 병이 씻은 듯이 낳았다고 한다. 벨리니는 행렬하는 성직자들 사이로 보이는 구릅 꿇은 아버지의 모습을 그림 중앙에 포착하고 있다. 하지만 프루스트는 이러한 성유물의 기적보다는 행렬의 뒤로 보이는 산 마르코 성당에 더 관심이 있는 듯하다. 행렬이나 무릎 꿇고 있는 아버지에 대한 언급은 없고 산 마르코 성당, 특히 정문과 그 위를 장식한 모자이크를 통해 예술 작품과 기억이 공통으로 수행하는 역할에 대해 사색한다.

티고 있는 청동 기마상들, 그리고 다섯 개의 문 위에 모자이크 장식이 있다. 벨리니의 그림은 이러한 성당의 정면을 매우 사실적이며 꼼꼼하게 묘사하고 있지만 이러한 장식은 오랜 세월로 파손되어 현재는 산 마르코 성당의 남서쪽 문 위의 모자이크만 유일하게 남아 있다. 벨리니의 그림이 산 마르코 성당의 과거 모습을 간직하고 있듯이 마르셀은 자신의 기억 속에 이제는 존재하지 않는 콩브레의 한 모습, 게르망트 쪽 산책로를 기억하고 있는 것이다.

벨리니의 그림을 통한 예술의 진정한 기쁨

이런 젠틸레 벨리니에게는 지오반니 벨리니Giovanni Bellini(1430~1516)라는 이름의 한 살 아래 남동생이 있는데 사실 그는 오늘날 형보다 더 위대한 화가로 인정받고 있다.[11] 프루스트는 소설에서 이 남동생 또한 언급하는데 그가 형인지 동생인지는 직접적으로

---

[11] 이 두 형제의 아버지인 야코포 벨리니Jacopo Bellini(1400~1470)는 고향인 베네치아를 비롯해서 베로나, 파도바 등 이탈리아 북부에서 여러 성당의 프레스코를 완성한 숨은 거장이다. 오늘날 이탈리아 르네상스에서 가장 유명한 화가 집안을 꼽으라고 한다면 단연 벨리니 가문을 들 수 있는 이유도 아버지 대부터 시작된 그림에 대한 정열이라 하겠다. 현재 아버지 벨리니의 작품 대부분은 성당이 파손되어 원래의 모습을 찾아볼 수 없다. 하지만 지금까지 남아 있는 풍경 및 건축적인 소재를 담고 있는 그의 스케치북 두 권은 초기 이탈리아 르네상스의 발전 과정을 증언하는 기록으로 뛰어난 역사적, 예술적 가치를 띤다. 그의 두 아들은 베네치아에 있는 아버지의 화실에서 다른 제자들과 함께 아버지의 가르침을 받았다.

구분하지 않은 채 다만 벨리니라고만 이야기하고 있다. 가령 「꽃핀 소녀들의 그늘에서_ 중 알베르틴과 그녀의 친구들의 목소리를 벨리니의 그림에 등장하는 악기를 연주하는 천사들이 낼 법한 소리에 비유하는 장면에서 작가는 동생인 지오반니 벨리니의 그림에 나오는 천사들을 염두에 둔 것이라고 할 수 있다.[12] 더 나아가 스완이 형 벨리니가 그린 메흐메트 2세의 그림을 통해 오데트에 대한 자신의 심정을 묘사한다면 마르셀은 동생 벨리니의 어린 천사들이 연주하는 소박한 음악을 통해 작곡가 뱅퇴유가 만들어 내는 다양한 기쁨을 묘사한다.

　뱅퇴유의 소나타는 스완과 오데트의 관계가 최절정에 있을 때, 이들의 사랑의 찬가와도 같은 역할을 한다. 스완은 비록 오데트의 연주 실력이 형편없다는 것을 알지만 계속해서 그녀에게 뱅퇴유의 피아노 소나타를 연주해 달라고 부탁했으며 그녀가 피아노 앞에 앉기만 하면 그녀에게 키스를 퍼붓고 애무함으로써 그녀의 연주를 방해하고는 했다. 그후 오데트와 헤어지고 그녀에 대한 마음도 다 치유되었다고 생각될 무렵, 우연히 뱅퇴유의 소나타가 연주되는 것을 듣고 스완의 아픔이 생생하게 살아난 적이 있었다. 마르셀은 이런 스완의 사랑 이야기를 어떻게 알게 되었는지 독자에게 알려 주지 않는다. 삼인칭 화법으로 전개되는 스완의 이야기는 독립된 형태로 「스완네 집 쪽에서」 중 중요한 한 부분을 차지하고 있고, 마르셀은 콩브레에서 이웃이던 뱅퇴유뿐만 아니라 그의 소나타 또한 잘 알고 있는 상태였다.

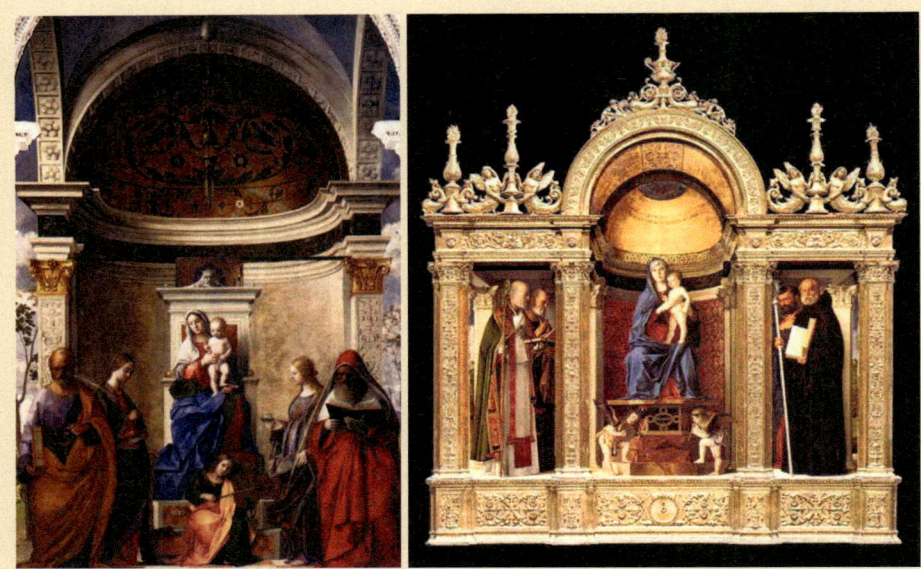

왼쪽 지오반니 벨리니, 「산 자카리아 성당의 제단화」, 캔버스에 유채, 패널에서 전사, 1505, 산 자카리아 성당, 베네치아, 이탈리아.
오른쪽 지오반니 벨리니, 「프라리 성당의 삼단 제단화」, 패널에 유채, 1488, 산타마리아 디 프라리 성당, 베네치아, 이탈리아.

12 『잃어버린 시간을 찾아서』에서 지오반니 벨리니의 악기를 연주하는 천사들을 인용하는 경우, 그의 작품 중 가장 유명한 세 가지를 꼽을 수 있다. 「프라리 성당의 삼단 제단화」, 베네치아 아카데미 갤러리에 소장된 「산 지오베 성당의 제단화」, 그리고 「산 자카리아 성당의 제단화」이다. 이 세 그림은 모두 그림의 중앙에 아기 예수를 안고 있는 성모가 등장하고 그 양 옆에는 다양한 성인들이 나타나 마치 서로 대화를 나누는 듯한 모습을 표현했는데 그 구성의 특징상 '신성한 대화Sacra conversazione'라고 불리기도 한다. 이런 종교화는 15세기에 이탈리아 북부에서 많이 그려졌다. 이 소재를 다룬 벨리니의 세 그림의 특징은 모두 성모와 예수 밑에 현악기나 루트를 연주하는 어린 소년, 소녀의 모습을 한 천사들이 등장한다는 점이다.

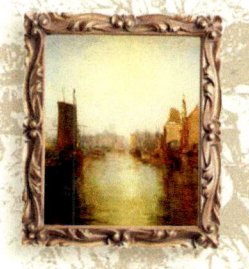

chapter 2

사랑과 예술의 재발견

소년에서 청년으로

콩브레에서 스완네 집 쪽을 산책할 때 스완의 딸 질베르트가 정원에서 노는 모습을 멀리서 타라보기만 할 뿐, 그녀와 만남을 갖지 못했던 소년 마르셀은 그녀에 대한 일방적인 짝사랑을 키운다. 하지만 이제는 콩브레에서 보낸 여름도 끝나고 다시 본래의 파리 집으로 돌아온다.

파리에서도 마르셀의 산책은 계속된다. 이번에는 들판이 펼쳐지거나 강물이 흐르는 전원적인 풍경이 아니라 대도시의 중심지, 샹젤리제이다. 산책을 나설 떠마다 마르셀의 곁에는 하녀 프랑수아즈가 뒤따른다. 그러던 어느 날, 마르셀은 다시 한 번 샹젤리제의 거리에서 질베르트를 만나게 되고, 둘의 사이는 급속도로 가까워진다.[1] 급기야는 그녀의 집에 초대받아 정기적으로 스완과 오데트와 함께 식사를 하는 사이로 발전한다. 그러나 한결같이 열정적인 마르셀의 아정에 비해 질베르트의 감정은 종잡을 수 없이 변덕스럽다.

하루는 질베르트가 마르셀에게 그가 스완에게 쓴 편지를 가지고 있으니 자신에게서 편지를 빼앗아 보라며 몸을 애무하도록 무언의 허락을 하는가 하면, 이런 일이 있은 얼마 후에는 자신의 집

에 놀러 온 마르셀을 본 척도 않고 차갑게 대한다. 후에 질베르트
는 마르셀이 자신을 매우 좋아한다는 사실을 알고 있어서 그렇게
변덕을 부리며 그를 괴롭힌 것이라고 한다. 종잡을 수 없는 질베
르트의 행동 때문에 그들의 관계가 점점 악화되어 가던 중, 마차
를 타고 가던 마르셀은 우연히 길거리에 있는 젊은 남성과 동행

---

1 『잃어버린 시간을 찾아서』의 이 부분은 작가의 실제 경험에 바탕을 둔 것이다. 프루
스트는 10대 초반이었을 때 파리의 부유한 지역인 제8구역에 살았는데 거의 매일 하
녀를 대동하고 샹젤리제를 거닐며 오후를 보냈다. 당시 프루스트는 같은 시간대, 같은
장소에 나타나는 비슷한 나이 또래의 아이들과 어울렸다. 그중에서 특히 마리 베나르
다키Marie Benardaky라는 이름의 러시아 태생의 소녀와 친밀한 시간을 보냈는데 그
는 그녀의 이국적인 출신과 외모에 흠뻑 빠져 있었다. 후에 프루스트는 마리 베나르다
키와의 추억을 바탕으로 샹젤리제에서의 질베르트를 그렸다. 오늘날 샹젤리제에는 이
를 기념하여 '마르셀 프루스트 산책로'라고 이름 붙인 거리가 있다.
2 『생트 뵈브에 반박하여』에는 생트 뵈브의 비평 방식과 이를 정면으로 반박하는 프
루스트의 생각이 잘 드러나 있다. "생트 뵈브의 그 유명한 방식은 작가와 그의 작품을
같은 선상에 놓고 생각하는 것이다. 생트 뵈브는 한 작가가 쓴 책이 가령 『순수 기하
학 이론』과 같은 과학서가 아닌 이상, 그 작가를 판단하는 데 작품과는 별개의 질문
들, 가령 그 작가는 평소에 어떻게 행동했는가 하는 질문에 의존한다. 또한 그 작가에
관한 정보라면 어느 것이라도 빠뜨리지 않고 수집하고 그가 쓴 편지들을 들추고, 그
와 친분이 있었던 사람들이 아직도 살아 있다면 대화를 통해 그들이 평상시에 알던
작가에 대한 정보를 캐고, 그 사람들이 이미 사망한 경우라면 그 작가에 대해 남긴 회
상록 등을 읽음으로써 그 작가를 판단한다. 그러나 그의 이러한 방식은 우리들이 자
기 자신을 잘 알고자 조금이라도 노력할 때 자연스럽게 발견하게 되는 사실을 무시하
는 것이다. 생트 뵈브의 이러한 방식은 책을 쓰면서 나타나는 '나'는 일상생활이나
사람들과 있을 때, 그것도 아니면 나쁜 버릇을 통해 드러나는 '나'와는 엄연히 구분
되는 존재라는 사실을 무시한 것이다."

82

하는 질베르트를 본다. 이는 마르셀로 하여금 그녀를 완전히 잊을 결심을 하게 만든 계기가 된다.

이 당시 스완네에 초대받아 종종 같이 식사를 하던 인물 중에 작가 베르고트가 있다. 어린 시절 마르셀은 그의 소설에 심취하여 베르고트를 이상의 작가로 여기고 그를 숭배했다. 하지만 막상 실제로 보게 된 베르고트는 근엄하고 우아하게 나이 든 지성인의 모습을 하고 있을 것이라는 마르셀의 상상과 반대로, 의외로 젊고 키가 작은 뚱뚱한 몸매에다가 우스꽝스럽게 생긴 코에 근시안인 실망스러운 모습을 하고 있었다.

우리는 여기서 프루스트의 작가론을 볼 수 있다. 그는 『잃어버린 시간을 찾아서』를 집필하기 전에 『생트 뵈브에 반박하여 *Contre Sainte-Beuve*』라는 에서 이를 통해 작가를 판단하는 기준으로 그 사람의 개인적인 인격이나 성향, 사회적인 위치 등 전기적인 요소를 근거로 판단하는 19세기 프랑스 평론가 생트 뵈브의 논리를 비평한 적이 있다.[2] 프루스트에게서 한 작가를 판단하는 기준은 그가 사교계에서 재치 있는 대화로 사람들의 주의를 얼마나 끄는지, 또는 우아한 옷맵시로 얼마나 감탄을 자아내는지가 아니라, 오로지 그가 남긴 작품이어야만 한다고 이야기한 바 있다. 하지만 아직 어린 마르셀은 이러한 개념을 이해하기 전이고, 소설을 통해 자신의 문학적 영웅이었던 베르고트의 초라한 외모에 실망을 감추지 못할 뿐이다.

이제는 그후로 수년이 흘러 완전히 질베르트를 잊고 소년에서 사춘기의 청년으로 훌쩍 커 버린 마르셀이 할머니, 그리고 하녀 프랑수아즈와 함께 프랑스 북부의 바닷가 휴양지인 발베크Balbec를 찾는다. 발베크 또한 콩브레처럼 허구의 지명이지만 프루스트가 실제로 휴양차 여러 차례 찾은 노르망디의 실제 해변가 마을인 카부르Cabourg를 모델로 한 것이다. 프루스트가 머문 '그랑 호텔'이라는 호화로운 숙소는 소설에 그 이름 그대로 나온다.

발베크는 청년이 된 마르셀에게 다시 새로운 사랑과 진정한 예술에 눈을 뜨게 한다는 점에서 중요한 역할을 한다. 마르셀은 소설 제2권을 이루는 「꽃핀 소녀들의 그늘에서」의 제목이 말해 주듯이 봉우리에서 이제 막 싱그러움과 건강한 아름다움으로 활짝 피기 시작한 젊은 처녀의 무리를 발베크의 해변가에서 만난다. 이 '꽃핀 소녀들'로 대표되는 무리는 게르망트네가 상징하는 귀족 계급도, 마르셀이 속한 부르주아 집단도 아닌 중산층이다. 그러나 아직 이런 사실을 모른 채 바람에 치마를 펄럭이며 해변가를 거니는 그녀들을 멀리서 바라보는 마르셀은 하나의 덩어리를 이루는 전체적인 인상에서 차츰차츰 그 무리를 구성하는 여자 하나하나를 구분할 수 있게 되고, 그의 관심은 앙드레에서 로즈몽드, 지젤 그리고 마침내 알베르틴으로 정착하게 되기까지 여러 과정을 거친다.

마르셀의 사랑의 특징은 이렇듯 우선 먼발치에서 누군가를 바라본다는 점, 그녀에 대한 환상을 키우고 자기만의 상상력으로 이상적인 이미지를 덧입힌다는 점, 그리고 그후에 누군가의 소개에 의해 꿈에 그리던 그녀와 만남을 갖게 된다는 점이 특징적이다. 그러나 이러한 그의 사랑은 여러 번의 만남과 대화를 통해 그녀에 대한 환상이 벗겨지면서 자기가 사랑한 것은 실재의 그녀가 아니라 자기가 만든 상상력의 그녀임을 발견하게 됨으로써 불가피한 비극적 결말을 맞을 수밖에 없다.

또한 마르셀이 여러 명의 아가씨 중에서 알베르틴으로 자신의 사랑의 대상을 정하게 되기까지를 보면 그녀가 운명적, 필연적인 대상이 아니라 단지 우연한 계기에 의한 사랑의 대상이라는 점이다. 어쨌든 마르셀은 소년 시절 질베르트와 첫사랑에 빠졌던 이후 다시 한 번 사랑의 감정을 느낀다.

앞으로 마르셀과 깊은 우정을 나누게 될 로베르 드 생루와도 이곳에서 첫 만남을 가진다. 마르셀이 게르망트 공작 부인의 조카이기도 한 로베르를 처음 보게 되는 순간은, 그가 햇살을 가득 머금은 황금색에 가까운 금발을 휘날리며 그랑 호텔의 식당에 나타나 공기처럼 가벼운 몸놀림으로 식탁 사이를 요리조리 통과할 때인데, 그 모습에서 화자인 마르셀은 자신과는 너무나 다른 로베르의 귀족적인 자태에 한눈에 반하게 된다.

몸이 허약하고 의지가 부족한 손자에게 어떻게든 예술가의 세계를 보여 주어 자극을 주고자 했던 할머니는 마르셀에게 엘스티르라는 당시 명성을 누리고 있는 화가의 작업실을 방문하게 한다. 마르셀은 할머니의 성화에 마지못해 발베크에서 작은 개인 화실을 두고 그곳의 바다, 절벽, 배와 어부들을 대상으로 그림을 그리는 엘스티르를 찾아갔지만 그의 작업실에 발을 들여놓는 순간, 이제껏 경험하지 못한 새로운 세계가 눈앞에 펼쳐짐을 감지한다.

엘스티르는 물론 프루스트가 만들어 낸 가상의 화가이다. 비평가들 사이에서 프루스트가 엘스티르를 창조했을 때 그의 모델이 된 실제 화가들을 찾으려는 노력이 끊이지 않았다. 그중 가장 많은 이가 동의하는 실제 화가 중에는 엘스티르의 화풍이나 소재를 근거로 항구와 강가 등 물을 주된 소재로 그린 미국 화가 휘슬러, 그리고 엘스티르가 마르셀과 대화하며 펼치는 인상파적 미술론에 입각해 모네를 모델로 한 것이라는 주장이 전반적으로 받아들여지고 있다.

마르셀은 엘스티르의 그림을 통해 아름다움이란 예술 작품이 담고 있는 소재나 내용이 아니라 그것을 보는 화가의 시선에 있다는 사실을 배운다. 여태껏 호화로운 파티나 아름다운 옷을 입은 여인 등에서만 아름다움을 찾으려 했던 마르셀은 식사를 마친 손님들이 떠난 텅 빈 호텔의 식당, 그리고 아무렇게나 흐트러져 있는 식탁 위의 접시와 식기 도구 등도 그것을 바라보는 이의 시선에 따라서는 예술 작품의 소재가 될 수 있다는 사실을 깨닫는다. 여태껏 하찮게 생각했던 주변의 일상적인 풍경들, 습관이라는 이름에 가려져 그곳에서 나오는 빛을 보지 못했던 소소한 풍경들이 새로운 가치를 띠며 마르셀에게 예술가의 시선이 얼마나 다양하고 새로운, 무한의 세계를 창조할 수 있는지를 보여 준다.

이렇듯 엘스티르라는 화가에 의한 회화 감상법은 곧 작가를 꿈꾸는 마르셀에게 앞으로 추구하게 될 그만의 작가론을 형성하는 중요한 바탕이 된다.

그러나 발베크라는 장소는 마르셀에게 엘스티르를 통해 예술에 대한 조금 더 깊은 이해를 허락하는 곳임과 동시에 또 한 번 작가로서 재능이 없는 자신의 무능력에 회의를 느끼게 되는 장소이기도 하다. 소년 시절의 마르셀은 게르망트네 쪽 산책로에서 콩브레 근처에 있는 마르탱빌 성당의 세 개의 종탑을 보고 그것이 주는 인상에 매료되어 글을 지은 경험이 있었던 데 비해, 발베크의 마르셀은 인근의 유디며 닐Hudimesnil을 산책하다가 발견한 세 그루의 나무에서 강렬한 기쁨을 느끼긴 하나 그뿐 그 기쁨의 근원이 무엇인지 파헤치는 데는 성공하지 못한다. 그때 받은 인상은 이내 흐지부지 사라지며 그것을 글로 표현하기에는 자신의 감정을 이해하려는 노력이 부족하다. 마르셀은 화가를 통해 새로운 눈으로 사물을 바라보게 되었지만 그것을 자기 것으로 하는 데에는 아직 역부족이다.

제2장에서는 허구의 화가 엘스티르를 중심으로 프루스트의 예술론을 이해하고, 그의 모델이 된 휘슬러와 모네를 살펴본다. 발베크에서 발견한 새로운 사랑과 예술에 눈을 뜨는 청년 마르셀은 미래의 작가로서 한층 더 성숙해진다. 이제는 여름의 끝자락, 마르셀은 밀물처럼 피서객들이 빠진 쓸쓸한 발베크를 두고 다시 파리로 돌아온다.

일상의 사물을 바라보는
화가의 독특한 시선
엘스티르

엘스티르의 위대함은 우리가 익숙하다고 생각하는 것들에서
새로움을 끄집어 내어 그만의 세계를 창조하는 능력에 있다.

마르셀, 엘스티르의 화실을 방문하다

이 책에서 다루는 여러 실제 화가에 비해 엘스티르라는 인물은
유일하게 프루스트가 창조해 낸 가상의 화가이다. 허구의 인물임
에도 엘스티르가 모네, 마네 등의 현존했던 화가들과 나란히 어
깨를 겨눌 수 있는 이유는 이 인물이야말로 프루스트의 미술론,
작가론을 가장 직접적으로 보여 주기 때문이다.

물론 『잃어버린 시간을 찾아서』에 등장하는 수백 명의 허구의
인물 중에서 엘스티르가 유일한 예술가는 아니다. 프루스트는 각
예술 장르를 대표하는 인물로 네 명을 설정하는데, 소설가 베르
고트, 작곡가 겸 피아니스트 뱅퇴유, 여배우 라 베르마, 그리고
화가 엘스티르로 각각 문학, 음악, 연극, 미술을 대표한다. 이들

과 직접 대화하며, 혹은 그들의 작품 앞에서 마르셀은 점점 예술 세계에 눈을 뜨고 이해의 깊이를 더해 간다. 하지만 엘스티르를 제외한 나머지 세 명의 인물들이 소설이 전개됨에 따라 초기의 절대적인 영향력을 잃고 마르셀의 세계에서 사라진다면, 엘스티르는 처음의 우스꽝스러운 등장에 비해 시간이 지날수록 위대한 예술가로서의 기지를 한층 더해 가고 그에 대한 마르셀의 숭배에 가까운 존경심은 그 정도가 시간과 비례하여 증가한다. 마르셀은 엘스티르와의 깊은 대화를 통해 진정한 예술가의 임무와 역할을 깨닫고, 그의 그림에서 새로운 세계를 창조하는 방법을 터득한다. 즉 엘스티르가 붓으로 표현한 진리를 단어로 표현하는 것이야말로 자신의 소명임을 발견하는 것이다.

엘스티르라는 이름이 처음 등장하는 것은 마르셀이 발베크의 해변가를 찾았을 때 그 당시 한창 잘 나가는 화가 엘스티르의 작업실이 근처에 있으니 한 번 찾아가 보라는 할머니의 권유를 통해서이다. 예술적 기호가 남다른 할머니의 인정까지 받은 엘스티르이지만 그는 젊었을 당시에는 「스완네 집 쪽에서」에 이야기되듯 베르뒤랑네 부부의 만찬에 드나드는 자유분방한 무리를 구성하던 인원 중 한 명으로, 그때는 '비슈Biche'라는 예명으로 불렸다. 프랑스어로 '비슈'는 암사슴이라는 뜻으로 친한 사이에서 주로 젊은 여자를 애칭으로 부를 때 쓰이는 단어이다. 엘스티르가 비슈라고 불렸다는 사실은 그가 젊은 시절에 얼마나 가볍고 천방지축으로 베르뒤랑네 살롱에서 인기몰이를 하고 다녔는지를 보여 준다. 당시의 그는 훗날 마르셀에게 그림과 건축, 그리고 자신의 예술론을 열정적으로 펼치는 진정한 예술가다운 모습의 엘스티르와 결코 동일시하기 어려운 인물이다. 하지만 과거의 엘스티르의 개인적인 모습을 알지 못하는 마르셀은 「꽃핀 소녀들의 그늘에서」 중 처음으로 엘스티르를 만난다.

마르셀은 발베크의 해안가에서 할머니의 오랜 친구의 소개로 안면을 튼 로베르 드 상루와 둘이서 식사를 할 정도로 친해졌다. 마르셀이 그와 발베크에서 그리 멀지 않은 리브벨Rivebelle의 한 식당에 있을 때이다. 이미 같은 식당에서 두어 차례 본 적이 있는 한 나이 든 남자가 다른 이들이 모두 식사를 끝내고 자리를 뜰 무렵에 들어와 같은 자리에 앉아 식사를 한다. 이를 보고 호기심이 발동한 마르셀은 호텔 지배인에게 저 사람의 정체를 묻는다. 그러자 그 지배인은 무슨 자랑이라도 하듯이 "아니, 그 유명한 화가 엘스티르를 모른다는 말씀입니까?" 하고 되묻는다. 지배인으로부터 그가 유명한 화가라는 말을 듣자 마르셀은 예전에 스완이 그와 친분이 있다고 했던 말을 기억해 낸다.

이에 용기가 생긴 마르셀은 로베르 드 생루와 함께 즉석에서 자신을 소개하는 쪽지를 써서 지배인에게 전달시킨다. 마르셀은 숨을 죽이며 엘스티르의 동작 하나하나를 놓치지 않으려 한다. 쪽지를 전해 받은 화가는 내용을 읽더니 무표정한 모습으로 접어 주머니에 넣고, 아무 일도 없었다는 듯 다시 천천히 식사를 한다. 얼굴이 빨개질 정도로 당황한 마르셀은 차라리 이제는 그의 눈에 띄지 않고 사라지는 게 낫겠다는 절망적인 생각을 한다. 식사를 마친 엘스티르는 자리에서 일어나 식당 문으로 나서려는 찰나, 갑자기 무슨 마음이 들었는지 마르셀과 생루가 있는 자리로 와 앉는다. 두 사람과 대화를 하던 엘스티르는 마르셀의 몇 마디를 통해 그가 마음에 들었는지 생루는 무시한 채 그에게만 해변가에 있는 자신의 화실을 방문하도록 초대한다. 며칠이 지난 후 마르셀은 엘스티르의 화실을 방문한다.

엘스티르 아틀리에에서 깨달은 진리

이때부터 마르셀의 진정한 예술 교육이 시작된다. 엘스티르의 아틀리에에 첫발을 들여놓는 순간 마르셀은 외관이 꽤나 흉측하다고 생각한 것에 반해, 자신이 여태껏 경험해 보지 못한 "새로운 세계를 창조해 내는 일종의 실험실"에 들어섰음을 단번에 감지한다. 마르셀이 들어갔을 때 화가는 한 손에 붓을 들고 막 지는 해를 마무리하고 있었다. 마르셀은 화가에게 자신은 신경쓰지 말고 하던 작업을 마치라그 말한 후 기다리는 동안 아틀리에를 둘러본다.

그러나 그곳에 있는 그림들은 주로 발베크 해변가를 배경으로 한 것들로 마르셀이 기대했던 엘스티르의 유명한 작품들, 즉 초기에 그렸던 신화적인 소재의 그림이나 그가 중기에 영향을 받았다고 하는 일본풍의 그림들은 찾아볼 수 없었다. 기대했던 그림들을 보지 못하자 약간 실망한 마르셀은 벽에 걸려 있거나 바닥에 놓여 있는 그림들을 보며 엘스티르의 위대함은 우리가 익숙하다고 생각하는 것들에서 새로움을 끄집어 내어 그만의 세계를 창조해 내는 능력임을 발견한다.

"나는 그의 그림들을 보면서 그 하나하나에 우리가 시에서 흔히 은유métaphore라고 부르는 것과 같이 사물을 변모métamorphose시키는 힘을 보았다. 신이라는 존재가 사물에 이름을 붙임으로써 그것을 창조한다면, 엘스티르는 그것들에 붙여진 이름을 떼어 냄으로써, 혹은 그것들에 새로운 이름을 붙임으로써 그만의 방법으로 재창조하는 것이다. 어떤 대상을 명칭하는 이름들은 모두 각각에 부여된 개념을 안고 있는데, 이렇게 미리 확립된 개념은 우리가 그 사물에 대해 갖는 진정한 인상과는 무관하며, 인위적으로 정해진 원래의 개념과 다른 어떤 것도 끼여들 틈이 없게 만든다." —「꽃핀 소녀들의 그늘에서」

마르셀이 보는 엘스티르의 그림들은 회화의 세계라기보다는 문학의 세계이다. 마르셀은 엘스티르가 어떠한 색감을 이용했는지, 또는 명암의 강약이나 붓 터치의 부드러움, 혹은 거침 등의 회화적인 요소를 분석하기보다는 그림들을 '읽고' 있다. 대표적인 예로 엘스티르의 미술론을 총집합하여 보여 주는 그림 한 점이 있으니, 그것은 엘스티르가 며칠 전에 완성한 가장 최근 작품 중 하나인 「카르크투이 항구Le Port de Carquethuit」라는 제목의 그림이다.

마르셀은 그 그림을 한참이나 뚫어지게 쳐다본다. 그것은 마르셀에 조금 전에 발견한 엘스티르 고유의 기법인 '은유'를 탁월하게 표현한 것으로, 어촌 마을은 마치 파도가 출렁이는 바다처럼, 그리고 바다 자체는 육지의 도회지적 느낌으로 표현한 것이다. 하늘과 바다, 바다와 육지의 경계가 모호해지고, 새우를 잡는 여인들이나 선박을 정착시키는 어부들의 모습은 사람이라기보다는 바다와 뭍, 양쪽에 속한 양서류의 인상을 풍긴다.[3]

"집들은 항구의 일부, 묶여 있는 배들, 혹은 바다 자체를 가린 채 육지를 침범한 것처럼 보였는데 이는 발베크에서 자주 볼 수 있는 현상이기도 하다. 지붕들 위에는 굴뚝이나 종탑에 솟아오른 것이 아니라 배의 돛이 솟아오른 것 같았는데 이는 막상 그것이 달린 배로 하여금 육지에 단단하게 뿌리박고 있는 효과를 연출한다. 이런 인상은 수많은 배에 의해 한층 강조되었는데 배들이 어찌나 빽빽하게 들어섰는지 떨어져 있는 두 대의 배 위에서 이야기하는 사람들 사이에는 거리감이 느껴지지 않고 출렁이는 바닷물도 없는 것 같았다. 이렇게 해서 바다 위에 떠 있는 배들이라 할지라도 이 배들은 육지에 세워진 것 같은 인상을 주었고 이는 마치 멀리서 보는 크리크베크 성당이 태양과 파도의 가루에 싸여 하얀 대리석으로 만들어져 있으며 눈부신 무지개를 두른 채 육지가 아닌 바다에서 솟아오른 것 같은 비현실적이고 신비한 인상을 주는 한 편의 그림처럼 보이는 이치와 마찬가지이다."

—「꽃핀 소녀들의 그늘에서」

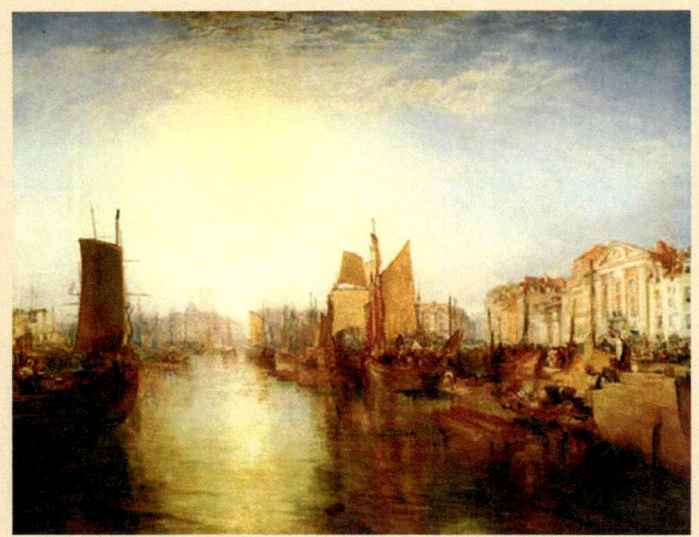

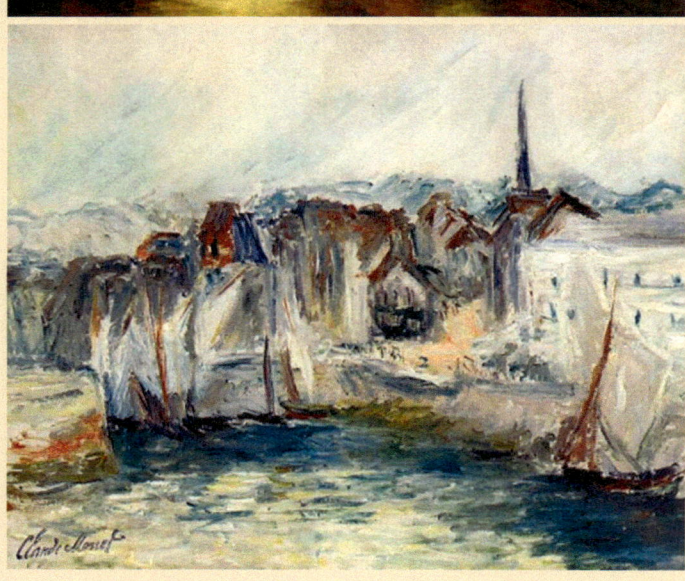

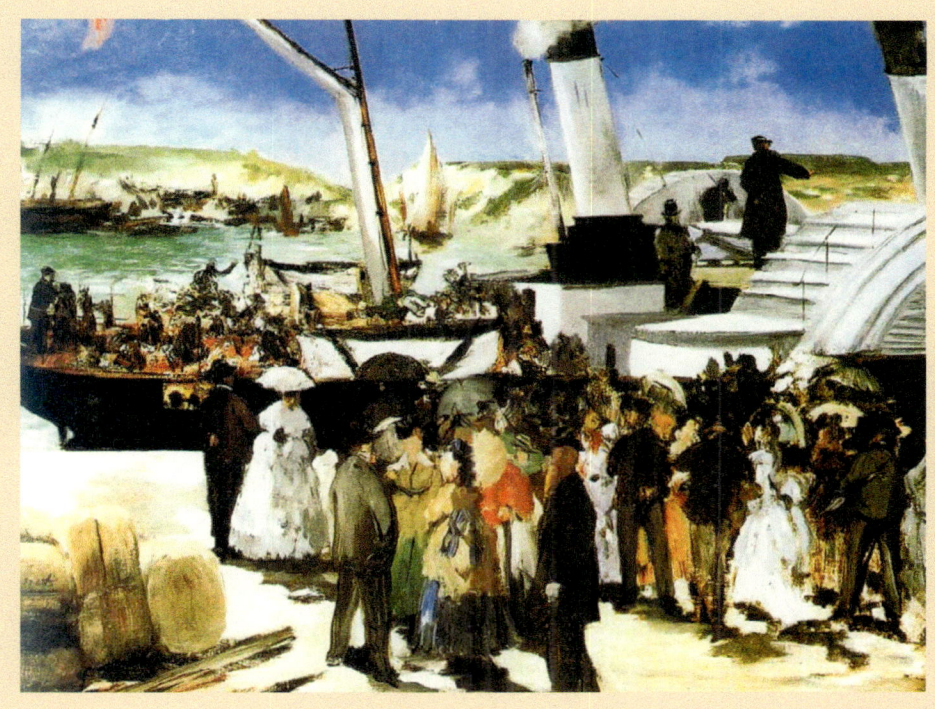

에두아르 마네, 「포크스톤을 출발하는 증기선」, 캔버스에 유채, 1869, 필라델피아 미술관, 미국.

3 여러 평론가는 프루스트가 「카르크투이 항구」를 묘사할 때 여러 개의 실제 그림을 모델로 삼았을 것이라 추측한다. 그 그림 중에는 터너의 「포츠마우스Portsmouth」, 「바다 위의 어부들Fishermen at sea」, 「디에프 항구The Port of Dieppe」, 모네의 「옹플뢰르 항구Le Port de Honfleur」, 마네의 「포크스톤을 출발하는 증기선Le Départ du vapeur de Folkstone」이 있다.

이렇듯 엘스티르의 카르크투이 항구 그림은 사물들 간에 뚜렷한 경계를 의식하며 보는 데 익숙한 관객의 시선을 통째로 잡아 흔듦으로써 새로운 시선으로 사물을 볼 것을 제안한다.

　같은 맥락이지만 마르셀이 느낀 엘스티르의 천재성은 지식이나 이성에 의한 사고 능력보다는 본능에 의한 인상에 충실하다는 점이다. 엘스티르가 그림을 통해 마르셀에게 가르쳐 준 진리는 사실 우리가 본다고 생각하는 사물이나 현상들은 실재가 아니라 우리의 눈이 그렇게 본다고 의식이 명령하는 것이라는 점이다. 우리의 인식이나 경험에 의해 그렇다고 일단 받아들여진 개념은 실제로 존재하는 대상과 상관없이 고정된 영상을 만들어 버린다는 것이다. 따라서 그렇게 확립된 개념이 덧입혀진 사물이나 현상을 제대로 보기 위해서는 받아들여진 지식을 버리고 백지의 상태로 돌아가는 작업이 그것을 표현하기에 앞서 선행되어야 한다는 주장이다. 사물을 보는 화가의 특유한 방법은 마르셀에게 전혀 뜻밖의 것이라기보다는 그가 막연하게 느끼고 있던 느낌을 명확하게 해준 것에 의미가 있다.

　마르셀이 발베크의 그랑 호텔에 머물며 방 안의 커다란 창문을 통해 바라보는 거대한 바다의 풍경은 첫날 강한 인상을 심어 주었다. 그때 마르셀은 전원적인 콩브레나 도시인 파리와 전혀 다른 새로운 자연 앞에서 바다를 알프스 산맥에, 파도로 일렁이는 곳을 봉긋하게 솟아오른 언덕에, 해변가를 모래가 덮인 들판에 비유하였던 것이다. 두 개의 다른 개체에서 그들을 잇는 공통의 일관성을 발견하고 전에 없는 관계를 성립시키는 일, A를 B로 표현하는 은유의 법칙이야말로 엘스티르의 아틀리에에서 깨달은 진리이다.

미스 사크리팡과 동성애자 오데트

「카르크투이 항구」에 이어 마르셀의 시선을 끈 엘스티르의 또 다른 그림 하나는 중절모를 쓰고 남성복을 걸친, 기이한 복장을 한 젊은 여인의 초상을 그린 수채화 한 점이다. 모자 밑으로 짧게 깎은 머리가 보이는 그녀의 이상한 차림 때문이기도 하지만, 중성적인 아름다움을 풍기는 그 여인이 남장여자인지, 아니면 여성스러운 남자인지 알 수가 없다. 그 그림 밑에는 '미스 사크리팡, 1872년 10월'이라고 적혀 있다.

『잃어버린 시간을 찾아서』는 시간을 주제로 한 소설임에도 불구하고 구체적인 날짜가 직접 언급되는 경우는 매우 드문데, 이 그림은 소설 중 드물게 제작년도가 표시되어 있다. 마르셀이 그 초상에 야릇한 매력을 느끼며 엘스티르에게 누구를 그린 것이냐고 묻자, 그는 우물쭈물하며 당시 무대 의상을 한 연극배우일 뿐 그냥 장난 삼아 그린 시시한 작품이라고 말끝을 흐린다. 마침 그의 아내가 들어오는 소리가 나자 엘스티르는 그 그림을 아직까지 간직하고 있다는 사실을 들키면 괜히 성가셔진다며 황급히 숨긴다.

그날 엘스티르의 작업실을 나와 그와 산책을 나선 마르셀은 섬

광처럼 그 그림의 모델이 된 여자가 처녀 시절의 오데트임을 깨닫는다. 결혼 전 스완의 부인이 아니냐고 화가에게 물으니 분명한 대답을 하지는 않지만 당황한 그의 모습을 보고 마르셀은 오데트임을 확신한다.

미스 사크리팡Miss Sacripant이라는 이름은 오데트가 스완을 만나기 훨씬 전, 화류계 생활을 하던 당시 저속한 연극에 참가했을 때 연기했던 무대 위 이름이다. 이탈리아 희곡 작가인 보이아르도Boiardo의 연극인 「오를란도 이나모라토Orlando innamorato」에 등장하는 남자 인물인 '사크리판테Sacripante'의 이름에서 따온 것으로, 그것을 선택한 오데트의 성性 정체성에 의구심을 갖게 만든다.

스완은 오데트가 과거에 화류계 여인이었다는 사실을 알고 있었지만, 그녀를 사랑하게 되면서 그녀의 과거에 대한 집착이 강해진다. 그럴 때 한 익명의 편지가 스완에게 전해지는데, 그 편지는 오데트의 고객 중에는 스완도 잘 알고 있는 많은 남자가 있었을 뿐만 아니라 오데트가 여자들도 상대하는 사창가를 드나들었음을 밝힌다. 스완은 집요하게 오데트를 추궁하지만 그녀는 자신이 과거에 여자들을 상대했는지에 대한 진위 여부는 끝내 밝히지 않는다.

그러나 엘스티르는 스완이 그렇게도 궁금해 하던 사실을 너무나 간단하게 꿰뚫어 보았던 것이다. 그가 그린 오데트의 초상은 무대 의상을 걸친 모습이기는 하지만 그녀의 동성애적 취향을 적나라하게 드러낸다. 화가의 날카로운 시선은 그녀의 내면에 있는 진리를 파악하고 있었고, 오데트도 그 사실을 알고 있는 듯하다. 스완이 오데트에게 시포라와 플로라 등의 이상적인 여인의 이미지를 입혀 사랑에 빠졌던 반면, 엘스티르는 바닷가 풍경 속에서 탁월한 은유의 기법으로 사물의 진실을 그린 것처럼 그녀의 본성을 그림으로 재현한 것이다.

이렇듯 강한 첫인상을 남긴 엘스티르는 그후에 마르셀에게 알베르틴을 소개해 줌으로써 또 한 번 주인공의 삶의 방향을 바꾼다. 엘스티르의 아틀리에를 방문한 첫날, 자전거를 타고 화가에게 안부 인사를 하러 찾아온 알베르틴을 보고 마르셀은 그후로 꾸준히 엘스티르에게 부탁해 알베르틴뿐만 아니라 그녀가 속한 처녀의 무리, 즉 마르셀이 먼발치에서만 본, 다른 세계에 속한 신비한 존재로만 여기던 처녀들을 소개받는다. 그러나 결국 알베르틴과 마르셀의 관계는 스완의 전철을 밟는, 다시 말해 불안과 의심, 질투심으로 얼룩진 소모적인 관계로 연결된다. 이를 아직 내다보지 못하는 마르셀은 잠시 엿보았던 진정한 예술 세계에 등을 돌린 채 여자들의 뒤를 쫓아다니며 발베크에서 하루하루를 보낸다.

실크해트를 쓴 신사

마르셀이 다시 한 번 엘스티크의 그림들을 보게 되는 것은 이로부터 시간이 흘러 다시 파리로 돌아온 후 게르망트 공작이 주최하는 만찬에 초대를 받아 그들의 저택에 갔을 때이다. 이미 게르망트 공작 부부가 엘스티르의 많은 그림, 특히 자신이 보고 싶어 하던 초기의 그림들을 소장하고 있다는 사실을 알고 있던 마르셀은 그들의 저택을 방문할 기회를 갖게 되자 예전에 발베크에 있는 화가의 아틀리에에서 느꼈던 감동을 떠올린다.

그러나 차이점이 있다면 발베크의 화실에서는 화가가 마르셀에게 직접 자신의 그림을 설명하고 예술론을 설명해 주었다면, 이번에는 마르셀 혼자다. 그의 앞에는 그림만 있을 뿐 그것을 해석하고 이해하는 것은 순전히 자신의 몫인 것이다. 발베크의 아틀리에를 차지하던 화가의 후기 그림들, 즉 인상파적인 해석을 통해 완성한 물의 풍경이 가득한 그림들과 반대로 게르망트 공작 부부는 엘스티르가 초기에 그린 신화를 소재로 한 그림들을 소장하고 있었다. 마르셀은 여신들이 숲 속의 좁은 길가에 있는 모습이나, 긴 대장정에 지친 젊은 시인을 가엾게 여긴 그리스 신화에 나오는 반인반마의 괴물인 켄타우로스Kentauros가 자신의 등에 태우고 가는 수채화들을 보며 발베크에서 화가가 가르친 수업의 내용을 떠올린다.

게르망트 공작의 저택에 걸려 있는 엘스티르의 그림들 중에서 특히 마르셀에게 감동을 준 작품은 같은 남자를 모델로 표현한 두 점의 그림이다. 그중 하나는 그림 속의 남자가 자신의 집 거실에서 그렸을 법한 정장을 입은 초상이고, 다른 하나는 초상화의 모델이 된 바로 그 남자가 재킷을 걸치고 높은 실크해트를 쓴 차림으로 주변에서 벌어지는 강가의 축제와는 왠지 동떨어진 모습을 하고 있는 그림이다. 이를 보고 마르셀은 베토벤이 특히 아끼는 자신의 작품 앞머리에 후원자인 루돌프 대공의 이름을 적었던 것이나, 카르파초Carpaccio가 베네치아의 유명한 귀족들을 자신의 그림 속에 등장하는 인물 중 하나로 그리곤 했던 습관과 비교한다. 그 중절모의 신사는 엘스티르의 가까운 친구나 후원자일 것이라는 데에 생각이 미치자 그 인물에게서 친근감을 느끼게 된다.

독자는 이 부분에서 르누아르의 「뱃놀이 하는 사람들의 점심 식사」라는 그림을 떠올릴 수 있다. 1881년에 완성한 이 그림은 파리 근교의 센 강에 위치한 작은 섬에서 벌어지는 화기애애한 축제를 담고 있다. 음식과 포도주가 가득한 테이블 주변에 행복해 보이는 표정의 젊은 여인들과 뱃놀이를 하고 막 돌아온 듯한 가벼운 차림의 남자들이 모여 있다. 그림의 뒤편을 자세히 보면 근심이 없어 보이는 선남선녀들 사이에 파리의 고급 사교계나 공연장에서 볼 법한 한껏 치장한 복장으로 실크해트까지 갖춘 남자가 등을 돌리고 서 있는 모습을 볼 수 있다. 프루스트가 소설 속에서 게르망트네가 소장하고 있는, 엘스티르가 그린 강가의 축제에서 동떨어진 차림의 신사를 이야기할 때 르누아르의 「뱃놀이 하는 사람들의 점심 식사」를 염두에 두고 묘사했음이 분명하다.

실제로 르누아르는 이 그림을 그릴 때 뒤편의 실크해트를 쓴

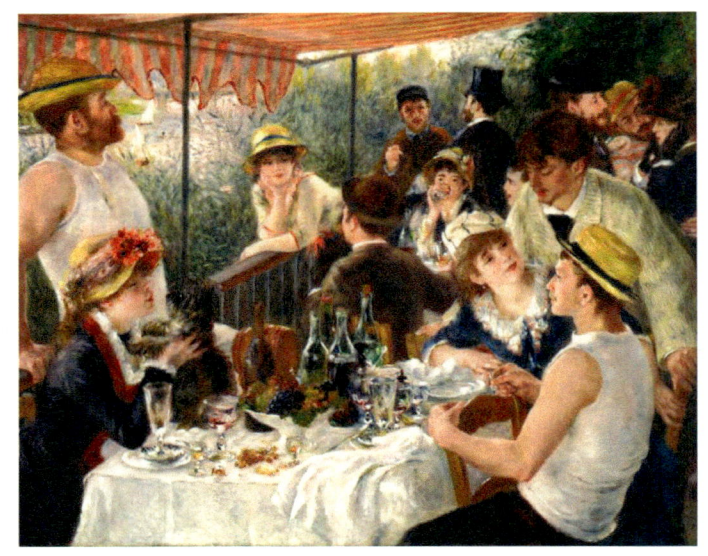

이 신사의 모습을 바로 화가 자신의 후원자였던 샤를 에프뤼시 Charles Ephrussi(1849~1905)를 모델로 하였다. 유대인 혈통에 부유한 은행장의 아들로 러시아에서 태어난 그는 1871년에 파리에 와서 미술품 수집가로 성공한다. 이때 특히 마네, 모네, 르누아르 등 인상파 화가들의 작품에 관심을 보이고 이들의 그림을 수집함으로써 그들의 든든한 경제적 후원자가 된다. 이러한 샤를 에프뤼시가 프루스트와 친분을 쌓게 된 것은 파리의 한 살롱에서였다. 그는 당시 대표적인 미술 잡지인 『가제트 데 보자르 Gazette des Beaux-Arts』의 편집장을 지내면서 이 잡지에 프루스트의 글을 여러 편 게재함으로써 프루스트의 후원자가 되었다.

　프루스트는 후에 소설에서 샤를 에프뤼시라는 인물을 바탕으로 같은 유대인 혈통에 미술품 수집가인 샤를 스완이라는 인물을 창조하기에 이른다. 「게르망트네 쪽」에서 언급하는 엘스티르의 작품 중 하나를 르누아르의 「뱃놀이 하는 사람들의 점심 식사」에 바탕을 두고, 르누아르가 자신의 그림에 에프뤼시의 뒷모습을 그려 넣음으로써 그에게 감사의 마음을 표한 것처럼, 프루스트 또한 자신의 기사를 에프뤼시가 편집장으로 있던 잡지에 싣게 한 데 대해 감사의 표현으로 스완이라는 인물에 에프뤼시의 모습을 담은 것이다.

마르셀이 엘스티르의 그림들을 감상하는 동안 하인은 먼발치에서 인내심 있게 한 시간 이상을 기다리고 있었다. 이윽고 하인에게 눈길이 머물자 다르셀은 갑자기 미안한 마음이 듦과 동시에 다 차려진 식탁에서 자신을 기다리고 있을 게르망트 공작 부부와 초대객들을 떠올리며 황급하게 그 방을 나온다. 그날 처음으로 공작 부부에게 초대받아 그들과 자리를 함께한 마르셀은 그들의 대화에 귀 기울이며 어느 것 하나도 놓치지 않으려는 듯 표정과 손짓도 자세히 관찰하고, 그들 특유의 귀족적인 자태와 말투 등에 깊은 인상을 받는다.

식사 중 게르망트 공작과 이야기할 기회가 생기자 마르셀은 조금 전에 보았던 엘스티르의 그림 두 점에 등장한 그 신사에 대해 묻는다. 그러나 공작의 대답은 영 신통치 않다.

"이런 세상에, 갑자기 그 사람 이름이 생각이 나지 않다니. 그 사람이 자기 분야에서 꽤나 인정받고 있고 똘똘한 양반이라는 건 아는데 하필이면 그 이름이 막 떠오를 듯하면서도 …… 뭐 그게 별 대수는 아니지만 도저히 생각이 나지 않는다네. 가장 확실한 방법은 스완에게 물어보는 거지. 바로 그 자가 아내에게 저 방에 있는 그림들을 잔뜩 사게 만든 장본인이니 말일세. 그리고 우리끼리 하는 말이지만, 난 그 자가 아내에게 바가지를 씌웠다고 확신하네. 내가 그에 대해 지금 말할 수 있는 사실이라고는 그가 엘스티르에게 일종의 후원자였다는 것이라네. 그 화가에게 그림을 주문하고는 해서 종종 난감한 상황에서 구출해 주지 않았겠나. 그러니까 엘스티르는 그에 대한 고마운 마음에—그 표현 방법은 물론 사람마다 다르겠지만—잔뜩 차려 입은 모습으로 어울리지도 않는 그 자리에 떡하니 그려 넣은 것이지. 뭐 그 자가 멋쟁이라고 할 수도 있겠지만, 실크해트를 어느 상황에서 써야 하는지도 모르는 사람임에는 분명한 거지. 머리를 풀어헤친 처녀들 사이에서 그 작자는 잔뜩 멋을 낸 시골에서 올라 온 벼락부자 같은 모습이 아닌가?" ―「꽃핀 소녀들의 그늘에서」

게르망트 공작의 말 속에는 그 인물에 대한 일종의 비아냥거림이 묻어 있다. 미술 수집가 겸 화가들의 후원자로 인정받고 있는 것은 인정하지만 강가의 축제와 같이 가볍고 활기 찬 분위기에 적응하지 못하고 혼자만 정장을 입고 나타난 그의 기호를 흉보는 것이다. 우리는 여기서 당시 프랑스 사회에 내재한 반유대주의를 감지할 수 있다. 어디에도 그 신사가 유대인이라는 말은 언급되어 있지 않지만 르누아르가 그린 샤를 에프뤼시, 그리고 그가 모델이 된 인물 샤를 스완 모두 유대인이다.

실제로 르누아르는 반유대주의자였고, 19세기 말 프랑스 사회를 둘로 갈랐던 드레퓌스 사건[4]이 터지면서 샤를 에프뤼시는 그간 자신을 반겼던 여러 살롱에서 배척당하고 르누아르마저도 그에게 등을 돌린다. 이미 반유대 감정을 가지고 있던 르누아르는

---

4 드레퓌스 사건L'Affaire Dreyfus은 1894년 참모 본부에서 근무하던 드레퓌스 대위가 독일군 스파이로 몰리는 혐의를 받고 비공개 군법회의에 의해 종신유형을 받은 것에 의해 시작된다. 독일 대사관에서 발견된 문제의 서류에 보이는 필적이 드레퓌스 대위의 것과 유사하다는 점 외에는 뚜렷한 물적 증거는 없었으나 그가 유대인이라는 사실이 그에게 불리하게 적용되었다. 그후 군부에서는 드레퓌스가 범인이 아니라는 증거를 확보했음에도 그 사실을 은폐하였고 재심에서 드레퓌스는 다시 유죄 판정을 받는다. 하지만 군부의 비리와 드레퓌스의 무죄를 믿었던 소설가 에밀 졸라는 '나는 고발한다J'accuse'라는 논설을 대통령에게 보내는 공개편지 형식으로 신문의 일면에 기재함에 따라 사건은 다시 재연된다. 그럼으로써 프랑스 사회는 정의와 진실을 선두로 내건 자유주의적 지식인 및 사회당이 중심이 된 드레퓌스파와 군의 명예 및 국가 질서를 외침과 동시에 반유대주의 감정으로 뭉친 국수주의파와 교회가 중심이 된 반드레퓌스파로 분리된다.

1906년 드레퓌스는 계속된 법정 투쟁 끝에 최고재판소로부터 무죄 판결을 받고 군에 복직하여 승진도 한다. 어머니가 유대인인 프루스트는 유대인으로서의 정체성에 일찌감치 자각심을 갖고 있었는데 드레퓌스 사건이 한창일 때, 드레퓌스 재판에 직접 방청객으로 참관하기도 한다. 또한 대의의 무죄를 믿었던 그는 재심을 요청하는 성명서에 아나톨 프랑스 등 자신과 친분이 있는 유명 인사들을 찾아다니며 그들의 서명을 얻어 내는 등 적극적인 행동을 취한다. 『잃어버린 시간을 찾아서』에서 마르셀은 여러 차례 드레퓌스 사건을 언급하며 다양한 인물을 통해 그 사건을 해석하는 당시 프랑스 상류 사회의 분위기를 그린다. 게르망트 공작은 드레퓌스 대위의 유죄를 믿어 의심치 않고 스완과 같은 학식 있고 신사적인 사람이 드레퓌스파인 사실에 분개하며 유대인인 스완을 받아들인 프랑스에 배신하는 행위라고 간주하기도 한다.

샤를 에프뤼시를 「뱃놀이 하는 사람들의 점심 식사」에 포함시키되 다른 이들과는 어울리지 않는 동떨어진 차림으로 표현함으로써 자신의 그러한 감정을 간접적으로 표현하고 있다고도 볼 수 있다. 게르망트 공작이 마르셀에게 자신은 그 자의 이름이 생각나지는 않지만 스완에게 물어보면 확실하게 가르쳐 줄 것이라고 하는 부분도 스완이 유대인이라는 사실을 염두에 두고 한 말로 이해할 수 있다.

이런 사실은 프루스트 자신이 처한 당시의 상황을 반영한 것이라고 볼 수도 있다. 아버지는 유명한 위생학자로서 사회적 명성을 누리는 의사였지만 유대인인 어머니와 더 강한 유대감을 느끼던 프루스트는 자신을 유대인으로 여겼다. 프랑스 사회의 주류에서 유대인이라는 소수, 약자인 동시에 『잃어버린 시간을 찾아서』를 쓰던 프루스트는 자신을 파리의 아파트에 감금시킨 채 외부와 교류를 차단하고 집필 활동에만 밤낮을 매달려 삶의 마지막을 보낸다.

청년 마르셀이 그랬던 것처럼 인생의 한때를 파리의 사교계에서 보내며 사람들과의 만남과 대화에 그렇게나 열정을 쏟았던 프루스트는 이러한 시간이 모두 '잃어버린 시간'이라는 결론에 도달하고, 뱃놀이 하는 사람들과는 동떨어진 모습의 그 신사처럼 이제는 홀로 되는 것을 두려워하지 않고 자기만의 세계에서 예술 활동에 매진하였다.

아름다운 화음과
조화를 이루는 색채 표현
휘슬러

휘슬러가 추구하는 소재는 구체적인 형상이 아닌 색 자체이다.
그는 조화로운 화음이 만들어 내는 아름다움을
다양한 색의 어울림을 통해 그림으로 표현했다.

엘스티르의 휘슬러 화풍

제임스 맥닐 휘슬러 James McNeill Whistler(1834~1903)는 『잃어버린
시간을 찾아서』에 가장 자주 언급되는 화가이다. 총 열한 번에 걸
쳐 그의 이름 또는 그림 제목이 다양한 인물의 입을 통해 인용된
다. 하지만 무엇보다도 휘슬러에 대한 프루스트의 관심은 소설
속 인물 중에서 마르셀에게 예술 세계에 눈을 뜨게 하는 허구의
화가 엘스티르를 통해 가장 잘 나타난다. 우선 그의 이름을 표기
한 철자 'Elstir'는 'Whistler'에서 첫 두 글자인 W와 h를 제거하
고 나머지 철자들의 순서를 바꾸어 만든 것임을 알 수 있다.

　이뿐만 아니라 화가로서의 엘스티르는 다양한 화풍을 시도한
화가로 한때는 일본식 모티브에 심취한 대목이 묘사되는데, 이는

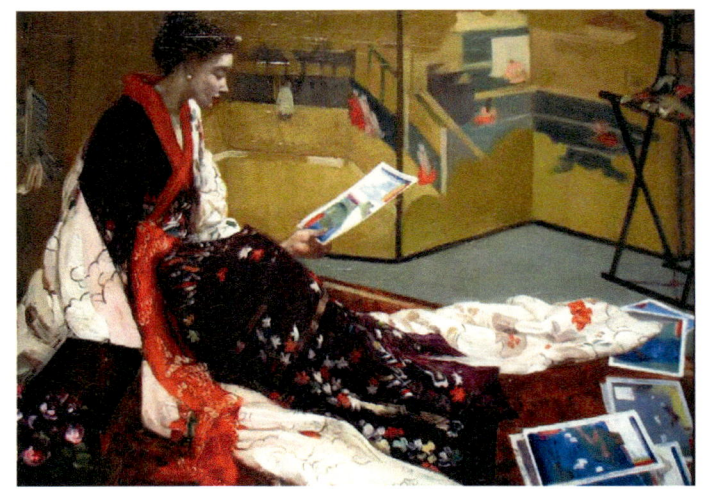

휘슬러, 「자주색과 금색의 카프리치오: 황금 병풍」, 나무 패널에 유채, 1864, 스미소니언 프리어 갤러리, 워싱턴, 미국.

휘슬러가 거친 과정을 염두에 두고 설정한 것이라고 분석된다. 실제로 휘슬러는 영국 첼시에 자신의 화실 벽면을 일본 목판화 프린트로 장식하고 상당한 양의 일본 인형을 수집하기도 했으며, 기모노식 가운을 입고 나무젓가락으로 식사를 하기도 했다. 이러한 그의 취향은 화풍에도 그대로 드러나는데 화려한 일본식 옷이나 가구 등을 표현한 그림을 여러 차례 그린다.[5]

또한 발베크에서 엘스티르가 그리는 바닷가의 모습은 바다와

_____

[5] 이러한 일본풍 소재를 한 휘슬러의 그림 중 대표작으로는 병풍 앞에 기모노를 입고 있는 여인의 초상을 표현한 「분홍과 은색: 도자기 나라의 공주 Rose and Silver: the Princess from the Land of Porcelain」(1864), 「자주색과 금색의 변덕: 황금 병풍 Caprice in Purple and Gold: the Golden Screen」(1864) 등이 있다.

[6] 휘슬러가 트루빌에서 그린 해안가 풍경화들 중에는 「파랑과 은색: 트루빌 Blue and Silver: Trouville」(1865), 「바다와 비 Sea and Rain」(1865), 「단백석의 황혼: 트루빌 Crepuscule in Opal: Trouville」(1865) 등이 있다.

하늘의 경계가 없고, 인물들은 마치 바다 속에 녹아 들어가는 듯한 느낌으로 표현된다. 이러한 엘스티르 작품에 표현된 묘사는 마치 휘슬러가 프랑스 노르망디의 해변가 마을인 트루빌Trouville에 머물면서 그린 바다와 땅, 하늘의 경계가 모호한 풍경들을 상기시킨다.[6]

"무더운 여름날 엘스티르가 발베크에서 그린 그림 중에는 분홍색 화강암에 감싸인 부분에서부터 시작하는, 바다가 실제로는 바다가 아닌 것처럼 보이는 것이 있다. 바다를 그린 그림이라는 것을 말해 주는 것은 바위처럼 보이는 그 위를 계속해서 날아다니는 갈매기들이었는데 사실 이 새들의 밑에 있는 것은 바위가 아니라 바다였던 것이다. …… 거대한 절벽 밑으로는 난쟁이 특유의 움직임이 느껴지는 하얀 돛단배들이 잠자고 있는 나비와도 같은 모습으로 푸른 거울 위에 놓여 있고, 그림자의 깊은 어두움과 빛의 창백함이 극명한 대비를 이루고 있다. …… 요즘 사진들은 이러한 빛과 그림자의 움직임을 너무나 진부한 것처럼 만들어 놓았는데 엘스티르는 이러한 대비에 관심이 많았고 그런 법칙을 이용하여 높은 탑이 있는 성을 표현한 그림에서는 성의 그림자가 완벽하게 물 위에 비추어 거꾸로 솟은 탑과 성이 밑

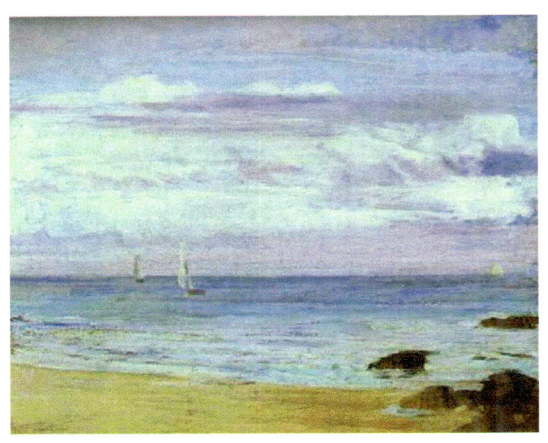

휘슬러, 「파랑과 은색: 트루빌」, 캔버스에 유채, 1865, 스미소니언 프리어 갤러리, 워싱턴, 미국.

으로 대칭을 이루는 모습을 그림으로써 일종의 신기루 현상을 그대로 표현한 것도 있었다. 물 위에 비친 성은 단단한 돌로 이루어진 것처럼 보였고 반대로 실제의 성은 그 주변을 감싸고 있는 아침 안개 때문에 오히려 당장이라도 증발해 버릴 것 같은 느낌이었다. 또한 숲 너머로 보이는 바다 저편으로는 또 다른 바다가 이어져 있었는데 자세히 보면 그 두 번째 바다는 석양빛을 받아 분홍색을 띠고 있는 하늘이었다." ―「꽃핀 소녀들의 그늘에서」

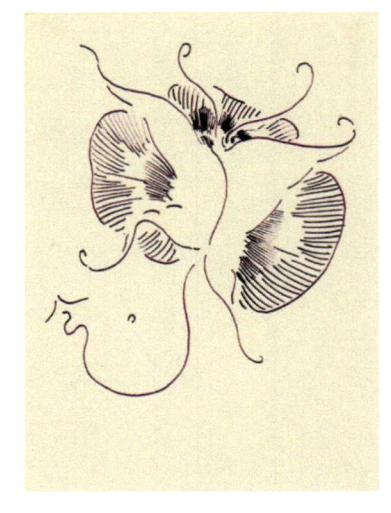

「휘슬러의 나비 무늬 서명」, 휘슬러의 이니셜 J와 W를 변형시킨 모양, 종이 위에 보라색 잉크, 1890~1899.

이 부분에서 특히 푸른 바다 위에 떠 있는 배들의 하얀 돛을 잠들어 있는 나비에 비유한 것은 휘슬러가 자신의 그림에 이름을 써 넣는 대신 이니셜인 J와 W를 변형시켜 만든 나비 모양의 서명을 떠올린다. 휘슬러의 나비 서명은 장식적인 요소도 있지만 그림에 문자를 써 넣는 대신 완전히 회화적인 요소만으로 그림을 구성하여 완벽한 조화를 꾀한다는 시도를 반영한 것이기도 하다.

프루스트의 예술론, 미술의 음악적 해석

휘슬러는 미국 태생이지만 철도 공사에 종사한 아버지 때문에 유년 시절을 러시아의 상트페테르부르크에서 보낸다. 그의 방랑기는 이때부터 시작되었다고 할 수 있는데 그는 평생을 걸쳐 영국, 프랑스, 에스파냐, 이탈리아, 칠레 등 전 세계를 누비고 다닌다.

이렇듯 다양한 세상을 보고 경험한 것은 그의 그림에 그대로 드러난다. 프랑스에서는 쿠르베의 문하생으로서 사실주의에 영향을 받고, 인상파 화가들과 친분을 쌓는가 하면, 에스파냐에서는 벨라스케스에 심취하여 고결한 분위기의 초상화를 제작하고, 네덜란드에서는 베르메르풍의 잔잔한 풍경화를 남기고, 영국에서는 로제티 등으로 구성된 라파엘 전파The Pre-Raphaelite Brotherhood의 화가들과 공동전을 열기도 한다.

프루스트의 소설에서 휘슬러의 존재는 엘스티르를 통해서만이 아니라 화자인 마르셀이 음악을 해석하는 방식에도 드러난다. 프루스트의 예술론을 이루는 주된 특징 중 하나가 보들레르에게 영향을 받은, 물질세계와 정신세계 혹은 인간과 자연의 교감 Correspondance으로 대표되는 상징주의인데, 프루스트는 이를 자기만의 방식으로 변형시켜 인간이 가진 오감이 서로 교감하여 비의도적 기억으로 이어지는 예술론을 펼친다.[7]

이러한 이론을 가지고 있던 프루스트에게 휘슬러의 그림들, 특히 그 제목들이 보여 주는 미술의 음악적인 해석은 동지를 발견한 느낌이었을 것이다. 「검정과 황금의 녹턴」이라는 제목을 통해서 볼 수 있듯이 휘슬러는 시각과 청각을 교묘히 상응시킨다. 녹턴을 비롯해서 그의 제목들에는 '교향곡', '하모니', '편곡' 등의 표현이 빈번히 등장한다. 후기의 휘슬러가 그림을 통해 추구하던 소재는 인물이나 사물 등의 구체적인 형상이 아닌 색 자체이다. 그는 조화로운 화음이 만들어 내는 아름다움을 다양한 색의 어울림을 통해 그림으로 표현하고자 한 것이다.

휘슬러가 처음으로 세간의 관심을 받은 작품은 하얀 옷을 입고 서 있는 자세의 여인을 표현한 그림이었는데, 여기에 그는 「하얀

---

7 보들레르의 시집 『악의 꽃 *Les Fleurs du mal*』 중에서 「교감 Correspondances」이라는 시는 작가의 상징주의를 대표적으로 나타낸다. "어둠처럼 광명처럼 광활하며 / 컴컴하고도 깊은 통일 속에 / 멀리서 혼합되는 긴 메아리들처럼 / 향과 색과 음향이 서로 응답한다." 향(후각)과 색(시각)과 음향(청각)이 서로 교감하며 하나를 이루는 자아는 보들레르가 상상한 이상적인 것이었다. 프루스트는 보들레르에 관한 에세이를 쓸 만큼 이 상징주의 시인을 좋아했는데, 그는 『잃어버린 시간을 찾아서』에서 마르셀이 다양한 감각을 통해 비의도적 기억에 다다르는 과정을 묘사한다. 가령 따뜻한 차에 마들렌 과자를 적시어 입술에 갖다 대는 순간 마르셀의 의식은 기억하지 못하는 모든 추억을 불러일으킴으로써 그의 온몸을 기쁨으로 전율하게 만든다. 이 밖에도 「되찾은 시간」에서 연속으로 일어나는 비의도적 기억은 마르셀의 오감이 자극될 때 일어난다. 게르망트 대공의 서재에서 조르주 상드의 『프랑수아 르 샹피』가 꽂혀 있는 것을 보았을 때(시각), 찻잔에 수저가 부딪히며 내는 소리를 들었을 때(청각), 빳빳하게 풀 먹인 냅킨으로 입가를 닦을 때(촉각) 마르셀은 연속으로 잃어버린 기억들을 되찾으며 기쁨을 느끼게 된다.

8 소설의 제4권인 「소돔과 고모라」에서 게르망트 대공 부인이 주최한 만찬에 초대받은 마르셀은 그곳에 참석한 게르망트 공작의 형제인 샤를뤼스 남작을 본다. 단순하면서도 세련된 연미복을 입고 등장한 샤를뤼스를 보며 마르셀은 휘슬러의 「흑과 백의 하모니」를 떠올린다. 프루스트는 자신과 친분이 있는 로베르 드 몽테스키유 백작을 바탕으로 샤를뤼스라는 인물을 창조한 것인데, 몽테스키유 백작은 자신의 동성애를 공공연하게 드러내는 자였다. 휘슬러는 1891년에 「검정과 황금의 편곡 Arrangement in black and gold」이라는 제목으로 몽테스키유의 초상화를 남기는데, 프루스트가 샤를뤼스를 휘슬러의 그림에 비유하는 장면에서 휘슬러가 그린 몽테스키유의 초상화를 떠올릴 수 있다. 이 그림에서 몽테스키유는 검정 연미복을 말쑥하게 차려 입고 서 있는데 왼손에 여성용 모피 코트가 들려 있다. 이를 통해 휘슬러는 몽테스키유의 동성애를 상징적으로 나타내고 있다.

교향곡 제1번 Symphony in White No. 1」이라는 제목을 붙인다. 또한 그의 대표작 중 하나인 화가의 어머니를 그린 초상화는 「회색과 검정의 편곡 제1번 Arrangement in Gray and Black No. 1」이라고 이름 붙였다. 『잃어버린 시간을 찾아서』에서 마르셀은 「흑과 백의 하모니 Harmonie en noir et blanc」를 언급한다.[8]

이렇듯 색에 상응하는 음을 발견하려는 노력은 프루스트를 매료시킨 듯하다. 작곡가인 뱅퇴유의 음악을 들으며 그 느낌을 서술하는 마르셀의 묘사를 읽으면 휘슬러가 미술에 음악을 접목시킨 것과 마찬가지로, 이번에는 화자가 음악을 이해하는 데 회화적인 시각을 가미함을 발견할 수 있다. 우리는 이미 제1장의 벨리니를 언급한 부분에서 마르셀이 뱅퇴유의 피아노 소나타와 칠중주를 비교할 때 전자를 지오반니 벨리니가 그린 어린 천사들이 연주하는 테오르보의 소박한 음악에, 후자를 만테냐가 그린 천사가 부는 트럼펫의 장중한 음색에 비교하여 표현한 것을 보았다. 뱅퇴유의 같은 두 작품을 두고 이번에는 이를 색감으로 표현하는데 이 부분을 읽으며 독자는 휘슬러의 작품 제목들을 떠올리게 될 것이다.

"물론 불그스레한 빛을 띠는 칠중주는 하얀 소나타와 완전히 대비된다. 그토록 날카롭고 초자연적이며 간단한 악절은 꽁꽁 얼어 붙은 이른 아침 바다 위 하늘을 붉은 기운으로 감돌게 함으로써 수줍게 완성을 요구하는 것에 당당하게 응한다. 두 곡을 이루는 악절들은 다양함

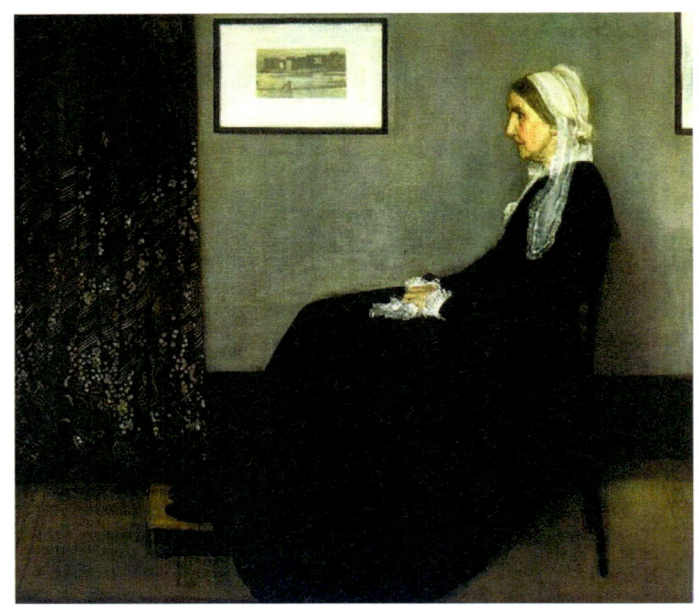

휘슬러, 「회색과 검정의 편곡 제1번」('화가의 어머니'로도 불린다), 캔버스에 유채, 1871, 오르세 미술관, 파리, 프랑스.

에도 불구하고 같은 요소들로 구성되어 있다. 저택이나 미술관 등 여기저기 흩어져 있는 수많은 그림 조각이 결국 엘스티르라는 화가의 내부에 존재하는 하나의 세계를 보여 주듯, 뱅퇴유의 음악은 각각의 음표마다, 악절마다 음악가 고유의 세계를 새로운 색감으로 표현함으로써 그만의 진귀하며 예상 밖의 세계를 드러낸다. 지속적이며 순수한 하나의 악절을 짧게 끊으며 표현하는 소나타, 산재되어 있는 조각들을 눈에 띄지 않는 단단한 골조로 연결시킨 칠중주는 조용하고 수줍음을 타며 거의 철학적이기조차 한 악절과, 나머지 하나는 조급하며 안달하고 애원하는 듯한 악절의 대조적인 표현에도 불구하고, 이 두 곡은 내면에서 벌어진 수많은 일출 앞에서 작곡가 한 사람이 드린 동일한 기도이다. 다만 다양한 형태의 사고를 통해 굴절되어 표현된 음악이며, 뱅퇴유가 진정한 예술을 추구하는 과정에서 오랜 시간을 거쳐 발전되어 다르게 표현된 것이다." — 「갇힌 여인」

한 사람이 작곡한 두 곡의 음악을 들으며 그 다름 사이에 존재하는 공통점을 마르셀이 집요하게 글로 표현하는 것에는 프루스트가 평소 생각하는 '예술을 감상하는 이상적인 자세'를 보여 준다. 미술 작품을 보거나 음악을 듣거나 혹은 한 편의 연극을 보고 나서 일반적으로는 그 작품이 좋았다, 감동적이었다, 혹은 별로였다고 단정 지으며 마치 그것이 자신의 감상을 표현한 것처럼 이야기하는 경우가 대부분이다. 하지만 프루스트는 그 작품이 미술이건, 음악이건 글로 풀이하고 분석하는 과정을 거친 후에야 진정으로 그것을 이해한 것이라고 생각하였고 그것이 작가 정신의 기본이라고 여겼다.[9]

휘슬러, 러스킨을 고소하다

휘슬러와 동시대에 살았던 프루스트가 이 화가에 대해 관심을 갖

---

9 프루스트의 절친한 친구인 뤼시앵 도데는 자신의 글에서 프루스트와의 일화를 전한다. 둘이 함께 베토벤의 심포니를 듣고 막 공연장에서 나온 찰나, 연주의 감동이 채 가시지 않은 뤼시앵 도데는 아직도 머릿속을 맴도는 멜로디를 흥얼거리며 "이 부분, 정말 멋지지 않은가!" 하며 프루스트의 동의를 얻으려 했다. 그러자 프루스트가 웃음을 터뜨리며 말했다. "하지만 당신이 아무리 '빰, 빰, 빰!'이라고 한들, 그 심포니의 위대함을 표현하지는 못하지 않은가? 그 음악이 왜 위대한지 설명하려 애써야 한다네."

게 된 가장 결정적인 계기는 전혀 엉뚱한 방향에서 찾아왔다. 프루스트는 당시 영국에서 가장 권위 있는 평론가로 반세기를 군림했던 존 러스킨의 책을 두 권 번역했다. 그런데 러스킨이 휘슬러에 의해 명예훼손죄로 고소를 당하고 원고가 승소한 재판이 당시 매스컴에 의해 대대적으로 보도되는 일대의 사건이 벌어졌다. 자신이 번역하는 작가가 연관된 이 재판 사건을 프루스트는 신문을 통해 접하였고, 따라서 자연스럽게 휘슬러라는 인물에 대해 관심을 갖게 되었다.

이 재판에 얽힌 이야기는 다음과 같다. 1877년 런던의 그로브너 갤러리Grosvenor Gallery의 관장이었던 쿠츠 린제이Coutts Lindsay는 당시 영국의 정형적인 왕립 아카데미에 반기를 들 목적으로 반전통적이며 새로운 미술을 위한 대안을 제안할 수 있는 화가들을 초청해 전시를 기획했다. 따라서 그의 초대를 받은 작가들은 나이 많고 보수적인 영국의 평론가들에 의해 한결같이 여성인지 남성인지 분간할 수 없는 연약해 빠진, 병자 같은 모습의 사람들을 그린다는 이유로 공격을 받던 라파엘 전파 화가들로, 로제티Dante Gabriel Rossetti, 헌트William Holman Hunt, 밀레이John Everett Millais, 번 존스Edward Burne-Jones 등이 주를 이루었다. 초대받은 화가들 중에는 이 밖에 프랑스 화가인 귀스타브 모로Gustave Moreau, 제임스 티소James Tissot 등도 포함되었다. 휘슬러도 이들과 나란히 초대에 응하여 문제가 되는 작품인 「검정과 황금의 녹턴: 추락하는 로켓Nocturne in Black and Gold: the Falling

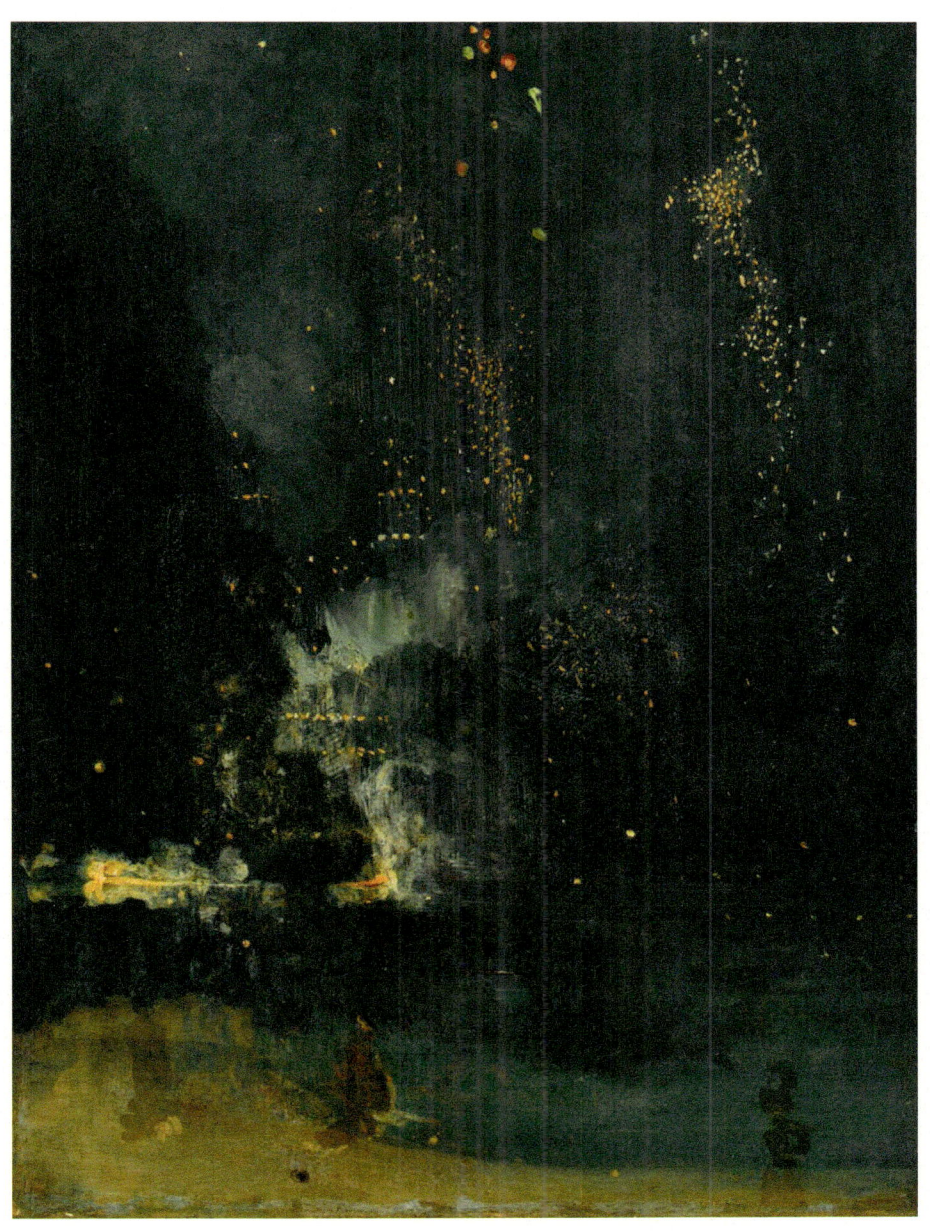

휘슬러, 「검정과 황금의 녹턴: 추락하는 로켓」, 나무 패널에 유채, 1875, 디트로이트 미술관, 미국.

Rocket」을 출품했다.

같은 해 러스킨은 당시 미술 사조에 대한 자신의 생각을 장장 17쪽에 걸쳐 서술했는데, 이 글에서 휘슬러의 그 작품을 가리켜 "나는 여태껏 뻔뻔한 사람들을 많이 봐 왔다고 생각했는데 관객의 얼굴에 물감통을 끼얹은 대가로 200기니를 요구하는 낯짝 두꺼운 사람은 본 적이 없다." 하고 말했다. 이 그림은 검은 밤하늘을 배경으로 템스 강가에서 벌어지는 불꽃놀이를 담고 있는데 섬세하고 사실적인 묘사와는 거리가 멀고 거의 추상화에 가깝다고 할 수 있다. 거칠게 처리한 검은 배경 위에 노란 점들이 찍혀 있는 것이 그림의 전부이다.

긴 비평문 전반에 걸쳐 러스킨은 중세 수공업자들의 장인 정신을 예로 들며 그들이 생명을 다한 열정과 노력으로 수년에 걸쳐 하나의 작품을 만들고 거기에 자신의 서명을 남기기보다는 영혼을 깃들게 했던 것처럼 현대의 작가들도 그런 자세로 예술 활동을 해야 한다고 했다. 또한 지금의 화가들은 지나친 상업주의에 물들어 있다며, 영혼이 담긴 그림을 파는 것을 너무나 간단하고 당연하게 여기는 이들이 장사꾼들 같다고 호된 비평을 했다. 여기에 휘슬러를 언급하며 그를 현대 상업주의의 대표적인 화가로 예시하였다.

이런 혹평에 대해 휘슬러가 가만히 있을 리가 없었다. 휘슬러는 당장에 명예훼손죄로 러스킨을 고소하고 이 재판은 곧 '예술 대 비평' 이라는 싸움으로까지 그 의미가 확대되었다. 예술가의 자유는 어디까지이며, 언제 그 한도를 넘는 것인지, 비평이 그 한계선을 그을 수 있는지 공방이 펼쳐졌고 심심하던 대중은 그 사건을 관심 있게 지켜보았다.

재판이 진행되던 시기에 고질병에 시달려 온 러스킨은 발작이 도져 재판에는 불참했다. 그를 대변한 변호사가 휘슬러에게 "당신은 그 그림을 그리는 데 몇 시간이나 할애했습니까?" 하고 질문하자 휘슬러는 곧 "반나절 정도입니다." 하고 대답했다. 그러자 변호사가 기다렸다는 듯 목소리를 높여 "아니, 그럼 당신은 고작 반나절 일한 것으로 무려 200기니를 요구했다는 말입니까?" 하고 반문하자 이에 휘슬러는 "아니오, 그 대가는 제 평생에 걸친 경험의 축적에 대한 것입니다." 하고 대답했다. 휘슬러는 결국 승소했다. 그러나 판사는 그에게 상징적인 1파딩, 즉 4분의 1페니를 손해배상금으로 지정했다. 이는 결국 이름뿐인 승리로서 재판관들은 명예훼손죄는 인정하나 휘슬러의 그림이 얼마나 예술적인 가치가 있는지를 법으로 판단하는 것은 거부했다. 그럼으로써 휘슬러는 재판에 승소했지만 엄청난 변호사 비용을 스스로 부담해야 함으로써 경제적인 파산을 맞았다.

절친한 친구이자 알퐁스 도데의 아들인 뤼시앵 도데를 통해 초대 모임에서 휘슬러를 만나 본 프루스트는 그때 받은 인상을 편지로 남겼다.[10] 뤼시앵 도데는 당시 파리에서 작업을 하던 휘슬러의 화실을 드나들던 화가 지망생이었다. 프루스트와 휘슬러의 만남은 단 한 번뿐이었다. 프루스트는 휘슬러와 러스킨이 앙숙이었다는 사실을 알고 있었지만, 실제로 예술의 본질로 들어가면 그들은 하나의 똑같은 진리를 꿰뚫어 보고 있다고 썼다. 프루스트는 누구의 편도 들지 않았다.

프루스트의 소설 속 인물인 엘스티르의 여러 특징 중에는 휘슬러를 바탕으로 삼은 부분도 있지만 중세 성당이 갖는 이국적인 매력에 심취하여 마르셀에게 고딕 양식의 건축물에 대해 열정적인 찬사를 보내는 장면에서는 러스킨의 모습을 부정할 수 없다. 프루스트는 거장들이 남긴 글과 그림을 통해 그들의 본질을 이해하고 그 안에 담긴 진실을 자신의 소설에서 다른 형태로 접목시킴으로써 자기 것으로 이룬 것이다.

10 1905년 2월 9일(혹은 10일) 프루스트가 마리 놀링거에게 보낸 편지이다. "저는 휘슬러를 어느 저녁 만찬에서 단 한 번 만난 적이 있는데 그때 그로 하여금 러스킨에 대한 좋은 몇 마디를 끄집어 내는 데 성공했답니다. 그날 이후 제가 보관하고 있던 휘슬러의 멋진 회색 장갑을 언제인지 그만 잃어버렸습니다. …… 러스킨과 휘슬러의 예술론에 대해 깊이 생각할수록 저는 두 이론이 양립할 수 있음을 확신하게 되었습니다. 휘슬러가 'Ten o'clock'에서 예술은 도덕과 구분된다고 하는 부분은 합당합니다. 하지만 모든 위대한 예술은 도덕과 일치한다고 말한 러스킨의 말도 틀리지 않습니다."

'지금, 여기, 이 순간'에 충실한 순수한 눈 모네

모네는 모든 지식에서 벗어나 아이와도 같은 순수한 눈,
자유로운 눈으로 사물을 보는 방법을 추구했다.

엘스티르의 그림에 나타난 모네의 인상주의 기법

앞에서 보았듯 프루스트가 엘스티르라는 화가를 창조하는 데 휘슬러가 어느 정도 바탕이 된 것이 사실이지만, 휘슬러가 엘스티르를 구성하는 유일한 실제 모델은 아니다. 클로드 모네Claude Monet(1840~1926) 또한 휘슬러만큼이나 엘스티르를 창조하는 데 프루스트에게 적지 않은 영감을 준 인물이다. 소설에 등장하는 수백 명의 인물을 만들어 내는 데 프루스트가 알고 지내던 주변 사람들로부터 영감을 받은 것은 잘 알려진 사실이다. 이 때문에 프루스트의 친구 중에는 『잃어버린 시간을 찾아서』를 읽고 마음에 들지 않는 인물을 통해 자신을 발견하고는 작가에게 배신감을 느껴 절교 선언을 한 사람도 있다.[11]

뿐만 아니라 프루스트가 소설 속 인물을 창조할 때는 그의 주변 사람들 중에서 비단 한 사람만이 아니라 여러 사람의 특징을 합쳐 새로운 인물을 빚는 데 활용했다. 이렇듯 엘스티르를 통해 우리는 휘슬러뿐만 아니라 모네, 샤르댕, 그리고 더 나아가서는 터너, 귀스타브 모로, 르누아르 등 다양한 실제 화가의 특징을 발견할 수 있다.

---

11 로베르 드 몽테스키유Robert de Montesquiou 백작은 소설가이자 시인, 평론가로서 신분, 재산, 외모, 재치 등에서 무엇 하나 빠질 것 없는 인물이다. 당시 파리 사교계에서 큰 인기를 누리고 있었고 프루스트와도 친분이 있었다. 몽테스키유 백작은 프루스트가 게르망트 공작 부인을 만들 때 모델로 삼은 그레퓔Comtesse de Greffulhe 백작 부인의 사촌이기도 했는데, 백작의 동성애 경향을 알고 있던 프루스트는 그를 샤를뤼스 남작을 창조하는 데 모델로 삼았다. 프루스트의 소설을 읽은 몽테스키유 백작은 샤를뤼스 남작의 묘사를 통해 자신을 발견하고 노하여 프루스트와 결별했다.

12 모네는 1874년 인상주의라는 이름을 유래시킨 이 작품을 살롱전에 출품하는데, 당시 평론가인 루이 르루아Louis Leroy는 이 그림을 가리켜 단순히 개인의 '인상'을 표현한 것에 불과하다고 멸시했다. 하지만 모네는 오히려 이 혹평에 영감을 받아 '인상주의'라는 이름을 걸고 르누아르, 피사로, 시슬리 등과 더불어 전통적으로 실내에서 직업 모델을 두고 세밀히 묘사하던 기존의 아카데미즘에 반기를 들고, 열린 공간에 화판을 들고 나와 자연의 빛을 받은 풍경과 가족, 친구들을 모델 삼아 개인의 인상에 충실한 그림을 그림으로써 20세기의 가장 획기적인 움직임의 창시자가 된다. 「게르망트네 쪽」에서 게르망트 공작 부부는 이제는 만인의 인정을 받는 천재 화가 엘스티르의 작품을 여러 점 소유하고 있지만 이는 어디까지나 귀족이 갖추어야 할 문화적 에티켓을 행사하는 것일 뿐 진정으로 그의 그림을 좋아해서가 아니다. 공작 부인이 엘스티르의 그림이 "성의 없게 그린 스케치" 같다며 조금 더 시간과 정성을 들여 완성했으면 좋겠다고 불평하는 부분에서 독자는 당시 루이 르루아를 비롯한 여러 평론가에게 이해를 받지 못한 모네를 떠올릴 수 있다.

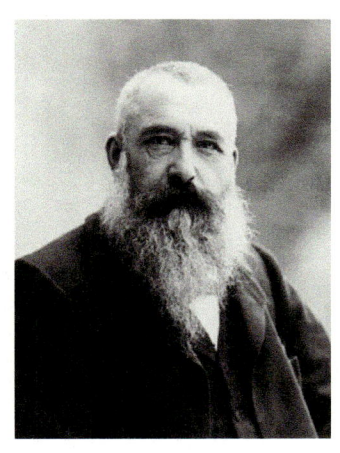

모네의 흑백 사진(59세 때 모습), 펠릭스 나다르 촬영, 1899.

우선 다르셸이 엘스티르를 처음 만나는 리브벨의 식당에서의 장면을 살펴보면 마르셀의 눈에 비친 엘스티르는 "키가 크고 근육질의, 매우 반듯한 인상에 하얗게 세기 시작한 수염을 기르고 있으며, 허공에 고정되어 있는 꿈꾸는 듯한 시선을 한" 모습을 하고 있다. 엘스티르의 이러한 외양 묘사는 모네가 파리 근교의 지베르니Giverny에서 마지막 남은 생을 보내며 「수련」 연작 그림을 제작할 당시의 모습 그대로 이다. 그 당시 찍은 모네의 흑백 사진들을 보면 단단하고 건장한 체격에 턱 밑으로 길게 내려오는 풍성한 회색 수염이 인상적이다. 모네의 특별전을 일부러 찾아다니며 여러 통의 편지를 통해 모네를 자신이 가장 좋아하는 화가로 꼽은 프루스트는 모네의 노후 모습을 분명히 알고 있었을 것이고, 모네의 인상을 엘스티르에게 그대로 입힌 것이다.

비단 엘스티르의 외관뿐만 아니라 그가 모네에 바탕을 두고 만들어진 인물임을 뒷받침하는 다른 요소에는 엘스티르가 발베크에서 그림을 그리는 것처럼 모네는 파리에서 태어났지만 르 아브르Le Havre라는 프랑스 북부의 노르망디에 위치한 마을에서 미술 교육을 받고, 그후로 이곳을 자주 찾아 노르망디 바닷가를 담은 풍경화를 많이 남겼다는 사실이다.[12] 그중에는 모네가 르 아브르의 바닷가를 배경으로 그린 「인상, 일출 Impression, soleil levant」(1872)이 있다.

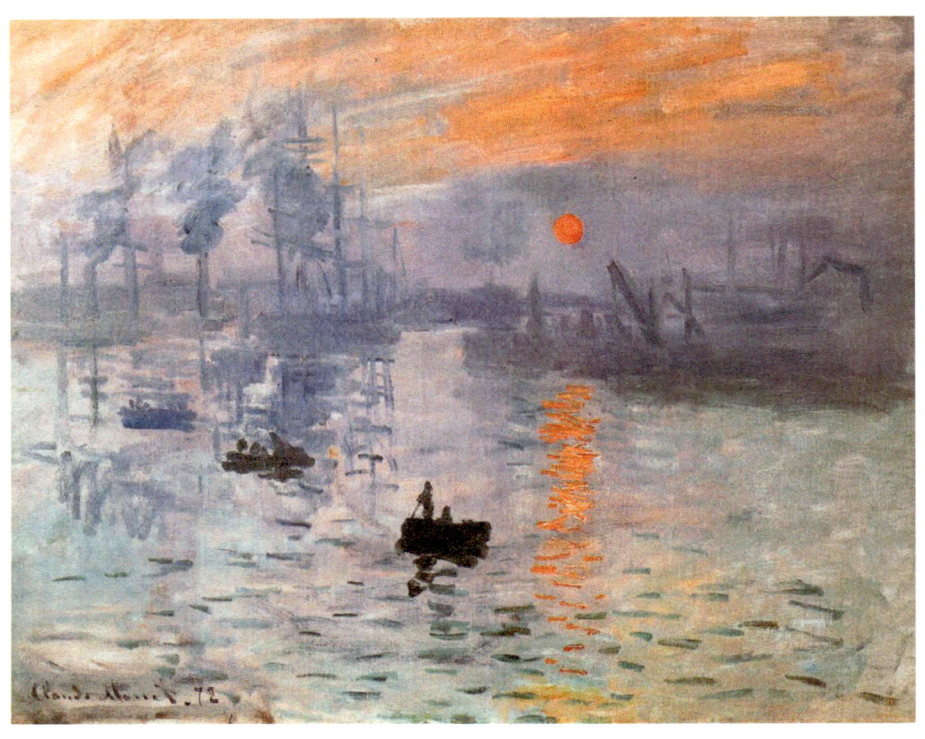

재미난 사실은 마르셀이 로베르 드 생루와 리브벨의 식당에서
엘스티르를 만나는 장면 중에 호텔 지배인은 엘스티르가 자신에
게 「바다 위의 일출」이라는 제목의 작은 그림 한 폭을 선물했는데
그 그림의 가치가 대체 어느 정도일지 궁금해 하는 부분이 있다.
엘스티르가 그린 「바다 위의 일출」이 모네의 일출을 염두에 두고,
간접적으로 일종의 경의를 표한 부분이라고 이해할 수 있다.

이 밖에도 엘스티르의 그림을 묘사하는 대목에서 모네의 작품
을 그대로 옮겨 온 듯한 부분이 많다. 가령 모네가 르 아브르에서
즐겨 그리던 장소 중에는 바다와 공기의 마찰에 의해 바위가 떨

모네, 「인상, 일출」, 캔버스에
유채, 1872, 마르모탕 미술관,
파리, 프랑스.

어져 나간 모양이 마치 코끼리의 코를 닮은, 이제는 관광객의 명소가 된 에트르타Etretat 절벽이 있는데 소설 속에서 엘스티르가 마르셀에게 바닷가의 가파른 절벽을 그린 수채화 한 점을 보여주며 이야기하는 부분에서는 마치 모네의 그림을 눈앞에 두고 묘사하는 듯하다.

"이렇게나 강하고 섬세하게 잘려져 나간 바위들이 성당과 얼마나 비슷한 모양을 하고 있는지 보게나. 마치 거대한 분홍색 아치 같지 않은가. 내가 이 그림을 그린 날은 엄청나게 후끈거리는 날이었는데 아치 모양을 이루는 바위들이 바닷물을 잔뜩 머금고 열기에 의해 거의 먼지처럼 날아가 버릴 것만 같았다네. 나는 이런 인상을 화폭 전체에 기체의 형태를 띤 절벽을 통해 표현했다네. 그날은 빛이 모든 현실을 파

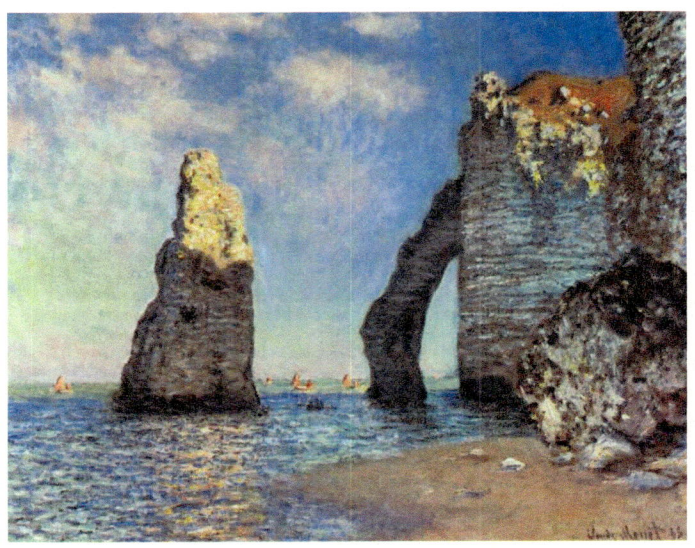

모네, 「에트르타의 절벽」, 캔버스에 유채, 1885, 클라크 아트 미술관, 윌리엄스타운, 미국.

괴할 것만 같았는데 그 강한 빛은 어둡고 투명한 생명체들에게 한층 강한 대비를 이루는 그림자를 드리우는 바람에 손에 잡힐 것 같은 생동감으로 넘쳐나고 있었지." ―「꽃핀 소녀들의 그늘에서」

풍랑에 의해 다듬어진 절벽에서 성당의 아치형 기둥을 보는 엘스티르의 시선을 통해 독자는 모네가 여러 장에 걸쳐 그린 「에트르타의 절벽」뿐만 아니라 모네를 대표하는 그림들인 루앙 대성당의 연작을 떠올리게 된다. 『잃어버린 시간을 찾아서』에는 콩브레의 성당을 비롯, 마르탱빌의 성당, 발베크의 성당 등 여러 개의 성당이 묘사되는데 프루스트의 성당에 대한 애착은 매우 강했다. 마르셀이 발베크의 휴양지에서 만나 차츰 사랑을 키우는 중 알베르틴과 자동차로 노르망디를 여행하며 방문하는 여러 장소 중에는 마르쿠빌Marcouville이라는 작은 마을이 있는데 마침 그곳 중심지에 있는 성당 앞을 지날 때는 해가 지고 있었다. 이때 마르셀이 묘사하는 마르쿠빌의 성당은 엘스티르가 절벽을 담은 수채화를 묘사하며 쓴 표현들을 떠올리게 한다. 이제는 엘스티르의 시선으로 사물을 바라보며 엘스티르가 그랬듯이 그들 사이의 경계에 초점을 두지 않고 전체적으로 지배하는 인상을 분석하려는 시도가 보인다.

"우리는 마르쿠빌 오르괴유즈Marcouville-l'Orgueilleuse를 지나고 있었다. 그 마을에 있는 성당은 반이 새롭게 지어졌으며 나머지 반은 보수한 흔적이 보였는데, 저물어 가는 해는 오랜 세월이 만들어 내는 고색창연함만큼이나 아름다운 느낌으로 그 성당을 덮고 있었다. 석양을 받은 성당의 부조상들은 빛을 머금은 액체로 채워져 당장이라도 흘러내릴 것만 같았다. 성모 마리아, 성녀 엘리자베스, 성인 요하킴의 상들은 수면 위에서, 혹은 태양 근처의 보이지 않는 소용돌이 속에서 헤엄치고 있었고 따뜻한 먼지들에 뒤덮인 많은 현대적인 동상이 황금빛 기둥의 반 정도를 장식하고 있었다. 성당 앞의 거대한 사이프러스 한 그루는 마치 축성된 울타리 안에 서 있는 것 같았다." —「소돔과 고모라」

무더운 날 해안가 절벽을 통해 엘스티르가 기체처럼 증발할 것 같은 분홍빛 성당을 본 반면에 마르셀은 석양에 비친 성당이 액체처럼 흘러내릴 것 같은 인상을 받는다. 소설 속에서 가상의 마르쿠빌이라는 마을이 노르망디에 위치한 것으로 설정된 것처럼, 실제로 모네는 노르망디의 중심지인 루앙에서 여러 해 동안 체류하며 서른 장이 넘는 루앙 성당의 연작을 제작한다. 모두 비슷한 장소에서 바라본 성당이지만 하루 중 다양한 시간대의 성당들은 전혀 다른 인상을 담고 있다. 동트기 전의 성당은 어스름한 여명 속에서 희미하게 푸른빛을 내며 밝아 오고, 안개가 잔뜩 낀 흐린 날의 성당은 잿빛으로 표현되며, 정오의 강한 햇볕을 받은 성당은 온통 하얀색으로 덮여 있다. 모네는 같은 사물이라도 그것을 비추는 빛이 다를 때 얼마나 다양한 형태와 색을 띨 수 있는지를 루앙의 고딕 성당을 통해 표현한 것이다.

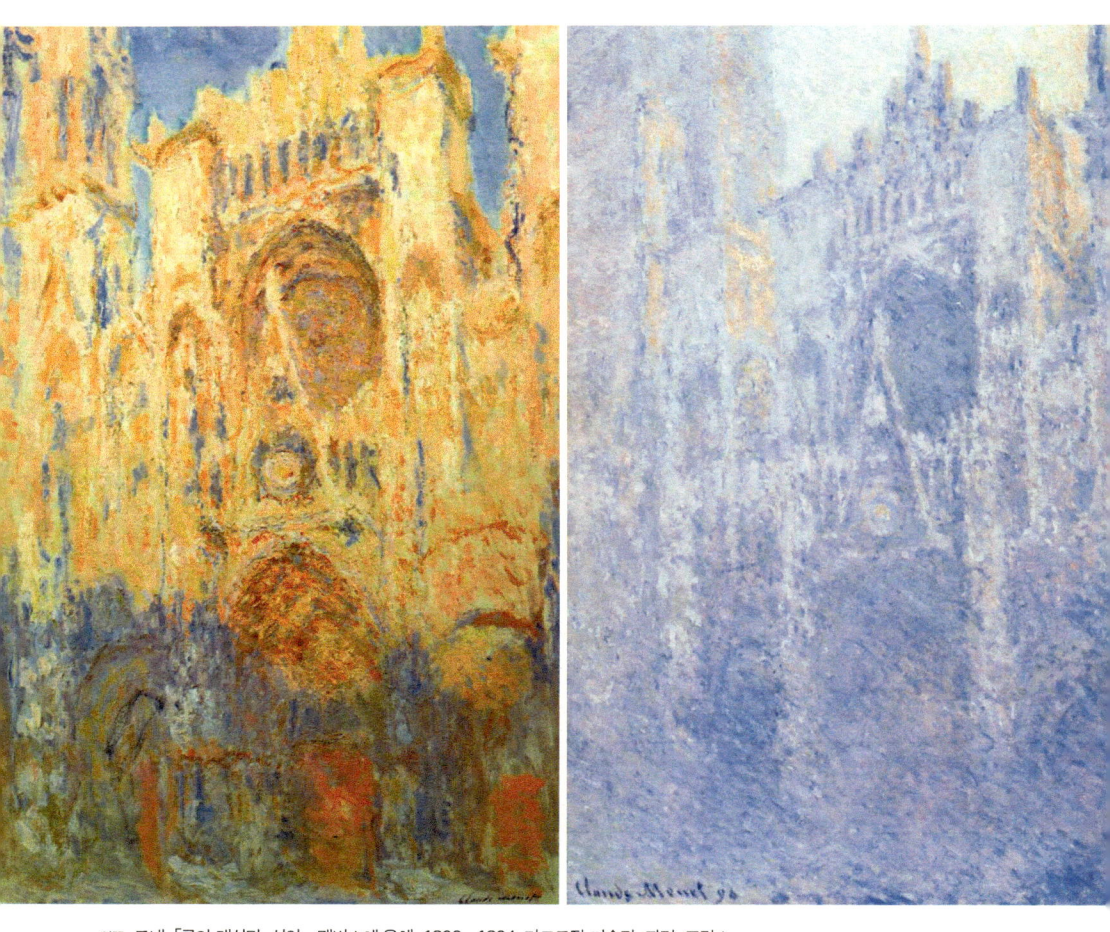

왼쪽 모네, 「루앙 대성당, 석양」, 캔버스에 유채, 1892~1894, 마르모탕 미술관, 파리, 프랑스.
오른쪽 모네, 「루앙 대성당, 새벽 효과」, 캔버스에 유채, 1892~1894, 포크뵝 미술관, 에센, 독일.

모네가 순간의 빛에 따라 같은 사물이 연출하는 다양한 인상을 여러 장의 화폭에 담았다면, 프루스트는 모네의 기법을 빌려와 알베르틴을 바라보는 마르셀의 시선을 표현했다.

"어떤 날에는 알베르틴의 얼굴은 가냘프고 그림자를 드리운 채 우울함에 잠겨 있었는데 투명한 보라색이 원을 그리며 내려오는 것을 간혹 바다에서도 볼 수 있듯이 그녀의 눈 깊은 곳에서부터 내려와 마치 추방당한 자의 슬픔을 표현하고 있는 것 같았다. 다른 날에는 그녀의 얼굴은 매끈하고 반짝이는 피부는 열정으로 가득 차 보였다. 그런 날이면 그녀의 두 뺨은 분홍색 흥조로 물들고 또한 어찌나 투명해 보이는지 당장이라도 사라질 것 같아 거기에 입맞추고 싶은 마음을 억제하기 힘들었다. 또 어떤 날에 그녀의 얼굴은 행복으로 가득 차서 끊임없이 파도 치는 물결과도 같은 액체의 유연함으로 가득해 보였고 그녀의 눈은 이 세상의 물질이 아닌 것으로 이루어진 것처럼 보였다."

─「꽃핀 소녀들의 그늘에서」

하루의 다양한 시간에 바라본 루앙 성당이 그때그때 받은 빛에 의해 수없이 다양한 인상을 연출하는 것처럼 시시때때로 다르게 보이는 알베르틴의 얼굴은 동일한 사람이라고 보기 어려운 다양한 인상을 연출한다. 그것이 그날 알베르틴의 기분에 따른 것인지, 아니면 반대로 그녀를 바라보는 마르셀의 기분에 따라 변하는 것인지는 확인할 수 없다. 다만 마르셀이 발베크의 해변가에서 본 알베르틴은 한 가지 특성으로 정의할 수 없고 변덕스러운 인상을 가지고 있는 여인으로 기억된다.

모네와 프루스트의 예술 시각의 차이

『잃어버린 시간을 찾아서』에 묘사되는 엘스티르는 여러 과정을 거쳐서 마침내 인상주의에 정착하는 인물로 그려진다. 그는 초기에 신화에 소재를 둔 그림을 그렸고(이는 귀스타브 모로를 떠올린다), 중기에는 일본풍 그림에 심취한 것으로 묘사된다. 엘스티르가 보낸 이 시기는 인상파 화가들이 겪은 과정과 일치한다. 실제로 마네, 모네, 르누아르 등은 강렬한 색채의 일본 판화에 영향을 받았고, 그들의 그림에는 기모노를 입고 있는 여자 모델이나 일본식 산수화가 그려져 있는 병풍, 혹은 부채들이 있는 실내를 담은 그림을 많이 찾아볼 수 있다. 하지만 마르셀이 발베크의 아틀리에에서 엘스티르를 만났을 때 그가 펼치는 자신의 예술론은 인상주의라는 이름을 하고 있지만 그의 이론은 모네가 주축이 되어 창시한 인상파의 그것과는 차이가 난다.

우선 엘스티르는 지성에 적대적인 입장을 취한다. 그는 우리가 알고 있다고 생각하는 모든 지식에서 벗어나 아이와 같은 순수한 눈, 다시 말해 다른 이들에 의해 미리 확립된 사실에서 자유로운 눈으로 사물을 보는 방법을 추구한다. 엘스티르에게 지성이란 개인의 인상을 훼방 놓는 불청객에 지나지 않는다. 반면 모네에게 인상이란 지성의 반대말이 아니라 오히려 현재, 눈에 보이는 이 순간을 최대한 과학적인 객관성을 가지고 바라본 것이다. 루앙 성당 연작은 언뜻 보기에는 모네가 그 순간 그 성당 앞에서 느낀 감정을 그대로 화폭에 옮긴 것처럼 생각될 수 있으나 사실은 순간의 빛과 그림자의 인상을 충실하게 관찰하여 개인의 주관을 관여시키지 않고 객관적으로 관찰하여 표현한 그림들이다. 마르셀은 자신이 이해한 엘스티르의 인상주의를 다음과 같이 표현한다.

"엘스티르가 현실을 대하는 데 모든 형태의 지성에서 자유로워지기 위해, 그림을 그리기에 앞서 모든 것을 충실하게 잃어버리기 위해 쏟는 노력은 가히 존경할 만했는데 ─ 자신이 알고 있다고 생각하는 것은 사실 자신의 지식이 아니기 떄문에 ─ 엘스티르야말로 보통 사람들보다 훨씬 뛰어난 지성을 겸비한 사람이기에 이러한 그의 노력은 더욱 감탄스러웠다." ─「꽃핀 소녀들의 그늘에서」

그러나 스스로 인상파 화가라고 자칭하는 엘스티르이지만 마르셀은 그의 말 속에서 모순점을 발견한다. 알베르틴은 엘스티르를 절대적으로 신봉하여 그가 한 말이라면 그것이 건축에 대한 것이건, 패션에 대한 것이건 모두 받아들이는데 그녀는 마르쿠빌 성당에 대해 엘스티르가 예전에 했던 말을 떠올리고 마치 자신의 의견인 양 그에게서 들었던 달을 되풀이한다. 그 성당은 최근 새롭게 보수해서 중세 시대 고우의 고풍스러운 느낌을 더 이상 내지 못하기 때문에 아름다운 건축물이라고 생각하지 않는다는 것이다. 엘스티르와 같은 입장을 취하는 그녀에게 마르셀은 마르쿠빌 성당의 미학적인 가치에 대한 자신의 해석을 피력하며 엘스티르의 모순을 지적한다.

"인상주의가 무엇인지 알고 있나요? …… 예전에 엘스티르가 말하기를 마르쿠빌 성당은 새로 보수했다고 해서 자신은 그 성당을 좋아하지 않는다고 했던 것을 기억하지요? 그런데 성당과 그 주변을 고루 비추는 빛이 만들어 내는 전체적인 인상에서 단지 그 건물만을 끄집어 내어 건축가의 시각으로 그것의 가치를 매긴다는 자체가 엘스티르 자신이 주장하는 인상주의 이론과 모순되는 행위가 아닌가요? 그가 그림을 그릴 때는 그것이 병원이건, 학교이건, 게시판에 붙은 벽보이건 또는 그 옆에 있는 가치를 측정할 수 없는 성당이건 모두 같은 자격으로 그리지 않느냐 말입니다. 마르쿠빌 성당의 벽면이 태양에 얼마나 잘 그을려 있었고, 성인들을 조각한 상들은 또한 얼마나 아름다운 빛 속에서 헤엄치는 듯한 느낌으로 표현됐는지 기억하나요? 새로운 건물이 긴 역사를 가지고 있는 것처럼 보인다면, 아니 설령 오래된 건물 같은 느낌을 주지 않는다 할지라도 그게 무슨 상관입니까! 역사 깊은 구역은 이미 낱낱이 그 비밀들이 파헤쳐진 지 오래이지만, 안락한 생활을 즐기고 지나치게 흰 벽돌로 지은 집에 사는 가족들이 들어서는 신시가지며, 어두운 식당에서 점심 식사를 기다리는 상인들이 모여드는 도시의 외각, 그들이 앉은 테이블 위에 놓인 칼들이 밖에서 들어온 빛을 받아 반짝이는 모습이 샤르트르 대성당의 스테인드글라스와 다를 바가 무엇이겠어요?" ―「갇힌 여인」

엘스티르의 말을 두조건적으로 받아들이는 알베르틴과 다르게 마르셀은 엘스티르의 예술성을 인정하지만 나름대로 비판적인 자세로 그를 분석함으로써 자기만의 이론을 펼친다. 엘스티르의 인상주의 이론을 받아들이되 그것을 예술 활동뿐만 아니라 실제 생활에 적용시킬 때도 그 이론에 충실해야 한다는 생각은 자신의 삶 자체를 예술로 승화하려는 의도를 반영한다.

엘스티르의 인상주의를 자기 것으로 하려는 마르셀이지만 그의 화법을 그림에서 말하는 인상주의와 완전히 동일시해서는 안 된다. 원인보다는 결과를 중시하는 현상학Phénoménologie에 바탕을 둔 인상, 즉 눈앞에 펼쳐지는 현상이 왜 그런지를 이성으로 이해하고, 알고 있는 지식으로 해석하려는 대신, 설령 그 현상이 착시효과 같은 느낌을 준다 해도 눈에 보이는 그대로를 표현하려는 노력은 모네와 프루스트의 공통점이지만, 이 둘의 가장 큰 차이는 각자가 중시하는 시간이 어디를 향하고 있느냐이다.

모네의 인상주의가 '지금 여기, 이 순간'으로 요약할 수 있는 현재에 초점을 맞추고 그 순간의 빛의 느낌과 움직임을 붙잡아 그 인상에 충실한 그림 그리기를 했다면, 프루스트의 인상주의는 끊임없이 과거를 향한 것이며, 현재는 지난날을 떠올릴 수 있는 연결 고리를 찾았을 때에야 의미를 갖는다. 어른이 된 마르셀이 파리의 집에서 마들렌 과자를 홍차에 찍어 먹는 순간에 형용할 수 없는 기쁨의 소용돌이에 휩싸이는 이유는 그 경험이 과거 콩브레에서 레오니 아주머니가 주는 마들렌 과자를 떠올렸기 때문이다. 이렇듯 '잃어버린 시간' 찾기, 즉 과거를 찾아 나서는 여정을 통해 현재의 의미를 발견하는 마르셀을 통해 우리는 프루스트의 인상주의를 이해할 수 있다.

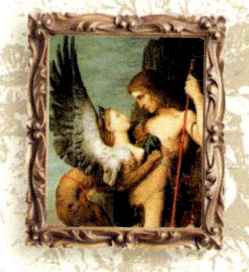

chapter 3

환상, 그리고 허망함

귀족 사교계 입문

무대는 다시 파리이다. 북부 해안가 마을 발베크에서 파리의 집으로 돌아온 마르셀은 발베크에서 만난 로베르 드 생루의 초대를 받아 군인인 그의 부대가 주둔하고 있는 동시에르Doncières[1]를 방문해서 그곳의 젊은 청년들과 어울리며 그들의 건강한 남성미, 어리석을 정도로 단순한 천진난만함에 흠뻑 빠져 남자들만의 우정을 만끽한다. 그러그는 마침내 콩브레에서부터 동경하던 게르망트네가 주최하는 살롱에까지 초대받는다. '스완네 쪽'과는 반대되는 전통과 지위, 그리고 사회적인 명성이 가져다 주는 자부심으로 무장한 귀족 사교계에의 입성이다. 그러나 동경의 대상이었던 귀족 사회에서 다르셀은 허식, 위선, 동성애 등 그들의 사회적 가면 밑에 숨기고 있는 실재를 발견해 간다. 이번 장은 소설의 제3권인 「게르망트네 쪽」, 그리고 제4권인 「소돔과 고모라」가 무대이다.

이제 마르셀은 나무랄 데 없는 청년이 되었으나 그의 할머니는 언제나 손자의 장래를 염려한다. 콩브레에서는 그의 허약한 체질

---

1 실제 지명으로 프랑스 동부 로렌 지방에 위치한 마을이다.

을 걱정하지만 그런 심정을 주변 식구들에게 말하지 않고 비가 오는 날에도 혼자 산책을 하며 스스로 마음을 진정시키던 할머니가 죽음을 맞는다. 처음으로 죽은 이의 모습을 접하는 마르셀은 고통으로 일그러진 할머니의 얼굴과 뻣뻣하게 굳은 육체를 보며 죽음의 절대적인 성질과 그 앞에 선 나약한 인간의 숙명을 느낀다.

할머니에 대한 마르셀의 애정은 자신에 대한 할머니의 것만큼이나 절대적인 것이었지만 왠지 할머니가 돌아가시자 그는 그녀의 빈자리를 실감할 수가 없다. 슬픔보다는 허전함을 느끼던 그가 진정으로 할머니의 죽음을 피부로 느끼고 흐느끼는 순간은 그로부터 일 년이나 지나 두 번째 발베크를 방문할 때, 그랑 호텔의 자신의 방에서 신발끈을 풀려고 허리를 굽히는 순간이다. 한 해 전에 할머니와 처음으로 찾아온 낯선 해변가 마을에서 불안한 마음이 들었을 때, 똑같은 장소에서 할머니가 손수 허리를 굽혀 마르셀의 신발끈을 풀어 주었던 추억이 떠오르자 마들렌 과자에 의한 기억의 비의도적 회상 작용과 동일하게 마르셀은 잊고 있던 할머니를 떠올리며 새삼 그녀의 죽음을 온몸으로 느끼게 된다.

소설 속에서 마르셀에게 아버지의 자리는 거의 찾아볼 수 없다. 아버지는 나름대로 자상하지만 아들은 그를 절대적인 권위자로서 두려움 비슷한 존경심으로 바라보기만 한다. 하지만 어머니와 할머니, 하녀 프랑수아즈에 이르기까지 그의 주변에 가까이 있는 이들은 모두 여성으로 끊임없이 그를 배려하고 조건 없는 사랑을 베푼다는 공통점이 있다. 실제로 프루스트에게는 남동생이 한 명 있었는데 소설 속에서 마르셀은 외동아들로 설정된다. 작가에게서 이상적인 가족은 부드럽고 섬세한 여성들만으로 이루어진 형태인 것이다.

한편 마르셀은 할머니의 죽음 후에 파리의 게르망트 공작 부부가 주최하는 화려한 살롱 모임을 드나들며 자신이 그들에게 입혔던 거짓 베일이 한 겹씩 벗겨짐을 느낀다. 게르망트 공작은 수도 없이 많은 여인과 바람을 피우고, 그의 아내도 그 사실을 알고 있을 뿐만 아니라 남편이 사귀다 헤어진 옛 애인들과 공작의 흉을 보는 것으로 스스로를 위로하는 한심한 여인으로 묘사된다. 또한 병에 걸려 이제 앞으로의 시간이 서너 달밖에 남지 않았다는 의사의 진단을 받고, 마지막으로 그들에게 작별 인사를 하러 온 오랜 친구 스완에게 공작은 다음 사교 모임에 참석해야 한다며 서둘러 마차를 타고 떠나는 등 타인의 비극에 무자비한 모습을 보인다. 이때 그를 동행하기 위해 마차에 오르는 공작 부인이 신고 있는 빨간 구두는 그들의 허영과 냉혹함을 상징한다고 할 수 있다. 뿐만 아니라 공작 부인은 자신의 하인들에게 잔인하리만치 무자비하며 유명한 작가나 화가들에 대해 피상적인 지식을 떠벌리며 거들먹거릴 뿐이다. 상류 사교계에서 군림하고 있는 그들이 얼마나 허영심이 가득하고 무자비할 수 있는지를 발견한 마르셀이 자신의 생각이 허상이었음을 깨닫기까지는 그리 오랜 시간이 걸리지 않는다.

이때 정체 모를 행등과 기이한 말로 마르셀을 어리둥절하게 만드는 인물이 등장하는데, 이는 바로 게르망트 공작의 형제인 샤를뤼스 남작이다. 제1차 세계대전 전, 전 유럽이 독일과 민감한 관계에 있던 당시 그는 친독일적인 말을 서슴지 않으며, 여성스럽고 가냘픈 요즘 젊은 청년들을 '계집애' 같다고 혹독하게 비난한다. 하지만 마르셀은 그가 재단사인 쥐피앵에게 꼬리 치는 모습을 우연히 엿보게 되면서 샤를뤼스의 동성애를 발견한다. 여태껏 마르셀에게 자신이 정신적, 물질적 후원자가 되는 자비를 베풀

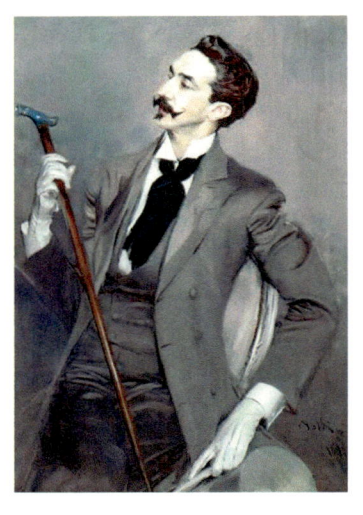

테니, 그에 대한 대가를 치러야 한다며 이상한 행동을 취했던 이유를 이해하게 되는 순간이다.

마르셀이 샤를뤼스의 성 정체성을 발견한 같은 날 오후, 그는 초대받은 게르망트 대공 부인의 만찬 모임에 갔다가 그곳에 참가한 귀족들을 새로운 눈으로 바라보게 된다. 마르셀은 이제껏 감지하지 못하고 지나쳤던 그들의 작은 동작, 옷매무새를 통해 그들 중에 적지 않은 사람이 동성애자임을 깨닫는다. 이후 샤를뤼스는 젊은 청년 바이올리니스트인 모렐을 만나면서 점차 자아 파괴적인 관계에 빠진다.

스스로가 동성애자였던 프루스트는 소돔의 세계를 너무나 잘 이해하고 있었다. 그가 17세였을 때 콩도르세 고등학교에서 만난 자크 비제와 다니엘 알레비에게 보낸 편지들은 프루스트가 이 둘에게 동성애적 관심을 표현하고 접근했음을 보여 준다. 또한

1908년 독일 제국을 떠들썩하게 만든 '율렌부르크Eulenburg 스캔들'이 프랑스 신문에 요란스럽게 장식되었다. 이 스캔들은 독일 제국의 마지막 황제인 빌헬름 2세 측근들의 동성애 행위를 한 기자가 고발하면서 시작되었다. 독일에서 처음으로 동성애를 공식적으로 사건화한 일이었던 만큼 사회적인 파장이 컸으나 실제적으로는 빌헬름 2세의 외교 정치에 반대한 이들이 황제를 무력화시키기 위해 전략적으로 터트린 사건이었다. 프루스트는 이 스캔들을 관심 있게 주시하였으며 「소돔과 고모라」에서 이 사건에 대해 한 번 짧게 언급하기도 한다.

　「소돔과 고모라」는 프루스트 생전에 출판된 마지막 권으로 방대한 분량 때문에 두 번에 나누어 출간되었다. 「소돔과 고모라」 제1편은 1921년 5월에, 제2편은 그 다음 해 4월에 출간되었다. 상류 사회 귀족들의 동성애를 적나라하게 묘사한 「소돔과 고모라」는 같은 동료 작가들로부터 동성애를 도덕적으로 비난하는 입장에서 쓴 작품이라고 오해를 받기도 했다. 『좁은 문』과 『전원 교향곡』의 작가인 동시에 『누벨 르뷔 프랑세즈』지를 창간했으며 동성애자이기도 한 앙드레 지드 또한 같은 생각을 하고, 프루스트가 「소돔과 고모라」에 동성애를 표현한 방식에 반감을 가지고 있었다.[2] 하지만 곧 지드는 프루스트와의 대화를 거쳐 "결국 우리에게 거부감을 불러일으키고 손가락질당하는 행위들이 프루스트에게는 그렇게 혐오스럽게 느껴지지 않는다는 사실을 이해하게 되었다." 하고 자신의 일기에 적었듯이 프루스트에게 동성애는 도덕적인 잣대로 평가할 수 없는 그 이상의 것이었다.

그러나 프루스트는 자신이 동성애자라는 사실이 주변에 알려지는 것을 꺼려 했으며 자신에 대한 동성애 소문을 극구 부인했다. 『잃어버린 시간을 찾아서』에서 마르셀이 이성에게만 사랑을 느끼는 것으로 표현한 것 또한 같은 맥락에서이다. 사교 모임에서 대부분의 시간을 보냈던 젊은 시절의 프루스트에게 이러한 부정은 사교계에 남아 있기 위한 몸부림이었으나 이후 부모가 모두 사망하고 소설을 쓰기 위해 서재에서 자신을 고립시키는 말년에 이르러서 프루스트는 자신의 성적 취향을 더 이상 부정하지 않게 되었다.

이번 장에서 언급하게 될 화가는 앙투안 바토, 귀스타브 모로와 에두아르 마네이다. 마르셀이 파리의 귀족 사교계를 출입하며 엿보게 되는 세계는 바토가 화려하면서도 우수에 잠긴 '아연화Fêtes galantes'에 담은 이탈리아 희극 배우들이나 궁정 생활을 떠올리게 하며 귀스타브 모로의 그림들이 표현한 신화 세계와

---

2 『잃어버린 시간을 찾아서』 제4권의 제목인 '소돔과 고모라'는 『구약성서』의 창세기에 나오는 도시로 성적 문란과 도덕적 퇴폐에 빠진 주민들에게 노한 신이 유황 불비를 내려 이들을 멸망시켰다고 전한다. 오늘날 이 표현은 죄악의 도시를 비유할 때 쓰인다. 이 마을 사람들은 남색을 행하였다고 하는데 남성끼리 성적 관계를 맺는 행위를 뜻하는 비역을 가리키는 표현인 소도미sodomy는 이 마을 이름에서 유래한 것이다. 프루스트는 「소돔과 고모라」에서 프랑스 상류 사회에서 암암리에 성행하던 동성애를 샤를뤼스 남작을 통해 표현하고 알베르틴의 성적 취향을 언급하면서 여자들도 동성애의 대상에서 제외되지 않았음을 시사한다.

겹쳐진다. 또한 게르강트 공작이 대화 중에 직간접적으로 언급하는 마네는 공작의 스노비즘을 그대로 보여 주는 역할을 하기도 한다.

시간은 흘러 겨울이 지나고, 다시 봄이 되어 부활절 연휴를 기점으로 마르셀은 두 번째로 발베크 해안가를 찾는다. 이번에 그의 옆을 지키는 것은 할머니가 아니라 어머니이다. 그곳에서 마르셀은 알베르틴과 재회하여 예전에 그녀에게 가졌던 애정이 다시 한 번 피어오르는 것을 느낀다. 하지만 점차 알베르틴의 속되고 거친 성향에 질려 그녀에 대한 애정이 급속도로 식어 갈 무렵 마르셀은 그녀에게서 동성애적 취향을 발견하게 되고, 이는 그의 질투심에 불을 붙이기 된다. 그녀가 음악가 뱅퇴유의 딸과 아는 사이라는 말을 듣는 순간, 마르셀은 정신이 아득해짐을 느낀다. 마르셀이 콩브레에서 지내던 시절, 그는 뱅퇴유의 딸을 통해 처음으로 여자들의 동성애 행위를 목격한 바 있다. 이후 알베르틴이 여러 여자와 그 당시 유행하던, 계곡에서 벌거벗은 채 목욕을 하는 모습을 상상하거나, 다른 여자와 가슴을 밀착시킨 채 춤추는 모습을 보자 마르셀의 질투심은 걷잡을 수 없게 된다. 그녀와의 관계에 종지부를 찍으려던 결심은 자취를 감추고 그는 충동적으로 그녀와의 결혼을 결심한다. 마침 콩브레에 있는 노쇠한 레오니 아주머니의 시중을 들기 위해 어머니가 파리의 집을 비운 사이에 마르셀은 알베르틴을 파리의 집에 데리고 올라온다.

소설적 상상력을 제공하는
두 점의 그림
바토

프루스트는 스완과 오데트의 관계를 그릴 때
바토의 그림 두 점을 자신의 상상력으로 풀어 이야기한다.

마르셀과 우정을 나누는 로베르

마르셀이 가장 먼저 안면을 트는 게르망트네 가문의 일원은 그와
비슷한 나이 또래의 로베르 드 생루이다. 마르셀은 그를 발베크
의 그랑 호텔에서 처음 보고 반짝이는 금발머리, 파란 눈동자, 움
직일 때마다 가슴팍에서 매력적으로 출렁거리는 외알 안경, 그리
고 바람처럼 재빠르게 나타났다가 순식간에 눈앞에서 사라지는
가벼운 움직임에서 귀족적인 우아함을 발견하고 그에게 반했다.
이후 재빠른 동작은 그의 독특한 특징을 나타낸다.

마르셀은 로베르와 리브벨의 식당에서 식사를 하기도 하고, 그
가 주둔하는 군대가 있는 동시에르를 찾아가 로베르와 그의 다른
군인 친구들과 즐거운 시간을 보내기도 한다. 그곳에서 로베르는

마르셀을 자신의 둘도 없는 단짝 친구라며 다른 이들에게 소개하고, 그들 앞에서 마르셀이 빛을 발할 수 있도록 추켜세우고 세심하게 배려한다. 마르셀은 자신을 향한 이러한 로베르의 관심과 특별한 대우에 은근히 자부심을 느낀다. 하지만 자신의 삶의 활력소가 되는 새로운 우정에 감격하는 마르셀에게 로베르의 예상치 못한 행동은 상처를 주기도 한다.

마르셀이 동시에르를 떠나 다시 파리로 돌아가야 하는 날, 마르셀은 그에게 작별 인사를 하러 찾아 나선다. 그러다 길거리에서 마차를 탄 로베르를 발견하고 반가운 마음에 다가가려 하지만 그가 혼자가 아니라 옆자리에 다른 이와 동승한 것을 보고는 너무 아는 티를 내면 예의에 어긋나리라는 생각에 자신을 알아볼 수 있으되, 지나치게 친한 행세를 하지 않도록 매우 정중하게 허리를 굽혀 인사를 한다. 마음속으로는 자신을 알아본 로베르가 마차를 멈춘 후 자기들과 합류하자는 제안을 하기를 바랐다. 그러나 놀랍게도 로베트는 마르셀의 지나치게 공손한 인사에 길거리에서 처음 보는 사람을 대하는 것처럼, 혹은 상사가 부하 군인의 인사를 받고 답례하는 것처럼 딱딱하고 형식적인 목례로 답하고 그대로 마르셀 앞을 지나치고 가 버렸다.

나중에 휴가를 받아 파리에 온 로베르와 다시 만난 마르셀은 용기를 내어 그때 동시에르에서의 마지막 날, 길거리에서 자신을 알아보았는지 묻는데 로베르는 그때는 정말 미안했다며 약속 장소에 늦어서 서둘러 가는 중이었기에 어쩔 수 없이 그렇게밖에 인사를 하지 못했다고 변명한다. 그때까지 마르셀은 로베르가 자신을 알아보지 못했을 것이라고 생각하고 있었으나 로베르가 그 당시의 상황을 기억하고 자신을 알아보았다고 인정하자 충격을 받는다. 더구나 마르셀이 그때 보았던 로베르는 자신에게 조금도 미안해하거나 당황한 모습이 아니었기에, 자신과의 우정에 대한 로베르의 진심이 무엇인지를 처음으로 의심하게 된다. 다만 태어나면서부터 받은 귀족 가문의 교육은 자신의 감정이 무엇이든지 간에 그것과는 다른 인상을 남에게 보일 수 있도록 철저하다는 사실을 깨닫고 모든 감정이 숨김 없이 밖으로 드러나는 자신과는 다른 존재임을 새로 깨닫는다.

로베르에 대한 마르셀의 환상이 또 한 번 벗겨지는 계기는 파리에 돌아온 로베르가 자신의 애인을 소개시켜 줄 때이다. 완전히 한 여자에게 푹 빠져 있는 로베르의 모습을 본 적이 없는 마르셀은 로베르가 그녀를 위해서라면 가족, 재산, 신분 등 모든 것을 포기하고, 심지어는 살인까지도 할 수 있으리라는 생각을 한다. 그러나 로베르에게 어울리는 세련되고 우아한 매력이 있는 여인이라고 기대했던 마르셀 앞에 등장한 여인은 예전에 마르셀이 들른 적 있는 파리의 뒷골목 선술집에서 몸을 팔던 라셀이라는 이름의 매춘부였다. 하지만 그녀의 과거를 알지 못하는 로베르는 라셀을 연극 무대에서 처음 보고 그녀를 범접할 수 없는 이상의 여인으로 여기고 다가갔던 것이다. 그리하여 그녀와 애인 관계로 발전한 날에는 온 세상을 얻은 것처럼 들떴고, 그 이후에도 무대 위의 그녀가 준 첫인상에서 벗어나지 못한 채 허상을 쫓아다녔다.

라셀의 공연을 보고 무대 뒤에서 그녀를 찾아온 로베르와 자리를 함께 한 마르셀은 그녀가 얼마나 잔인할 수 있는지를 목격한다. 라셀은 자신에 대한 로베르의 절대적인 숭배심을 이미 잘 알고 있었는데 그녀는 주변 사람들의 시선을 한 몸에 사로잡고 있는 남자 무용수를 가리키며 그에게 찬사를 보낸다. 그런 그녀를 보고 로베르는 제발 더 이상 그 무용수에 대한 말은 하지 말라며 애원하지만 그녀는 아랑곳하지 않고 오히려 그의 질투심을 부추기려는 양 계속해서 그 무용수에게 시선을 고정한 채 로베르를 무시한다. 마르셀 또한 그 무용수를 보며 매력을 느낀다.

"마치 시내 한복판이라도 되듯 복도에서 거리낌 없이 담배를 피우고, 크게 떠들며 인사를 나누는 여러 배우와 기자들, 그 밖의 여러 사람 중에서 바토의 그림 앨범에서 막 튀어나온 듯한 젊은 청년이 보였는데, 그는 검은 벨벳 천으로 만든 챙 없는 모자를 쓰고, 수국꽃 장식이 된 코트를 걸치고 있었다. 분홍색으로 볼을 칠한 입가에는 미소를 머금고 시선은 하늘을 향한 채 손바닥으로 우아한 움직임을 연출하며 가볍게 이동하는 그 무용수는 점잖은 양복 조끼나 프록 코트를 걸친 주변의 다른 이들과는 너무나도 달라서 마치 딴 세상에서 온 듯한 느낌을 주었다. 주변의 시선에는 아랑곳 않고 자신만의 황홀함에 취해서 보통 사람들의 일상적인 생활과는 아무 관계도 없는 꿈, 즉 문명이

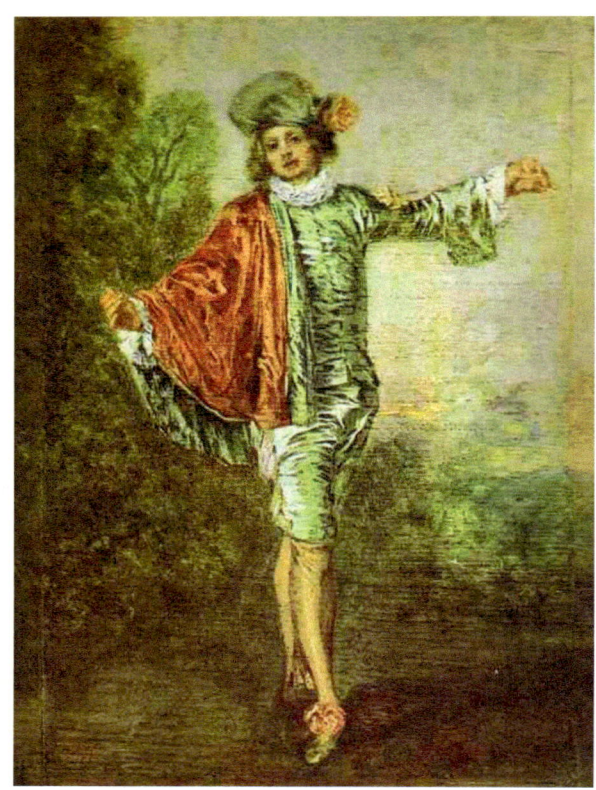

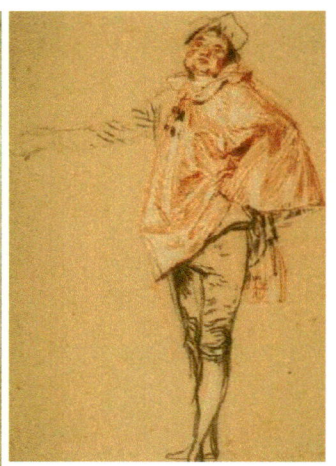

왼쪽 바토, 「무관심」, 캔버스에 유채, 1717,
루브르 미술관, 파리, 프랑스.

오른쪽 바토, 「무관심」, 종이에 색분필, 1716,
보이만스 미술관, 로테르담, 네덜란드.

발생하기 훨씬 이전으로 거슬러 올라가는 꿈을 추구하며 춤을 추는

그 모습은 마치 무리 속에서 길을 잃은 나비 한 마리가 변덕스럽게 날

갯짓하며 분을 날리는 채 곡선을 그리는 것을 보는 것처럼 신선했다."

—「게르망트네 쪽」

마르셀이 말하는 앙투안 바토Antoine Watteau(1684~1721)의 그

림 앨범에서 튀어나온 듯한 그 청년을 표현한 그림은 「무관심

L'Indifférent」이라는 재미난 제목의 스케치로, 마르셀이 묘사한 대

로 꽃이 장식된 옷을 입은 우아한 청년이 가볍게 춤추는 동작을 담고 있는 그림이다. 그림 앨범에서 볼 수 있는 그 스케치는 담갈색 종이 위에 색연필로 대충 표현한 것으로 캔버스에 유채로 그리기 위한 작품의 연습용이었는데, 현재 이 유화는 루브르 미술관에 소장되어 있다.

얼핏 보기에는 제목과 그림의 내용이 무관한 것처럼 생각되나 그것은 이 그림 하나만을 두고 생각했을 때이다. 바토는 「무관심」을 제작할 때 동시에 「어린 소녀La Finette」라는 그림을 완성했는데 크기(25×19cm)가 같은 이 두 그림은 한 쌍을 이루는 작품이다. 루브르 미술관에도 나란히 걸려 있다. 「어린 소녀」는 몸을 반쯤 돌린 채 의자에 걸터앉은 소녀가 시선을 관객을 향한 채 테오르보를 연주하는 모습을 담고 있다. 한 쌍을 이루는 이 두 그림을 통해 소녀의 연주에도, 또 그녀가 보내는 매혹적인 시선에도 아랑곳하지 않고 자기만의 기분에 취해 춤을 추는 청년을 바토는 「무관심」이라는 제목으로 표현한 것이다.

동시에르에서의 마지막 날, 마르셀에게 차가울 정도로 무관심했던 로베르가 바토의 이 그림에서 표현된 상황과는 반대로 라셸에게 무관심의 대상이 되고 있다. 무용수를 향한 로베르의 질투심에 기름을 끼얹듯 라셸이 계속해서 젊은 청년의 우아한 동작을 칭찬하자 로베르는 엉뚱한 방향으로 화를 분출한다. 줄기차게 담배 연기를 내뿜는 한 기자 옆에서 마르셀이 불편하게 숨을 쉬는 모습을 보자 로베르는 그 기자에게 담배를 꺼 달라고 부

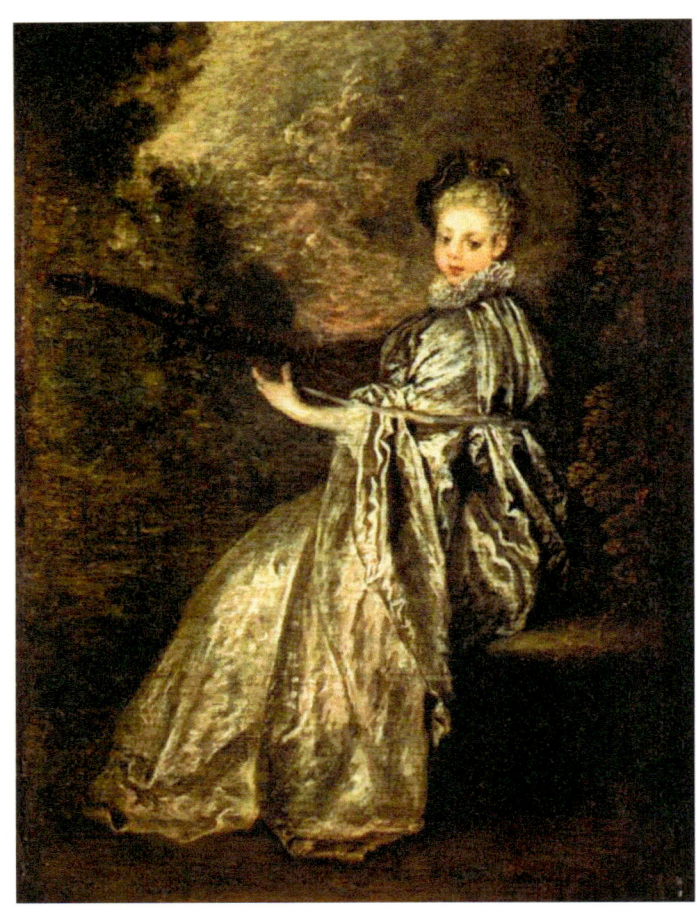

바토, 「어린 소녀」, 캔버스에
유채, 1717, 루브르 미술관,
파리, 프랑스.

탁한다. 그러나 로베르의 정중한 부탁에 내재된 분노를 감지하
지 못한 기자는 그렇게 비위가 약한 사람이 얌전히 집에만 있을
것이지 왜 극장에 나왔냐고 오히려 큰소리를 친다. 그 순간, 로
베르는 누가 말릴 틈도 없이 기자의 턱에 주먹을 한 방 날린다.
언제나 신사적이고 냉정하며 감정을 드러내지 않는 교육을 받은
로베르이지만 라셀에 대한 분노 때문에 애꿎게도 옆 사람에게

화풀이를 한 것이다.

바토의 그림에서 걸어 나온 프루스트 소설의 인물들

사실 프루스트가 바토의 「무관심」에 끌린 것은 『잃어버린 시간을 찾아서』를 집필하기 훨씬 전으로 거슬러 올라간다. 그는 1896년에 『현대 생활 La Vie contemporaine』(3월호) 잡지에 그해에 쓴 것으로 추정되는 단편을 실은 적이 있는데, 그 이야기의 제목이 바로 '무관심'이다. 바토의 「무관심」이 「어린 소녀」와 한 쌍을 이루는 것처럼 이 이야기는 두 부분으로 나뉘어 있다.

전반부에서는 여주인공인 마들렌이 르프레라는 이름의 남자에게 반하여 그에게 적극적으로 애정 공세를 펼치는 모습을 보여 준다. 마들렌은 갖가지 수단을 동원하여 그의 관심을 끌려고 하나 번번이 실패한다. 그를 저녁 식사에 초대하지만 그가 변변찮은 핑계를 대며 초대를 거절하자 그녀는 몇 번이고 초대 날짜를 미룬다. 또 그를 만나기 위해 마들렌은 전부터 잡혀 있던 한 공작 부인과의 만찬 약속을 취소하기도 한다. 이야기의 후반부는 르프레가 왜 마들렌에게 무관심한지 그 이유에 대한 설명이 나온다. 르프레는 저속하고 천박한 매력의 여자들에게만 관심을 갖는 속된 취향을 가지고 있었다. 따라서 마들렌같이 귀족 부인에게는 매력을 느끼지 못했다.

이 이야기에서 독자들은 바토의 두 점의 그림을 떠올리게 된다. 그림 「어린 소녀」에 새침한 표정의 여자는 바로 마들렌이며 그녀가 악기를 연주하는 모습에도 아랑곳하지 않고 관객에게 시선을 향한 채 자기만의 흥에 취해서 춤을 추고 있는 「무관심」 속의 청년은 르프레이다. 프루스트는 이 두 점의 그림 앞에서 작가의 상상력을 발휘하여 단편 글을 지었다.

잠시 다시 소설의 1권 「스완네 집 쪽에서」로 돌아가서 거기에 소개된 스완의 사랑 이야기를 떠올려 보자. 스완이 오데트와 사랑에 빠지게 되는 과정에서 먼저 그에게 접근한 것은 오데트였다. 오데트는 대단한 미술품 수집가에다가 뛰어난 매너의 스완에게 반했고 그에게 자신의 집에 차를 마시러 오라고 초대하지만 그때마다 스완은 요즘 베르메르에 관한 글을 쓰고 있기 때문에 바빠서 초대에 응하기에는 무리가 있다고 거절한다. 그러나 베르메르 연구는 그가 몇 해 전에 이미 손을 뗀 상태였다. 오데트가 대단한 미모의 소유자이면서 당시 유행하는 옷을 센스 있게 입고 다닌다는 사실도 알고 있는 스완이지만 여자에 대한 그의 취향은 그가 애호하는 고급스러운 미술품 속에 표현된 여인들과는 정반대인 뚱뚱하고 못생긴 여인들이었다. 그러다 결국 오데트에게서 보티첼리가 표현한 그림 속 시포라와 닮은 모습을 발견하고부터 그녀에게 맹목적으로 빠지게 된다. 하지만 오데트는 스완과의 사랑에 이내 싫증을 내고 포르슈빌 백작과 바람을 피운다.

프루스트는 소설에서 단편 이야기에서와는 다른 결론을 끌어낸다. 오데트가 마들렌과 마찬가지로 먼저 적극적으로 사랑하는 남자의 관심을 끌려고 애쓰는 것까지는 같지만, 그후 그의 사랑에 등을 돌리고 무관심을 표현하는 것 또한 오데트이다. 여기서 오데트의 이중적인 성 정체성을 알고 있는 독자들은 「어린 소녀」와 「무관심」 속에 표현된 여인과 청년 모두를 오데트라는 한 인물을 통해 표현한 프루스트의 재치에 무릎을 치게 된다. 스완은 오데트를 험난하는 무명의 편지를 받는데, 거기에는 그녀가 과거에 창녀촌 출신이었으며 그녀는 남자뿐만 아니라 여자들을 대상으로도 몸을 팔았다는 내용이 적혀 있다. 바토가 앞의 두 점의 그림을 제작한 18세기 당시 프랑스어로 '무관심 indifférent'이라는 표현은 '동성애자'라는 표현으로도 통용되었다. 바토가 이중적인 의미를 부여하고 춤추는 청년 그림에 '무관심'이라는 제목을 붙였다고 해석할 수도 있다. 프루스트는 르프레가 천박한 여자들만을 좋아해서라고 이유를 찾은 반면, 바토는 청년이 동성애자이기 때문에 미혹적으로 테오르보를 연주하는 소녀에게 관심을 갖지 않은 것으로 볼 수도 있다.

「스완네 집 쪽에서」에 스완의 사랑 이야기를 할 때 프루스트는 어디에도 바토의 「무관심」을 인용하지는 않는다. 하지만 스완과 오데트의 관계는 프루스트가 전에 썼던 「무관심」이라는 단편에 바탕을 둔 것이고, 그 단편은 바로 바토의 그림 두 점을 자신의 상상력으로 풀어 해석했던 것이다. 실제로 프루스트가 『잃어버린 시간을 찾아서』를 집필하기 시작한 것은 1909년인데, 1권을 한참 쓰던 무렵, 프루스트는 1910년 10월 3일자로 로베르 드 플레르

Robert de Flers에게 보낸 편지에서 1896년 당시 「무관심」이 실렸던 『현대 생활』 3월호를 보내 줄 수 있느냐고 부탁한다. 그 단편을 짓고 나서 10년도 더 지나서 원본을 가지고 있지 않던 프루스트는 예전에 썼던 이야기를 변형한 상태로 스완의 사랑 이야기를 만들어 낸 것이다.

게르망트 공작 부인 살롱에 초대받다

다시 로베르 드 생루와의 관계로 돌아오자면, 마르셀은 로베르의 막사에서 게르망트 공작 부인의 사진이 액자에 있는 모습을 보고 그가 공작 부인의 조카라는 사실을 알게 된다. 로베르는 자신을 그녀에게 소개해 줄 것을 어렵사리 부탁하는 마르셀에게 흔쾌히 그렇게 하겠다고 승낙하지만 막상 파리에서 다시 만난 그는 라셸에게 정신이 팔려 마르셀이 한 부탁을 까맣게 잊고 있는 듯했다. 그러나 결국 마르셀은 할머니와 오랜 친구 관계에 있는 빌파리시스 후작 부인이 주최하는 모임에서 게르망트 공작 부부를 만나고 소개받을 기회를 갖는다. 마침내 공작 부인의 살롱에도 초대를 받게 된 마르셀은 콩브레에서부터 꿈꾸던 공작 부인을 직접 옆에서 보며 자신이 실수하지는 않는지 끊임없이 염려하면서도 그들의 귀족적인 매너와 패션, 유럽 왕국의 왕자와 여왕의 이름이 거론되는 대화 내용을 들으며 다른 세계에 와 있는 듯한 느낌을 받는다.

마르셀이 입문한 귀족 사교계는 18세기 상류 사회의 유토피아적인 향연을 참신하게 그린 바토의 그림들을 떠올리게 한다. 아름답고 화려하나 우수에 잠긴 아연화라는 독특한 장르를 만든 바토의 그림들은 호사스러운 복장을 한 선남선녀들이 천장이 높고 고풍스러운 가구들이 즐비한 실내에 모여 있는 모습이나, 숲이나 호수 등 이상적인 장소로 여겨지는 전원적인 풍경 속에서 서로 사랑을 속삭이며 음악을 연주하고 시를 읊는 귀족들의 한가한 오후를 담고 있다.

바토는 프랑스의 로코코 양식을 대표하는 화가인데 로코코는 프랑스어로 조개라는 단어인 'rocaille'에서 유래한 표현이다. 조개무늬를 장식으로 많이 쓰고 경쾌하며 화려한 색채, 귀족 및 부르주아적 분위기가 물씬 풍기는 예술 양식의 대표 화가로서, 바토는 여기에 어딘지 모르게 우수에 잠기고 멜랑콜리한 느낌을 더해 자신만의 독특한 분위기를 담은 그림들을 남겼다. 마르셀이 요정들의 세계로 묘사한 게르망트 공작의 살롱을 비롯한 파리의 귀족 사교계는 사치스럽고 우아하지만 약간은 변덕스러우며 유희적인 감성을 풍기는 바토의 회화 작품들을 떠올리게 한다.

"나는 게르망트 공작 부인 댁이 아니더라도 그 밖의 다른 요정들과 그들이 거주하는 곳을 방문하며 시간을 보냈는데 이들의 저택은 연체동물이 자신의 몸을 보호하기 위해 만든 딱딱한 껍질 속에서 서식하는 것만큼이나 ─ 가령 진주조개가 알록달록한 껍질을 만들어 그 속에 자리 잡고 있는 것처럼—그들과 떼려야 뗄 수 없는 관계에 있었다. 나는 그런 곳에서 보게 되는 여인들을 분류하는 것 자체가 매우 어리석고 쓸데없는 일인 줄 알면서도 그녀들이 속한 곳이 어떤 곳인지 알지 못해 해답을 찾아 애쓰고는 했다. 우선은 부인들을 마주치기 전에 그녀들이 살고 있는 신비한 장소에 발을 들여놓는 일이 선행되어야 했다. …… 어느 무더운 여름날, 바깥의 뜨겁고 강한 태양을 가리기 위해 직사각형의 넓은 거실에 있는 창문의 덮개가 모두 내려진 어두운 실내에 들어선 적이 있다. 나는 처음에는 그곳에 있는 집주인과 손님들은커녕 특유의 허스키한 음성으로 자기 옆에 와서 보베Beauvais가 디자인한 '유로파의 납치Enlèvement d' Europe'를 재현하고 있는 소파에 앉으라고 권하는 게르망트 공작 부인조차 알아보지 못했다. 그러다 차츰 나는 벽지 속에 접시꽃이 가득 장식된 돛대가 있는 18세기 선박들이 그려진 것을 알아보았고, 그 선박들은 밑에 서 있는 나로 하여금 이곳이 센 강변의 한 고성이 아니라 포세이돈이 사는 바다의 궁전이며 게르망트 공작 부인이 바다의 여신인 것만 같은 착각을 일으키게 했다." —「소돔과 고모라」

실제로 바토는 프루스트가 가장 좋아하는 화가 중 하나였다. 당시 프랑스 일간지인 「오피니옹Opinion」 신문의 한 기자가 당시 루브르 미술관이 소장한 프랑스 화가들의 작품 중에서 가장 뛰어난 명화에는 어떤 것이 있는가 하는 주제로 예술가, 작가, 미술 애호가 등을 대상으로 설문 조사를 했다. 그중 1920년 2월 28일자의 신문에 프루스트의 답변이 실렸다.

"내가 꼽는 루브르의 명화는 다음 여덟 작가의 것이다. 샤르댕의 「자화상」, 「아내의 초상」, 「정물」; 밀레의 「봄」; 마네의 「올랭피아」; 르누아르의 그림; 「단테의 선박」; 코로의 「샤르트르 대성당」; 바토의 「무관심」, 아니면 「출항」."

프루스트가 샤르댕, 밀레, 마네의 그림 중에서 뛰어나다고 생각하는 것은 확실하게 제목을 이야기하는 반면, 르누아르의 작품 중에서는 어떤 것인지 꼽지 못하고 있다. 「단테의 선박」은 19세기 낭만주의 회화의 대표 주자인 들라크루아Eugène Delacroix의 그림을 가리킨다. 그리고 마지막으로 바토의 그림 두 점을 언급하는데, 그중에서 「무관심」은 이미 앞서 소설에서 어떻게 언급되었는지 보았고, 「출항」이라고 한 또 다른 작품은 실제로는 「키테라 섬의 순례Le Pélerinage à l'île de Cythère」(1717)를 가리킨다. 이 그림은 바토가 비슷한 시기에 같은 소재를 표현한 작품인 「키테라 섬으로 출항L'Embarquement pour l'île de Cythère」(1718)과 자주 혼동되는 그림인데, 당시 프랑스에서는 「키테라 섬의 순례」가 공교롭게도 「출항」이라는 제목으로 더 잘 알려져 있었다. 프루스트 또한 기자의 질문에 답할 때 키테라 섬을 소재로 한 바토의 두 개의 그림을 혼동하고 있다.[3] 마르셀이 파리의 귀족 살롱들을 묘사할 때 신비한 세계에 모여든 요정들에 비유한 것 등

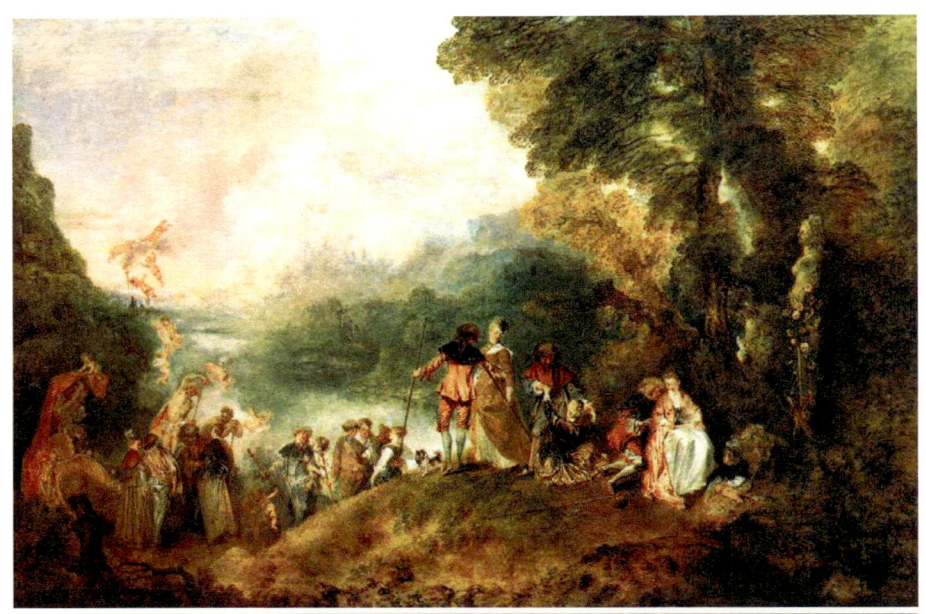

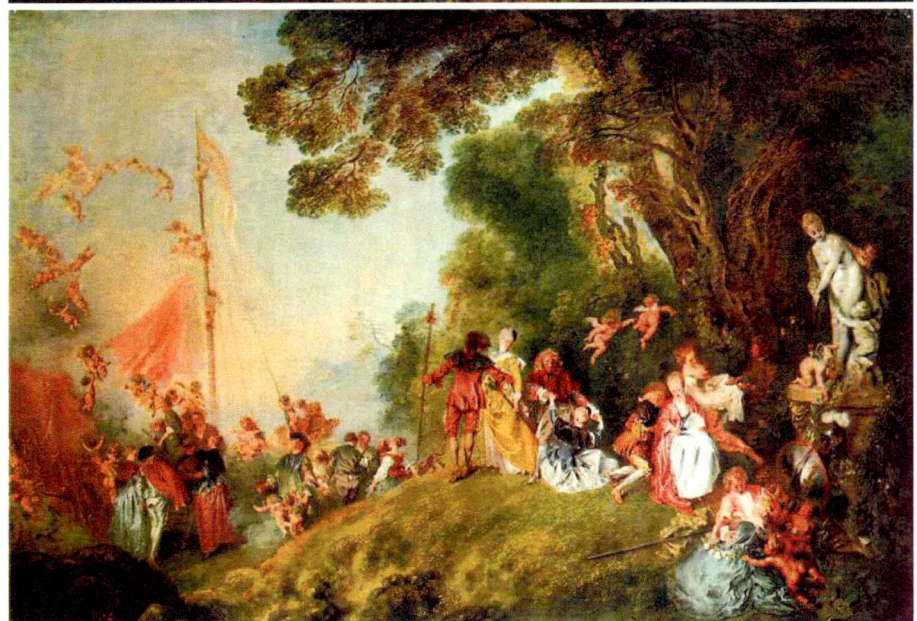

위 바토, 「키테라 섬의 순례」, 캔버스에 유채, 1717, 루브르 미술관, 파리, 프랑스.
아래 바토, 「키테라 섬으로 출항」, 캔버스에 유채, 1718, 샤를로텐부르크 성, 베를린, 독일.

은 「키테라 섬의 순례」에 등장하는 화려한 모습의 들뜬 귀족들을 떠올렸기 때문이다.

---

3 바토가 1712년에 왕립 아카데미 회원으로 가입하게 되었을 때, 아카데미 측은 이를 기념으로 바토의 작품 한 점을 요구했다. 그렇게 해서 제작된 것이 「키테라 섬의 순례」이다. 그런데 주최 측이 어찌나 그림을 독촉하던지, 바토는 미진하다고 생각하지만 서둘러서 이 그림을 완성하고 아카데미에 제출한다. 현재 루브르 미술관에 가면 볼 수 있고, 프루스트가 기자의 질문에 대답하며 언급하는 그림은 바로 이것이다. 하지만 황급하게 완성한 이 그림에 성이 안 찼던지 바토는 이번에는 「키테라 섬으로 출항」(1718)이라는 제목으로 또 다른 그림을 제작한다. 하지만 이 작품은 한 번도 루브르 미술관에 전시된 적이 없으며, 한때 프러시아의 황제인 프레데릭 2세가 소장하다가 현재는 베를린의 샤를로텐부르크 성에 걸려 있다. 이 두 그림을 나란히 놓고 보면 인물의 배치나 배경 등 모든 면에서 거의 동일하면서도 미미한 차이점이 있다. 이 차이점을 발견하는 것은 마치 숨은 그림 찾기를 하는 느낌이다. 두 그림이 나오게 된 배경을 알고 있는 에드몽 공쿠르는 「키테라 섬의 순례」가 「출항」을 위한 연습용이라고 지적하기도 했다.

키테라 섬은 에게해에 위치한 섬으로 그리스 신화는 이 섬에 미와 사랑의 여신인 아프로디테를 섬기는 신전이 있었다고 전한다. 바토의 그림 속에는 과연 남녀가 각각 쌍을 이루어 달콤한 귓속말을 나누거나 남자가 여자의 허리에 손을 두른 채 애정 표현을 하는 것을 볼 수 있다. 왼쪽 구석에는 배 한 척이 보인다. 사람들은 이제 막 출발하려는 듯한 그 배를 향해 걸어 가고 있다. 그런데 이 그림만 보아서는 키테라 섬에서 여유로운 시간을 만끽한 이들이 다시 돌아가기 위해 배를 향하고 있는지, 아니면 반대로 배가 그들을 키테라 섬으로 테려가기 위해 있는 것인지 모호하다. 눈길을 끄는 것은 가운데의 여인이다. 그녀의 몸은 앞을 향하고 있지만 고개는 뒤로 돌린 모습이다. 그녀의 떨어질 줄 모르는 시선은 떠나기를 아쉬워하는 표정이 역력한데, 그런 것에 아랑곳하지 않고 그녀의 허리에 팔을 두른 남자는 재촉하듯 서둘러 앞으로 나아가고자 한다. 그녀의 시선이 멈추는 곳을 보니 한구석에는 아직도 사랑을 속삭이는 남녀가 있다. 그들은 다른 사람들이 벌써 배 위에 탄 채 출발을 기다리는 것을 아는지 모르는지 상관하지 않고, 자신들만의 세계에 빠져 있다. 가운데에서 그들을 바라보고 떨어지지 않는 발길을 옮기려는 여인은 그들을 부러워하고 있음이 확실하다. 옆에서 재촉하는 남자가 원망스러울 수도 있겠다. 바토가 이 여인의 시선을 통해 아카데미 회원들이 자신에게 얼른 그림을 출품하라고 재촉한 것, 그리고 그에 못 이겨 아쉬움을 남긴 채 서둘러 그림을 완성한 자신의 심정을 표현한 것이라고 해석할 수도 있다.

상징으로 가득한
신화 세계로 향하는 문
모로

프루스트와 신화 사이에는
언제나 모로의 그림들이 자리 잡고 있다.
모로의 그림은 상징으로 가득한 신화 세계로 향하는 문이다.

동성애자 샤를뤼스 남작과의 만남

이제 마르셀은 로베르 드 생루를 비롯하여 게르망트네 일가와 친분을 맺고 그들이 주최하는 만찬에 정식으로 초대되어 다른 귀족 손님들과 한자리를 나누는 사이로 발전하였다. 드디어 소망하던 파리의 귀족 사교계에 입문한 마르셀은 앞서 보았듯 18세기 귀족 사회의 향연을 꿈꾸는 듯한 분위기를 담아낸 바토의 시선으로 게르망트네 일가를 바라본다. 귀족 사회의 이상화는 계속되어 마르셀은 바토에 이어 귀스타브 모로Gustave Moreau(1826~1898)가 신화를 소재로 그린 그림들을 그들의 살롱에서 보기 위해 애쓴다.

로베르 드 생루만큼이나 마르셀에게 깊은 인상을 남기는 인물로 등장하는 샤를뤼스 남작은 게르망트 공작의 형제로 마르셀은 그를 묘사할 때 습관적으로 모로의 신화 속 인물과 비교하게 된다.[4] 그러나 소설에서 마르셀이 샤를뤼스 남작을 헤라클레스나 오이디푸스 등 그리스, 로마 신화의 영웅들과 비교할 때 대부분의 경우에는 모로의 이름이 직접적으로 거론되지는 않는다. 다만 모로의 후기 그림을 잘 알고 있는 독자라면 마르셀의 눈에 비친 남작의 모습을 읽을 때 모로의 특정 그림들과의 유사성을 발견하며 즐거움을 느낄 수 있을 것이다.[5]

「게르망트네 쪽」이나「소돔과 고모라」에서 펼쳐지는 마르셀의 귀족 사회로의 입문은 샤를뤼스 남작이라는 특이한 인물과의 본격적인 만남과 맞물리기도 한다. 하지만 마르셀이 샤를뤼스와 직접 대면하여 대화를 나누기 전, 혹은 그가 조끼 재단사인 쥐피앵과 동성애 행위를 하는 것을 엿보게 됨으로써 그의 성적 본성을 깨닫게 되기 전에, 이미 마르셀은 우연히 여러 차례에 걸쳐 샤를뤼스와 스치며 그의 기이한 특성을 관찰한 바 있다.

마르셀이 처음으로 샤를뤼스를 보게 된 것은 콩브레에서 여름을 보낼 때, 오데트와 그가 마을 어귀를 나란히 산책하고 있을 때

---

[4] 프루스트에게 귀스타브 모로가 가지는 진정한 의미를 발견할 수 있는 부분은 소설 전반에 걸쳐 숨겨져 있는 신화에 대한 암시를 통해서이다. 화자인 마르셀은 여러 차례에 걸쳐 습관처럼 자신이 처한 상황이나 주변에서 볼 수 있는 인물들을 그리스, 로마 신화에 나오는 사건과 인물에 비교한다. 그런데 많은 경우, 그런 묘사가 마치 모로의 신화 세계를 다룬 그림들을 눈앞에 두고 그대로 글로 옮긴 것처럼 매우 유사하다. 실제로 프루스트는 모로의 화보집을 여러 권 소유하고 있었고, 모로에 대한 이해와 지식이 남다르다고 볼 수 있다.

였다. 그때 마르셀은 샤를뤼스가 "눈이 머리에서 튀어나올 듯이" 자신을 뚫어지게 쳐다보는 것을 강하게 느낀다. 당시 스완은 이미 오데트와 결혼하여 딸 질베르트까지 두고 있었는데, 스완이 잠시 콩브레를 떠나 파리에 머무를 때 오데트가 낯선 귀족과 시간을 보내는 모습이 콩브레의 이웃 사람들 눈에 띄게 되고, 오데트가 화류계 출신이라는 사실을 이미 알고 있던 마르셀의 할아버지는 그녀가 이번에도 다른 남자와 바람을 피우고 있다며 혀를 찼다.

그후 시간이 흘러 마르셀은 다시 한 번 우연히 샤를뤼스와 마주친다. 이번에는 발베크의 그랑 호텔 안에서인데 처음에 마르셀은 이 남자가 콩브레에서 오데트 옆에 있던 사람과 동일 인물이라는 사실을 깨닫지 못한다.

"호텔로 들어가서 카지노 앞을 혼자 지나가고 있을 때였다. 그리 멀지 않은 곳에서 누군가가 나를 쳐다보고 있는 것 같은 느낌을 받았다. 고개를 돌리자 대략 마흔으로 보이는, 키가 크고 덩치가 있으며 매우 어두운 색의 콧수염을 기른 남자를 발견했다. 그는 지팡이를 가지고 매우 신경질적으로 자신의 바지를 탁탁 치고 있었는데 그의 팽창된 동공은 나를 향해 있었다. 간혹 그의 두 눈동자는 다른 이들은 모르는 그 사람만의 특별한 이유로 어느 특정 인물을 쳐다볼 때, 가령 미치광이나 첩자인 경우에만 나타낼 수 있는 날카로운 시선을 담고 있었다. 그는 내게 매우 적나라한 동시에 신중하고 재빠르며, 깊은 눈짓을 했

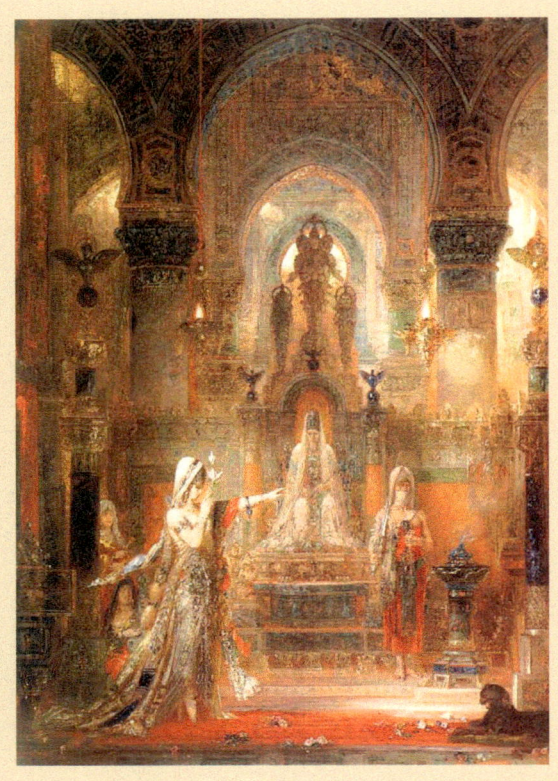

모로, 「헤롯왕 앞에서 춤추는 살로메」, 캔버스에 유채, 1876, 아맨드 해머 미술관, 로스앤젤레스, 미국.

5 물론 모로라는 이름이 소설에서 직접 언급되는 경우도 여러 번 있지만, 진정으로 프루스트가 모로의 그림을 떠올리는 부분은 화가에 대한 언급 없이 간접적인 경우가 더 많고, 이런 경우에야말로 소설과 모로의 깊은 연관성을 알 수 있기 때문에 이 책에서는 모로의 신화를 표현한 그림들을 중점적으로 이야기한다.

반면 모로라는 이름이나 혹은 그의 그림 제목이 직접 등장하는 부분은 가령 「스완네 집 쪽에서」 중 스완이 오데트에 푹 빠져 있을 때 그녀의 묘한 매력을 귀스타브 모로가 여러 차례 소재로 차용한 바 있는 살로메에 비유할 때이다. 오데트의 모습을 통해 스완은 아름답지만 독이 있는 꽃과 화려하고 이국적인 보석들로 몸을 치장한 모로의 그림 속 여인을 떠올린다. 살로메는 『신약성서』에 등장하는 인물로 의붓아버지인 헤롯왕의 생일 축하연에서 춤을 추고 그에게서 세례자 요한의 목을 얻어 내는 무시무시한 여인이다. 요한이 헤롯왕과 그의 형수인 헤로디아의 결혼을 비난하자 헤로디아는 그에게 증오심을 품고 있었고, 딸인 살로메를 사주하여 그의 목을 베게 한 것이다. 작

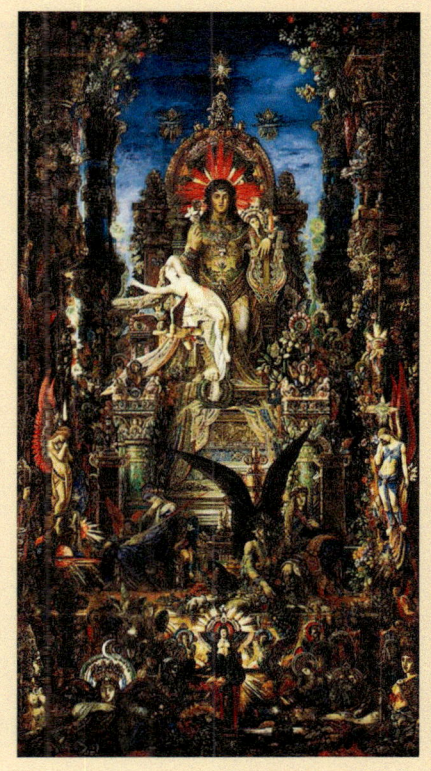

모로, 「주피터와 시멜레」, 1895, 모로 미술관, 파리, 프랑스.

가는 치명적인 위험을 담고 있는 여인인 살로메를 오데트에 비교함으로써 오데트와의 사랑은 곧 고통으로 바뀌게 될 것을 암시한다. 오데트는 곧 살로메의 분신으로 스완은 질투의 노예가 되고 만다.

두 번째로 모로가 언급되는 부분은 「꽃핀 소녀들의 그늘에서」 중 마르셀이 빌파리시스 부인과 발베크에서 대화를 나누면서이다. 얼마 전에 그녀는 당시 에스파냐에 출장을 갔던 마르셀의 아버지를 길거리에서 우연히 보게 되었다고 이야기한다. 그런데 빌파리시스 부인은 마르셀의 아버지와 특별히 친분이 두텁지도 않을뿐더러 단지 얼굴만 아는 사이였을 뿐인데도, 사람들 무리에 끼어 있던 마르셀의 아버지를 알아보고 너무나 정확하게 세세한 부분까지도 묘사하는 것이었다. 마르셀은 그녀의 관찰력에 놀라고, 이는 모로가 거인으로 표현한 주피터의 모습을 아버지가 하지 않았던 이상 불가능한 것이라고 생각한다. 실제 모로는 「주피터와 시멜레」에서 왕좌에 앉아 있는 주피터를 주변의 다른 인물에 비해 거의 두 배의 비율로 크게 그렸다.

는데 그 모습은 마치 도망치기 직전에 던지는 마지막 시선과도 같았다. 그는 주변을 훑어보더니 갑자기 긴장을 풀고 도도한 자세를 취했다. 그런데 그 변화는 가히 놀라울 정도로 갑작스러웠다. 이번에는 등을 돌려 자기 뒤에 있던 벽보에 적힌 내용을 집중하여 읽거나 콧노래를 흥얼거리며 자신의 가슴팍 주머니에 있는 분홍색 꽃을 가다듬기도 했다. 그는 주머니에서 수첩을 꺼내 벽에 붙은 광고가 선전하는 연극의 제목을 적는 것 같았고, 두어 번 시계를 꺼내 보더니 쓰고 있던 검은 모자의 챙 부분을 손가락으로 지그시 누르며 누가 오지는 않는지 확인하는 제스처를 취함으로써 오래 기다린 사람들이 불만을 표시하는 듯한 모습을 표현하려는 것 같았다. 그러나 실제로 오래 기다린 사람이라면 절대로 하지 않을 행동이었다. 그는 쓰고 있던 모자를 벗어 들어 단정하게 이발된 검은 머리를 자랑스럽게 내보였는데 귓가 양쪽에 길게 늘어뜨린 구레나룻이 탐스럽게 물결치고 있었다. 그는 또한 덥다는 티를 내기 위해서 긴 한숨을 쉬기도 했다. 그런데 정작 진짜로 더위를 느끼고 있는 사람이라면 그런 소리는 내지 않는 법이다."

—「꽃핀 소녀들의 그늘에서」

그 남자의 수상쩍은 행동에 대해 마르셀은 할머니와 자신을 노리고 오랫동안 염탐하고 있던 좀도둑이 자신과 눈이 마주치자 당황한 것이라고 생각한다. 하지만 이내 할머니의 친구인 빌파리시스 부인이 로베르 드 생루와 문제의 남자를 대동한 채 나타나 친척이라며 소개하자 그가 다름 아닌 샤를뤼스 남작이며 로베르의 삼촌이자 콩브레에서 의미심장한 시선을 던진 사람이었음을 알게 된다. 그러나 마르셀이 이토록 꺼림칙한 샤를뤼스의 행동에 숨어 있는 진정한 의도를 이해하게 되는 것은 훨씬 후이다.

샤를뤼스와 헤라클레스, 그리고 오이디푸스 이야기

이후 샤를뤼스를 정식으로 소개받게 되었지만 마르셀은 그가 자기에게 어떻게 대할지 그의 행동을 좀처럼 예측할 수 없다. 하루는 샤를뤼스가 밤늦게 자신의 호텔 방을 찾아와서는 부드러운 말투로 마르셀과 이것저것 친절하게 이야기를 나누고 마르셀이 베르고트의 소설을 좋아한다는 사실을 알자 곧 호텔 지배인을 불러 자신이 가지고 있는 그 작가의 책을 당장에 가져 오도록 지시하는가 하면, 그 다음날 마르셀과 마주쳤을 때는 차가운 목소리로 어제 빌려 준 책이 필요하니 빨리 돌려 달라고 하는 것이다.

변덕스러운 샤를뤼스를 보며 마르셀은 그를 이해하지 못할 특이한 성격의 소유자로 간주하지만 게르망트 공작의 형제인 그를 여전히 이상화하여 생각한다. 그런 그에게 마르셀이 귀스타브 모로의 그림에 자주 등장하는 신화 속 인물의 이미지를 입혀 보는 것은 어쩌면 당연한 결과로 볼 수 있다. 파리의 빌파리시스 부인의 살롱에서 다시 만난 마르셀에게 샤를뤼스 남작은 그의 후원자가 될 것을 제안한다. 마르셀이 자신의 제안을 받아들이는 것이 이로울 것이라며 크게 선심 쓰듯이 말한다. 그러면서 기로에 선 헤라클레스의 선택에 관해 언급한다.

그러나 사실 샤를뤼스의 제안에는 자신의 후원을 받기 위해서
는 상대방이 몸을 허락해야 한다는 조건이 내재해 있다. 샤를뤼
스는 동성애자로 주로 자신보다 젊은 청년들에게 접근할 기회를
호시탐탐 노린다. 마르셀을 보고 자신의 손 안에 넣고자 하는 욕
망에 이런 제안을 한 것이다. 이로써 샤를뤼스는 악덕의 알레고
리가 된다. 또한 모로의 그림에서 여인의 모습으로 헤라클레스
앞에 등장한 미덕과 악덕처럼 남자인 샤를뤼스가 그 역할을 함으
로써 그에게 내재해 있는 여성의 모습을 표현한 것이다.

　신화에 따르면 헤라클레스는 12업을 하기에 앞서 선택의 기로
에 서게 된다. 어느 날 그 앞에 아름다운 두 여인이 등장하는데,
그 여인들은 각각 미덕과 악덕으로 우리 중 하나를 선택하라고
한다. 미덕을 선택하면 앞으로 고생스럽지만 그 길의 끝에는 불
멸의 삶을 누릴 수 있게 되는 반면, 악덕을 선택하면 쾌락으로 가
득하며 안락한 생을 즐길 수 있을 것이라고 한다. 결국 헤라클레
스는 고심 끝에 미덕을 선택한다.

　샤를뤼스와 신화 이야기가 또 한 번 겹쳐서 표현되는 부분이
있는데 이때 그는 스핑크스에게 시선을 고정한 오이디푸스에 비
교된다. 상황인즉 어느 날 샤를뤼스는 매우 매력적인 쉬르지 후
작을 처음으로 보게 되는데 한눈에 반한다. 그 순간 샤를뤼스는
자신을 외부의 모든 것과 차단한 채 온 신경을 그 젊은 후작에게
집중한다. 마르셀은 그 모습을 스핑크스를 뚫어지게 쳐다보는 오
이디푸스에 비유한다.

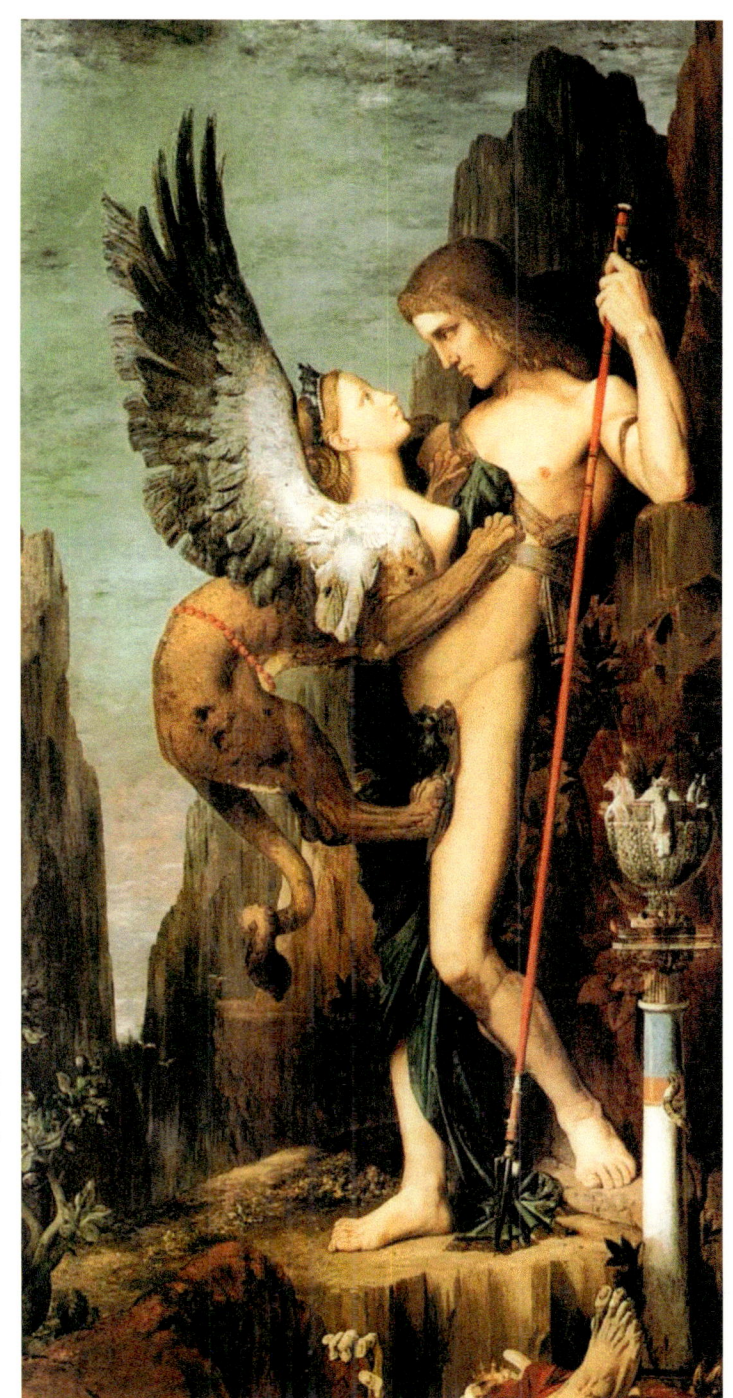

모로, 「오이디푸스와 스핑
크스」, 캔버스에 유채,
1864, 메트로폴리탄 미술
관, 뉴욕, 미국.

뉴욕 메트로폴리탄 미술관이 소장하고 있는 모로의 「오이디푸스와 스핑크스」를 보면 여자의 얼굴에 사자의 몸을 한 스핑크스가 젊은 오이디푸스에게 매달린 채 호기심 가득한 시선으로 서로를 마주 보고 있다. 자신의 대답 여하에 따라 스핑크스에게 죽임을 당할지도 모르는 절박한 상황인데도 오이디푸스의 시선은 두려움보다는 호기심으로 반짝거린다. 매력적인 쉬르지 후작의 작은 동작 하나도 놓치지 않으려고 그의 손끝을 따라 움직이는 샤를뤼스의 시선은 모로가 그린 오이디푸스의 그것과 일치한다.

샤를뤼스는 자신이 원하든 원하지 않든 간에 마르셀에 의해 신화 속 인물과 연결되어 가장 많이 비교되는 인물로 설정된다. 다른 예로 마르셀네의 하녀인 프랑수아즈가 이제는 나이가 들어 시력이 많이 약해졌는데 어느 날 고개를 들어 우연히 보게 된 것은 남자를 좋아한다는 소문이 자자했던 한 남자 하인과 그 옆에 바짝 붙어서 걸어 가는 샤를뤼스였다. 멀리 있던 샤를뤼스를 눈이 어두워진 그녀가 단번에 알아본 사실이 놀랍기만 한 일인데, 그 둘이 같이 있는 모습은 그녀가 여태까지 믿고 싶지 않았던 샤를뤼스의 성적 취향에 대한 좋지 않은 소문들이 모두 사실이었음을 증명하는 것이었다. 이때 샤를뤼스를 단번에 알아본 프랑수아즈를 화자는 트로이 전쟁 등을 겪고 이십 년이 지나서 마침내 자신의 고향인 이타카로 돌아온 율리시즈를 그 누구보다도 먼저 알아본 유모 유리클레아에 비유한다. 모로는 그 신화 속 장면을 「율리시즈를 알아보는 유리클레아」에 표현하였다.

마르셀은 샤를뤼스 외에도 게르망트 공작 부인에게 귀스타브 모로의 그림을 통해 보았던 여러 신화적인 이미지를 결부시킨다. 게르망트 공작 부인이야말로 마르셀이 콩브레에서부터 진정한 귀족을 대표하는 여인, 즉 이름 자체가 상징하는 역사적 가치와 귀족 여인 고유의 아름다움, 우아함, 자비로움의 화신으로 상상해 오던 인물이다. 그런 공작 부인에게 초대되어 그녀와 얼굴을 맞대고 대화할 기회를 갖게 된 마르셀은 더할 나위 없는 행복을 느낀다.

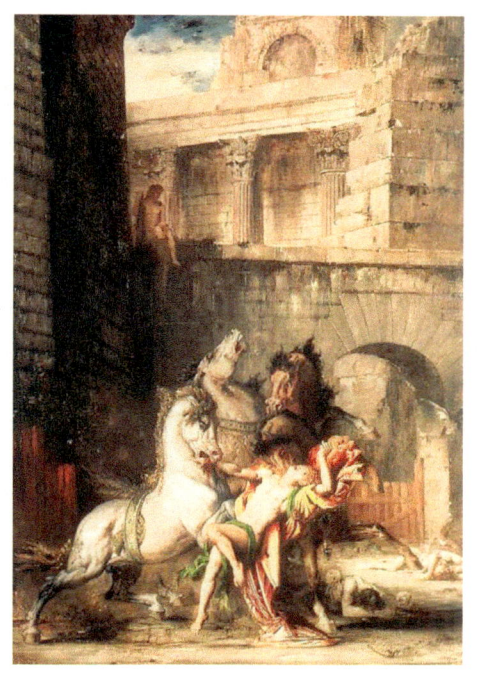

모로, 「말들에게 잡아 먹히는 디오메데스」, 캔버스에 유채, 1865, 루앙 미술관, 프랑스.

따라서 그녀의 마차를 끄는 말들을 보며 모로가 그린 바 있는 「말들에게 잡아 먹히는 디오머데스」를 떠올리는 것은 자연스러운 일이다. 그리스 신화에 의하던 디오메데스는 헤라클레스의 손에 죽임을 당하고 그의 시신은 자신이 몰던 네 마리 말에 의해 뜯겨 먹힌다고 전한다. 게르망트 공작 부인이 타는 마차에서 신화 속의 사나운 말을 연상하듯이 공작 부인은 그림 속에서 튀어 나온 이미지로 마르셀에게 각인된 것이다.

이렇듯 마르셀이 게르망트네 일가에 신화적인 이미지를 입혀 바라볼 때마다 독자는 모로의 특정 그림들을 떠올릴 수 있을 것이다. 프루스트와 신화 사이에는 언제나 모로의 그림들이 자리

잡고 있으며 프루스트에게 모로의 그림은 상징으로 가득한 신화 세계로 향하는 문이다.

그러나 마르셀이 샤를뤼스와 쥐피앙의 만남을 엿보며 샤를뤼스의 동성애를 알게 되자 여태껏 수상쩍게 비쳤던 그의 과거 행동이 한꺼번에 해석된다. 콩브레에서 "눈이 튀어나올 듯이" 자신을 뚫어지게 쳐다보던 것, 발베크의 호텔에서 좀도둑처럼 의심쩍게 행동한 것, 그리고 자신에게 친절하게 대했다 냉랭하게 대했다를 반복하는 변덕스러운 행동이 모두 젊은 소년이나 청년에게 성적으로 이끌리는 남작의 본능 때문이었다는 것을 이해하게 되는 것이다.

그런 의문점이 풀리면서 마르셀에게 또 하나의 상상력의 산물이었던 게르망트 공작 부인에 대한 이상화된 이미지 또한 무너지기까지 그리 오랜 시간이 걸리지 않는다. 여러 살롱에서 반복된 그녀와의 만남과 대화를 통해 청년 마르셀은 그녀가 그곳에 드나드는 다른 귀부인들과 다를 바 없이 허영심, 알팍한 지식, 그리고 냉혹함으로 가득하다는 사실을 발견하게 된다.

또한 그녀가 자신의 거실에서 파르마 대공 부인과 나누는 대화를 엿듣게 된 것도 그녀에 대한 허상에서 벗어나게 되는 계기 중 하나가 되었다. 귀족이 아닌 마르셀에게 귀족 중에서 가장 높은 칭호를 가진 공작 부인이 범접할 수 없는 사회적 존재라면 그녀에게는 왕실의 가족들이 그러한 존재이다. 게르망트 공작 부인은 파르마 대공 부인에게 얼마 전에 병문안 차 찾아간 적 있는 한 지

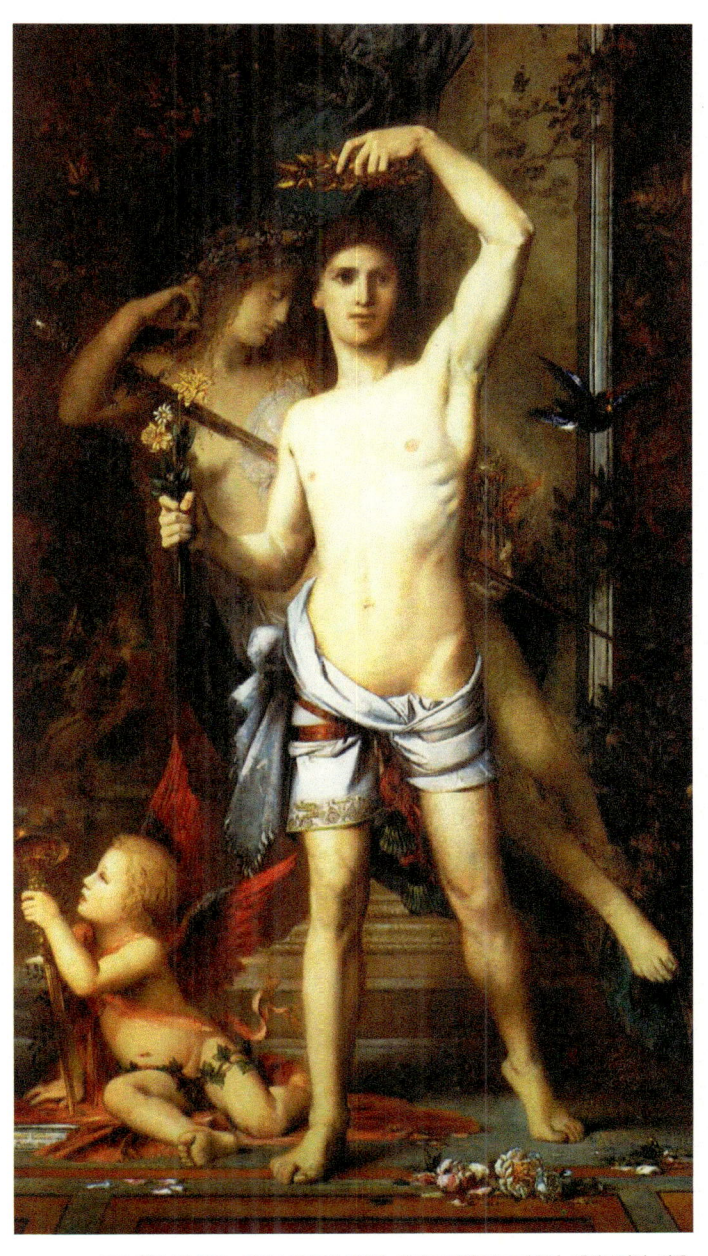

모로, 「청년과 죽음」, 캔버스에 유채, 1865, 하버드 대학 포그 미술관, 케임브리지, 미국.

인의 젊은 아들의 방에 들어갔다가 인어가 조각된 침대에 누워 있는 그 청년과 옆에 놓여 있던 황금 월계관이 모로의 「청년과 죽음」에 표현된 그대로였다며 그때의 감동을 호들갑스럽게 늘어놓는다. 자신보다 사회적 신분이 높은 대공 부인 앞에서 게르망트 공작 부인은 유명한 화가의 작품을 잘 알고 있다는 식으로 자신의 고상한 문화적 취향을 은근히 자랑하며 만족해하는데 이 모습을 본 마르셀은 그녀도 별 수 없는 허영심 덩어리라는 생각을 하게 된다.

시대를 앞선
현대적 미의 세계
마네

마네의 화풍은 화가의 길들여지지 않은 눈을 통해 얻은 첫인상이
사실과 다르다고 하더라도 이성을 개입시키지 않고
보이는 인상 그대로 그리는 것이다.

300프랑짜리 아스파라거스

마르셀은 그렇게도 꿈꾸던 게르망트 가문과 친분을 쌓게 되지만
그와 동시에 그들의 세계가 자신이 상상했던 유토피아적인 이상
향이 아니라 허위와 위선, 거짓으로 가득하다는 사실을 발견하게
된다. 마르셀은 그들의 살롱에서 게르망트라는 이름이 예전에 자
신에게 떠올리게 했던 중세적이며 신비한 아름다움이라고는 찾
아볼 수 없고, 그들에게 수년 간 덧입혔던 베일이 벗겨지자 남은
것은 선조로부터 물려받은 이름과 재산, 더 높은 귀족 신분에 대
한 시샘과 질투, 타인의 불행에 조금의 자비심도 느끼지 않는 냉
혹함뿐이다. 그리고 므엇보다 진정한 예술에 대한 몰이해와 속물
근성은 마르셀로 하여금 그들의 살롱에서 보내는 사교의 시간들

이 모두 부질없다고 느끼게 만드는 계기가 된다. 오랫동안 꿈꾸었던 귀족 사교계에 대한 환상에서 벗어나는 과정은 마르셀에게 창조적인 작업의 글쓰기만이 자신의 존재 이유임을 깨닫는, 일종의 통과의례 과정이었다.

게르망트 공작이 예술 작품과 예술가에 대해 진정으로 느끼고 이해하지 못한다는 사실을 보여 주는 대목 중에는 에두아르 마네 Edouard Manet(1832~1883)를 떠올리는 일화가 있다. 게르망트네 저녁 만찬에 초대받은 마르셀은 그들의 저택에 엘스티르의 그림이 방 하나를 가득 채우고 있다는 사실을 알고 저녁 식사가 시작되기 전에 그 그림들을 보러 간다. 이미 발베크에서 엘스티르의 아틀리에를 방문한 이후 이 화가를 숭배하게 된 마르셀은 예전부터 게르망트네가 소장하고 있는 그의 초기 그림들을 보고 싶어하던 참이었다. 마르셀은 오랫동안 열망하던 것인 만큼 엘스티르의 그림들을 보느라 정신을 빼앗겨 시간을 많이 지체하게 되고 그 바람에 다른 손님들보다 늦게 식탁에 앉았다. 이때 식탁 위에 아스파라거스 요리가 나왔는데, 그것을 보고 게르망트 공작은 갑자기 생각난 듯 자신이 당할 뻔한 이야기를 소리 높여 이야기했다.

"엘스티르의 그림들로 말하자면, 앵그르의 「샘」이나 폴 들라로슈의 「에두아르의 자녀들」이라면 모를까,[6] 머리를 싸매고 골치 아프게 생각할 가치가 없는 것들이라네. 그 작가의 그림들은 그저 재미있고, 파리의 모습을 잘 관찰해서 표현했다는 게 전부일세. 그것들을 감상하는 데는 특별한 재주가 필요 없는 법이지. 그의 그림들은 모두 대충 휘갈긴 것들로 정성을 들인 흔적이라고는 찾아볼 수 없다네. 한번은 스완 씨가 지금 자네가 먹고 있는 것과 별반 다를 게 없는 보잘것없는 아스파라거스 한 다발이 달랑 그려져 있는 엘스티르의 그림을 비싸게 팔려고 하질 않겠나. 그 그림이 지금 이 집에 며칠 동안 보관된 적도 있었다네. 하지만 나는 단호히 거절했지. 엘스티르의 300프랑짜리 아스파라거스를 먹지 않겠다고 달이네!" ─「게르망트네 쪽」

공작의 말을 통해서 그가 엘스티르의 그림들을 소장하고 있는 이유는 진정으로 그의 작품을 좋아해서가 아니라 당시 '천재 화가'로 인정받고 있는 작가이기에 그의 작품을 가지고 있으면 남들에게 말할 거리도 되고 고상한 취미의 소유자라는 평판을 얻는 데도 좋기 때문이라는 것을 알 수 있다.

공작의 대화를 읽으며 마네의 그림에 관심 있는 사람이라면 그가 1880년에 그린 「아스파라거스 한 다발」이라는 그림을 떠올릴 것이다. 『잃어버린 시간을 찾아서』에서 샤를 스완의 모델이 된 사람은 인상파 화가들이 인정받기 전에 그들의 대부이자 마네를 비

---

6 앵그르 Jean-Auguste-Dominique Ingres는 19세기 프랑스의 신고전주의를 대표하는 화가로 그의 작품에는 고대 그리스 조각품처럼 매끈하고 이상화된 아름다운 인물들이 등장한다. 대표작으로는 「오달리스크」, 「샘」 등이 있다.
폴 들라로슈 Paul Delaroche는 앵그르와 동시대를 살았던 화가로 신고전주의와 풍부한 감정을 중시하는 낭만주의를 조화한 절충주의를 표방하였다.

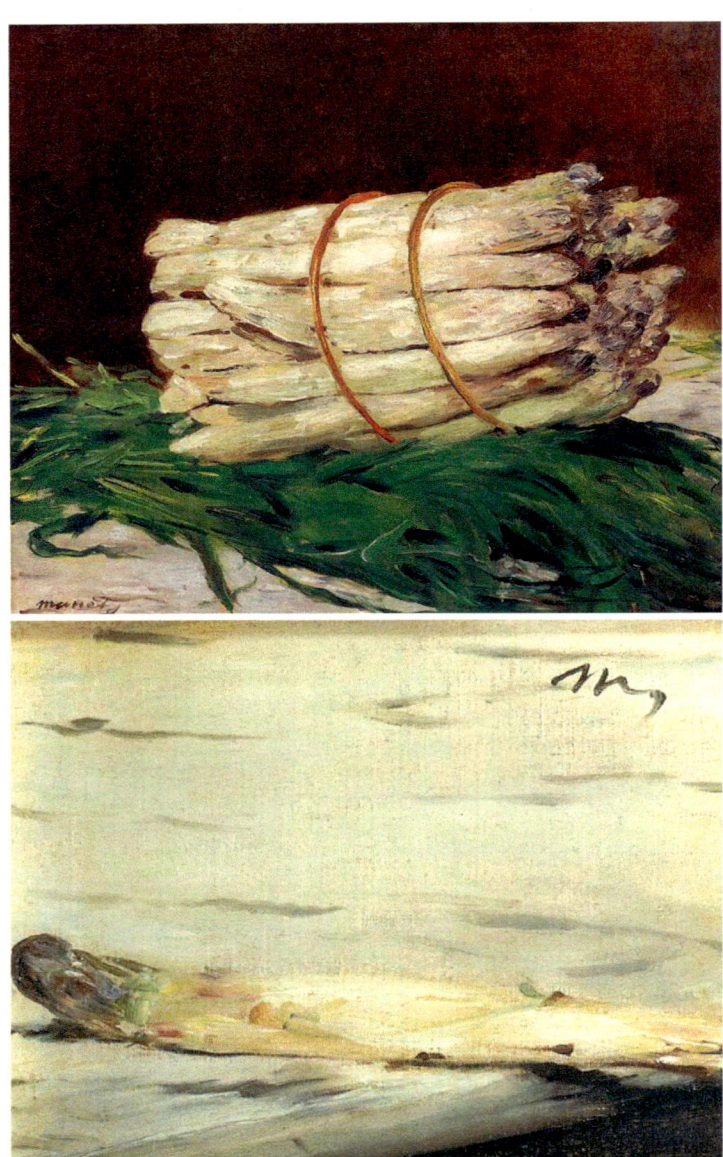

위 마네, 「아스파라거스 한 다발」, 캔버스에 유채, 1880, 발라프리하르츠 미술관, 쾰른, 독일.
아래 마네, 「아스파라거스」, 캔버스에 유채, 1880, 오르세 미술관, 파리, 프랑스.

롯해서 모네, 르누아르 등의 그림을 구입함으로써 그들의 경제적인 후원자가 된 샤를 에프뤼시로 알려져 있다. 이 실제 인물에 대해서는 제2장 중 엘스티르 부분에서 언급한 바 있다. 그들의 이름이 모두 '샤를Charles'인 것을 비롯해서 유대인이라는 점, 그리고 미술 애호가 겸 수집가라는 직업 등으로 미루어 샤를 스완의 모델이라는 데에는 무리가 없다.

에프뤼시는 실제로 1,000프랑을 주고 마네의 그 아스파라거스 그림을 산 적이 있다. 마네가 제안한 가격은 800프랑이었으나 에프뤼시는 거슬러 받는 것을 거부했다. 그러자 마네는 고민 끝에 아스파라거스 한 줄기만이 그려진 그림 한 폭을 제작하고는 "처음의 아스파라거스 한 다발에서 떨어진 것입니다."라는 유머러스한 쪽지를 붙여 에프뤼시에게 선물했다.

「올랭피아」에 삿대질한 사람들

소설에서는 마네의 이름이 직접 언급되기도 한다. 여전히 같은 날의 저녁 식사 중에 게르망트 공작 부인은 에밀 졸라Emile Zola가 엘스티르에 대한 기사를 쓰지 않았느냐고 하면서 대화에 끼어든다. 에밀 졸라는 비참한 광부들의 투쟁을 묘사한 『제르미날 Germinal』을 쓴 자연주의 작가로 알려져 있으나 생전에 프로방스 고향 친구인 폴 세잔을 비롯한 화가들과 두터운 친분을 쌓음으로써 회화의 세계를 예리하게 꿰뚫고 있었다.

실제로 1867년 당시 27세였던 졸라는 '에두아르 마네'라는 이름의 기사를 신문에 기고함으로써 35세 마네의 미술론을 공개적으로 옹호한 첫 작가 중 한 사람이 된다. 프루스트는 게르망트 부인의 입을 빌려 졸라가 엘스티르에 대한 기사를 썼다는 사실을 알림으로써 엘스티르라는 허구의 화가 속에 마네가 담겨 있음을 말하고자 한 것이다. 공작 부인 또한 "실제로는 엘스티르의 작품을 좋아하지 않지만, 자신의 집에 있는 것이라면 무조건 대단한 가치가 있는 것"이라고 여긴다. 그녀의 속물근성은 파르마 대공 부인과 이어지는 대화를 통해서도 여실히 드러난다.

"한 나라에서 누군가가 새로운 시선으로 사물을 보는 방법을 제시할 때마다 대부분의 사람은 그가 의도하는 것을 이해하지 못하는 법이랍니다. 그것을 이해하는 데는 대략 사십 년이라는 시간이 걸리지요.

네? 사십 년이나요?

대공 부인은 놀라서 되물었다.

그렇다니까요.

공작 부인은 말 한마디 한마디를 힘주어 말했다. (사실 그녀가 내뱉는 말은 모두 내가 좀 전에 한 말을 그대로 따라한 것인데, 난 그녀에게 그와 비슷한 주제로 이야기한 적이 있다.)

그런 사람들은 도처에 많지는 않지만 범상한 통찰력을 가지고 있기 때문에 동시대를 살아가는 다른 이들에게는 없는 감각을 소유하고 있지요. 저로 말할 것 같으면 이상하게도 시대를 앞서는 새로운 경향의 작품들이라도 그것들을 본 순간 바로 좋아하게 된답니다. 사실 얼마

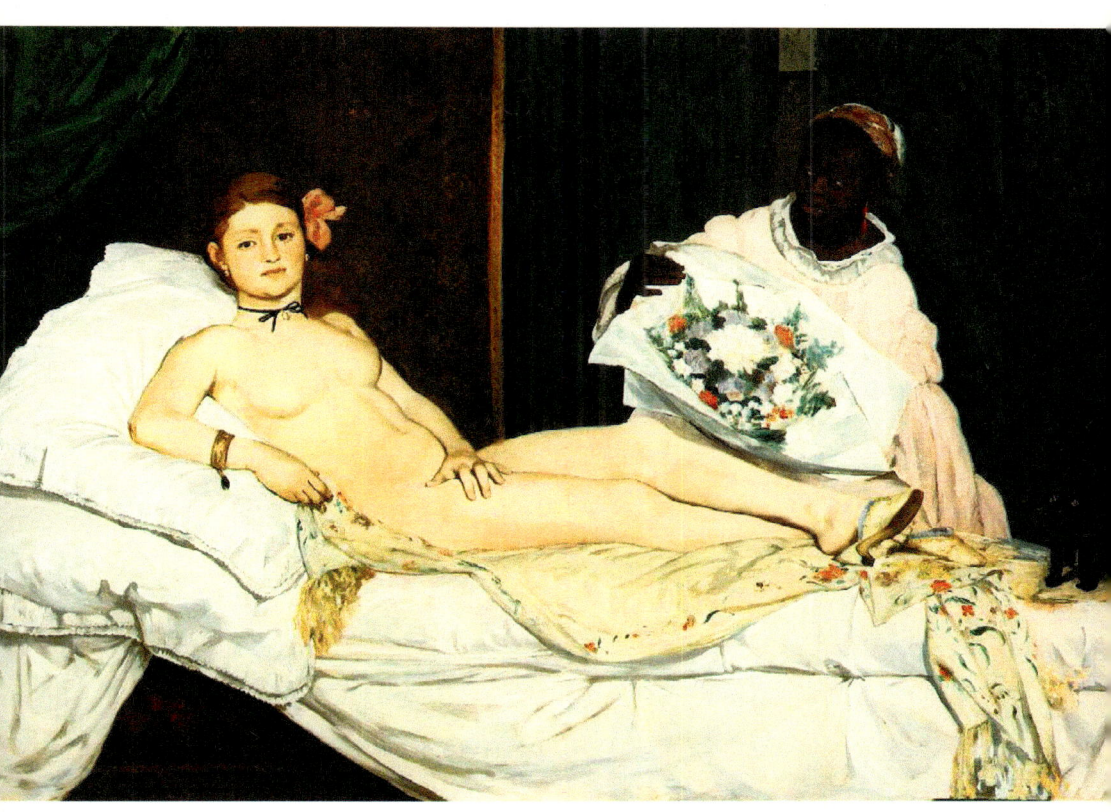

마네, 「올랭피아」, 캔버스에 유채, 1863, 오르세 미술관, 파리, 프랑스.

전에 다른 대공 부인과 함께 루브르 미술관을 방문한 적이 있었는데, 그때 마침 마네의 「올랭피아」 앞을 지나가게 되었답니다. 이제는 아무도 그 그림을 보고 경악하지 않지요. 이제는 그 그림이 앵그르의 그림 같다는 느낌까지 주니 말입니다. 하지만 얼마 전까지만 해도 그 작품이 얼마나 혹독한 비난의 대상이었는지는 아시지요? 제가 그 작품을 험담하는 사람들을 이해시키려고 얼마나 애썼는지는 말도 마세요. 물론 그 그림 전부를 좋아하는 것은 아니지만 그것을 그린 화가의 천재성을 저는 알아봤답니다." —「게르망트네 쪽」

게르망트 공작 부인이 마네의 「올랭피아」는 앵그르가 그린 다른 여인들과 비슷한 인상을 준다고 한 말은 마르셀을 그대로 따라한 것이다. 마르셀이 자신에게 했던 이야기를 마치 자기가 스스로 생각해서 한 말처럼 마냥 자랑스럽게 떠벌리는 공작 부인을 보며 마르셀은 다시 한 번 그녀의 얄팍한 지식에 회의를 느낀다.

19세기 신고전주의의 거장 앵그르는 활동할 때부터 관객과 비평가 모두에게 인정을 받았던 화가인 반면 마네가 1865년 살롱전에 출품한 문제의 작품은 기존의 전통적인 아카데미즘에 반기를 든 혁명에 첫발을 내디딘 것이다. 그러다가 1907년에야 프랑스 화가들의 최고의 명예인 루브르 미술관에 전시된다. 이 당시 루브르에 전시될 때 마네의 「올랭피아」는 앵그르의 대표작인 「오달리스크」 옆에 나란히 전시됨으로써 40여 년 전 살롱전에서 「올랭피아」에 삿대질을 한 관객과 비평가들을 무색하게 만든다.

게르망트의 살롱을 드나드는 대부분의 귀족은 착시 효과를 그대로 표현한 엘스티르의 그림을 조롱한다. 화가가 길들여지지 않은 눈을 통해 얻은 첫인상을 그대로 표현한다는 것은 우리가 이미 알고 있는 사실, 혹은 알고 있다고 믿는 사실과는 다른 실재를 표현하는 결과를 낳기도 한다. 따라서 새로운 시선을 가진 화가가 그린 그림은 익숙한 현실과 다른 실재를 제시하기에 감상자를 놀라게 한다. 하지만 인상이 사실과 다르다 하더라도 사물이나 현상에 이성을 개입시키지 않고 보이는 인상 그대로 그리는 것이 바로 엘스티르의 화풍이다. 게르망트 공작 부인은 그런 그의 방식을 가장 탐탁하지 않게 여기는 대표적인 인물이지만 화가의 명성에 의존해 자신의 자화상을 부탁한다. 그런데 완성된 그림에서 자신을 타는 듯한 붉은 색으로 표현한 것을 보고는 질겁한다.

그런 엘스티르가 좋아하는 화가들 중에 장 바티스트 시메옹 샤르댕Jean Baptiste Siméon Chardin과 장 바티스트 페로노Jean Baptiste Perronneau가 있다는 사실은 게르망트 공작 부인을 불편하게 만든다. 자기도 미술계의 거장인 샤르댕과 페로노 등의 그림을 좋아하기 때문에 그들과 화법이 판이하게 다른 엘스티르가 자기들과 같은 취향을 가지고 있다는 사실이 거북한 것이다. 그녀가 파르마 대공 부인에게 자신에게는 시대를 앞서는 예술 작품을 이해하는 앞선 감각을 가지고 있다며 마네의 「올랭피아」를 본 순간 그의 숨겨진 천재성을 알아보았다고 큰소리치면서도 정작 그녀는 엘스티르의 위대함을 꿰뚫어 보지 못한 것이다.

이런 현상에 대해 마르셀은 게르망트를 비롯한 귀족들이 샤르댕 등이 얼마나 위대한지 운운하는 것은 그 거장들의 그림 속에 담긴 진리를 이해해서라기보다는 단지 시간이 지나면서 판명된 명화에 찬사를 보내는 이들의 대열에 합류하는 격이라고 꼬집는다. 게르망트 저택의 방 하나를 가득 채운 엘스티르의 그림들 앞에서 마네의 「올랭피아」가 앵그르의 「오달리스크」와 닮은 꼴 누이라는 명상에 잠기며 마르셀은 비록 지금은 대중이 이해하기는 어려울지라도 엘스티르의 그림들이 후대에는 진정한 가치를 인정받을 것이라고 생각한다. 이는 1913년 『잃어버린 시간을 찾아서』의 제1권이 처음으로 출판되었을 때 과거와 현재, 꿈과 현실 사이의 끊임없는 왕복, 동성애 행위의 묘사 등으로 비난을 면치 못한, 시대를 앞선 프루스트의 작품 스스로가 받게 될 일시적인 몰이해를 담고 있는 것과도 같다.

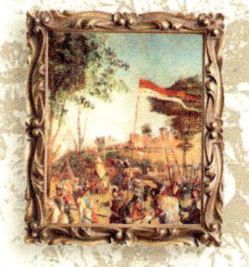

chapter 4

사랑, 이별, 그리고 망각

사라진 알베르틴

마르셀은 발베크의 휴양지에서 재회한 알베르틴에게 동성애적 성향이 있음을 의심하고 충동적으로 동거를 결심한 후 그녀와 함께 파리의 아파트로 들어온다. 콩브레에서 레오니 아주머니를 간호하고 있던 어머니는 결혼까지 생각하는 아들의 섣부른 행동을 못마땅하게 여기고 편지를 보내지만 마르셀은 어머니를 더 이상 염두에 두지 않는다. 소설의 제5권 「갇힌 여인」은 알베르틴의 일거수일투족을 감시하는 마르셀의 불안과 질투심을 다루고 있으며, 제6권 「사라진 알베르틴」은 마르셀의 숨 조이는 감시를 견디지 못하고 몰래 떠나는 알베르틴과, 그녀가 말에서 떨어져 갑작스럽게 죽음으로써 마르셀이 느끼는 고통, 그리고 시간의 흐름에 의한 필연적인 망각의 작용을 담고 있다.

  마르셀과 알베르틴이 한 지붕 아래에서 생활하는 내용이 장장 책 한 권의 분량을 이루지간 『잃어버린 시간을 찾아서』의 전체적인 전개가 그렇듯, 이번에도 그럴듯한 줄거리는 결여되어 있다. 둘의 생활은 어떤 극적인 드라마도 반전도 없이 그저 잠드는 연인의 모습을 보며 그녀의 실재는 무엇일지 상상하고, 아침이면 창문 아래에서 들려오는 길거리 소음과 커튼 사이를 통과하는 햇살이 비추는 방 안의 느낌, 알베르틴이 잠에서 깨어나며 무의식의 세계에서 점차 의식의 세계로 돌아오는 순간을 묘사하는 것으로 이루어진다.

마르셀은 알베르틴이 외출할 때마다 다른 여자들을 만나지 못하도록 앙드레나 운전사, 혹은 프랑수아즈를 동행시킴으로써 한시도 혼자 있지 못하게 한다. 이렇듯 그녀와의 동거 생활은 마르셀을 행복보다는 불안과 의심으로 몰아넣는다. 그럼에도 그는 알베르틴과는 별개로 파리의 여러 살롱을 출입하면서 사교생활을 영위한다. 하지만 마르셀은 알베르틴이 어디서 누구와 같이 시간을 보내다 왔는지 거짓말하는 것을 눈치 챌 때마다 끊임없이 그녀가 다른 여자들과 사랑을 나누다 들어온 것은 아닌가 의심하며 괴로워한다. 알베르틴은 자신을 감시하는 마르셀과 같이 사는 것이 감옥에 갇혀 지내는 것 같은 느낌을 준다며 불만으로 가득하고 이들 사이에는 말다툼이 끊이지 않는다. 하지만 마르셀은 진정으로 갇힌 사람은 그녀가 아니라 자신이라고 느낀다. 그녀를 곁에 둠으로써 놓치는 많은 즐거움, 가령 자신의 방 창문 밑으로 지나가는 활기찬 이름 모를 다른 아가씨들, 또는 대가의 그림들을 통해서만 보아 왔던 이상적인 예술 도시인 베네치아로의 여행이 알베르틴 때문에 방해받는다고 생각하는 것이다.

해가 바뀌어 다시 봄이 찾아온 어느 날, 마르셀은 마침내 알베르틴과 헤어져야겠다고 결심하고 미루고 있던 베네치아로 여행을 떠날 것을 계획한다. 그러고는 자신의 이러한 결심에 가벼워진 마음을 안고 그녀를 데리고 파리 근교인 베르사유로 나들이를 다녀온다. 그러나 바로 다음날 아침, 그는 하녀 프랑수아즈로부터 그녀가 떠났음을 전해 듣는다.

마르셀은 그녀와 헤어지려 했던 참이지만 막상 알베르틴이 사라지고 나자 그녀가 자신을 떠났다는 사실에 충격을 받는다. 그는 로베르 드 생루에게 그녀가 머물고 있는 시골의 숙모님 댁으로 찾아가 그녀를 데려와 줄 것을 부탁한다. 하지만 생루의 설득에도 알베르틴은 파리에 돌아올 생각이 없다. 마르셀은 갖가지 꾀를 내어 협박조, 때로는 애원조로 자신에게 돌아와 달라는 편지와 전보 등을 보낸다. 그러던 중에 마르셀은 그녀의 숙모로부터 알베르틴이 말에서 떨어져 죽었다는 어이없는 전보를 받는다. 그는 이어서 알베르틴이 사고가 일어나기 직전에 자신에게 보냈던 편지 두 통을 받는데, 그 편지들은 그녀가 곧 그의 곁으로 돌아갈 것을 결심했음을 전하고 있다. 그녀를 잃은 괴로움에 고통스러워하면서도 마르셀은 하인을 시켜 그녀가 자신과 떨어져 지낸 동안 어떻게 지냈는지 조사하도록 한다. 그는 하인이 보내온 보고에 의해 알베르틴이 거기서도 다른 여성들과 동성애를 나누었다는 사실을 알게 되자 더 큰 고통을 느낀다.

소설 속에 묘사된 마르셀과 알베르틴의 관계는 프루스트가 실제로 자신의 비서 겸 운전수였던 알프레드 아고스티넬리와의 관계에 바탕을 둔 것이다. 남자들의 사랑을 이성 관계로 전환시켰다는 점을 제외하고는 그들의 만남에서부터 관계의 전개 과정,

그리고 애인의 예상치 못한 도피와 사고에 의한 죽음으로 이르는 결말까지, 작가가 자신의 경험을 소설 속에 그대로 옮겨 왔다고 해도 과언이 아니다.

발베크의 모델이 된 카부르 해안가에서 휴양을 하고 있던 프루스트는 그곳에서 알프레드 아고스티넬리를 만나고 1913년에는 그를 자신의 개인 비서로 고용하여 파리의 아파트로 데리고 온다. 아고스티넬리는 이미 결혼하여 부인이 있었는데 프루스트는 그녀에 대한 질투심을 불태우면서 비서를 암묵적으로 자신의 감시 아래에 둔다. 파리에서의 숨 막히는 몇 달을 보낸 아고스티넬리는 부인과 함께 갑작스럽게 모나코로 떠난다. 이때 프루스트는 그 부부 곁에 한때 자신이 고용했던 또 다른 비서를 보내 그들을 감시하게 하고, 그로부터 이 둘의 행적에 대한 보고를 받는다.

아고스티넬리는 파리에서 프루스트를 위해 일하던 시절에 그로부터 재정적인 도움을 받아 몇 차례 비행 수업을 받은 적이 있는데, 그때 그는 본명을 숨긴 채 '마르셀 스완'이라는 가명으로 등록하였다. 아고스티넬리는 모나코에서도 다시 비행 수업을 받는데 이 사실을 알게 된 프루스트는 그에게 경비행기를 선물하기도 한다. 마치 소설 속에서 마르셀이 알베르틴의 환심을 사려고 그녀에게 온갖 호화로운 보석과 옷으로 선물 세례를 퍼부었던 것처럼 말이다. 하지만 아고스티넬리는 1914년 5월, 두 번째로 떠난 혼자만의 비행에서 추락하여 사망한다. 그의 나이 26세였다.

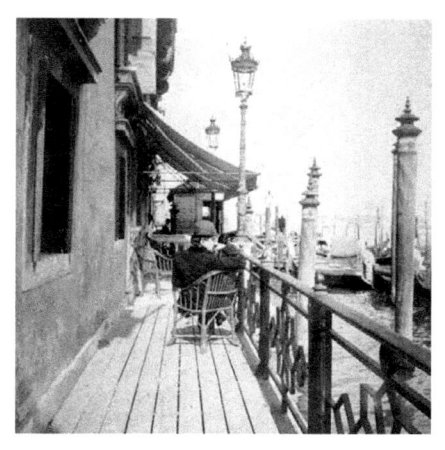

베네치아 호텔 발코니에 앉아
있는 프루스트. 1900.

이때 프루스트가 느낀 충격과 고통은 실로 거대한 것이었으나 그 비극적인 사고가 있은 지 수년이 지난 후에는, 이를 바탕으로 알베르틴이라는 인물을 창조하고 그녀와 마르셀의 이야기를 만든다.

마르셀 또한 시간이 지남에 따라 영원할 것 같던 아픔과 상처가 점점 무뎌지고 차츰 알베르틴을 잊는다. 그러던 중 마르셀은 마침내 어머니와 함께 꿈꾸던 베네치아를 찾는다. 어머니 또한 마르셀의 외할머니, 즉 자신의 어머니를 여읜 슬픔이 채 가시기 전이었기에 둘만의 여행은 서로를 위로하는 여행이자, 알베르틴과의 관계를 마땅치 않게 생각했던 어머니가 이제는 진정으로 아들을 염려하며 그가 더 이상 시간을 허비하지 않고 예술가로서 한 걸음 진보할 수 있도록 격려하는 여행이었다.

이 베네치아 여행 이야기는 이전의 콩브레나 발베크에서의 에피소드에 비해 분량은 상대적으로 훨씬 적으나 오래전부터 꿈꾸던 장소이자 '도시 자체가 하나의 거대한 미술관'인 베네치아에서 여태껏 화보나 사진 등으로만 접하던 예술 작품들을 직접 두 눈으로 보고 느낀다는 점에서 앞으로 예술가의 길을 선택하게 될 마르셀에게 중요한 위치를 차지한다. 이곳에서 마르셀은 러스킨의 책을 관광 안내서 삼아 베네치아의 중세 시대 건축물을 공부하고, 베로네제의 그림에서 본 화려한 축제의 도시, 호화로운 치장을 한 여인들이 가득한 베네치아의 거리가 실제로 자신의 눈앞에 펼쳐지는 것을 보며 감탄한다. 또한 아카데미 갤러리에서는 카르파초의 「성녀 우르술라」 연작 앞에서 성녀의 죽음을 슬퍼하는 여인의 모습에서 검은 상복 차림의 어머니를 연상하며, 카르파초의 「악령 들린 사람에게서 마귀를 몰아내는 디 그라도 대주교」에 표현된 붉은 망토를 걸친 청년의 뒷모습에서 잠시 잊고 있던 알베르틴과의 마지막 산책을 떠올리기도 한다.

고딕 성당과
이탈리아 미술의 재발견
러스킨

발베드의 성당에서는 상상에 의해 만들어진 이미지가 실제와 다를 때
그 거리감에 얼마나 실망할 수 있는지를 깨닫게 됨으로써
상상력의 파괴적인 힘을 느끼게 된다.

예술의 도시 베네치아 여행과 러스킨의 책

"내게 위대한 책이란, 즉 이 세상에 유일무이하여 진정한 가치가 있는
책이란 우리가 흔히 말하는 것처럼 한 작가에 의해 의도적으로 창조
되는 것이 아니라 작가가 자신의 내부에 이미 존재하고 있는 진리를
발견하고 그것을 번역함으로써 만들어진다는 사실을 깨달았다. 작가
의 의무와 책임은 번역가의 그것과 동일하다." —「되찾은 시간」

로베르 드 생루와의 우정에도, 최고 귀족들의 사교계에도 회
의를 느끼게 된 마르셀은 두 번째로 찾아간 발베크에서 알베르
틴과 재회하고 다시 한 번 사랑의 감정을 갖는다. 그러나 지난날

마르셀의 일방적인 동경에서 비롯한 질베르트나 게르망트 공작부인에 대한 짝사랑의 허물이 벗겨지면서 시들었듯이 알베르틴을 알수록 실망감은 커져만 가고 결국 그녀에 대한 사랑도 한풀 꺾인다.

그러다가 무도회에서 그녀가 여자 친구인 앙드레와 가슴이 착 달라붙도록 끌어안고 춤추는 모습을 보고 막연하게 의심하고 있던 그녀의 동성애적 성향을 확신하게 되자 그녀에 대한 소유욕이 불붙게 된다. 이어 마르셀은 발베크에서의 일정도 단축시킨 채 그녀를 부모와 함께 사는 파리의 주택으로 데려온다. 그러나 알베르틴과 동거에 들어가기 전에 이미 마르셀은 그녀에 대한 감정은 사랑이 아니라는 것을 알고 있다. 그럼에도 그녀를 발베크의 여자 친구들과 떼어 놓고 자기 옆에 붙잡아 놓기 위해 그녀를 데려와 살면서, 그녀가 잠자는 모습이나 아침에 일어나는 모습 또는 침대 위에서 엎치락뒤치락 서로 엉기며 나누는 애무에 애정이 솟기도 한다.

하지만 그들의 관계는 전반적으로는 말다툼의 연속이며 근본적으로 다른 두 영혼이 진정으로 공존할 수 없는 관계이다. 마르셀은 하루에도 몇 번이나 그녀를 떠날 것을 결심하고 막상 그렇게 결정하면 마음의 안정을 얻는다. 이렇듯 비극으로 끝날 수밖에 없는 이들의 관계는 알베르틴의 갑작스러운 죽음으로 마무리되고 사랑에 대한 진정한 고찰은 이때부터 시작된다고 볼 수 있다.

마르셀에게 우정만큼이나 사랑은 자기 계발을 방해하는 요소이자 낭비하는 시간, 즉 '잃어버린 시간'이기도 하다. 동시에르에서 마차 안에 혼자 있던 마르셀은 로베르를 기다리는 동안 희미하게 느끼기 시작한 영감의 근원을 잡으려던 찰나에 로베르가 도착하면서 사고의 회로가 중단되는 경험을 한다. 그러자 그는 그때 막 떠오르기 시작한 영감을 끝까지 쫓아갔더라면 앞으로 작품을 쓰기 위해 소요될 몇 해를 벌었을 것이란 생각을 하게 되고 여태껏 즐기고 있던 그와의 우정에 회의를 느낀다.

마찬가지로 알베르틴과 차로 여행하며 발베크 주변의 마을을 방문하고 그곳에 있는 성당 앞을 지나갈 때, 알베르틴은 마르셀이 옆에 있어서 성당을 감상하는 즐거움이 배가 된다고 말하며 기뻐하지만 마르셀은 그녀의 말에 도저히 동의할 수가 없다. 자신이 아름다운 사물 앞에서 그것의 가치를 진정으로 느낄 때는 오로지 혼자 있을 때뿐이기 때문에 옆에 누군가 있다면 오히려 그 사람의 존재를 의식적으로 지운 다음에 그것을 조용히 감상해야 하기 때문이다. 따라서 그녀가 그러한 기쁨을 스스로가 아니라 타인에 의해 느낄 수 있다고 생각하는 것을 알게 된 순간, 마르셀은 그녀의 곁을 떠나는 것이 현명한 일이라고 생각하게 된다. 이기적이라고 정의할 수도 있는 이러한 마르셀의 기질은 고독한 예술가의 전형이기도 하다.

어머니와 둘이서 떠난 베네치아 여행은 알베르틴에 대한 기억을 지우는 동시에 마르셀이 어렸을 적에 스완이 다녀와서 자신에게 선물했던 거장들의 그림이 표현된 바로 그 꿈의 도시를 직접 방문함으로써 마르셀에게 예술가의 길을 모색하게 만드는 실제적인 계기를 제공하는 장소이다. 따라서 베네치아는 알베르틴과의 관계를 못마땅하게 생각하던 어머니와 다시 화해하고 서로에 대한 절대적인 애정을 확인시켜 주는 장소이자 여러 굴곡을 거쳐 우정, 사랑, 사교계 등의 허망함을 깨닫고 오로지 남은 것은 예술뿐이라는 깨달음을 얻게 하는 장소이다.

지적 배움의 장소로서 베네치아는 중요한 역할을 하는데, 마르셀이 곳곳을 돌아다닐 때마다 손에서 놓지 않는 존 러스킨 John Ruskin(1819~1900)의 책이 이를 상징한다. 베네치아의 상징인 산 마르코 광장의 대성당을 방문할 때나 뒷골목의 이름 없는 작은 성당들을 방문할 때마다 마르셀은 늘 러스킨의 책을 들고 다닌다.

소설에서 책의 제목이 언급되지는 않지만 러스킨이 베네치아를 여러 차례 방문하면서 그 도시의 건축물 60여 개를 세 권에 걸쳐 쓴 『베니스의 돌 The Stones of Venice』(1851~1853)일 가능성이 높다.[1] 소설 속에서 표현된 베네치아 여행은 실제로 프루스트가 1900년 봄에 어머니, 레이날도 한[2], 마리 놀링거와 함께 베네치아로 떠난 러스킨 순례 여행에 바탕을 둔 것이다. 이 영국 작가의 책을 옆구리에 끼고 베네치아를 샅샅이 뒤진 프루스트는 이 여행을 바탕으로 「사라진 알베르틴」에서 마르셀의 베네치아 여행담을 완성한다.

엄밀히 말해서 존 러스킨은 화가는 아니지만 평론가로서 남긴

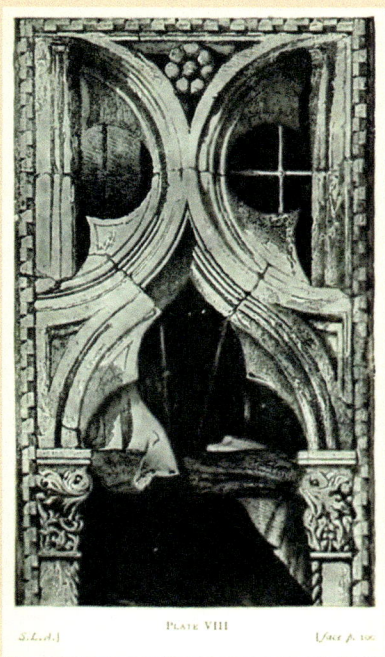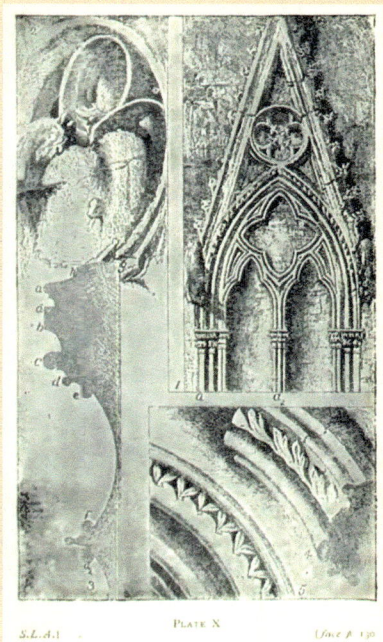

왼쪽 러스킨, 「베네치아의 포스카리 궁 창문 장식틀 스케치」, 종이에 연필, 1849, 러스킨 갤러리, 셰필드, 영국.
오른쪽 러스킨, 「루앙 성당과 샐리스베리 성당의 창문 장식틀 스케치」, 종이에 연필, 1849, 러스킨 갤러리, 셰필드, 영국.
이 두 장의 스케치는 『건축의 칠등』에 사용할 도판용으로 러스킨이 직접 스케치한 것이다.

---

1 러스킨은 『베니스의 돌』에서 르네상스 건축은 퇴조한 반면 고딕 건축은 생명력과 에너지로 가득하며 중세 장인들의 지각과 느낌을 그대로 드러낸다며 이 양식을 예찬한다. 건축에 대한 그의 이러한 시각은 『건축의 칠등 *Seven lamps of architecture*』(1849)에 고스란히 담겨 있다.

수많은 책, 특히 중세 시대에 지어진 고딕 양식 성당과 이탈리아 화가에 대한 글들은 프루스트의 소설 속에 고스란히 드러나기에 러스킨을 제대로 이해할 필요가 있다. 더구나 잘 알려져 있지 않지만 프루스트는 그의 유일한 소설인 『잃어버린 시간을 찾아서』를 쓴 작가이기 전에 러스킨의 저서 두 권을 번역한 번역가라는 사실이다. 프루스트가 번역한 두 권의 책인 『아미앵의 성서 Bible of Amiens』(원작 1885, 번역 1904)와 『참깨와 백합 Sesame and Lilies』(원작 1865, 번역 1906)의 번역본은 사실 러스킨의 원문 자체보다는 그

---

2 레이날도 한Reynaldo Hahn(1875~1947)은 베네수엘라 출신의 작곡가이다. 그가 3세 때 가족이 프랑스로 이민 오고, 19세 때 파리의 사교 모임에서 자신보다 세 살 위인 프루스트와 만난다. 이들은 곧 애인 관계로 발전하고 그들의 관계는 평생 유지된다. 그와 프루스트가 공동으로 작업하여 발표한 『기쁨과 나날들』에서 프루스트가 쓴 '화가의 초상'이라는 네 개의 시를 그가 음악으로 작곡한다. 마리 놀링거는 그의 사촌이다.

3 프루스트가 영국 작가의 책을 두 권 번역했다고 하지만 그가 영어에 능통했던 것은 아니다. 오히려 그는 사전 없이는 영어로 쓰인 원문을 이해하기 힘들었고, 어머니의 도움이 없었더라면 그에게 번역 작업은 불가능했을 것이다. 현재 프랑스 국립도서관이 보관하고 있는 『아미앵의 성서』의 초벌 번역을 보면, 어머니가 직접 손으로 일차 번역하여 쓴 것 위에, 프루스트가 표현을 매끄럽게 하고 그 밑에 수많은 주석을 단것을 볼 수 있다. 어머니와 아들의 공동 작업은 그들 사이에 흐르는 무한한 애정과 신뢰를 증명하는 듯하다. 어머니는 아들을 위해 이렇게까지 정성 들여 돕지만, 프루스트가 번역한 책을 출판할 때는 그 어디에도 어머니한테 감사하다는 표현이 없다. 마치 자기 혼자 처음부터 끝까지 모든 작업을 한 것처럼 어머니의 역할에 대해서는 일체 함구한다. 그럼에도 어머니가 아들을 위해 그렇게까지 헌신할 수 있던 가장 큰 이유는 물론 모정이겠지만, 이 밖에도 위생학자로서 명망 높은 아버지 밑에서 제대로

것을 번역하면서 붙인 수많은 주석과 각 40쪽에 달하는 번역가 서문이 있기에 매우 흥미롭다.[3] 여러 문단과 장에 걸쳐 펼쳐지는 프루스트의 주석은 그의 작가론이 어떻게 성장하는지를 보여 주는 매우 가치 있는 자료이다. 특히 서문을 통해서 독자는 프루스트가 번역가로서 러스킨을 처음에 맹목적으로 숭배하던 것에서 벗어나 차츰 비판적인 시각을 갖게 되며 원작자와 거리를 두려는 모습을 볼 수 있다.

된 직업이 없는 아들을 안쓰러워한 마음이었을 것이다. 어머니는 당시 영국의 가장 권위 있는 작가인 러스킨과 아들이 연관된다면 사회적으로 좀 더 당당해지지 않을까 생각했던 것이다. 따라서 어머니는 자신의 이름이 아들 옆에 나란히 등장하는 것을 스스로 원하지 않았을 것이다. 그녀는 1905년 새해 선물로 프루스트에게 그간 출간된 러스킨의 전집을 선물하는 등 아들에게 전폭적인 지원을 한다.

그렇게 해서 러스킨의 책을 번역한 이후 프루스트는 두 번째 번역 작업에 들어간다. 『아미앵의 성서』가 프랑스의 피카르디 지방에 위치한 작은 마을 아미앵에 있는 중세의 고딕 성당을 미학적·건축적·종교적으로 해석한 글이라면, 『참깨와 백합』은 러스킨이 두 차례에 걸쳐서 한 강연을 모은 것이다. 첫 부분인 「참깨」는 1864년 12월 6일에 맨체스터의 도서관 설립을 위한 기금을 마련하는 자리에서 한 연설이며, 두 번째 부분인 「백합」은 그로부터 일주일 후이 젊은 여성들을 위한 학교의 설립을 추진하는 자리에서 한 연설이다. 100년도 더 전에 쓰인 러스킨의 글을 읽으면, 특히 여성의 역할에 대해 이야기하는 「백합」 부분에서는 남녀 차별적이고 수긍할 수 없는 부분들이 적지 않다. 프루스트 자신도 두 번째 책을 번역하던 시기에 레옹 벨루구 Léon Bélugou 에게 보낸 편지(1906년)에 "『참깨와 백합』을 번역하면서 러스킨에 대한 저의 애정은 완전히 식어 버렸습니다. 이 책이 아마도 러스킨이 쓴 가장 형편없는 책이 아닐까 싶습니다." 하고 불평하기도 한다.

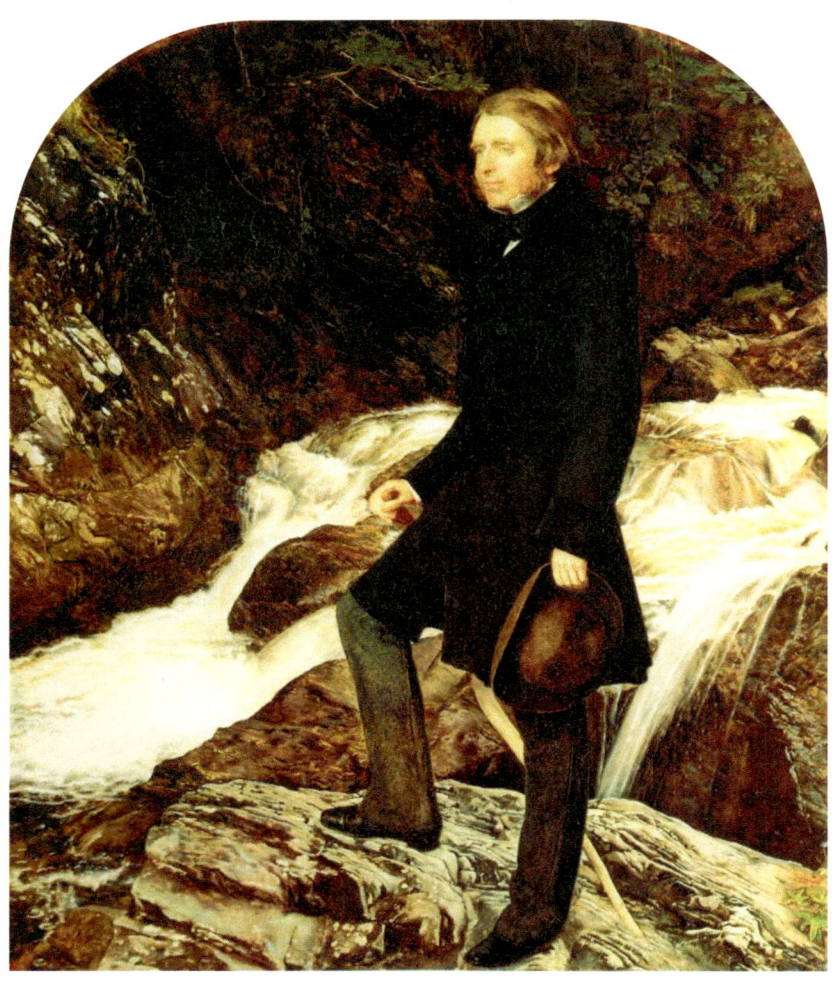

존 에버레트 밀레이, 「러스킨의 초상」, 캔버스에 유채, 1853, 개인 소장.

러스킨의 예술론

러스킨은 1819년에 부유한 포도주 판매상의 가정에서 태어났다. 그가 정이 많고 부유한 가정에서 태어난 점은 프루스트와 공통점이라 할 수 있다. 어린 시절, 그는 주로 집에서 가정교사를 통해 교육을 받았고, 당시 영국의 유명한 화가들에게 직접 그림을 배운다. 특히 데생에 뛰어난 재능을 보이며 화가로서의 꿈도 꾸지만, 다방면에 호기심을 갖고 있던 그는 옥스퍼드 대학으로 진학한다.

러스킨은 대학 재학 시절, 그의 삶의 방향을 결정 지을 중요한 발견을 하는데 바로 반추상에 가까운 조지프 말로드 윌리엄 터너 Joseph Mallord William Turner(1775~1851)의 그림들과의 만남이다. 당시 터너의 비전통적인 그림들은 혹독한 비난의 대상이었고, 러스킨은 24세 때 '옥스퍼드 졸업생'이라는 사실만 밝힌 채 익명으로 터너를 옹호하는 글을 발표한다. 그는 그림에서 화가의 시선을 가장 중요한 요소라고 생각하였고, 화가가 알고 있는 사실이 아닌, 실제로 눈에 보이는 것간을 그려야 한다고 생각하였다. 따라서 당시 영국의 풍경화가들이 산과 바다를 그릴 때 직접 밖에 나가서 그리기보다는 자신의 안락한 화실에서 상상하여 그리는 전통을 비난하고, 직접 화판을 메고 밖으로 나가 눈앞에 펼쳐지는 현실 풍경을 담는 터너를 옹호한 것이다.

이렇듯 처음에는 단순히 한 화가에 대한 개인적인 관심과 존경으로 쓰기 시작한 글이 그 부피를 더하여 나중에는 총 5권에 이르는 『근대 화가론 Modern painters』(1843~1860)이라는 대작으로 연결된다. 러스킨의 이 저서들은 19세기 영국에서 가장 권위 있는 미술 비평서로 자리 잡는다. 터너를 시작으로 화가들에 대한 러스킨의 관심은 점차 폭이 넓어지며, 그는 라파엘 전파의 든든한 후원자가 된다. 또한 그는 『파도바의 조토*Giotto and his works in Padua*』(1853~1860), 『베네치아 아카데미 갤러리 안내서 *Guide to the principal pictures in the Academy of Fine Arts at Venice*』(1877) 등의 저서를 통해 중세와 르네상스에 활동한 이탈리아 화가들에게 특별한 애정을 표현한다.

이렇듯 러스킨은 주로 예술 분야의 비평가로서 활동하지만 노후로 접어들수록 사회정의의 실현을 위하여 고심한다. 그는 점차 사회주의자로 변모해 가고, 특권층이 자비를 실현해야 한다는 믿음과 부유한 사회주의자는 존재할 수 없다는 생각으로 아버지로부터 물려받은 대부분의 재산을 사회에 헌납한다. 그는 저소득층을 위한 주택 건설과 런던의 극빈층 거주 지역의 위생 시설을 개선하기 위해 엄청난 금액을 투자하는 등 자신의 부를 이용하여 사회적인 이상을 실현하고자 하였다.[4]

---

4 그의 이러한 사상은 '영국의 노동자와 근로자들에게 보내는 편지 Fors Clavigera: Letters to the workmen and labourers of Great Britain' (1871~1880)에서 읽을 수 있다. 특권층이 나눔 정신을 실현해야 한다는 러스킨의 사상은 후에 영국의 기독교 노동당의 창립 이념에도 영향을 준다. 이렇듯 이론으로만 그치지 않고 그것을 실제로도 구현하는 사상가로서 러스킨은 빅토리아 시대의 영국에서 가장 명망 높은 인물 중 한 명으로 굳게 자리매김한다. 프랑스에서 러스킨에 필적할 만한 인물을 꼽자면 빅토르 위고 정도가 있다.

하지만 프루스트는 후기 러스킨의 바로 이러한 예술론, 즉 예술을 윤리학과 사회학적 시각으로 바라보는 자세에 환멸을 느낀다. 프루스트에게 예술은 도덕적 임무를 띠고 사회정의를 실현하기 위한 도구가 아니라 진리를 발견하고 개인의 삶을 영원으로 승화할 수 있는 유일한 해법인 것이다.[5]

프루스트가 처음으로 러스킨에 관심을 갖고 그를 언급한 시기는 그가 28세이던 1899년으로 거슬러 올라간다. 그는 그해 12월 5일 마리 놀링거에게 보내는 편지에 "저는 2주 전부터, 러스킨과 성당들에 대한 글을 쓰고 있는데 이는 지금까지 제가 해 왔던 작업과는 전혀 다른 형태의 것입니다." 하고 쓴다.[6]

이 시기는 그가 5년을 할애했지만 결국 미완성으로 남긴 『장 상퇴유』의 집필을 포기한 시기와 일치한다. 프루스트는 자전적인 이 소설을 상당히 진전시켰지만 어떻게 끝을 맺을지 몰라서 답답해하던 상태였고, 이런 상황에서 러스킨을 발견한 것이다. 그에 심취해서 어머니의 지원 아래 번역 작업을 시작한다.

---

5 프루스트는 『참깨와 백합』을 번역할 때 영국인이었던 마리 놀링거로부터 절대적인 도움을 받는다. 『아미앵의 성서』를 번역했을 때 번역가의 이름에서 어머니를 제외한 데 대한 죄책감 때문인지 프루스트는 가리 놀링거에게 공동 번역으로 책을 출판하자고 제안하나, 그녀는 자신의 수고가 그렇게 크지는 않았다며 거절한다. 이 밖에도 프루스트는 매번 어려운 영어 표현을 대할 때마다 지인들에게 원문을 적은 편지를 보내 그것의 정확한 프랑스어 표현을 가르쳐 달라고 도움을 청하기도 했다.

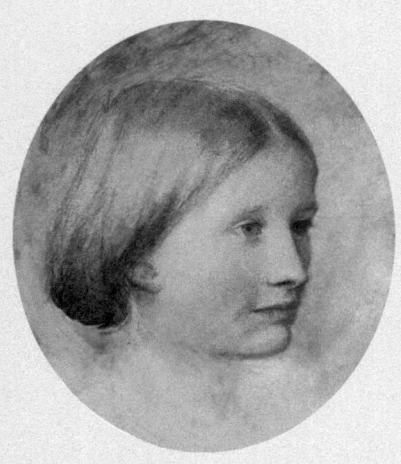

러스킨, 「로즈 라 투쉬의 초상」, 종이에 연필, 1861.

6 러스킨의 사생활로 말하자면 그의 공적인 업무만큼이나 극적인 요소가 많다. 그중 한 예는 에피 그레이Effie Gray(1828~1897)라는 여성과의 6년에 이르는 결혼 생활이 결국 무효화된 사건이다. 에피 그레이는 러스킨이 수년이 지나도록 자신의 몸을 소유하지 않았다고 하며 소송을 제기하여 결혼의 무효화를 얻어 낸다. 러스킨의 사회적 위상 때문이기도 하지만 이 사건은 당시 커다란 스캔들로 언론을 요란하게 장식했다. 러스킨이 왜 아내인 그녀와 잠자리를 같이 하지 않았는지에 대해 수많은 추측이 난무했다. 그가 신혼 첫날밤에 아내의 알몸을 보고 여태껏 예술 작품을 통해서만 보아 오던 이상적인 여성의 육체와는 너무나 차이가 나서 그만 정이 떨어졌다는 이론에서부터, 그가 남성으로서 불능이라는 주장, 혹은 동성애자가 아닐까 하는 추측 등 여러 가지 설이 있다. 결국 에피 그레이는 러스킨과 헤어지고 러스킨의 후원을 받던 라파엘 전파의 존 에버레트 밀레이John Everett Millais(1829~1896)와 결혼하는데, 이에 노한 러스킨은 그후부터 밀레이의 그림을 혹평하는 글들을 발표하기도 한다.

러스킨은 에피 그레이와 결별한 후 그가 평생을 다해 사랑하는 사람을 만나게 된다. 그들이 처음 만났을 당시 로즈 라 투쉬Rose la Touche라는 이름의 이 여자는 10세의 소녀였고, 러스킨은 40세였다. 러스킨은 로즈에게 한눈에 반하여 그녀가 18세가 될 때까지 기다렸다가 청혼을 한다. 하지만 로즈와 그녀의 부모는 그의 청혼을 거절한다. 러스킨은 그후 10년 간 계속해서 그녀에게 끈질기게 구혼하는데 몸이 허약하고 신경이 극도로 예민했던 그녀는 27세의 젊은 나이에 삶을 마감한다. 로즈의 죽음은 러스킨을 절망감으로 몰아넣었고, 이후 그는 정신착란 증세를 보이며, 여러 번의 발작 끝에 사망한다. 러스킨과 로즈 라 투쉬와의 관계는 후에 나보코브의 소설 『로리타』(1955)에 암시되기도 한다.

러스킨이 프루스트에게 준 예술적 영향

러스킨의 책들과 함께 한 7년이라는 짧지 않은 시간 동안 프루스트는 그를 깊게 이해하게 되었고, 차츰 프랑스에서 러스킨 전문가로 인정받게 된다. 하지만 그는 러스킨의 책을 번역하면 할수록 처음의 환상에서 벗어났고, 1908년에는 "제가 러스킨을 좋아한 것은 사실이지만, 그에 대한 회의감이 커지는 것은 어쩔 수 없었습니다." 하고 로베르 드 몽테스키유에게 편지를 보내기도 한다.

그렇다면 이렇게까지 원작자와 거리감을 느끼면서도 그의 책을 두 권이나 번역하면서 프루스트가 얻은 것은 무엇일까? 그것은 일단 크게 두 가지로 나눌 수 있는데 첫 번째로 중세의 고딕 성당을 발견한 것을 들 수 있다. 러스킨을 통해 형성된 고딕 성당에 대한 애정은 후에 『잃어버린 시간을 찾아서』에 고스란히 드러난다. 특히 마르셀이 엘스티르에게 발베크 성당을 처음 방문했을 때 그것이 자신이 상상하던 이미지와 너무나 달라서 실망했다고 말하자 엘스티르는 발베크 성당을 극구 예찬하며 마르셀이 놓친 부분을 열거하는데, 그의 말 속에서 고딕 성당을 찬미하는 러스킨의 일면을 볼 수 있다.

"어떻게 발베크 성당의 정문을 보고도 실망했다고 말할 수가 있지요? 그 정문이야말로 여타 껏 존재했던 어떤 『성서』 중에서도 그 역사가 가장 아름답게 표현된 것인데 말입니다. 성모 마리아상과 그녀의 삶을 나타내는 부조상들은 중세 시대가 마리아에게 바친 가장 애정 깊고 영혼을 울리는 예찬의 시 그 자체랍니다. 『성서』에 있는 내용을 최대한 충실하게 조각으로 표현하기 위해 무명의 장인 조각가가 쏟은 노력은 일단 제외하더라도 그 조각상 안에 표현된 깊은 배려심과 세심한 시적 감각은 그 자체로 놀라울 따름입니다. 천사들이 성모 마리아의 몸에 직접 손을 대기는 너무나 신성하기에 거대한 천으로 그녀를 감싼 채 옮기는 부조상(나는 같은 소재가 생 앙드레 데 샹 성당에 조각되어 있는 것을 본 적이 있다고 이야기하자 엘스티르는 자신도 사진으로 그것을 본 적이 있는데 성모 마리아의 주변에 몰려 있는 많은 농부가 어수선하게 표현되었다며 발베크 성당에서만 볼 수 있는 두 명의 대천사가 갖는 중후함은 너무나 우아하고 부드럽게 표현되어서 마치 이탈리아에서나 볼 수 있는 조각들 같다고 말했다.), 그녀의 육체와 결합시키기 위해 성모 마리아의 영혼을 들고 있는 천사, 성모 마리아를 만날 때 성녀 엘리자베스가 마리아의 심장에 손을 대고 깜짝 놀라는 모습, 자신이 직접 만져 보지 않는 이상 성모의 무염수태를 믿지 못하던 한쪽 팔에 붕대를 감고 있는 산파…… 이 모든 것이 천상을 구성하는 신학적이며 상징적인 거대한 서사시입니다. 너무나 엄청나고 위대한 이 정문 위의 부조상들을 재주가 없는 이탈리아 조각가들이 그대로 베껴 가기도 했지만 당신이 그 나라 어디를 가더라도 이렇게 위대한 작품은 볼 수 없을 것입니다." ―「꽃핀 소녀들의 그늘에서」

엘스티르가 성당을 조각으로 표현한 『성서』로 바라보는 시각, 그리고 정문 앞에 조각된 여러 부조상의 역사적·신학적·상징적

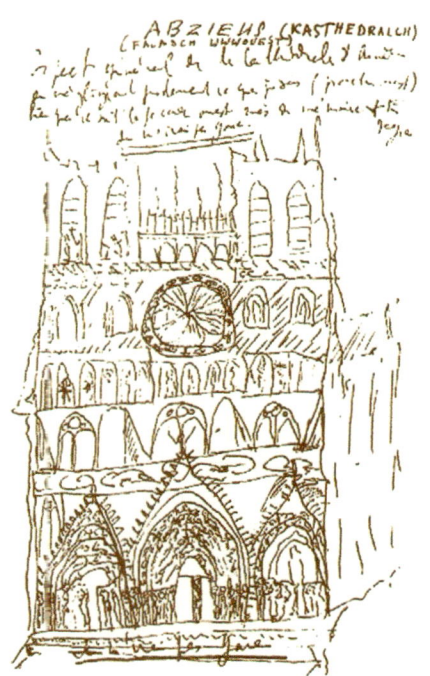

프루스트의 스케치, 「아미앵 성당의 정면」, 종이에 펜.
프루스트가 러스킨의 책 『아미앵의 성서』를 번역하던 당시에 프랑스 북
부에 있는 아미앵을 방문해서 그린 그림이다. 프루스트는 음악가 친구
인 레이날드 한에게 보낸 편지에 이 그림을 그리고 그림 위에 수수께끼
같은 문구를 남겼다. '아미앵 성당'의 프랑스어 표현인 'cathéd-ale
d'Amiens'을 'kasthedralch d'Abziens'으로, 그리고 '서쪽 문'을 뜻
하는 'façade ouest'를 'façadch wwwouest'로 표현하였다.

의미를 하나하나 파헤치며 열거하는 방법은 프루스트가 번역한
러스킨의 『아미앵의 성서』에 그대로 나타나 있다.

이 밖에도 소설에는 여러 개의 성당이 등장하는데, 제각기 지
닌 고유한 의미와 상징으로 다르셀에게 다양한 사색거리를 제공
한다. 어린 시절을 보낸 콩브레의 생 틸레르 성당에는 게르망트
공작의 선조들이 스테인드글라스에 표현되어 있기에 그들을 선
망의 대상으로 여기게 되는 결정적인 역할을 하며 또한 시간이라
는 개념이 예술 작품에 가미될 때 그것을 특별한 매력으로 감싸
게 한다는 사실을 처음으로 깨닫는다. 또한 인근 마을인 마르탱
빌의 성당이 멀어지는 모습을 마차 안에서 바라보던 마르셀은 성

당을 이루는 두 개의 종탑과 바로 옆 마을에 있는 또 다른 성당의 종탑 하나가 보는 각도에 따라 때로는 한 개로, 때로는 두 개나 세 개로 보이는 것을 글로 표현하고 싶다는 충동을 느끼며 작가로서의 열망을 처음으로 자각하게 된다.

반면 발베크의 성당에서는 상상에 의해 만들어진 이미지가 실제와 다를 때 그 거리감에 얼마나 실망할 수 있는지를 깨닫게 됨으로써 상상력의 파괴적인 힘을 느끼게 되고, 발베크 근처의 마르쿠빌 성당에서는 보수한 부분과 옛날에 지어진 원래 부분이 현저히 차이 나는 모습을 보며 후대에 새로 보수한 부분이라고 해서 고풍스러운 성당을 덜 아름답게 만든다고 여기는 것은 올바른 접근 방법이 아니라는 결론을 내리게 된다. 아름다운 귀부인의 고급스러운 치맛단이나 세속적인 요트의 펄럭거리는 돛대가 동등한 입장으로서 예술 작품의 소재가 될 수 있듯이, 마르쿠빌 성당의 보수한 부분이나 오래전에 지어진 부분 등은 그 자체로 미학적인 가치를 매길 수 없으며 그것을 비추는 해는 이 둘을 차별하지 않는다는 진리를 깨닫게 된다.

그러나 무엇보다도 러스킨이 프루스트에게 준 가장 큰 영향은 중세와 르네상스에 활동한 이탈리아 화가들의 발견이라고 할 수 있다. 사실 프루스트는 러스킨을 접하기 전에도 그림과 화가들에 각별한 관심을 가지고 있었다. 그가 학창 시절에 쓴 시와 산문을 모아서 출판한 처녀작인 『기쁨과 나날들 Les Plaisirs et les jours』(1896)을 보면 '화가의 초상'이라는 이름 아래 네 명의 화가에게 바친 짧막한 시들이 있다. 이들은 각각 알베르 코이프Albert Cuyp, 파울루스 포터Paulus Potter, 앙투안 바토Antoine Watteau, 앙투안 반 다이크Antoine van Dyck인데, 바토를 제외한 나머지 세 명의 화가는 이후에 프루스트가 『잃어버린 시간을 찾아서』에 인용하는 화가들과 화풍이나 양식 면에서 매우 다르다.

이 네 명의 화가 중에서 유일하게 지속적으로 프루스트가 관심을 갖는 화가는 바토로서 소설에서 여러 차례 그의 이름이 언급되지만, 나머지 화가는 이내 기억 저편으로 사라지게 된다. 『잃어버린 시간을 찾아서』에 가장 빈번하게 언급되는 화가들은 바로 베네치아와 피렌체에서 활동한 이탈리아 화가들로, 프루스트는 러스킨을 통해 이들을 발견하였다.

러스킨은 터너를 중심으로 『근대 화가론』을 썼지만, 이 밖에도 『베네치아 아카데미 갤러리 안내서』, 『파도바의 조토』 등의 저서를 통해 미술에 관한 그의 폭넓은 지식을 과시한다. 러스킨은 책에 화가들의 그림을 고사한 드로잉을 여러 개 삽입하는데, 그중에서 러스킨이 특별히 자랑스럽게 생각한 시포라Zéphora는 그가 시스티나 성당 안에 있는 보티첼리의 프레스코 「모세의 일생」 앞에서 몇 시간 동안 꼼꼼히 모사한 것이다. 프루스트는 이 삽화를 보고 「스완네 집 쪽으로」의 오데트를 묘사하였다.

이 밖에도 러스킨의 책에는 카르파초의 「성녀 우르술라의 삶」 연작, 젠틸레 벨리니의 「산 다르코 광장 앞의 행렬」을 비롯하여 베로네제, 틴토레토 등 베네치아의 아카데미 갤러리에 있는 많은 그림이 들어 있다. 이 그림들은 프루스트가 앞으로 쓰게 될 소설의 중요한 밑거름이 되었다. 『파도바의 조토』에는 중세에 활동한 조토가 스크로베니 성당에 남긴 「악덕과 미덕의 알레고리」를 표현한 인물들의 도판을 볼 수 있다. 이중에서 「자비」를 표현한 여인은 마르셀네에서 프랑수아즈에게 괴롭힘을 당하는 부엌데기의 모습을 통해 재현되는 것을 앞에서 보았다.

프루스트는 1913년에 발표한 『잃어버린 시간을 찾아서』의 제1권에서 앞으로 전개될 소설의 목차를 미리 예고한 바 있다. 그 당시 프루스트는 소설을 크게 세 부분으로 나누었고 마지막 권인 「되찾은 시간」을 이루는 한 단원의 소제목으로 '파도바와 콩브레의 미덕과 악덕'[7]을 생각했다. 이것으로 볼 때 조토의 알레고리 형상이 그에게 얼마나 깊은 인상을 주었는지를 알 수 있다. 이는 결국 러스킨과의 만남이 그의 소설의 전반적인 구성에 크게 영향을 끼쳤다는 것을 의미한다. 프루스트가 러스킨을 번역하지 않았다면, 또 러스킨의 다른 작품들을 접하지 않았더라면 『잃어버린 시간을 찾아서』는 지금과 상당히 다른 양상을 띠었을 것이다. 어쩌면 프루스트의 소설 속에는 많은 미술 작품도, 화가들도 등장하지 않았을지 모를 일이다.

---

[7] 최종적으로는 7권으로 발표되었지만, 1913년 프루스트가 소설의 제1권인 「스완네 집 쪽에서」를 출판했을 때는 『잃어버린 시간을 찾아서』가 세 부분, 즉 「스완네 집 쪽에서」, 「게르망트네 쪽」, 「되찾은 시간」으로 구성될 것이라고 발표했다.

베네치아의
화려한 축제를 담은 화가
베로네제

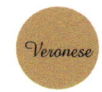
Veronese

베로네제의 그림을 통해 상상하던 베네치아 여행에서
마르셀은 호사스러운 르네상스의 이미지와
신비함에 감싸인 밤의 베네치아를 발견한다.

인간 중심 미학의 취향으로 바뀐 마르셀

마르셀에게 파올로 베로네제Paolo Veronese(1528~1588)는 아름다
운 여인들로 가득하고 화려한 축제와 권력의 절정기에 있던 르네
상스 시대의 베네치아를 담은 화가이다. 할머니와 처음 방문했던
발베크에 머물 당시, 마르셀은 먼발치에서 바라만 보던 알베르틴
에게 쏠리는 관심을 다른 곳으로 돌리려고 애쓴다. 스스로 그녀
에 대해 아는 것이라고는 발베크의 바닷가를 배경으로 한 몇 개
의 인상뿐이라며, 희미한 실루엣조차 베로네제가 그린 바닷가의
여인들보다 못하다고 자신에게 상기시킴으로써 다가갈 수 없는
그녀에 대한 욕망을 억누르곤 한다. 마르셀에게 베로네제의 여인
들은 미의 화신으로 인식되었기 때문에 이런 비유가 가능했다.

또한 마르셀이 엘스티르에게 사람들이 북적거리는 해변가의 요트 경기장은 일부러 피했다고 하자 엘스티르는 현대 문명을 나타내는 풍경들, 가령 경마장에 한껏 치장하고 나타난 여인들이나 관객의 시선을 한 몸에 받는 기수들, 또는 빛을 받아 반짝거리는 바닷가에 늘어선 요트들이 베로네제의 그림에 표현된 베네치아의 축제만큼이나 흥미로운 소재가 될 수 있다고 말한다.

보수적이며 전통적인 가치를 중시하는 부모 밑에서 자란 마르셀의 취향은 고전적인 작가와 화가에 길들여져 있었다. 이런 마르셀에게 엘스티르의 가르침은 사물을 새롭게 보는 시각을 가르쳐 준다.

종교적 성인이나 신화의 영웅만이 고대를 거쳐 중세, 그리고 초기 르네상스에 이르기까지 그림의 소재로 대접받았다면 후기 르네상스부터는 인간에 중심을 둔 미학이 발달하였고, 프루스트가 활동한 19세기 말, 20세기 초에 이르러서는 『성서』나 고대의 서사시는 이제 진부한 소재로 치부되었다. 반면에 주변에서 쉽게 찾아볼 수 있는 풍경을 그린 화가, 가령 경마장이나 소녀 발레단의 연습 모습 등을 그린 드가, 묘기를 부리는 서커스 단원을 점묘법으로 표현한 쇠라가 등장하였다.

이들에 비해 400년 전의 베로네제는 베네치아 르네상스의 정통파로서 그 당시 유럽에서 가장 막강했던 베네치아 공화국의 영광을 담고 있는 그림들을 남겼고, 그것들을 보면서 큰 마르셀은 베로네제를 화려함과 권력의 상징으로 여기게 되었다.

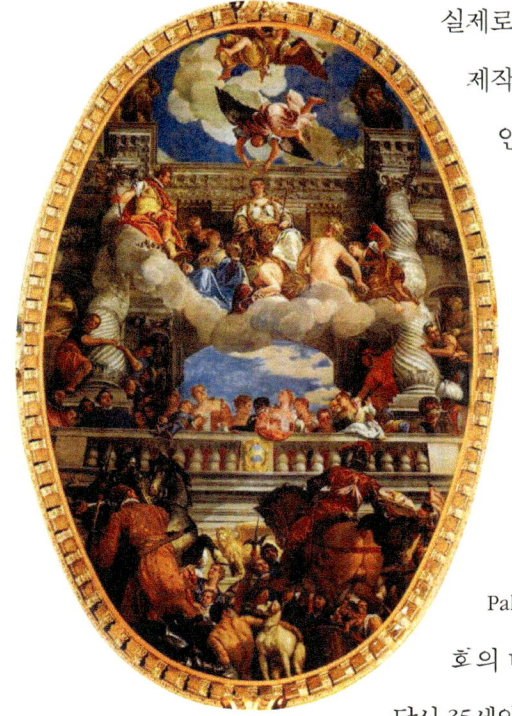

베로네제, 「베네치아의 승리」, 캔버스에 유채, 1585, 두칼레 궁전 천장화, 베네치아, 이탈리아.

실제로 베로네제의 대표작 중에는 1563년에 제작된 화폭의 길이가 10m에 가까운 대작인 「가나의 혼인 잔치」가 있는데, 파리의 루브르 미술관에 소장된 이 작품을 프루스트가 좋아했음은 의심할 바 없다.[8] 베로네제의 이 그림은 루브르 미술관에 옮겨지기 전까지 베네치아 근처의 한 섬인 산 조르지오 마기오레San Giorgio Maggiore 수도회의 거실에 걸려 있었다. 건축가 팔라디오Palladio는 자신이 지은 이 베네딕트 수도회의 내부를 장식할 그림을 완성할 화가로, 당시 35세의 베로네제에게 작품을 청탁했다.

『성서』「요한복음」 2장 1~11절에는 예수의 첫 기적으로 가나에서 거행되던 한 혼례 잔치에서 예수가 물을 포도주로 바꾸는 이야기가 나온다.[9] 하지만 베로네제는 그림의 무대를 『성서』에 나오는 갈릴리 지방이 아닌 베네치아로 옮겨 표현할 뿐만 아니라 『성서』에 나오는 인물을 비롯해 자신과 동시대인을 같이 등장시

---

[8] 실제로 프루스트는 「화가, 그림자, 모네 Le Peintre, Ombres, Monet」라는 제목의 기사에서 모네의 빛의 활용에 대해 이야기하면서 이 그림을 언급한다. 이 글은 작가 생전에 출판되지 못한 채 1954년에야 『생트 뵈브에 반박하여』와 함께 여러 미발표 글과 함께 출판된다.

9 가로 990cm, 세로 666cm의 거대한 이 그림 속에는 모두 132명의 인물이 등장한다. 식탁 중앙에는 결혼식의 주인공인 신랑, 신부가 아닌 예수와 성모 마리아가 있다. 이 둘만이 유일하게 머리에 후광이 있는데, 그중 예수의 후광이 더 빛난다. 신랑, 신부는 왼쪽 구석 테이블에 앉아 있다. 17세기의 이탈리아 시인인 마르코 보시니는 이 그림의 중앙에 있는 네 명의 연주자가 각각 베로네제 자신(왼쪽의 하얀 옷을 입은 비올라 연주자), 티치아노(오른쪽의 붉은 옷을 입은 베이스 비올라 연주자), 바사노(작은 나팔을 부는 연주자), 틴토레토(바이올린 연주자)를 모델로 하고 있다고 해석하였다.

이들은 모두 베네치아에서 활동한 베로네제와 동시대의 화가들이다. 하지만 이 해석이 아무리 매력적이라 해도 실제로 각 화가들이 남긴 자화상과 이 그림에 표현된 연주자들의 모습을 비교해 보면 서로 닮은 점이 없는 것으로 보아 이는 어디까지나 이상적인 해석일 뿐, 객관적인 증거에 바탕을 둔 것은 아니라는 것이 전문가들의 전반적인 견해이다.

일단 겉으로는 잔치의 활기찬 풍경을 보여 주고 있지만 자세히 관찰하면 인간의 유한성을 상징하는 요소가 포함되어 있다. 악기 연주자들 앞의 식탁 가운데에 놓여 있는 모래시계가 그 좋은 예인데, 이는 끊임없이 흐르는 시간을 상징한다. 이는 마치 악기 연주자들의 역할은 잔치에 초대받은 손님들에게 당신들이 즐기고 있는 이 와중에도 시간은 계속해서 흐르고 있다는 사실을 상기시키는 듯하다.

예수의 머리 바로 위로는 요리사로 보이는 한 남자가 양고기 조각을 자르는 순간이 묘사되어 있다. 손님들의 식탁

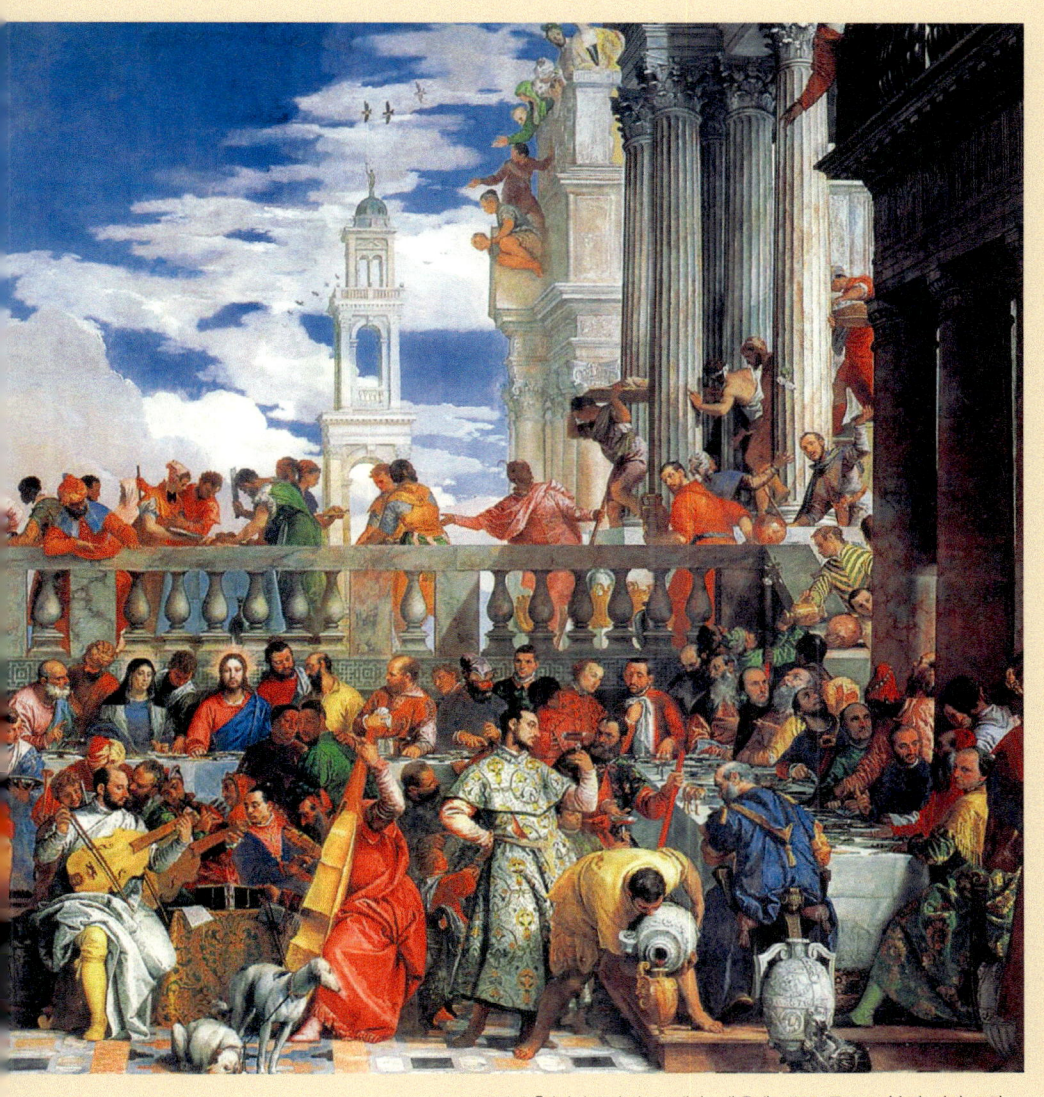

베로네제, 「가나의 혼인 잔치」, 캔버스에 유채, 1563, 루브르 미술관, 파리, 프랑스.

위를 보면 이미 후식을 내온 것을 볼 수 있고 양고기를 자르고 있다는 것은 다가올 예수의 희생을 암시하는데, 이는 '신의 양Agnus Dei'은 바로 예수 자신임을 상징한다. 예수의 옆에 앉아 있는 성모 마리아가 검은 머리 덮개를 두르고 있는 모습은 가까운 미래에 다가올 아들의 죽음을 예견하는 듯하며, 한 손으로 빈 잔을 가리키는 것은 예수가 행할 첫 번째 기적을 암시한다.

킴으로써 화가의 자유로운 상상력을 보여 주고 있다.

이 그림에서 프루스트는 앞으로 예수의 고난보다는 베네치아를 배경으로 한 혼인 잔치의 시끌벅적함과 식탁을 가득 채운 음식들, 흥에 겨운 사람들에게 시선을 집중함으로써 르네상스의 대표적인 화가가 표현한 이 혼인 잔치와 프랑스의 시골 바닷가에서 벌어지고 있는 요트 경기가 어깨를 나란히 할 수 있음을 엘스티르의 입을 통해 말하고 있다. 이렇듯 『잃어버린 시간을 찾아서』에서 마르셀은 발베크에서 만나는 활발한 아가씨들이나 바닷가 풍경을 통해 전성기의 베네치아의 힘과 호화로운 여인들, 그리고 활동적인 풍경 등을 담은 베로네제를 떠올린다.

그렇지만 베네치아를 화려한 아름다움의 도시로 그린 베로네제 같은 화가만 있는 것은 아니다. 베네치아도 하나의 도시인만큼 이곳에도 비참한 구역, 즉 음침하고 어두운 면이 존재할 수밖에 없는데, 화려한 베네치아에 일부러 반항이라도 하듯 그와 대조적인 모습의 베네치아만을 찾아 표현한 화가들도 있다. 그런데 마르셀은 이렇듯 소위 '현실주의'라는 이름으로 베네치아 고유의 아름다움을 부정하는 화가들을 비난한다.

"베네치아는 뛰어난 예술 작품들이 이미 일상화되어 있는 도시로, 이 도시의 가장 유명한 곳만을 골라 흠잡을 데 없는 기술로 매끈하게 표현한 몇몇 화가에게 거부감을 느끼고(물론 막심 드토마[10]의 뛰어난 스케치들은 제외하고) 숨어 있는 은밀한 베네치아를 파헤친다는 명목으로 가장 비참한 구역만을 골라 베네치아를 마치 오베르빌리에[11]처럼 표현한 화가들은 진정으로 이 도시 고유의 가치를 알아보지 못하고 있다. 인공적인 아름다움을 부여하여 표현한 몇몇 변변찮은 화가가 있는 것은 사실이지만 어두운 골목과 초라한 운하만을 찾아다니며 현실 그대로의 베네치아를 그리겠다는 화가들 또한 굴절된 선입견을 가지고 있는 것이다." ─「사라진 알베르틴」

동양적 몽환의 도시, 베네치아에 흠뻑 취하다

베로네제를 통해 꿈꿔 왔던 베네치아를 알베르틴이 사라진 다음에야 방문하게 된 마르셀은 실지로 눈앞에 펼쳐지는 아름다운 건축물들과 낡은 다리 밑을 흐르는 운하, 그리고 그 위를 고요하게 미끄러지는 곤돌라들을 보며 행복감을 느낀다. 그러나 마르셀이 직접 두 발로 걸어 다니며 발견하는 베네치아는 베로네제의 그림에 표현된 화려함과 웅장함 외에도 색다른 요소를 띠는데, 그것은 바로 밤에 어머니 없이 홀로 돌아다니며 발견한 은은한 달빛을 머금은 고요한 도시, 동양적인 신비함에 감싸인 베네치아이다.

"나는 밤이면 혼자 산책을 하고는 했는데, 『천일야화』 속 주인공처럼

---

10 막심 드토마 Maxime Dethomas(1867~1929)는 프랑스의 화가이자 삽화가이다. 주로 당시 파리에서 유행하던 연극과 오페라 가수들을 소재로 그림을 그렸다. 툴루즈 로트렉의 영향을 많이 받았다.

11 오베르빌리에 Aubervilliers는 파리 근교에 있는 공업 도시이다.

마법에 걸린 도시를 홀로 배회했다. 그런 날이면 어떤 여행가이드나 관광객들로부터도 들어보지 못한 알려지지 않은 넓은 광장을 우연히 발견하지 않고 지나치는 적이 없었다. 나는 좁은 골목길을 하염없이 따라 걸어갔다. …… 그러다 갑자기 골목길 막다른 곳에서 사물의 팽창 현상이 벌어진 듯했다. 달빛을 받아 창백하게 빛나는 매혹적인 여러 궁전에 둘러 쌓인 거대하고 찬란한 광장이 눈앞에 펼쳐졌는데 이런 장관이 이토록 좁다란 골목길 끝에 있을 것이라고는 감히 상상하지 못했다. 다른 도시에서라면 그곳의 주된 길들이 자연스럽게 그 광장을 향하도록 설계되었을 텐데 여기서는 동양에서 전해지는 이야기에 등장하는 궁전들처럼 밤에 주인공을 데리고 와서는 날이 밝기 전에 다시 그 사람을 집으로 보내 다음날이면 이 마법의 장소가 단지 꿈속에서만 가 본 것일 뿐, 다시는 발견하지 못하도록 일부러 여러 갈래 길로 숨겨 놓은 비밀의 장소와도 같았다. 다음날 나는 전날 밤에 보았던 아름다운 장소에 다시 가 보기 위해서 그 골목길을 찾아갔지만 그 장소를 찾기는커녕 서로가 모두 닮은 모양새의 좁은 길들 사이에서 그만 헤매기 일쑤였다. 간혹 어느 길의 끝에 지난번처럼 고요 속에 유배된 광장이 나타날 것이 분명하다고 생각되는 통로를 발견하기도 했지만 그럴 때면 갑자기 나를 유혹하기 위해 나타난 요정처럼 새로운 길이 중간에 나타나는 바람에 다시 중심지의 운하가 있는 시내로 안내되고 말았다. 꿈과 현실의 기억 사이에는 그리 뚜렷한 경계가 없는 법인 만큼 달빛 속에서 명상에 잠겨 바라본 신비한 광장이 결국은 나의 꿈이 만들어 낸 베네치아의 마법이 아니었을까 하고 사실 자체를 의심하게 만들기도 하였다." —「사라진 알베르틴」

이런 신비한 밤의 베네치아에서 마르셀은 유리로 된 수공품이나 레이스를 파는 이름 모를 처녀들, 길거리의 여자들을 쫓기도한다. 완전히 알베르틴을 잊어버린 마르셀이기에 더 이상의 괴로움이나 자책감은 느끼지 못한다. 다만 그가 쫓아다니는 여자들의 공통점이 있다면 모두 마르셀이 잃어버린 젊음을 갖고 있고, 또한 알베르틴이 한 번도 만나보지 못한, 즉 그녀가 소유하지 못한 여자들이라는 사실이다. 베로네제의 그림들을 통해 상상하던 베네치아였지만 알베르틴과의 관계 때문에 미룰 수밖에 없었던 여행에서 마르셀은 호사스러운 르네상스의 이미지를 발견하는 동시에 아무도 말해 주지 않았던 신비함에 감싸인 밤의 베네치아를 발견한다. 베네치아는 과거의 사랑을 완전히 묻고, 마르셀에게 이제는 앞으로 그가 가야 할 방향을 제시하는 곳이다.

사소한 것들의 특별한 미적 요소
카르파초

작가는 전체를 구성하는 수많은 요소 중에서 아무도 보지 못했거나
혹은 별다른 의미를 부여하지 않았을 사소한 것들을 새로운 눈으로 보고
거기에 이름을 붙임으로써 특별한 의미를 부여한다.

마르셀의 가슴에 각인된 어머니의 영원한 영상

마르셀은 베로네제의 그림을 통해 베네치아라는 도시의 전반적인 느낌을 상상하고 그곳을 여행했을 때 두 발로 시내를 활보하며 그림에서 받은 인상을 직접 경험하려 했다. 반면 작가 내면의 개인적인 베네치아를 발견하게 되는 것은 비토레 카르파초Vittore Carpaccio(1460?~1525?)의 그림을 통해서이다. 베네치아 여행 중에 언급되는 카르파초의 작품 두 점은 각각 어머니와 사라진 알베르틴을 떠올리는 계기가 된다. 그런데 주인공에게 중요한 자리를 차지하는 두 여인이 사뭇 상반되는 이미지로 카르파초에 의해 상기된다는 점이 흥미롭다.

우선 베네치아 여행 중 처음 언급되는 카르파초의 작품은 베네

치아의 아카데미 갤러리가 소장한 「성녀 우르술라의 삶Le Cycle de la légende de sainte Ursule」(1490~1500) 시리즈를 구성하는 아홉 개의 그림 중 마지막에서 두 번째 그림인 「성녀 우르술라의 순교와 장례Le Martyre et funérailles de la sainte」이다. 전설에 의하면 우르술라는 영국 왕의 청혼을 받고 결혼하기 전에 이탈리아와 독일 등지를 거쳐 성지 순례를 떠났다고 한다. 우르술라는 로마에서 교황을 만나고 교황은 그녀의 일행과 합류해 독일 쾰른에 갔다. 그런데 그곳에서 야만족인 훈족이 교황과 우르술라를 비롯하여 1만여 명에 이르는 처녀들로 구성된 일행 전체를 학살했다는 것이다.

프루스트가 언급하는 「성녀 우르술라의 순교와 장례」는 당시의 많은 작품이 그렇듯 두 개 이상의 사건을 한 폭에 표현하고 있다. 왼쪽에서부터 오른쪽으로 시간순으로 벌어지는 두 사건이 하나의 그림에 표현되어 있는데, 그것을 구분하는 것은 좌우를 직선으로 나누는 높은 기둥이다. 왼편에는 목에 훈족의 칼을 맞고 쓰러지는 교황, 머리채가 잡힌 여인, 이마에 피를 흘리고 죽어 있는 여인, 모든 것을 받아들이는 표정으로 무릎을 꿇고 기도하는 여인 등 당시의 극악무도한 학살 장면이 묘사되어 있다.

반면 기둥의 오른편에는 이 소란과 정반대로 차분하고 슬픔에 잠긴 분위기 속에 성녀 우르술라의 장례가 거행되고 있다. 네 명의 사제가 그녀의 시신을 모시고 계단을 올라가고, 계단 밑에는 검은 묵주를 들고 기도하는 상복 차림의 여인이 보인다. 바로 이여인, 즉 슬픔에 잠긴 채 성녀의 죽음을 기리는 여인의 모습에서

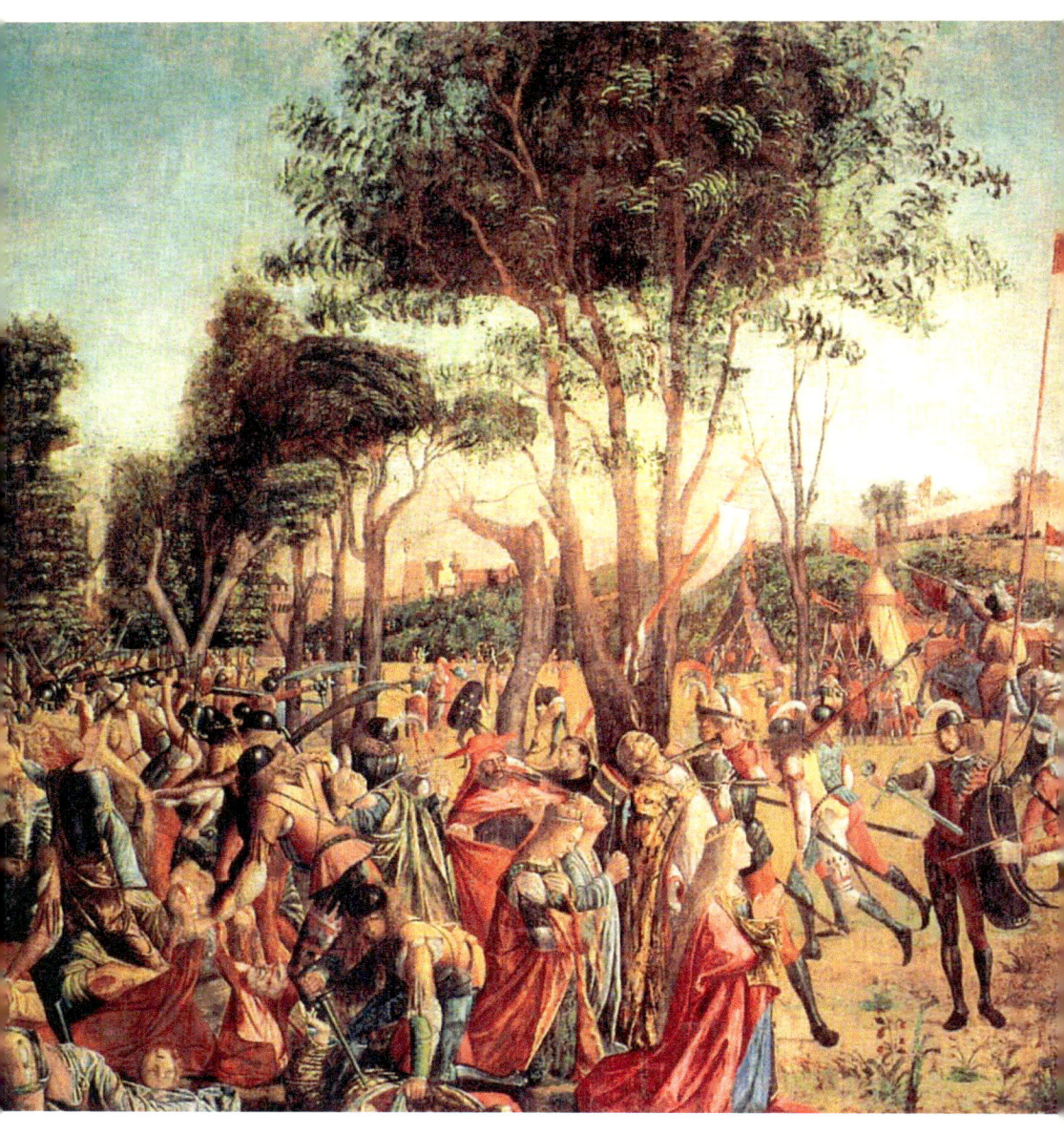

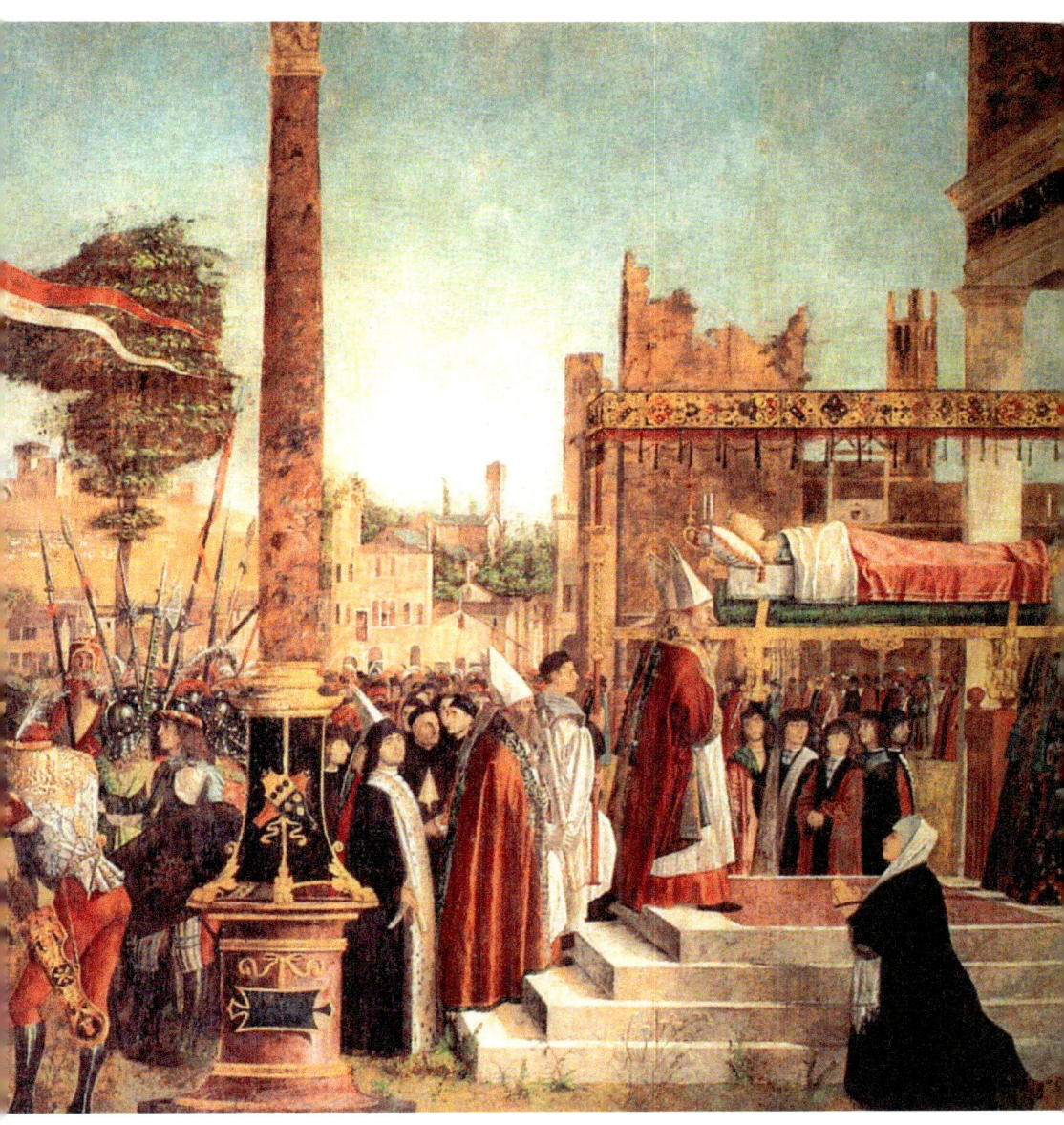

카르파초, 「성녀 우르술라의 순교와 장례」, 캔버스에 유채, 1493, 베네치아 아카데미 갤러리, 이탈리아.

마르셀은 외할머니의 죽음을 맞은 지 얼마 되지 않은 어머니가 검은 상복 차림을 한 채 곤돌라에서 아들이 타기를 기다리고 있는 모습을 본다. 마르셀은 상복 차림의 어머니에게 카르파초의 그림에 등장하는 성녀의 죽음을 슬퍼하는 한 여인의 모습을 보고 마치 산 마르코 성당 내부의 모자이크 속에 표현된 이미지가 영원히 사라지지 않듯이 어머니의 영상이 자신의 뇌리에 박혀 영원히 간직될 것이라고 말한다.

"그리스도의 세례를 표현한 모자이크 앞에 서 있는 나를 보고, 내가 그것을 오랫동안 바라볼 것임을 알아차린 어머니는 성당 내부의 쌀쌀한 기온을 감지하고 내 어깨 위에 자신이 걸치고 있는 숄을 덮어 주었다. 내가 알베르틴과 발베크에 있을 때, 알베르틴이 종종 말하기를 나와 함께 어떤 그림을 본다면 너무나 기쁠 것이라고 했는데 나는 그녀의 기쁨에 동조할 수 없었다. 그런데 시간이 흘러 이제 나는 예술 작품을 본다는 것, 아니 적어도 누군가와 보았다는 것 자체로 기쁨을 느낄 수 있다는 사실을 깨닫게 되었다. 오늘날 베네치아의 산 마르코 성당 내부를 떠올릴 때면 광장 앞에서 우리를 태우기 위해 기다리고 있는 곤돌라, 그리고 세례자 요한이 그리스도를 요르단 강에 잠기게 하는 모습을 담은 모자이크 앞에 서 있던 내 옆에 「성녀 우르술라의 순교와 장례」에 나오는 상복 차림 여인을 떠올리게 하는 어머니와 함께 있어 기쁨을 느낀다. 내가 산 마르코 성당을 회상하면 반드시 함께 나타나는 상기된 얼굴과 슬픈 두 눈, 검은 베일의 그 여인은 모자이크로 표현된 세례 장면만큼이나 영원하고 불변하는 존재로 내 마음 한 구석을 차지하게 되었고 그녀가 나의 어머니라는 사실을 기쁜 마음으로 떠올리게 되는 것이다." —「사라진 알베르틴」

어머니는 마르셀에게 베네치아의 기억과 떼어 내려야 뗄 수 없는 불가결한 존재가 되었는데, 이는 마르셀의 어머니가 아들에게 이 여행 중 작가로서의 길을 모색하는 데 실제로 도움을 주고 있기 때문이다. 소설 속 많은 부분에 프루스트의 자전적인 경험이 들어가 있는 것은 간과할 수 없는 사실이다. 그중에서 천식으로 건강이 좋지 못할 뿐더러 뚜렷한 직업도 없는 마르셀을 늘 염려하는 어머니상은 실제의 모습 그대로이다.

실제로 프루스트의 어머니가 아들이 러스킨의 책을 번역하는 데 헌신적으로 도왔던 것처럼 마르셀의 어머니는 아들이 글을 쓰려고 노력할 때 옆에서 적극적인 지원자가 된다. 비록 자신도 어머니를 잃었지만 알베르틴이 사라진 지금, 상심한 아들을 위로하기 위해 베네치아로 여행을 가고, 그곳에서 아들이 예술적 영감을 받아 자신의 오래된 지적 호기심을 충족시키기를 의도한 것으로 볼 수 있다. 그곳에서 마르셀이 러스킨의 책을 들고 여러 건축물을 탐방하거나 미술관 등을 방문할 때 그런 학구적인 아들 옆에는 언제나 어머니가 동행하고 있다.

베네치아의 산 마르코 성당을 방문하던 중 마르셀이 예수가 세례를 받는 장면을 표현한 모자이크 앞에서 많은 시간을 보내자 어머니가 성당 내부의 쌀쌀한 기온을 감지하고 자신이 걸치고 있던 숄을 아들의 어깨에 덮어 주는 행위는 세례자 요한이 그리스도를 요르단 강에 잠기게 했다가 일으키는 행위, 즉 세례로 다시 태어나게 하는 것을 의미하는 것만큼이나 마르셀이 작가로서 성장하는 데 상징적인 역할을 한다.

베네치아에서 어머니가 마르셀에게 예술가의 길을 걷도록 긍정적인 역할을 하는 반면, 알베르틴은 베네치아와 경쟁자적인 입장을 취한다. 그녀에게 거의 병적으로 집착하던 마르셀은 알베르틴이 자기 옆에 있는 동안은 어떤 창조적인 작업도 이루지 못할 것임을 스스로 잘 알고 있다. 그녀가 어디서 누구를 만나는지, 특히 그녀의 동성애적 성향을 의심하고 이를 괴로워하던 마르셀은 알베르틴이 다른 여자 친구와 있는 모습을 보는 것만으로도 큰 고통을 느낀다. 마르셀은 제5권 「갇힌 여인」에서 알베르틴이 자기 옆에 있기 때문에 오래전부터 꿈꾸던 베네치아에는 가지도 못한다고 푸념하기도 한다.

카르파초 그림 속 망토를 입은 알베르틴

베네치아 여행 중에 언급되는 카르파초의 두 번째 그림은 「악령 들린 사람에게서 마귀를 몰아내는 디 그라도 대주교Le Patriarche di Grado exorcisant un possédé」(1494)이다. 이 그림은 당시 베네치아의 대주교가 성유물인 십자가를 가지고 악령 들린 병자를 기적적으로 치유하는 장면을 표현하고 있다. 이 그림은 위에서 아래로, 그리고 전체에서 부분으로 이동하는 화자의 시선을 통해 독자들의 눈앞에 생생하게 전개된다. 카르파초가 활동하던 당시, 무역으로 번성하여 다양한 민족으로 구성된 역동적인 베네치아의 일상적인 풍경을 묘사하는 데 그칠 수도 있었던 이 그림은 마르셀에게 특별한 의미를 띤다.

"나는 처음으로 「악령 들린 사람에게서 마귀를 몰아내는 디 그라도 대주교」를 보았다. 선홍빛과 자주빛으로 물든 아름다운 하늘에는 손을 뻗치면 닿을 것만 같은 높은 지붕들로 가득했다. 이는 마치 활짝 핀 붉은 튤립을 생각나게 했는데, 이를 통해 나는 휘슬러가 전에 수도 없이 그린 베네치아의 풍경을 떠올렸다. 나의 시선은 천천히 나무로 된 낡은 리알토 다리에서 금박으로 장식된 기둥들이 버티고 있는 대리석 궁을 지나 그 옆의 15세기에 지어진 베키오 다리로 미끄러졌고, 이어서 분홍색 조끼를 입고 깃털 장식이 달린 모자를 쓴 젊은 사공들이 젓는 배들이 떠 있는 운하에 닿았다. …… 그림에서 시선을 떼기 직전, 마지막으로 나는 다시 한 번 당시 베네치아의 일상생활이 활발하게 펼쳐지고 있는 강가로 눈길을 돌렸다. 면도날을 씻고 있는 이발사, 물통을 이고 가는 흑인, 아랍어로 대화하고 있는 무슬림 사람들, 화려한 비단천을 치렁치렁 몸에 감고 흑적색의 벨벳 모자를 쓰고 있는 베네치아의 귀족들이 보였다. 바로 그 순간 나는 갑자기 가슴 한쪽이 무엇인가에 물린 듯한 날카로운 아픔을 느꼈다. 금박 무늬와 진주로 장식된 소매를 통해 칼자 동맹Compagnons de Calza의 일원이라는 것을

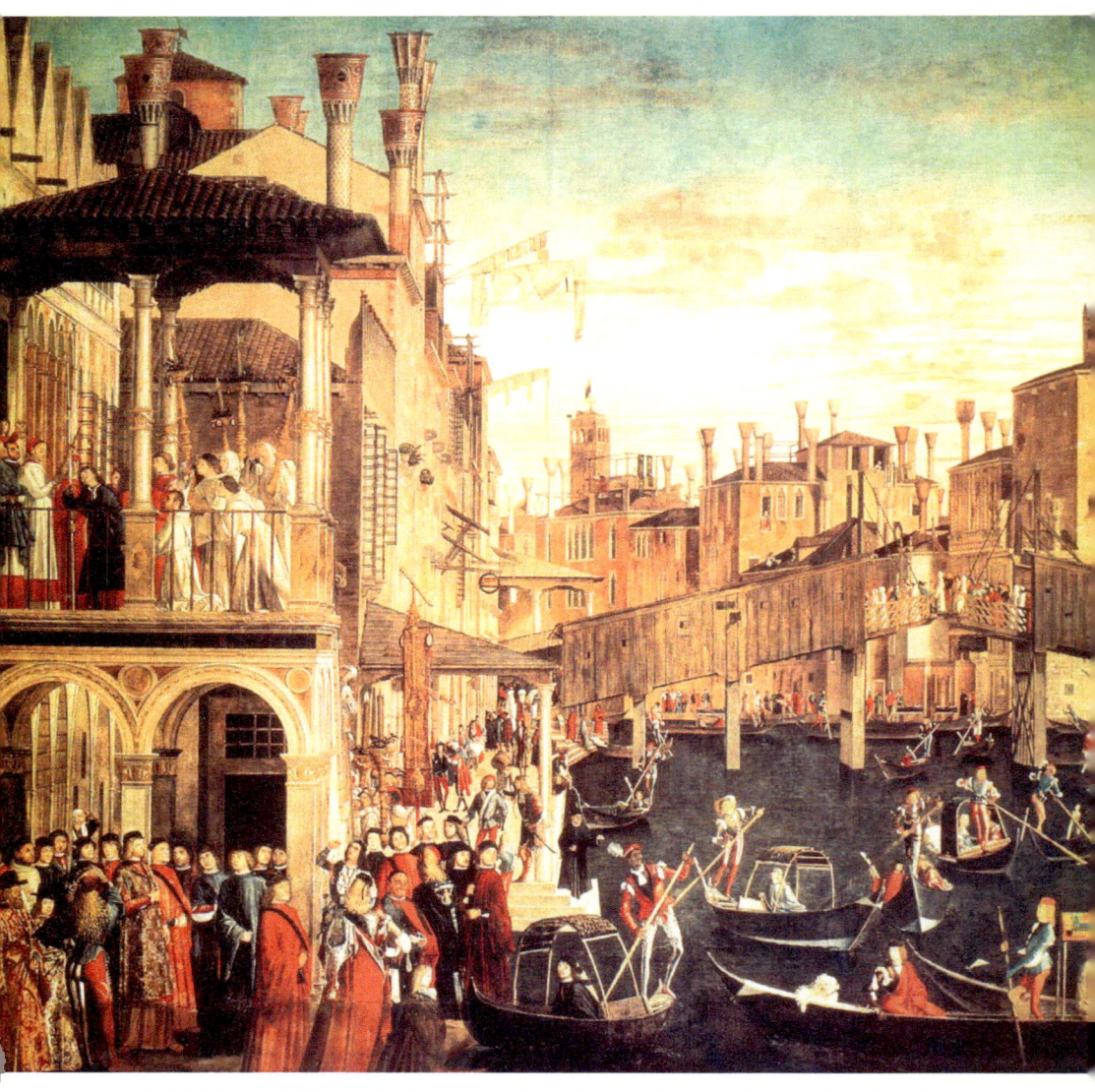

카르파초, 「악령 들린 사람에게서 마귀를 몰아내는 디 그라도 대주교」, 캔버스에 유채, 1494, 베네치아 아카데미 갤러리. 이탈리아.

짐작하게 하는 한 청년이 등에 걸치고 있는 망토는, 앞으로 15시간 후면 나를 두고 떠날 알베르틴과 함께 베르사유로 자동차 여행을 즐기던 날, 그녀가 입었던 바로 그 망토인 것이다." —「사라진 알베르틴」

마르셀의 시선을 멈추게 한 그 망토는 마르셀이 알베르틴과 동거 생활을 할 때 그녀에게 선물한 옷이다. 「갇힌 여인」에서 마르셀이 이 옷을 선물하게 된 연유가 자세하게 설명된다. 알베르틴의 환심을 사기 위하여 마르셀은 그녀에게 선물 공세를 하는데, 그중에는 당시 파리의 귀족들 사이에서 인기가 많던 에스파냐 디자이너 마리아노 포츄니 Mariano Fortuny y Madrazo(1871~1949)가 제작한 망토가 있었다. 그는 프루스트와 동시대에 실존했던 인물로, 공작새나 머리가 두 개 달린 독수리 등 르네상스 시대 베네치아의 비잔틴 양식에서 영감을 받아 동양적이며 화려한 무늬를 특징으로 하는 옷을 제작하였다. 화려함과 부를 상징하게 된 그의 옷은 당대 유럽의 귀족들과 여배우들 사이에서 최고의 인기를 누렸다. 이들 중에는 『잃어버린 시간을 찾아서』에 등장하는 허구의 여배우인 라 베르마의 모델이 된 사라 베른하르트 그리고 무용수인 이사도라 던컨도 있었다.

프루스트는 개인적으로 포츄니와 친분이 있지는 않지만 자신의 음악가 친구인 레이날도 한의 누이가 포츄니의 아내여서 그녀에게 포츄니의 디자인에 대해 이것 저것 질문하는 편지들을 보내기도 한다. 이렇듯 소설에서 마르셀이 카르파초의 그림을 보고 알베르틴을 떠올리게 되는 과정은 그 전 권에서부터 이미 준비되어 온 것이다. 포츄니의 옷은 자신이 죽어 생긴 재에서부터 다시 부활한다는 전설의 불사조 피닉스phoenix와 연관되어 등장한다.

"엘스티르는 언젠가 게르망트 공작 부인이 입은 모습을 본 적이 있다고 생각한 그 포츄니 디자인의 드레스를, 예전에 카르파초와 티치아노의 그림에 나오는 여자들이 걸친 화려한 옷을 보고 예고한 적이 있다. 마치 산 마르코 성당의 천장에 모든 것은 순환한다고 새겨져 있는 것처럼, 혹은 대리석으로 만든 항아리나 벽옥으로 장식된 비잔틴 양식의 기둥머리에 새겨진 새들이 죽음과 부활을 상징하며 자신의 재에서 끊임없이 거듭나기를 반복하듯이 언젠가는 그 옷들이 실제로 다시 한 번 나타날 것이라고 말이다." ―「갇힌 여인」

알베르틴이 자신이 선물한 포츄니 망토를 걸친 모습을 봤을 때도 마르셀은 피닉스의 모티브를 떠올린다.

"그날 밤 포츄니가 디자인한 옷을 입은 알베르틴의 모습은 그야말로 보이지 않는 베네치아를 향한 유혹의 그림자였다. 그때 그녀는 마치 아라베스크 장식으로 뒤덮인 베네치아처럼, 베일로 얼굴을 가린 할렘의 여인들마냥 도시 한 구석 깊이 숨겨진 베네치아의 왕궁처럼 …… 삶과 죽음을 번갈아 상징하는 동양의 새들이 기둥에 조각되어 있는 왕궁처럼 보였다. …… 곤돌라를 타고 대운하를 서서히 나아가면서 출렁이는 물결은 뜨겁게 달구어진 금속처럼 시시각각 변하는데 그녀가 걸친 그 천의 색깔 또한 내 시선의 각도에 따라 바다의 푸른색에서 부드러운 황금색으로 보이는 것이었다." —「갇힌 여인」

화자는 피닉스라는 표현을 그 어디에도 직접적으로 하지는 않지만 "죽음과 부활을 상징하는 새들, 자신의 재에서 끊임없이 거듭나기를 반복하는 새들"은 이 전설의 새를 말함이 분명하다. 끊임없는 순환, 죽음과 부활의 반복은 바로 알베르틴에 대한 마르셀의 사랑이며, 이는 카르파초의 「악령 들린 사람에게서 마귀를 몰아내는 디 그라도 다 주교」에서 청년이 입고 있는 망토를 통해 다시 한 번 떠오른다.

카르파초의 그림을 본 순간, 19세기의 포츄니가 르네상스 여인들의 옷과 건축에서 영감을 받아 디자인한 망토가 떠오르고, 또 칼자 동맹의 일원인 한 청년이 걸친 망토를 통해 알베르틴과의 추억이 재생된다. 그림 속의 옷은 또 다시 알베르틴이 마르셀과 함께 마지막 산책을 할 때 걸쳤던 옷으로, 이는 그들의 불행했던 사랑, 그리고 그녀의 죽음을 상기시킨다. 시간의 흐름과 함께 잠시 망각되었던, 즉 이미 죽은 알베르틴에 대한 기억이 재에서 되살아나는 한 마리 피닉스처럼 부활하는 순간이다.

그러나 카르파초의 그림 속 인물이 떠올리게 한 알베르틴에 대한 기억은 마르셀에게 즐거움이 아니라 "가슴 한쪽이 무엇인가에 물린 것 같은 날카로운 아픔"을 느끼게 한다. 알베르틴은 그 옷을 입고 그들의 마지막 자동차 나들이에 나섰기 때문에, 마르셀은 그 당시의 그녀가 이미 자신을 떠날 결심을 한 상태였다는 것을 뒤늦게야 안다. 하지만 알베르틴을 회상할 때 동반되는 고통스러운 감정은 그 순간일 뿐, 처음의 날카로웠던 아픔은 이내 슬픔이 섞인 애잔함으로 바뀌면서 이제는 알베르틴에 대한 자신의 감정이 예전 같지 않음을 카르파초의 그림을 통해 자각하게 된다. 산 마르코 내부의 모자이크처럼 영원히 뇌리에 간직될 어머니와는 대조적으로 금세 떠올랐다가 그 강도가 어느새 약해지는 알베르틴을 마르셀은 카르파초의 다른 두 점의 그림에 등장하는 인물을 통해 본 것이다.

「성녀 우르술라의 순교와 장례」에서 마르셀의 관심을 끈 것은 처참하게 죽임을 당하는 처녀들이나 교황 혹은 장례식의 우르술라가 아닌, 한 구석에서 무릎을 꿇고 있는 여인이며, 「악령 들린 사람에게서 마귀를 몰아내는 디 그라도 대주교」에서는 대주교가 기적을 행하는 그 자체보다 이름도 없는 한 청년이 걸치고 있는 옷이다.

이렇듯 거대한 작품을 구성하는 주된 주제나 핵심 요소보다는 일반적으로 무심코 지나칠 수 있는 사소한 부분에 관심을 갖고 그것에 의미를 부여하는 일은 프루스트의 글쓰기 특성 중 하나이다. 이는 비단 『잃어버린 시간을 찾아서』에서만 볼 수 있는 것은 아니다. 프루스트는 이 소설의 집필을 시작하기도 훨씬 전인 1900년, 그해 1월에 사망한 존 러스킨을 기리기 위한 기사를 썼다. 그 기사에서 프랑스 루앙 대성당의 문 앞에 조각된 수백 개의 조각상 중에 길이가 한 뼘 정도인 작은 형상을 이야기한다. "지루함을 못 견디겠다는 표정의 작은 남자는 손으로 턱을 괴고 있는데, 그 자세 때문에 볼이 한쪽으로 불쑥 올라오고, 눈 밑에는 잔뜩 주름이 있다." 예전에 러스킨이 그 작은 조각상에 대해 쓴 글을 읽은 바 있는 프루스트는 직접 그 형상을 두 눈으로 확인하고자 루앙 대성당을 찾아간 이야기를 한다.

프루스트의 발길을 잡아끄는 것은 고딕 양식의 정수라 불리는 루앙 대성당 자체가 아니라 전체를 구성하는 수많은 요소 중에서 아무도 보지 못했거나 혹은 봤더라도 별다른 의미를 부여하지 않았을 사소한 것들이다. 작가는 이를 새로운 눈으로 보고 거기에 이름을 붙임으로써 특별한 의미를 부여하는 것이다. 이와 마찬가지로 마르셀에게 남다른 감동을 준 것은 카르파초 그림들이 담고 있는 전체적인 메시지가 아니라 그것을 구성하는 미세한 요소 중 하나이다.

기차역에서 재회한 어머니

베네치아 여행을 마칠 무렵, 마르셀은 퓌트뷔스 부인이 하녀를 대동한 채 베네치아에 올 것이라는 사실을 알게 된다. 그 부인의 하녀가 동성애자라는 소문을 들었던 마르셀은 그 하녀를 만나고 싶은 마음에 베네치아어서의 일정을 조금 더 연장하자고 어머니를 설득하려 한다. 그녀를 통해 알베르틴의 동성애에 대한 진실

여부를 다시 한 번 확인할 수 있지 않을까 생각했기 때문이다. 하지만 어머니는 처음 계획과 변함없이 그들이 도착하기 전에 떠날 것을 고집하고 급기야는 마르셀을 혼자 남겨 두고 베네치아를 출발하는 기차를 탄다.

혼자 남은 마르셀은 호텔의 발코니에서 베네치아의 풍경을 내려다보며 지금쯤이면 어머니가 기차를 탔겠구나 하는 생각에 잠기는데 이때 밑에서 구슬픈 목소리의 성악가가 '오 솔레 미오'를 부르는 소리가 들려온다. 바로 그 순간, 조금 전까지 터너와 휘슬러, 베로네제, 티치아노의 그림을 통해 상상하던 이상적인 베네치아, 그리고 실제로 방문했을 때 기대를 저버리지 않았던 베네치아가 거짓말처럼 마르셀의 눈앞에서 탈바꿈한다. 운하와 하늘, 달빛을 반사시키며 신비로운 아름다움으로 가득했던 베네치아의 바다는 한순간에 단순한 화학 요소로 분해되고 광장과 성당, 종각들은 모두 일그러져 보인다.

"해는 어느새 많이 기울어 있었다. 어머니는 거의 기차역에 도착했을 것이다. 곧 그녀는 떠날 것이고 나는 어머니를 슬프게 했다는 자책감에 괴로워하고, 이런 나를 위로할 어머니도 없이 나 홀로 베네치아에 남아 있게 될 것이다. 기차 출발 시간이 다가왔다. 나는 이미 되돌릴 수 없는 고독에 빠져 있다는 사실을 절감했다. 나는 홀로 있음을 깨달았다. 내 주변의 모든 것이 이방인의 것처럼 느껴졌고 두근거리는 가슴을 진정시킬 여유라고는 없었다. 내 눈앞에 펼쳐지는 도시는 더 이상 베네치아가 아니었다. 그 특성, 이름은 모두 꾸며 낸 거짓처럼 느껴졌는데 내게는 그것을 부정할 힘이 없었다. 궁전은 그것을 이루는 각 부분별로, 그리고 고만고만한 대리석 조각들로 와해되는 느낌이었고, 바다는 수소와 질소로 분해되어 터너가 표현한 베네치아, 혹은 총독들이 살았던 베네치아와는 별개의 것이 된 느낌이었다. 이 도시는 이제 막 도착한 낯선 마을, 나를 아직 모르는 마을이자 떠나버린 나를 이미 잊어버린 장소이기도 했다. 나는 이 장소에 더 이상 나에 대한 어떤 이야기도 할 수가 없었고 나의 어떤 부분도 속하게 할 수 없었다. 이 도시는 나를 긴장 상태로 몰고 가고, 나로 하여금 '오 솔레 미오' 노랫소리에 걱정스럽게 귀 기울이는 불쌍한 존재로 만들어 버렸다. 리알토 다리를 보며 그 아름다운 난간에 온 정신을 집중하려 했지만, 금발 가발을 쓰고 검은 무대 의상을 입은 배우를 보고도 그는 햄릿이 아니라 단순한 바우일 뿐이며 연극을 보는 관객처럼 내게 이제 리알토 다리는 보잘것없고 평범한 여느 다리와 별반 다를 게 없이 느껴졌다." ―『사라진 알베르틴』

어머니가 떠난 베네치아는 더 이상 이상적인 장소가 아니라는 것을 자각하는 순간이다. 아름다움은 사물 자체에 있는 것이 아니라 사물을 보고 그것을 표현하는 화가의 시선에 있다는 엘스티르의 교훈을 직접 경험하고 터득하게 된 것이다. 이러한 사실을 깨닫게 되자 마르셀은 카로 자리를 박차고 일어나 역을 향해 달려간다. 그곳에서 이제 막 출발하기 위해 이미 문까지 닫은 기차 위로 올라가 아들을 두고 떠나는 모진 결심에 슬픔으로 눈물을 가득 머금은 어머니를 발견한다. 둘은 감격의 포옹을 하고 이제 마르셀은 아무런 미련 없이 베네치아를 떠난다.

　마르셀은 기차 안에서 스완의 딸이자 자신의 첫사랑이었던 질베르트로부터 전보를 받는다. 로베르 드 생루와 결혼한다는 내용이었는데 마르셀은 그 내용에도 아무런 감정의 동요를 느끼지 못한다. 첫사랑이 결혼한다는 사실도, 자신과 절친하다고 생각한 로베르가 질베르트와의 결혼 계획에 대해 한마디도 하지 않았다는 사실도 이제 마르셀에게는 중요하지 않다. 그에게 남은 것은 사랑도, 우정도, 여행을 통한 예술 작품 감상도 아니라 자기 내부에 있는 진리와 아름다움을 발견하고 이를 명확한 형태로 표현하는 일, 즉 글을 쓰는 일만이 남은 것이다.

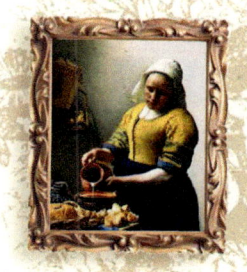

chapter 5

예술로의 승화

되찾은 시간

소설의 마지막 권을 구성하는 「되찾은 시간」에서는 스완과 베르고트, 할머니 등 죽음을 맞은 이들을 제외하고 지금까지 등장했던 수많은 인물이 한자리에 모인다. 프루스트는 이 소설을 집필할 때 제1권의 첫 장을 쓰고 바로 이어서 마지막 권의 마지막 장을 썼다고 여러 차례 강조한 바 있다.[1]

　제1차 세계대전이 한창인 1916년 프랑스, 중년의 마르셀은 요양소에서 오랜 시간을 보내고 파리로 돌아온다. 그러나 더 이상 파리는 예전에 그가 알던 도시가 아니다. 독일군 비행기의 폭격

---

1 1919년 폴 수데 Paul Souday에게 보내는 편지에서 프루스트는 "마지막 권의 마지막 장은 첫 번째 권의 첫 장 바로 다음에 이어 썼습니다. 소설의 중간 부분은 그후에 썼습니다." 하고 썼다. 하지만 이는 프루스트가 실제로 그렇게 했다기보다는 첫 권이 발표되었을 때 소설의 전체적인 구성이 취약하다는 비난에 자신의 작품을 옹호하기 위해 한 말일 가능성이 크다. 작가의 최후 8년을 충실히 옆에서 지키며 그가 불러 주는 대로 타자를 쳐서 소설의 완성을 도와준 셀레스트 알바레 Céleste Albaret는 후에 회고록에서 프루스트가 소설을 완성한 것은 1922년 어느 봄날이며, 이때 그는 "나는 드디어 소설의 마지막 장에 '끝'이라는 단어를 써 넣었다. 이제 나는 죽을 수 있다." 했다고 전한다. 프루스트가 소설의 마지막 부분을 첫 권에 이어 바로 썼건 나중에 썼건, 실제로 7권의 결론 부분에는 1권의 드입 부분에 등장했던 요소들이 다시 나타나는 모습을 볼 수 있다.

으로 파괴되고, 전기가 나간 파리의 밤거리를 거닐며 마르셀은 화산의 폭발로 잿더미가 된 폼페이 유적 사이를 걷고 있는 듯한 인상을 받는다. 이때 잠시 병영 휴가를 나온 로베르 드 생루, 길거리에서 우연히 마주친 샤를뤼스 남작은 전쟁으로 변한 파리에 버금갈 만큼 몰라보게 달라져 있다.

특히 로베르는 마르셀의 첫사랑이기도 했던 질베르트와 결혼을 했음에도 불구하고 한때 샤를뤼스의 애인이기도 했던 음악가 모렐과 바람을 피우는 등 남색가의 모습을 드러낸다. 반면 샤를뤼스에게는 거만하고 도도했던 이전의 모습이라고는 찾아볼 수 없고, 중풍 발작과 애인에게 배신을 당한 상처로 신체적으로도 정신적으로도 피폐해진 모습이 역력하다. 이후 로베르는 일선에서 전사하고, 전쟁도 결국 막을 내린다.

파리의 아파트에 돌아온 마르셀을 기다리는 것은 여전히 그를 잊지 않은 이들이 보내온 수많은 초청장이다. 그러나 그들의 살롱을 방문한 마르셀은 전쟁이 가져온 변화로 각 살롱이 새로운 양상을 띠고 있음을 발견한다. 과거 화류계의 여자라는 비난 때문에 귀족 사회에서 무시를 당하던 오데트는 이제 파리에서 으뜸가는 안주인이 되었으며, 귀족 계급을 사회악으로 여기고 공격하던 베르뒤랭 부인은 남편이 죽고 두 차례 더 결혼해서, 결국 공작 부인에서 게르망트가의 대공 부인 칭호를 물려받아 이제는 그녀가 파리에서 최상의 권위를 누리며 사교계에서 군림하고 있다.

다시 평화를 찾은 파리의 한가한 오전, 마르셀은 게르망트네에서 열리는 오찬에 참석하기 위해 그들의 아파트 입구에 들어선다. 『잃어버린 시간을 찾아서』 중 가장 아름다운 묘사가 펼쳐지는 이 부분에서 독자는 프루스트 미학의 총집합을 발견할 수 있다.

마르셀은 게르망트 대공 부인의 아파트 앞마당을 지나려는 순간 고르지 못한 포석에 발머리가 걸려 넘어지려는 찰나, 어머니와 함께 한 베네치아 여행에서 산 마르코 광장 앞의 울퉁불퉁한 포석들을 떠올린다. 또한 아파트의 서재에서 하인의 안내를 기다리며 사색에 빠졌을 때 수저가 찻잔에 부딪치며 내는 소리를 듣는 순간, 예전에 자신이 타고 있던 기차가 잠시 멈추었을 때 인부들이 망치로 기차 바퀴를 두들기던 소리를 떠올린다. 또 게르망트네 하인이 건넨 빳빳하게 풀 먹인 냅킨을 입가에 갖다 대자 발베크의 해변가 호텔에서 풀 먹인 수건으로 몸을 닦던 추억을 상기한다. 감각의 자극에 의한 무의식적 회상의 연속 작용으로 마르셀은 폭포처럼 쏟아지는 기쁨의 덩어리들을 온몸으로 느낀다.

예전에 마들렌 과자를 차에 찍어 먹는 순간 예고 없이 부활한 콩브레의 어린 시절처럼, 마르셀은 그날 아침 여러 번에 걸쳐 일어난 기억의 연상 작용에 의해 마치 뛰어난 예술 작품 앞에 섰을 때 느끼는 것과 같은 감동을 느낀다. 그럼으로써 마르셀은 자신의 존재 이유가 현재와 과거를 잇는 초시간적인 예술 작품의 창작 활동에 있음을 깨닫는다. 작가로서 자신에게 자질이 없음에 좌절하고, 이런저런 핑계로 묻어 두고 있던 예술가로서의 열망이 감각의 연속적인 자극에 의해 과거의 기억을 떠올리며 더 이상의

241

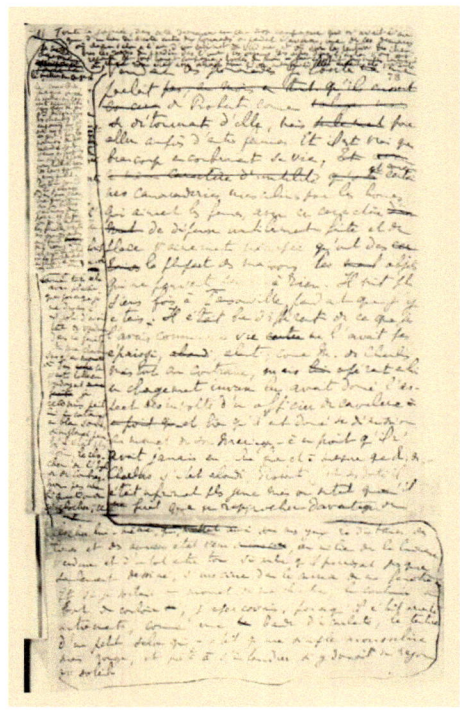
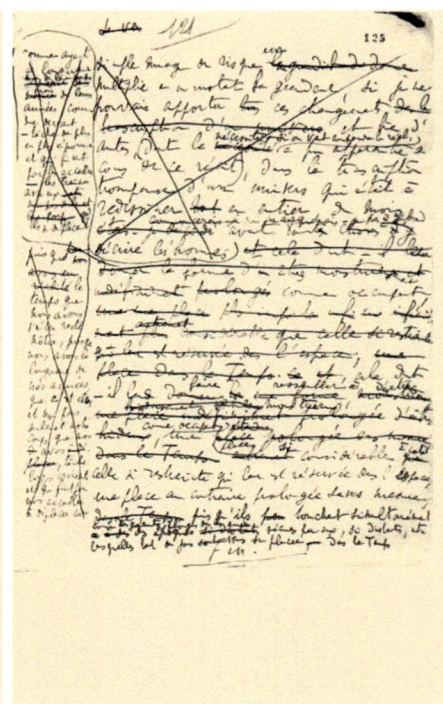

시간을 허비해서는 안 된다고 느낀다.

그날 오찬에 참가한 사람들과 몇 년 만에 재회하는 순간, 마르셀은 세월의 흐름에 무릎 꿇은 그들의 주름진 얼굴과 허약해진 신체를 보고 놀람을 금하지 못하고 자신도 예외 없이 시간의 희생양이라는 데 생각이 미치자 이제는 더 이상 소모적인 사랑을 하면서, 혹은 사교계에서 허비할 시간이 없다는 것을 깨닫는다.

이때 시간이라는 가면을 쓴 채 가장행렬과도 같이 과장된 모습으로 나타나는 인물들 사이에서, 마르셀은 스완의 딸인 질베르트와 게르망트가의 로베르 드 생루 사이에서 태어난 딸을 처음으로 본다.

16세 소녀인 그녀의 모습에서 마르셀은 유년기에 두 개의 반대되는 산책로로 대표되었던 두 갈림길, 즉 스완네 쪽과 게르망트네 쪽의 접합점을 본다. 그러나 시간 앞에서는 사랑도 인간도 모든 것이 변한다는 것을 피부로 확인하고, 그 손아귀를 벗어나 영원히 빛을 발하는 것은 진정한 예술뿐임을 깨닫는다. 이제부터는 지나온 자신의 삶을 예술의 형태로 승화할 소설을 쓰는 데 자신에게 남아 있는 모든 시간을 바칠 것을 결심한다.

이번 장에서 이야기할 샤르댕, 베르메르, 렘브란트는 프루스트에게 절대적인 이상을 구현한 화가들이며, 이들의 작품은 모두 일정하고 변하지 않는 세계를 표현하고 있다는 공통점을 갖고 있다. 따라서 이들의 작품은 어떤 것일지라도 서로가 친숙한 무엇인가에 의해 닮았다는 느낌을 강하게 준다. 이는 바로 개개 화가의 내적 세계를 표현한 것이기에 가능하며, 사물에서 초시간적 가치를 발견하고 이를 표현할 방법을 찾아 낸 이들만이 나타낼 수 있는 것이다.

마르셀은 샤르댕의 정물화를 통해 소소한 일상의 아름다움을 발견하고 자신이 쓸 소설의 소재는 바로 자신의 지나온 삶으로 할 것임을 결심한다. 또한 베르메르와 렘브란트가 그림으로 표현한 절대적인 이상을 자신은 글로써 표현해야 한다고 다짐한다. 시간의 공간화, 즉 소설이라는 정해진 틀에 시간이라는 요소를 가미함으로써 새로운 차원의 소설을 완성하는 것, 그것만이 자신의 지나온 삶과 남은 삶에 의미를 부여할 수 있다는 진리를 발견한 것이다.

정물화를 통해 발견되는
소소한 일상의 아름다움
샤르댕

그림의 아름다움을 결정하는 것은
그 안에 표현된 소재의 거대함이나 화려함이 아니라
소박한 정물을 아름답다고 본 화가의 시선이다.

정물에서 숨어 있는 아름다움을 발견하다

소설의 마지막인 제7권 「되찾은 시간」은 제1차 세계대전에 휩싸인 프랑스에서 시작한다. 마르셀은 콩브레 근처에 위치한 마을인 탕송빌에 있는 질베르트를 방문하는데, 그녀는 독일군 비행기의 폭격으로 위험한 파리를 떠나 이곳 시골 마을에 피신해 있었다. 마침 잠시 군대에서 병영 휴가차 나온 로베르 드 생루도 탕송빌에 와서 모처럼 세 사람은 한자리에 모인다. 마르셀은 그들과 함께 보내는 길지 않은 시간 동안 자신의 가장 친한 친구였던 로베르, 그리고 그와 결혼한 자신의 첫사랑 질베르트 스완이 예전과 너무나 달라진 모습에 놀란다.

　로베르는 한때 사창가 출신이었으며 저속한 연극배우였던 라셀을 열렬히 사모하였으나 이내 샤를뤼스 남작과 마찬가지로 남색가로서의 정체성에 눈을 뜨고 젊은 음악가 모렐과 애인 사이로 발전했다. 그럼에도 그는 자신의 아내인 질베르트가 자신만을 사랑하고 아내의 역할에 충실한 것에 은근히 자부심을 느끼며 자신이 그녀에 대해 최소한으로라도 애정을 느끼는 것은 그녀가 과거의 애인인 라셀과 닮았기 때문이라고 생각한다.

반면 마르셀은 예전에 콩브레 그리고 파리의 샹젤리제에서 그토록 자신을 매료시켰던 질버르트에게서 그녀 특유의 아름다움의 흔적조차 찾아볼 수가 없다. 마르셀의 눈에 비친 그녀는 로베르가 탕송빌에 도착하는 날, 예전에 그가 가지고 있던 사진에서 우연히 보았던 라셀의 무대 위 모습을 떠올려 그 여배우처럼 짙은 화장과 새빨간 옷을 입고 초조하게 그를 기다리는 초라한 모습이다. 더구나 이제 마르셀은 로베르와 대화할 때면 모든 주제가 군대로 연결되기 마련이어서 예전에 마음을 열고 열정적으로 이야기할 때의 감흥은 느낄 수가 없다.

탕송빌에서 보낸 더칠 간의 체류 기간 내내 결국 씁쓸함만을 느끼고 떠나게 되는 마르셀은 마지막 날, 질베르트가 잠자리에서 읽으라며 빌려 준 『공쿠르 형제[2]의 일기』를 펼친다. 문필가 친구들이 많았던 그 형제는 그날그날의 대화와 만남을 서술하여 일기를 남겼는데, 이 일기에는 19세기 후반 파리에서 활동하던 예술가들의 모임을 엿볼 수 있는 흥미로운 이야깃거리가 가득하다.

소설에서 마르셀은 자신이 잠들기 전까지 읽은 공쿠르의 일기라며 그 내용을 길게 옮겨 적는데, 이는 실제 『공쿠르 형제의 일기』를 모작한 것으로 그들의 문체와 형식, 내용 등의 특징을 흉내 내어 베르뒤랑네 살롱의 만찬을 꾸며 적은 글이다. 마르셀은 이 일기를 읽으면서 자신도 수차례 참석했던 베르뒤랑네 모임을 떠올린다. 친숙한 이름들이 등장하고, 익숙한 대화가 전개되는 이 일기는 자기가 경험한 것과 같지만 그것을 예리하게 관찰하고 서술하는 방식은 작가에 따라 얼마나 다른 글로 표현될 수 있는가를 느끼게 한다. 이와 함께 자신에게는 이들과 같은 타고난 문학적 재능이 없음을 절실히 느낀다.

마르셀이 공쿠르 형제의 일기를 읽으면서 느낀 것은 장 바티스트 시메옹 샤르댕Jean Baptiste Siméon Chardin(1699~1779)의 여러 정물화를 통해 느끼는 소소한 일상의 아름다움과도 연결된다. 아

---

2 공쿠르 형제는 형인 에드몽 드 공쿠르Edmond de Goncourt(1822~1896)와 동생인 쥘 드 공쿠르Jules de Goncourt(1830~1870)를 가리키는데 19세기 프랑스 문학에 자연주의를 선도한 작가들이다. 소설 『필로멘 자매 *Sœur Philomène*』(1861), 『제르미니 라세르퇴 *Germinie Lacerteux*』(1865) 등을 공동으로 집필하였다. 현대 사회의 물질문명에 병든 인물들을 지나치게 섬세하고 정교한 문체로 그렸다. 형인 에드몽은 특히 미술에 관심을 가지고 회화와 조각품들을 많이 수집하기도 하였다. 명문가 출신이었던 이들은 자신의 저택에서 정기적으로 살롱을 열어 그 당시 예술가와 문인들을 받아들였고, 이들이 남긴 『공쿠르 일기』에는 당시 프랑스 사회의 다양한 모습이 고스란히 드러난다. 이 일기는 일기문학을 대표한다. 이들이 남긴 유산으로 만든 공쿠르상은 1903년에 창립되어 현재까지 명맥을 유지하고 있는데 오늘날 가장 권위 있는 문학상으로 자리를 잡았다. 프루스트는 1919년에 『잃어버린 시간을 찾아서』의 두 번째 권인 「꽃핀 소녀들의 그늘에서」로 공쿠르상을 수상하였다.

무리 보잘것없는 정물, 실내 풍경, 가난한 사람들을 그림의 소재
로 선택하더라도 그것을 아름답게 보는 화가의 시선에 따라 작품
의 가치가 결정된다는 사실을 마르셀은 예전에 느낀 적이 있다.
샤르댕으로부터 얻은 이러한 교훈은 발베크 해변에서 엘스티르
의 그림을 보는 대목에서도 나온 적이 있는데, 엘스티르는 마르
셀에게 자신이 가장 좋아하는 화가가 샤르댕이며, 예술가의 시선
에 모든 것이 달려 있다는 이야기를 힘주어 말했다. 이후로 마르
셀은 새로운 눈으로 주변 풍경을 바라보게 되고, 이제껏 볼품없
고 초라하다고 느껴 고개를 들리던 매일의 풍경에서도 각별하고
진귀한 감흥을 느낄 수 있게 되었다.

"이제 나는 식사가 끝난 후 이를 치우러 웨이터들이 분주히 움직일 때
까지도 자리를 떠나지 않게 되었고 젊은 아가씨 무리가 지나가지 않
는 이상 바닷가로 시선을 향하지 않게 되었다. 엘스티르의 수채화들
을 보고 난 이후, 나는 현실에서 무언가 시적인 것을 발견하려 애쓰는
자신을 발견하게 되었다. 가령 아무렇게나 놓여 있는 칼, 식탁 위에
뒹굴고 있는 헝클어진 냅킨, 도 그 위에 떠 있는 자그만 노란 햇살 한
조각, 반쯤 물이 차 있는 잔을 통해 드러나는 고귀한 유리잔의 형태,
응축된 하루와도 같은 유리잔 바닥, 빛을 받아 빛나는 바닥에 고여 있
는 술, 이리저리 옮겨진 용기들, 변덕스러운 빛을 따라 변하는 액체
들, 계산대 위에서 녹색에서 푸른색으로, 또 푸른색에서 황금색으로
점점 익어 가는 자두들, 음식 축제가 벌어지는 제단 위라도 되듯 깨끗

한 식탁보가 깔려 있는 테이블 주위의 낡은 의자들, 또 그 위에 돌로 만든 성수잔에 담긴 물과도 같이 진귀한 빛으로 반짝이는 액체가 고여 있는 생굴들 …… 나는 여태껏 주의 깊게 보지 않았던 가장 흔한 사물에서, 정물들의 숨어 있는 삶에서 아름다움을 발견하게 된 것이다." —「꽃핀 소녀들의 그늘에서」

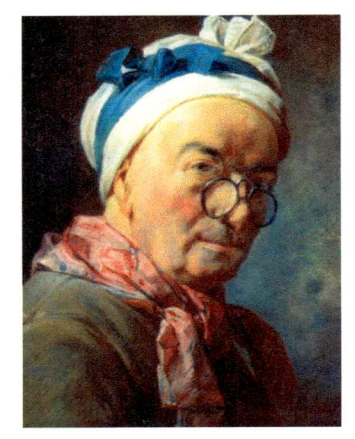

샤르댕, 「자화상」, 푸른 종이에 파스텔, 1771, 루브르 미술관, 파리, 프랑스.

이런 묘사는 샤르댕의 정물화를 눈앞에 두고 그대로 묘사한 것 같으나 어디에도 샤르댕의 이름을 찾아볼 수는 없다. 그를 언급하는 대신 자신이 지금까지 아무런 의미를 부여하지 않고 관심을 두지 않던 이런 일상의 평범한 풍경을 어느 순간부터인가 새로운 시선으로 보게 된 건 엘스티르의 수채화들을 본 이후라고 말한다.

엘스티르는 샤르댕의 자리를 대신하여 마르셀의 스승이 된다. 실제 프루스트는 24세였던 1895년에 루브르 미술관에서 샤르댕의 정물화와 파스텔로 그린 자화상을 보고 감동을 받아 그 느낌이 가시기 전에 그에 대한 짧은 글을 썼는데, 이 에세이에 담긴 샤르댕에 대한 화가론이 소설 속에 그대로 드러난다.[3]

이러한 샤르댕의 교훈은 제4장에서 보았던 베로네제의 그것과는 정반대되는 것이다. 마르셀에게 베네치아는 오랜 염원의 도시로, 그 자체가 하나의 살아 있는 예술 작품으로 여겨진다. 여태껏 마르셀은 바다 위에 떠 있는 이 도시를 소재로 한 많은 그림을 통해 상상의 대상으로만 간직하고 있었는데, 실제로 가 보니 모든 것이 정말 그림에서 튀어나온 것 같은 풍경이었다. 마르셀은 베네치아에서 러스킨의 책을 안내서 삼아 산 마르코 성당을 둘러보고, 석양을 배경으로 한 지붕들의 실루엣에서 수없이 본 휘슬러의 베네치아 풍경을 겹쳐 본다. 하지만 무엇보다도 베네치아는 베로네제의 도시이다

   베네치아의 호텔 탕에 있다가 어머니가 열어 둔 창문을 통해 시원한 바람 한 줄기가 마르셀의 얼굴을 간질이는 순간, 그는 어린 시절 콩브레에서 자신의 방으로 올라오는 계단에 앉았다가 창문을 통해 들이마신 공기를 떠올린다. 하지만 베네치아의 공기는 콩브레의 소박한 좁은 나무 계단에서 느꼈던 그것과는 전혀 다른, 베네치아의 집들을 이루는 매끈한 대리석 기둥을 타고 들어온 지중해의 바다 냄새를 머금은 거대한 것이다. 콩브레의 느낌이 샤르댕의 정물이라면, 베네치아는 베로네제의 거대한 그림으로, 마르셀은 한순간 베네치아의 호텔에서 어린 시절의 소중한 장소를 떠올린다. 이름과 지명에 프루스트가 얼마나 남다른 애정을 가지고 있는지 안다면, 우리는 Véronèse (베로네제)와 Venezia (베네치아), Chardin (샤르댕)과 Combray (콩브레) 사이의 재미난 관계를 발견할 수 있을 것이다. 이렇듯 샤르댕은 프루스트에게 소박한 것의 정겨움, 소중함을 상징하는 화가로 자리 잡는다.

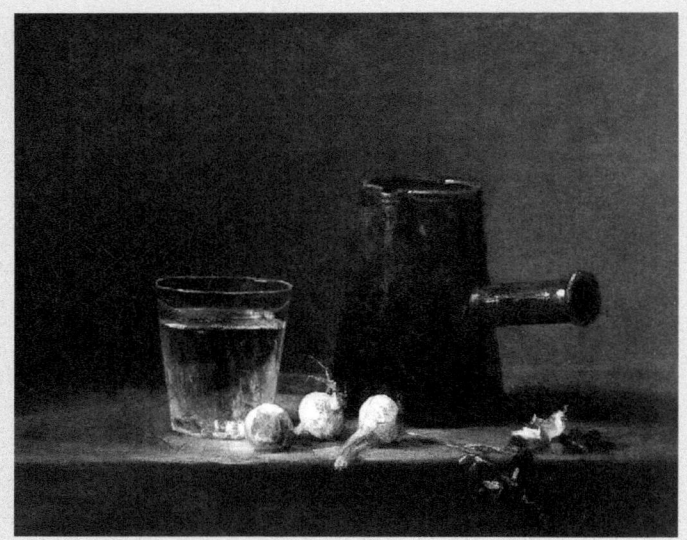

샤르댕, 「물잔과 주전자」, 캔버스에 유채, 1760, 카네기 대학 미술관, 피츠버그, 미국.

---

3 프루스트는 이 에세이를 통해 샤르댕과 렘브란트를 비교하여 쓸 생각이었으나 완성하지 못했다. 이 글은 프루
스트가 사망한 후 출판될 때까지 책상 서랍 한구석에 있었다. 이 글에는 부유하지는 않지만 뛰어난 예술 감각을
지닌 한 젊은 청년이 등장한다. 거대한 야망과 넘치는 포부를 가진 이 청년은 자신을 억누르는 평범하기 짝이 없
는 단조로운 일상에 질려 있다. 이런 그의 유일한 낙은 루브르 미술관에 가서 베로네제와 반 다이크가 화려한 인
물과 도시를 그린 그림 앞에 서서 상상으로나마 일상을 탈출하는 것이다. 하지만 화자는 이 청년의 손을 이끌어
샤르댕의 정물화 앞으로 안내한다. 시간의 흐름이 정지된 듯한 이 그림들 앞에서 비로소 소소한 일상의 가치를 깨
닫게 된다는, 상당히 교훈적인 이야기이다. 베로네제처럼 르네상스 시대 베네치아의 화려한 축제를 다루고 있지
도 않고, 또한 반 다이크처럼 에스파냐 왕국의 왕자와 공주를 주인공으로 하고 있지는 않지만, 수년 간 주인의 손
길을 타서 반질반질해진 식탁과 의자, 그 위에 이제 막 식사를 마친 듯이 헝클어져 있는 식기 도구와 반쯤 빈 물잔
들, 그리고 저녁기도를 하는 어머니와 아이들을 표현한 샤르댕의 그림들이 가슴 저릴 정도로 아름답게 느껴지는
이유는 그것을 아름답다고 보는 화가의 시선이 담겨 있기 때문이다. 젊은 청년은 샤르댕 앞에서 한 가지 소중한
진리를 발견한다. 그림의 아름다움을 결정하는 것은 그 안에 표현된 소재의 거대함이나 화려함이 아니라 소박한
정물을 아름답다고 본 화가의 시선이다. 이 에세이에서 젊은 청년이 샤르댕의 가르침을 받아 정물의 아름다움을
깨닫게 되었다면 『잃어버린 시간을 찾아서』에서는 마르셀이 엘스티르의 가르침에 의해 같은 진리를 터득하게 된

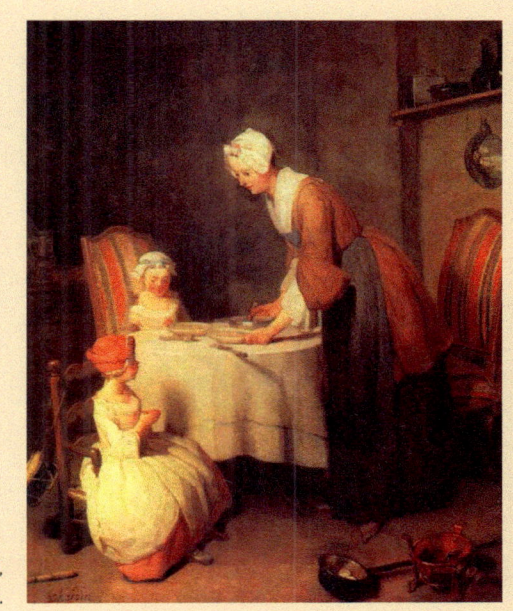

샤르댕, 「식사기도」, 캔버스에 유채, 1740,
루브르 미술관, 파리, 프랑스.

것이다. 프루스트가 샤르댕에 대해 쓴 이 글은 소설에서 발베크의 호텔 식당에 앉아 있는 마르셀을 묘사한 부분에 거의 그대로 옮겨 와 있다.

프루스트가 활동한 당시에 특정 화가나 그림에 대한 비평문을 쓰는 것은 프랑스 작가들 사이에서 드문 일이 아니었다. 소설가와 시인들은 자신의 문학적 영감과 가장 근접한 것을 그림으로 표현한다고 믿는 화가들을 선택해 자신의 미술로서의 분신이라고 보고 그들을 열렬히 숭배하는 시나 글을 남긴 경우가 흔하다. 보들레르에게는 들라크루아가 그런 존재였으며, 에밀 졸라에게는 마네가 그러했다. 이렇듯 작가들이 화가들에 대해 쓴 글이나 비평의 근원을 거슬러 올라가 보면, 프랑스에서는 이미 18세기 중반, 왕립 아카데미가 주최하는 전시회를 다녀와서 그에 대한 감상평을 쓴 디드로를 찾을 수 있다. 요즘처럼 전시 카탈로그에 사진들을 실어서 그것을 널리 배포할 수 없었던 당시에, 또 전시장에 가서 직접 그 그림들을 볼 수 없는 이들을 위해 디드로는 그곳에 출품된 작품들을 묘사하는 글을 편지 형식으로 써서 출판했다. 계몽사상의 일환으로 그림 감상이 교육적인 효과가 있다고 믿었던 디드로는 20년에 걸쳐 『살롱』이라는 이름으로 그해에 전시된 그림들을 글로 설명했는데, 디드로의 글에 가장 빈번히 등장하며 그의 감탄을 자아낸 화가가 바로 샤르댕이다. 프루스트와 디드로의 차이점이 있다면 디드로는 샤르댕의 정물화에서 화가로서의 뛰어난 기술을 보고 예찬한 반면 프루스트는 그런 기술적인 요소가 아니라 그림을 통해 드러나는 화가의 심리적, 철학적 가치에 초점을 두고 있다.

연극배우 라 베르마의 예술적 천재성

예술 작품을 창조하는 데 있어 그것이 담고 있는 소재 자체는 중요하지 않다는 사실, 다시 말하면 예술 작품의 가치는 예술가가 소재를 어떻게 해석하고 그것을 자기 나름의 방식으로 표현하느냐에 달린 것이라는 사실을 깨닫게 해 준 또 다른 인물은 허구의 연극배우인 라 베르마이다. 연극배우에게는 작곡가나 화가, 소설가에 비해 예술적 창조 능력이 덜 요구되는 것이 사실이다. 배우들은 작품을 창조하는 것이 아니라 이미 완성된 대본을 외워서 읊고 감독의 지시에 따라 움직이기 때문이다.

모든 예술 분야에 호기심이 많은 마르셀은 라 베르마의 명성을 익히 들어서 알고 있는데 「스완네 집 쪽에서」에는 마르셀의 주치의가 만약 마르셀이 공연을 본다면 예민한 그의 감수성이 너무 흥분하고 자극을 받아서 몸에 좋지 않을 것이라며 극장에 가는 것을 만류한 적이 있다. 하지만 마르셀의 아버지가 존경하는 노르푸아 후작이 젊었을 때 공연을 보는 것이 성장하는 데 도움이 될 것이라고 말하자 아버지는 마르셀에게 라 베르마의 공연에 가도록 허락한다. 우여곡절 끝에 커다란 기대를 안고 참가한 공연은 마침 라신의 『페드르』[4]였다. 그러나 그날 마르셀은 자신의 기대와 어긋나는 그녀의 공연을 보고 실망감을 감추지 못한다.

그후로 수년이 지나 마르셀은 「게르망트네 쪽」에서 다시 한 번 라 베르마의 공연을 볼 기회를 갖는다. 마르셀은 어렸을 때 실망했던 기억을 떠올리며 이번에는 마음을 비우고 극장에 발을 들여

놓는다. 이 두 번의 관람 사이에는 수년이라는 시간이 흘렀고, 그동안 마르셀은 엘스티르로부터 새로운 시선으로 사물을 바라보는 방법을 배우는 등 한층 성숙한 자세로 예술 작품을 대할 수 있게 되었다. 두 번째 관람에서 마르셀은 비로소 라 베르마의 진정한 천재성을 발견한다.

뛰어난 예술 작품이나 예술가는 그것을 대하는 사람에게 그만의 독특한 인상을 남기기 마련이다. 그 인상이란 예전의 어떤 예술 작품이나 일반인이 줄 수 있는 익숙한 인상과는 절대적으로 다른 것이어서 그것을 처음 대하는 사람은 이 새로운 인상을 어떻게 해석해야 할지 난감히 하게 된다. 마르셀이 라 베르마의 공연을 처음 보고 실망한 이유도 마르셀이 나름대로 정한 기준에서 라 베르마가 벗어나자 기대에 못 미친다고 생각한 것이다. 라 베르마는 예전 여배우들과는 분간되는 자기만의 특유한 방

---

4 장 라신 Jean Racine(1639~1699)은 코르네유 Pierre Corneille, 몰리에르 Jean-Baptiste Molière와 함께 17세기 프랑스의 3대 고전주의 극작가이다. 대표작으로는 『앙드로마크 Andromaque』(1667), 『베레니스 Bérénice』(1670), 『페드르 Phèdre』(1677) 등의 비극이 있다. 프루스트가 소설 속에서 언급하는 『페드르』는 그리스 신화에 바탕을 둔 작품으로 아테네의 왕비 페드르가 남편인 테세우스와 전부인 사이에서 난 아들 이폴리트에게 일방적으로 사랑을 느껴 고백하고, 이에 따르는 불행과 죽음을 이야기하고 있다. 이렇듯 『잃어버린 시간을 찾아서』에 인용되는 문학 작품은 『페드르』를 비롯해서 조르주 상드의 『프랑수아 르 샹피』 등 모자 간의 근친상간적인 사랑을 다루고 있는 작품들이다. 마르셀이 어머니에게 느끼는 감정을 이 문학 작품들을 통해 새롭게 해석할 수 있다.

식으로 작품을 소화하고 표현하기 때문에 그녀의 새로운 방식에 마르셀은 낯선 인상을 받았고 그것을 어떻게 받아들여야 할지 몰라서 실망감이라는 감정으로 치부했던 것이다.

하지만 두 번째 공연에서 라 베르마는 『페드르』의 한 장면에 이어서 들어보지도 못한 작가의 최근 어느 작품을 읊는데, 이번 관람을 통해 마르셀은 그녀가 연기하는 것이 고전인 『페드르』이건 이름 없는 초라한 작품 속의 인물이건 소재는 중요하지 않다는 사실을 깨닫게 된다. 라 베르마의 연기를 통해서 받은 인상은 어떤 여배우의 연기와도 구분되는 것으로 그녀 특유의 개성이 담겨 있는 것이다. 그 사실을 깨달은 마르셀은 엘스티르와 샤르댕의 작품을 통해 배운, 소재에 상관없이 새로운 시선으로 작품을 소화하는 라 베르마의 진정한 가치를 알게 된다.

마르셀이 마침내 작가로서의 소명을 발견하고, 남은 시간을 온통 글쓰기에 매진하기로 결심할 때 그가 소설의 소재로 선택하는 것은 자신의 지나온 삶이다. 마르셀 스스로도 자신의 발자취를 돌아보면 그 삶이 모험으로 가득 차 있지도, 사람들의 호기심을 자극할 만한 극적인 일들로 이루어져 있지도 않다는 사실을 알고 있다. 그럼에도 자신의 인생을 소설의 소재로 쓴다는 것은 어떻게 보면 샤르댕이 붓으로 표현한 소박한 정물을 작가인 마르셀은 펜으로 이루려는 시도로 볼 수도 있다. 마르셀의 이야기는 한 영웅의 서사시도 신화 속 인물의 기구한 운명도 아니다. 단지 자신이 직접 보고 듣고 경험한 것들의 산물로, 주변을 스쳐간 인물들을 모델 삼아 소설 속 인물을 그린 것이다. 독자는 뜻밖의 상황에서 잊어버리고 있던 과거의 기억이 갑자기 떠오르는 순간, 말 못할 기쁨을 느끼는 마르셀을 통해 샤르댕의 정물화들을 접했을 때와 비슷한 감정을 느낄 수 있을 것이다.

덧칠에 덧칠,
여러 겹 입힌 숙성의 화가
베르메르

베르메르가 덧칠에 덧칠을 하고 여러 겹을 입혀 완성한 그림처럼
프루스트는 자신의 소설은 다양한 원고 조각을 이어서 만든, 수정에 수정을 가하여
오랜 시간과 정성을 들여 완성해야 할 작품이 될 것임을 알고 있다.

베르고트가 추구한 '노란 벽의 작은 자락'

베르고트는 『잃어버린 시간을 찾아서』의 초반부터 등장해서 자신의 소설을 통해 처음으로 어린 마르셀에게 작가로서의 소명을 심어 준 중요한 인물이다. 프루스트는 실제로 당시 프랑스에서 가장 유명한 작가 중 한 사람이자 후에 노벨 문학상까지 수상한 아나톨 프랑스Anatole France(1844~1924)를 모델로 베르고트를 창조했다.

프루스트는 아나톨 프랑스와 유년기부터 오랜 친분이 있었는데 이미 성공한 그를 선망의 대상으로 바라보았다. 아나톨 프랑스는 프루스트의 부탁을 받아, 학창 시절에 쓴 시와 에세이를 모아 출판한 프루스트의 첫 번째 책인 『기쁨과 나날들』의 서문을

쓰기도 했다. 이처럼 실제 인물을 바탕으로 만들어진 소설 속 허구의 작가 베르고트가 요하네스 베르메르(요하네스 페르메이르 Johannes Vermeer, 1632~1675)의 그림 앞에서 숨을 거두는 모습은 마르셀로 하여금 인간의 유한성, 그리고 그에 비해 위대한 예술 작품이 갖는 불멸성에 대해 깊이 통찰하는 계기를 제공한다.

베르고트는 마르셀이 콩브레에서 지낼 당시 많은 시간을 독서하며 보낼 때 가장 즐겨 읽던 작가 중 한 명이다. 그를 우러러보며 자기 자신도 문필가로서의 꿈을 꾸지만 그의 아버지는 그런 마르셀의 장래 희망에 강력히 반대하고 아들이 외교관의 길을 걸어가길 소망했다. 아버지에게 작가는 그야말로 할 일 없는 '글쟁이'로 명예로운 직업도 아니고, 마르셀이 그 길로 성공할 가능성도 없다고 생각했던 것이다.

그런 아버지를 설득한 사람은 비록 지금은 은퇴했으나 한때는 프랑스 대사로서 외국의 여러 곳에서 거주한 경험이 있는 노르푸아 후작이다. 그는 마르셀의 아버지에게 작가가 되어서도 얼마든지 명예를 누릴 수 있다는 사실을 강조하는데, 이런 그의 견해에 용기를 얻은 마르셀은 그에게 자신이 존경하는 소설가 베르고트에 대해 이야기를 꺼낸다.

그러나 노르푸아 후작은 개인적으로 베르고트와 친분이 있음에도 불구하고 그 소설가를 '피리 부는 사나이'에 비유하며 그가 하는 말이나 행동은 모두 억지스럽고 꾸며 낸 것이라고 그의 사람 됨됨이를 비난한다. 하지만 베르고트의 작품만큼은 그의 인격

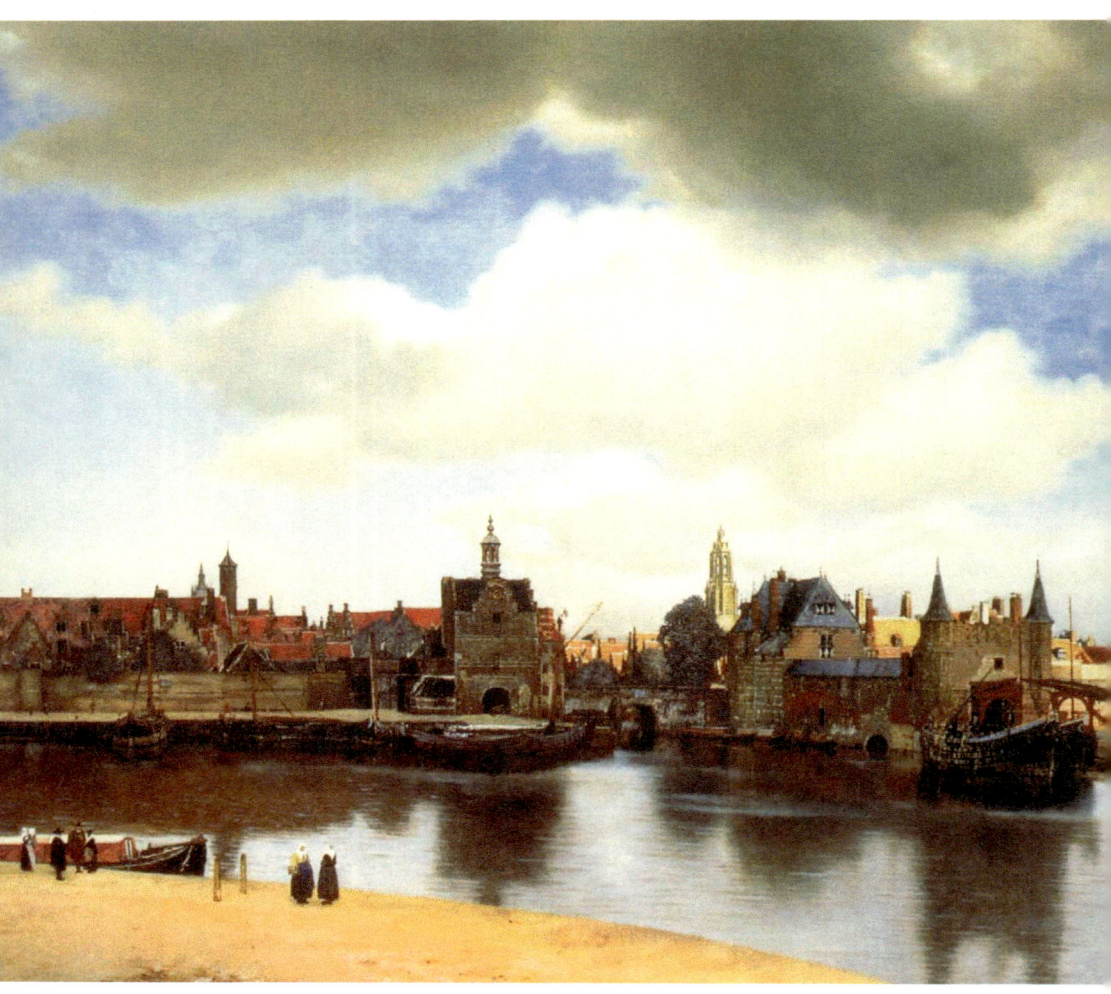

베르메르, 「델프트의 풍경」, 캔버스에 유채, 1658~1660, 마우리츠하위스 미술관, 헤이그, 네덜란드.

에 비해서 훨씬 뛰어나다고 항상 잊지 않고 덧붙인다. 이 말에 마르셀은 어느 정도 위안을 받는다. 이렇듯 마르셀은 개인적으로 베르고트를 만나기 전에 이미 그에 대해서 스완, 질베르트, 노르푸아 후작 등 여러 사람을 통해 정보를 얻는다.

하지만 베르고트가 『잃어버린 시간을 찾아서』에서 가장 중요한 자리를 차지하는 순간은 마르셀과 관련해서가 아니라 베르고트가 혼자 베르메르의 전시장을 찾아갔을 때이다. 전시회를 보러 가기 전에 베르고트의 건강은 신장 기능의 장애로 생긴 요독증에 의해 급격히 악화된 상태였고 지난 몇 년 간 외출이라고는 거의 하지 않았다. 이런 그의 건강 상태는 이미 마르셀의 할머니의 병세를 묘사한 「게르망트네 쪽」에서 언급되었다. 두 인물이 똑같은 요독증으로 고생한다는 설정이 흥미로운데, 이는 프루스트의 실제 할머니가 같은 병에 걸려 죽음을 맞았기 때문이다.

악몽에 곧잘 시달리는 베르고트가 용기를 내어 집을 나선 이유는 바로 베르메르의 그림을 보기 위해서였다. 그는 어느 미술 평론가가 베르메르의 그림 중 「델프트의 풍경」에 대해 쓴 글을 읽고 그 그림을 보기 위해 힘들게 발걸음을 옮긴다. 소설에서 그 평론가는 베르메르의 이 거대한 풍경화를 이야기하며, 그가 그린 노란 벽의 작은 자락은 무척이나 뛰어나서 그 부분 하나만으로도 중국의 귀한 예술품과 갖먹는다고 언급하였다. 이 글을 읽고 베르고트는 그것을 직접 확인하고자 한 것이다.

하지만 베르고트는 아침에 덜 삶은 감자를 먹고 집을 나서 속이 거북하던 차에 전시장의 입구에 들어서자마자 현기증을 느낀다. 또한 베르메르의 그림이 걸린 장소에 가기 전까지 보게 된 다른 그림들이 가볍고 의미 없음에 대해 속으로 한탄한다. 마침내 「델프트의 풍경」 앞에 섰을 때 그는 자기가 추구한 예술의 이상을 이 그림의 '노란 벽의 작은 자락'에서 발견한다.

"마침내 다른 어떤 것과도 구분되며 강렬하다고 생각한 베르메르의 그림 앞에 서서 평론가의 글을 읽고 처음으로 파란색으로 표현된 작은 사람들, 그리고 분홍색 모래, 노란 벽의 작은 자락을 구성하는 진귀한 자재를 발견할 수 있었다. 그의 현기증은 점점 더 악화됐다. 그는 어린아이가 노란 나비를 잡으려 애쓰듯, 노란 벽의 작은 자락에 시선을 집중했다. '나도 이렇게 글을 썼어야 했는데 …… 내가 마지막에 쓴 책들은 너무 건조해. 이 노란 벽의 작은 자락처럼 내 문장도 그 자체로 귀중해질 수 있도록 색을 여러 층 입혀서 칠해야 했는데 ……' 하고 스스로에게 말했다. 그 동안에도 현기증은 나아지지 않았다. 그 순간 갑자기 천상의 저울이 그의 눈앞에 나타나는데, 한쪽 저울판에는 그의 생애가, 맞은편 저울판에는 완벽하게 칠해진 노란 벽의 작은 자락이 놓였다. 그는 노란 벽의 작은 자락이 상징하는 예술을 위하여 자신의 삶을 무모하게 희생했다는 생각을 지울 수가 없었다. 동시에 '내가 이 자리에서 쓰러지면 오늘 저녁 신문 가십란에 오르게 될 텐데, 그런 불미스러운 일은 만들지 말아야지.' 하는 생각이 들었다. 그는 되풀이해서 말했다. '처마 밑 노란 벽의 작은 자락, 노란 벽의 작은 자락.' 그러나 그는 결국 둥근 소파 위에 주저앉았다. 그 와중에도 그는 끝까지 긍정적으로 생각하려 애썼다. '덜 익은 감자를 먹은 것 때문에 체한 것일 테지. 아무것도 아닐 거야.' 그러나 발작은 다시 한 번 엄습해 왔다. 그가 소파에서 미끄러져 바닥에 쓰러지자 관람객들과 관리인이 몰려들었다. 이윽고 그는 숨을 거두었다." —「갇힌 여인」

'천상의 저울' 한쪽에는 베르고트의 생애가, 다른 저울판에는 노란 벽의 작은 자락이 올려져 있는 은유를 통해 우리는 베르메르의 또 하나의 명화인 「진주를 저울질하는 여자」를 떠올릴 수 있다. 이 그림에는 베르메르 특유의 구도를 볼 수 있는데, 왼쪽 창문에서 빛이 들어와 어슴푸레한 실내를 비추고 뒤쪽 벽에는 그림 한 점이 걸려 있다.

그림 속의 또 다른 그림은 공교롭게도 '마지막 심판'을 다루고 있다. 창문 밑의 책상 위에는 뚜껑이 열린 보석함이 놓여 있고, 진주 목걸이와 금 목걸이 들이 아무렇게나 놓인 것이 보인다. 책상 옆에는 임신한 한 여인이 한 손에 평형을 이루는 저울을 들고 서서 이를 내려다보고 있다.

이 밖에도 베르메르는 「우유 따르는 여인」(1658년경)을 통해 소설 속에 등장한다. 베르메르의 대표적인 이 그림은 소설에서 직접 언급되지는 않는다. 하지만 「꽃핀 소녀들의 그늘에서」 중 마르셀이 기차를 타고 파리에서 발베크로 가는 중 잠시 멈춰 선 허름

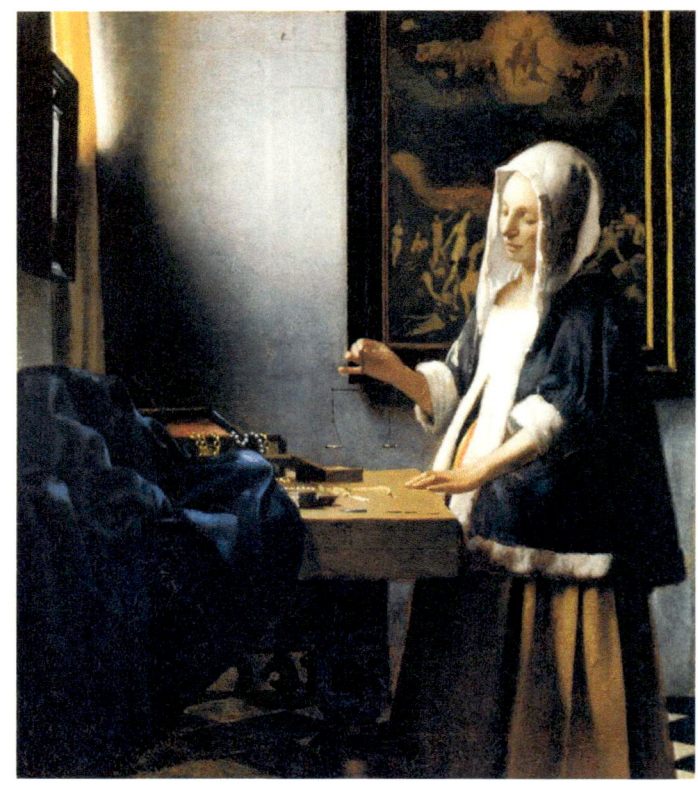

베르메르, 「진주를 저울질하는
여자」, 캔버스에 유채, 1662
~1664, 워싱턴 국립미술관,
미국.

한 역사 앞에 우유통을 들고 여행객들에게 우유를 파는 시골 여
인의 모습을 묘사한 부분은 베르메르의 이 그림을 눈앞에 두고
그대로 묘사한 듯한 인상을 준다. 이제 막 떠오르는 아침 햇살의
붉은 기운 가운데 역사 앞에 서 있는 여인을 보고 마르셀은 충동
적으로 그녀를 부른다.

"그녀의 거대한 몸집 위에 있는 얼굴은 분홍색 홍조를 띤 황금색으로
빛나고 있는데 그 모습이 마치 알록달록한 유리를 통해 보는 것만 같

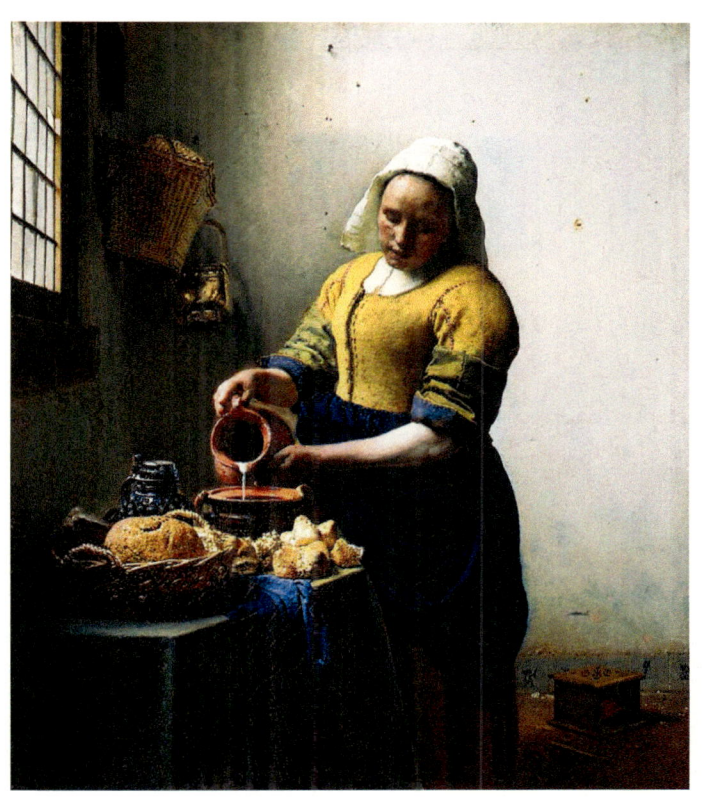

베르메르, 「우유 따르는 여인」,
캔버스에 유채, 1658년경, 암
스테르담 국립미술관, 네덜
란드.

았다. 모든 것을 황금빛과 붉은 색으로 물들이는 태양처럼 거리가 좁
혀지면서 점점 가까이 다가올수록 더욱 커 보이는 그녀의 얼굴에서
나는 눈을 뗄 수가 없었다." –「꽃핀 소녀들의 그늘에서」

기차 안에 있던 마르셀은 키 큰 여인을 보고 사람은 자기가 태
어나고 자란 토양의 산물이라고 할 수 있는데 역사에서 나오던
그 여인이야말로 그 고장의 산물인 듯 보인다고 사색한다. 베르
메르의 「우유 따르는 여인」을 보면 과연 17세기 네덜란드 지방

특유의 시골 여인의 매력이 느껴진다. 특별한 교육을 받은 것도 아닐 테지만 소박한 기품과 정갈한 따뜻함이 붉은 도자기 항아리의 질감과 거기에서 흘러나오는 하얀 우유, 그리고 노란 소매를 차분하게 걷어붙인 채 아래로 향한 여인의 시선에서 느낄 수 있다.

마르셀은 역사의 여인을 특별한 목적도 없이 충동적으로 부른다. 파리의 여인들에게서는 볼 수 없는 소박한 매력에 동요되어 얼떨결에 그녀를 부르자 그녀는 소리가 나는 쪽으로 고개를 돌리고 마르셀과 눈이 마주친다. 하지만 기차는 곧 출발하고 마르셀은 다시는 그 여인을 보지 못하게 될 것을 안다. 베르메르의 그림 속에서 튀어나온 듯한 그 여인은 마르셀이 앞으로 발베크의 해변가에서 만나게 될 '꽃핀 소녀들'을 예고하는 동시에 프루스트가 20여 년 전 헤이그의 미술관에서 본 이래로 가장 존경하게 된 화가 베르메르에게 무언의 경의를 표한 것이라고 할 수 있다.

작품 활동의 전성기를 한참이나 지난 베르고트가 병마와 싸우며 무미건조한 책을 쓰고 있던 시기에 베르메르의 '반짝이는 그 작은 노란 벽'은 그가 작가로서 잃어버린 이상, 즉 예술가로서 자신이 추구해야 할 진리를 담은 하나의 작은 상징물처럼 느껴졌을 것이다. 베르고트의 전시회 관람 일화가 서술되는 한 문단 안에는 '노란 벽의 작은 자락le petit pan de mur jaune'이라는 표현이 무려 일곱 번이나 나온다. 베르고트는 자신이 가장 최근에 쓴 소설에서 무엇이 부족한지를 깨닫는 순간 앞으로 나아가야 할 길을 발견하지만 그의 허약해진 신체는 소설가의 되살아난 설렘을 허락하지 않았다.

콩브레에서 마르셀은 베르고트의 소설을 읽으며 문학적 꿈을 키우고, 그를 열렬히 숭배하고 작가와 친분이 있다는 이유로 스완과 질베르트까지 모두 경외의 대상으로 바라보던 시절이 있었다. 그러나 생애 말기의 베르고트는 더 이상 감흥을 주는 작가로 남지 못한다. 마르셀이 나이가 들면서 이제 더 이상 베르고트의 이름은 그의 입에 오르내리지 않게 되었고 점차 화가인 엘스티르에게 숭배의 시선이 옮겨진다. 이제 마르셀은 베르고트의 책을 통해서가 아니라 엘스티르의 그림들 앞에서 예술 작품이 주는 감동을 느끼고 자신이 나아가야 할 작가로서의 길을 모색하게 된다. 다시 말해 베르고트는 마르셀이 피해야 할 예술가의 실패한 유형, 초기의 열정을 시간과 함께 잃어버린 예술가의 한 전형을 상징한다.

하지만 베르고트의 죽음이 무용한 것만은 아니다. 비록 그는 후기에 쓴 자신의 책들이 건조하기 짝이 없고, 여러 겹으로 덧칠하여 그 자체로 진귀한 자재가 된 '노란 벽의 작은 자락'과 같은 글을 쓰지 못한 스스로에 대해 작가로서 실패하였음을 깨닫지만, 화자는 그의 죽음이 서술된 마지막 부분에 베르고트가 작가로서 부활함을 암시한 채 글을 맺는다.

"그는 영원히 죽은 것일까? 과연 누가 그렇다고 확언할 수 있을 것인가? 물론 어떤 영적인 경험과 종교적인 이론도 영혼이 존재한다는 것을 증명할 수는 없다. 그가 땅 속에 묻힌 그날 밤, 서점의 진열대에는 조명을 받아 빛나는 그의 책들이 마치 활짝 날개를 핀 천사들과도 같은 모양으로 밤을 지새우고 있었으며, 이는 작가의 부활을 의미하는 하나의 상징과도 같았다." -「갇힌 여인」

프루스트의 마지막 외출 일화

베르고트의 죽음은 프루스트에게 삶의 유한성, 그에 대조되는 위대한 예술 작품의 불멸에 대해 사색하는 계기가 된다. 비단 예술가는 나이가 들고 몸은 병들며 시간의 지배를 받지만 그가 남긴 작품들은 그의 사후에도 영원히 존재한다는 사실이 어떤 종교보다도 매혹적이라고 말하는 듯하다.

이 일화는 사실 프루스트가 직접 겪은 일에 바탕을 두고 있다. 프루스트는 평생 두 번의 기회를 통해 베르메르의 「델프트의 풍경」을 보게 된다. 처음은 1902년 10월, 그가 네덜란드 헤이그의 마우리츠하위스 미술관에 갔을 때이다. 그곳에서 이 풍경화를 보고 프루스트는 이 그림을 자신이 가장 선호하는 작품 중 하나로 정하게 된다. 그리고 두 번째는 1921년 5월, 파리의 주드폼 미술관에서 네덜란드 화가들의 특별전이 열렸을 때이다. 평생 천식으로 고생하던 프루스트는 이미 많이 허약해졌지만 마지막으로 베르메르의 이 그림을 한 번 더 보기 위해 집을 나선다.

또한 소설에서 베르고트가 한 평론가의 글을 읽고 베르메르를 보러 가게 되었다고 서술하는 부분은 결코 우연이 아니다. 1921년 네덜란드 화가들의 특별전을 위한 전시 카탈로그에 프루스트의 친구이자 미술 평론가인 장 루이 보두아예Jean-Louis Vaudoyer가 「델프트의 풍경」에 대한 글을 썼고, 프루스트는 친구의 글을 읽은 것이다. 곧 프루스트는 그에게 편지를 보내 20여 년 전에 헤이그에서 본 「델프트의 풍경」 그림을 얼마나 좋아하는지에 대해 쓴다.

"어제 저는 당신이 쓴 베르메르에 관한 평론을 읽었습니다. 당신은 그 글을 통해 하고 싶은 말을 완전하게 다 하지 못했다고 생각할지 몰라도 그 글은 제게 개인적으로 많은 의미를 갖습니다. 제가 헤이그의 미술관에서 「델프트의 풍경」을 본 이래로, 저는 세상에서 가장 아름다운 그림을 보았다는 것을 알게 되었습니다." −1921년 5월 1일 편지

그후 프루스트는 다시 한 번 보두아예에게 편지를 보내 "산송장과 마찬가지인 제가 당신의 팔에 매달려 전시장에 가는 것을 허락해 주시겠습니까?" 하고 부탁을 한다. 물론 보두아예는 기꺼이 프루스트를 부축하여 전시장을 찾았고, 프루스트가 사망한 후 1923년에 출판된 「갇힌 여인」에 2년 전의 봄날, 프루스트와 함께한 전시회 관람이 그대로 소설의 한 대목으로 옮겨진 것을 보고 갈리마르 출판사의 편집장에게 편지를 보낸다. 그는 소설에서 베

르고트가 주저앉은 바로 그 '둥근 소파'에서 프루스트 자신이 숨을 고르기 위해 여러 차례 앉았다 일어나기를 반복했다고 전한다. 다만 소설과 다른 점이 있다면 프루스트는 베르메르의 전시장 안에서 엄청난 통증을 호소하여 서둘러 그곳을 빠져 나왔다가 이내 몸 상태가 나아졌다며 이왕 나왔으니 근처의 작은 미술관에서 동시에 진행되고 있는 앵그르의 특별전에도 가자고 졸랐다는 것이다. 그러나 프루스트가 베르메르의 그림 앞에서는 감동을 느낀 반면 앵그르의 전시장에서는 어떤 느낌도 받지 못했다고 이야기한다.

베르메르가 프랑스에 알려지게 된 것은 보우아예보다 반세기 전에 에티엔 토레Etienne Thoré라는 젊은 평론가에 의해서였다. 그 전까지 베르메르는 고국인 네덜란드에서만 인정받을 뿐, 전 유럽에서는 아직 무명의 화가였다. 토레가 '서민'이라는 뜻의 '뷔르거 Bürger'라는 필명으로 발표한 여러 개의 글을 통해 베르메르는 프랑스 미술 애호가들의 관심을 받기 시작했다. 토레는 「델프트의 풍경」에 대해 한 잡지(1866)에서 다음과 같이 이야기했다.

"헤이그의 미술관에는 그 앞을 지나는 관람객들의 발길을 멈추게 하고 미술에 조예가 깊은 사람들에게 강한 인상을 남기는 놀랍고 흥미로운 풍경화 한 점이 있다. …… 내가 네덜란드의 미술관을 처음으로 방문한 1842년에, 이 신비한 그림은 「해부학 강의」나 호기심을 사로잡는 다른 렘브란트의 그림들만큼 내게 놀라움을 선사했다. 그 작품의 화가가 누구인지 알기 위해 나는 미술관 책자를 찾아보았다. '운하의 맞은편에서 바라본 델프트의 풍경. 델프트 출신의 얀 반 데르 메르Jan van der Meer 작. 바로 그 순간 나는 아직 프랑스에는 알려지지 않은 이 화가를 알릴 필요가 있다고 느꼈다."

프루스트는 소설 나내 베르메르를 표기할 때 그 당시 통용되던 'Vermeer'가 아니라 'Ver Meer'로 띄어 쓴다. 이를 두고 필립 부아예Philippe Boyer라는 평론가는 기호학적 해석을 통해 프루스트의 오이디푸스 컴플렉스를 논하기도 한다. 'Ver Meer'는 프랑스어로 'Vers Mère', 즉 '어머니 쪽으로'를 의미하고 '델프트Delft'는 오이디푸스가 아버지를 죽이고 어머니를 범한다는 신탁을 받은 '델포이Delphes'를, 그리고 마르셀이 어려서부터 우러러본 소설가 베르고트는 아버지를 상징한다고 주장한다. 따라서 베르고트를 베르메르의 그림 앞에서 죽임으로써 마르셀은 한 발자국 더 어머니를 향해 가고자 했다는 것이다. 이 해석이 얼마나 매력적이건 간에 프루스트가 베르메르를 띄어 쓴 것은 베르메르를 프랑스에 처음 소개하는 글을 쓴 토레가 'Jan van der Meer'라고 표기한 것을 보고, 나름대로 이 평론가에 대해 경의를 표한 것이 아닌가 싶다.

무리해서 외출한 프루스트는 전시장에서 느낀 극도의 고통에서 결국 완전히 회복되지 못하였고, 이는 그가 생전에 한 마지막 관람이 된다. 그리고 1년 후인 1922년, 프루스트는 51년의 길지 않은 생을 마감한다. 프루스트의 마지막 9년을 충직하게 옆에서 지킨 하녀 셀레스트 알바레는 프루스트가 더 이상 손가락을 움직일 기력도 없게 되었을 때 침대에 누워 있는 그가 불러 주는 대로 타이프를 쳐서 3,000쪽이 넘는 소설을 완성한다. 프루스트가 마지막 기력을 바쳐 불러 주는 것을 셀레스트 알바레가 타이핑한 부분 중에 「델프트의 풍경」 앞에서 숨을 거두는 베르고트의 에피소드가 있음은 굳이 말할 필요도 없다.

마르셀의 작가로서의 소명

소설에서 베르메르가 베르고트의 죽음과 연관되어 나오기 전에 그의 등장은 이미 다양한 인물에 의해 준비되었다. 스완은 화류계의 여인인 오데트와 만나기 시작할 무렵 어느 정도 그녀와 거리를 유지하려 한다. 반면 오데트는 스완의 높은 신분 때문인지, 그의 재산 때문인지, 아니면 그녀의 주변에서 쉽게 볼 수 없는 그의 고급스러운 취향 때문인지는 모르나 스완에게 적극적인 애정 공세를 벌인다. 자신의 집을 방문해 달라거나 스완의 미술 수집품을 보고 싶다며 그의 집에 초대해 달라는 오데트에게 스완은 바쁘다는 핑계를 대고 여러 차례 그녀의 청을 거부한다. 그때마다 스완이 핑계거리로 삼는 것은 베르메르이다. 스완은 사실은 몇 년째 내팽개친 베르메르 연구를 구실 삼아 오데트의 청을 거절한 것이다.

오데트의 천박함은 스완과의 대화를 통해 적나라하게 드러나는데, 그녀는 스완이 베르메르에 관한 연구 때문에 자신의 방문을 거절하자 그 화가가 아직도 살아 있는지를 묻는다. 이어서 "그가 자신의 모델과 사랑에 빠졌다거나 그녀 때문에 괴로워한 적은 없었나요?" 하는 식으로 신변잡기에만 관심을 보이고 결국 베르메르가 구미를 당길 만한 삶의 인물이 아님을 알고는 그에 대한 관심을 일체 끊는다.

이러한 오데트의 특징은 알베르틴에게서도 발견된다. 발베크에서 캉브르메르 부인이 마르셀과 알베르틴을 방문하여 대화를 하던 중, 알베르틴이 전에 너 덜란드를 여행했다는 사실을 알게 되자, 예술품 감상을 큰 자랑으로 생각하는 부인의 스노비즘이 발동하여 알베르틴에게 그곳에 갔을 때 베르메르를 보았느냐고 질문한다. 하지만 베르메르라는 이름을 처음 듣는 알베르틴은 그가 현재 살아 있는, 캉브르메르 부인이 잘 아는 사교계의 인사라고 생각하여 그런 사람은 만나 보지 못했다고 대답한다. 이는 도스토예프스키의 예술론에 대해 설명하는 마르셀에게 알베르틴이 "그 소설가가 살인이라도 했나요?" 하고 물어 보고 마르셀이 그렇지 않다고 대답하자, 그녀는 더 이상 도스토예프스키에 대해 관심을 보이지 않는 것과 일맥상통한다.

반면 스완은 이 화가의 삶과 작품에 대해 연구를 한다며 글을 쓰기 시작했지만 그후로 몇 년이 지나도록 여자들의 꽁무니를 쫓아다니거나 사교계에 얼굴을 내미느라 화가에 대한 연구는 뒷전으로 물러난 지 오래이다. 베르고트에게 그랬듯이 스완에게

271

베르메르라는 화가는 감히 범접할 수 없는 이상을 상징하는 예술가로 표현된다. 이렇듯 이상향은 있으나 이를 실천하기 위한 의지와 노력이 결핍된 스완을 보며 우리는 실패한 예술가의 모습을 본다.

스완에 비해 마르셀의 작가로서의 신념은 긍정적으로 묘사된다. 여러 면에서 마르셀은 스완과 비슷한 요소를 가지고 있다. 마르셀의 알베르틴에 대한 소모적인 사랑과 질투, 불행한 결말은 오데트에 대한 스완의 사랑 이야기 패턴을 그대로 밟는 듯하다. 하지만 예술가로서의 신념에서 마르셀은 스완과 확연히 구분된다.

미술 애호가 혹은 수집가로서 스완은 예술에 대해 언제나 수동적인 입장이다. 그는 창조적인 행위를 하는 대신 제3자 입장에서 작품을 감상하고 사거나 판다. 스완이 하는 유일한 창조적인 행위라고 볼 수 있는 베르메르에 대한 집필도 의지 박약으로 언제나 공중에 떠 있다. 이런 그를 마르셀은 '예술 미혼자'라고 표현한다. 반면 소년 시절의 마르셀은 이동하는 자동차 안에서 본 마르탱빌 성당의 세 개의 종탑이 보는 이의 위치에 따라 시시각각 변하는 풍경을 보고 그 인상을 글로 남기고자 하는 충동을 느낀다. 또한 그는 실제로 그것을 구체적인 글로 표현하기도 하는데, 한 개의 사물이 보는 각도에 따라 전혀 다른 인상을 주는 것이 마치 입체파의 그림 그리기를 떠올리는 것 같아 흥미롭다. 작가로서의 충동을 처음으로 느끼게 되는 이 일화는 앞으로 마르셀이 추구하는 방향을 암시한다는 점에서 중요하게 다루어진다.

『잃어버린 시간을 찾아서』의 마지막 부분에서 마르셀은 지금까지 자신의 삶은 앞으로 쓰게 될 소설을 위한 것이었다며 앞으로 얼마 남지 않은 시간을 온통 글쓰기에 투자할 것이라고 다짐하며 책의 끝을 맺는다.

"하얀 나무로 만든 거대한 내 책상에 앉아 나는 프랑수아즈가 지켜보는 앞에서, 그녀가 일하는 방식과 마찬가지로 글을 쓸 것이다. 적어도 과거의 그녀가 일하던 방식 말이다. 이제 그녀는 시력이 너무 나빠져서 거의 눈 뜬 장님과 마찬가지이다. 여기저기에 원고지를 추가로 덧붙이면서 나는 비록 성당처럼 거창하지는 못하더라도 적어도 그녀의 치마와도 같은 모양새를 띤 소설을 쓸 것이다. 내가 필요한 원고 한 장을 찾지 못해서 신경질을 내면 프랑수아즈는 원하는 실패나 단추를 찾지 못했을 때 자신도 일이 손에 잡히지 않는다는 사실을 잘 알기에 이런 나를 보고도 진심으로 이해해 줄 것이다. 나와 같이 살면서 그녀에게 본능적으로 생겨난 이해심은 내 작업을 도와주는 데 어떤 학식이 풍부한 문필가라도 충족시킬 수 없는 가장 실질적인 조건이다. …… 이렇게 낱장의 원고 조각들을 붙여 만든 종이뭉치는 너덜너덜해질 것이고 필요하면 프랑수아즈는 낡아서 해진 치마에 부분적으로 새 헝겊 조각을 대어 수선하는 것처럼, 혹은 깨진 부엌 유리창을 고치러 올 사람을 기다릴 때까지 신문의 한 조

각을 붙여서 고정시키는 것처럼 (마치 내가 손
으로 쓴 원고를 활자로 인쇄할 인쇄소의 사람을
기다리는 것과 마찬가지로) 나의 원고 조각들을
붙이는 일을 도와줄 수 있을 것이다."

—「되찾은 시간」

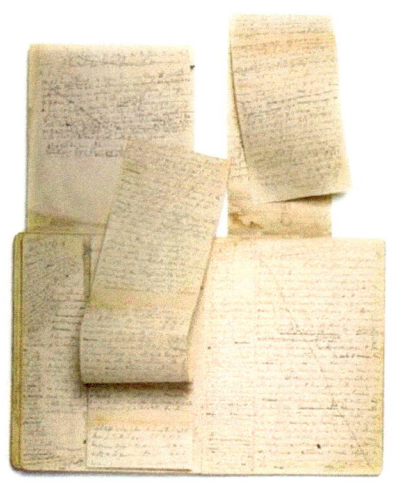

프루스트의 노트, 「되찾은 시
간」, 프랑스 국립도서관.

마르셀은 주체할 수 없이 솟아오르는 영
감으로 하룻밤을 지새워 완성한 어느 범상
한 예술가의 작품과는 정반대로 베르메르가
덧칠에 덧칠을 하고 여러 겹을 입혀 완성한 바로 그 '노란 벽의
작은 자락' 처럼 자신의 소설은 다양한 원고 조각을 이어서 만
든, 수정에 수정을 가하여 오랜 시간과 정성을 들여 완성해야
할 작품이 될 것임을 알고 있다. 이 거대한 소설을 쓰기 위해 필
요한 시간이 얼마 남지 않았음을 느끼고, 자신의 허약한 몸은
이미 죽음의 그림자를 감지하기에 더 이상 글쓰기 작업과 관계
없는 모든 것과 단절한다. 여차하면 작은 사고 하나가 마침내
재확인한 소명에 종지부를 찍게 될 것을 알기에 더욱 더 작업을
한시라도 늦출 수 없다고 하는 마르셀의 독백은 앞으로 자신이
추구해야 할 예술가로서의 방향을 마침내 찾았지만 심장발작으
로 숨을 거둔 베르고트를 떠올리게 한다. 그러나 마르셀이 쓰고
자 하는 자신의 삶의 총집합인 유일한 소설, 즉 잃어버린 시간
을 되찾음으로써 그것에 영구성을 띠게 할 수 있는 소설은 다름

아닌 『잃어버린 시간을 찾아서』이다. 마르셀은 작가로서의 소명을 발견하기 위해 긴 시간을 보내지만 이미 그 삶은 독자들 앞에 소설의 형태로 남아 있다. 마르셀의 꿈은 앞으로 이루어야 할 것이 아닌 이미 이루어진 것이다.

사물을 새롭게 보게 하는
황금빛 영혼
렘브란트

위대한 예술가를 자극시키는 소재란 그것을 대했을 때
예술가 내부에 존재하는 어떤 사고를 재발견시킴으로써
예술가가 그 소재에 더욱 애착을 느끼게 하는 것들이다.

프루스트에게 소설의 방향을 일깨워 준 렘브란트

마르셀이 샤르댕을 통해서 무엇을 작품의 소재로 쓸 것인가를 배웠다면 그것을 어떻게 쓸지를 가르쳐 주는 화가는 베르메르와 렘브란트(렘브란트 하르먼스 판 레인Rembrandt Harmenszoon van Rijn, 1606~1669)이다. 과일이 있는 풍경, 식사를 마친 후 어지럽게 널려 있는 식탁 등 매일 볼 수 있는 일상 풍경이기에 그 가치를 간과하던 마르셀은, 샤르댕의 정물에 바탕을 둔 엘스티르에 의해 예술 작품에서 중요한 것은 소재 자체가 아니라 그것을 바라보는 화가의 시선이며, 그 시선에 의해 얼마든지 다양한 세계를 창조할 수 있다는 사실을 발견했다.

이로써 마르셀은 보잘것없는 자신의 지나온 삶이지만 이를 예술 작품으로 승화시킬 소설을 집필하는 데 남은 평생을 바칠 용기를 얻었던 것이다. 일단 자신이 쓸 소설의 내용을 정한 마르셀은 베르메르가 「델프트의 풍경」에서 여러 겹 입혀 완성한 '노란 벽의 작은 자락'처럼 자신의 삶의 작은 조각들을 정성스럽게 이어 나감으로써 소설을 완성할 계획을 세운다. 소설이 어떠한 양상을 띨지 점차 윤곽을 잡아 가는 마르셀에게 렘브란트는 베르메르와 함께 앞으로 어떤 시선을 담은 작품이 될지 방향을 제시해 주는 화가이자, 회화와 문학 사이에 어쩔 수 없이 존재하는 간극을 넘어선 이상향의 예술을 보여 주는 예술가로 언급된다.

「되찾은 시간」에서 마르셀은 렘브란트를 최고의 예술가로 칭송하는데 그에게 이 네덜란드 화가는 베르메르가 베르고트에게 차지했던 위상과 맞먹는다. 두 화가는 네덜란드 출신이라는 공통점이 있을 뿐만 아니라 둘 다 노란색을 즐겨 쓴다는 점에서 재미있다. 베르메르의 「델프트의 풍경」 앞에서 베르고트가 노란색으로 칠해진 벽의 작은 자락에 집착하는 모습을 보인다면, 마르셀은 렘브란트가 노후에 그린 그림들이 한결같이 황금색으로 덮여 있다고 여러 차례에 걸쳐서 서술한다.

프루스트는 『잃어버린 시간을 찾아서』를 쓰기에 앞서 렘브란트에 대한 에세이를 남기는데 이 글에 밝힌 주요 논지는 후에 소설 속에서 렘브란트에 대해 언급하는 부분에 그대로 차용된다.[5]

---

5 프루스트가 렘브란트에 대한 에세이를 쓴 것은 대략 1900년으로 추정된다.

"미술관은 생각의 저장고이다." 하고 시작하는 이 글을 읽으면 프루스트의 관심을 끈 요소는 렘브란트의 여러 그림에 등장하는 사람들이 모두 동일인물일 것 같은 인상을 준다는 것, 그리고 하나의 소재를 가지고 여러 그림에 표현했다는 점이다.

또한 노후에 그린 자화상들에서 보여주는 따스한 황금빛은 그가 평생을 갈구하던 진리를 갑자기 깨닫게 된 특별한 날의 빛이다. 깨달은 순간부터 황금빛은 평생 화가와 동반하였고, 그후에 완성한 그림들은 렘브란트 고유의 따뜻하면서도 황혼을 떠올리게 하는 황금빛에 감싸여 있다는 사실이다. 프루스트는 이 빛이야말로 렘브란트가 진정한 예술가의 반열에 합류하게 만든 진리의 빛이라고 역설한다. 잠시 렘브란트에 대한 에세이의 일부 내용을 들여다보자.

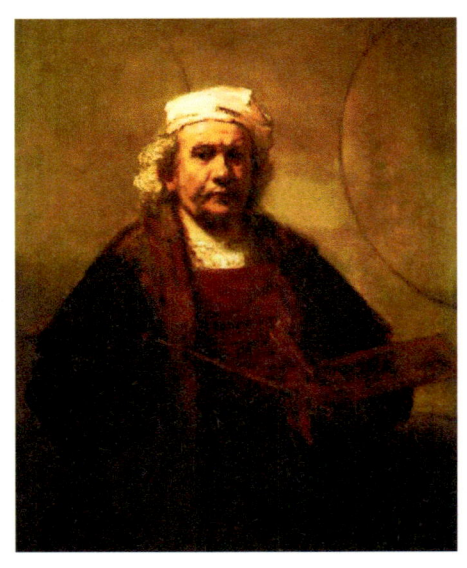

렘브란트, 「자화상」, 캔버스에 유채, 1661, 켄우드 하우스, 런던, 영국.

"렘브란트의 그림 속에서 우리는 젊은 여자의 발톱을 다듬어 주는 할머니, 털옷 안에서 어둡게 빛나고 있는 진주 목걸이, 붉은 양탄자, 인도산 천 조각을 볼 수 있다. 어두운 방에 초저녁의 저물어 가는 햇살이 창문을 통해 들어와 비추고 한 구석에서 난롯불이 타오른다. 또 다른 그림에서는 할머니가 소녀의 윤기 나는 긴 머릿결을 빗겨 주고, 강의 물결은 햇빛을 받아 빛나고, 말 탄 사람들이 강가를 지나고, 바람에 돌아가는 풍차가 배경으로 보인다. 이 모든 풍경은 자연을 구성하는 요소들이고 렘브란트는 다른 사물을 그린 것처럼 이들을 그린 것이다.

하지만 당신이 렘브란트의 다른 그림들을 하나하나 살펴보면, 소녀의 발톱을 다듬어 주는 할머니와 털옷 안에서 어둡게 빛나는 진주로 치장한 여인을 또다시 발견하게 될 것이다. 동일한 여인이 어떤 그림에서는 '간음한 여인'이 되었다가 또 다른 그림에서는 '에스터'가 되는 것이다. 다른 두 점의 그림 속 그녀는 모두 복종적이고 슬픈 얼굴을 하고 있으며 화려한 금단 실크와 진주가 장식된 붉은 캐시미어로 몸을 치장하고 있다. 그림 속에서 철학자의 집은 목수의 작업실, 독서하는 남자가 있는 방과 같은 공간을 연출한다. 이 실내에는 바깥의 밝은 빛이 겨우 들어와 일부를 밝히고 타오르는 난롯불은 더 강한 인상을 남긴다.

여기 정육점에 진열된 쇠고기 덩어리가 하나 있다. 그 쇠고기 덩어리는 렘브란트의 다른 그림에서도 볼 수 있는데, 이 그림에서는 고기 덩어리 왼쪽에 한 여자가 무릎을 굽힌 채 바닥을 닦고 있고, 저 그림에서는 고기 덩어리 오른쪽으로 등을 보인 채 방을 나가는 여인을 볼수 있다. 발톱을 다듬어 주거나 머리를 빗겨 주는 나이 많은 여인, 털옷과 진주 장식으로 치장한 슬프고 조용한 여인, 어두운 방구석에서 타고 있는 난롯불 등등, 렘브란트의 그림 그리기는 보이는 사물들을 그린 것이라기보다 그 자체로 자신의 기호goûts를 나타낸 것이라고 볼 수 있다. 위대한 예술가를 자극시키는 소재란 그것을 대했을 때 예술가 내부에 존재하는 어떤 사고를 재발견시킴으로써 예술가가 그 소재에 더욱 애착을 느끼게 하는 것들이다.

한 사색가가 미술관에서 작품을 감상할 때 번개에 얻어맞은 것처럼 갑자기 영감을 받고 감추어져 있던 생각들이 샘솟듯 터져 나오게 될 때, 그 관람은 진실로 가치가 있다. 화가의 작품은 화가 자신보다 자연과 더 닮은 경우가 많다. 자연을 대할 때 느끼는 감동을 그림을 통해 되풀이하여 표현함으로써 화가는 그림을 통해 처음에는 자연을, 그러다가 서서히 그것을 느끼는 자신을 드러내게 된다. 최종적으로 화가는 자연이라는 현실을 뛰어넘어 그 이상을 나타내게 된다.

청년기의 렘브란트가 그린 자화상들은 서로 많이 다르고 여느 위대한 화가의 자화상과 닮았다. 그러다가 어느 순간부터 그의 자화상들은 모두 황금빛으로 덮인 듯한데, 이는 마치 모두 같은 날에 그린 것은 아닌가 하는 착각마저 일으킨다. 이 날은 저무는 해가 황금빛으로 물체를 덮는 것처럼 햇살이 렘브란트를 감쌌을 것만 같은 날이다. 렘브란트의 여러 그림에 등장하는 발톱 다듬어 주는 여인이나 머리 빗겨 주는 여인, 저무는 햇빛의 방이나 난롯불 등이 서로 닮은 것은 렘브란트의 기호가 일정하기 때문이다. 그의 그림들과 자화상에 표현된 빛은 영감을 받아 사물을 새롭게 볼 수 있게 된 특별한 날의 빛이다. 렘브란트도 그날은 자신에게 의미 있는 날임을 인식하고 지금까지 똑같았던 사물이 갑자기 다르게 보이고, 새로운 독창적인 생각이 꼬리에 꼬리를 물고 이어지고, 오랫동안 찾아 왔던 것을 마침내 발견한 날인 것이다.

이제 그 빛을 발견한 이상 렘브란트는 오로지 그것만을 그리고 그 외의 다른 빛은 쳐다보지 않게 되었다. 렘브란트의 도도한 선택은 보는 이에게 놀라운 기쁨을 선사한다. 그만의 황금 물질을 통해 그린 화가의 누이 초상, 고요한 저녁 시간에 지붕에서 미끄러져 내려오는 양동이, 저무는 해가 하늘에 남긴 발자국, 착한 사마리아 사람이 살고 있는 집 앞을 보며 관찰자의 심오한 시야에 그저 감탄할 뿐이다."

위에서 프루스트가 언급하는 렘브란트의 다양한 그림 중에서 연작 시리즈처럼 한 소재를 여러 개의 그림으로 표현한 작품으로는 두 차례에 걸쳐 표현한 「목욕하는 밧세바Bethsabée au bain」를 들 수 있는데, 한 작품은 1643년 작으로 메트로폴리탄에, 다른 작품은 10년 후인 1653년에 그린 것으로 루브르 미술관에 소장되어 있다.

이 두 점의 그림에는 프루스트가 말한 대로 나이 많은 할머니가 목욕하는 밧세바의 발치에 앉아 발톱을 다듬어 주고 있다. 또한 프루스트가 비교하는 "복종적이고 슬픈 얼굴을 하고 있으며 화려한 금단 실크 천과 진주가 장식된 붉은 캐시미어로 몸을 치장하고 있는 여인" 중 하나는 「에스터, 하만, 아수에루스Esther, Aman, Assuérus」에 등장하는 에스터이며, 다른 한 여인은 「간음한 여인 앞의 예수Le Christ devant la femme adultère」의 중앙에 무릎 꿇고 있는 여인이다. 이 두 그림의 소재가 완전히 다름에도 불구하

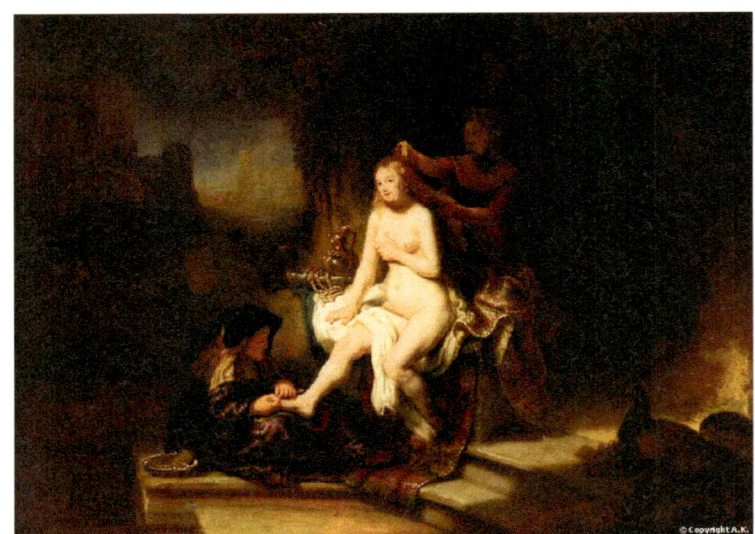

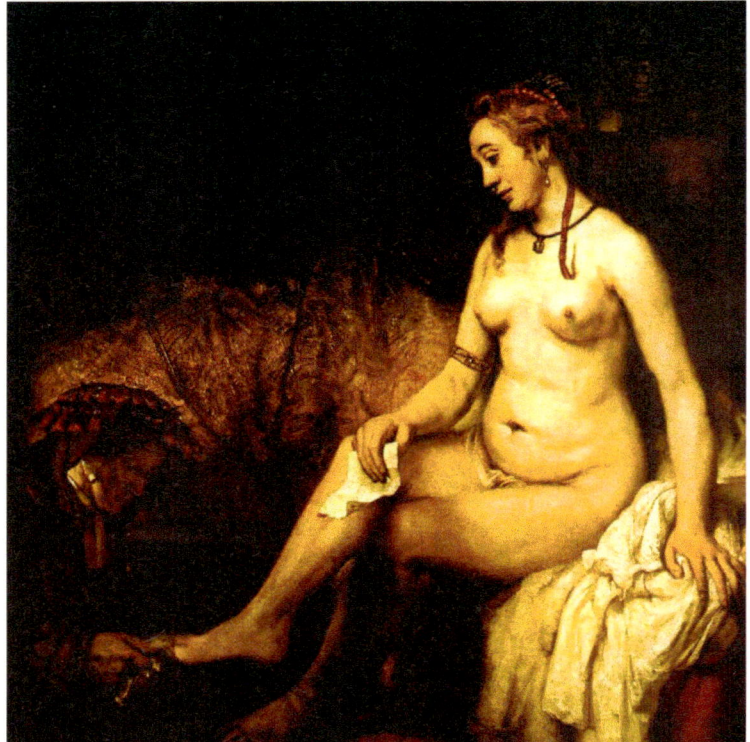

위 렘브란트, 「목욕하는 밧세바」, 나무 패널에 유채, 1643, 메트로폴리탄 미술관, 뉴욕, 미국.
아래 렘브란트, 「다윗 왕의 편지를 든 목욕하는 밧세바」, 캔버스에 유채, 1653, 루브르 미술관, 파리, 프랑스.

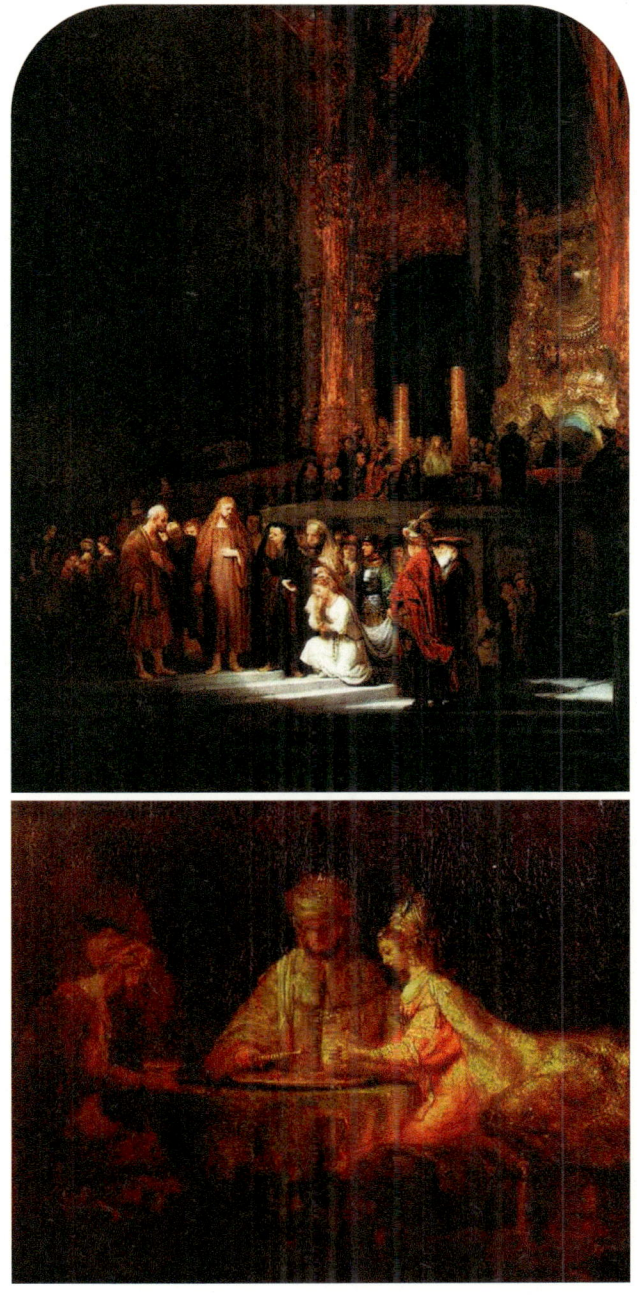

위 렘브란트, 「간음한 여인 앞의 예수」, 나무 패널에 유채, 1644, 런던 국립 갤러리, 영국.
아래 렘브란트, 「에스터, 하만, 아수에루스」, 캔버스에 유채, 1660, 푸시킨 미술관, 모스크바, 러시아.

고, 프루스트는 렘브란트의 붓끝을 통해 표현된 두 여인이 모두 화려한 복장을 하고 이에 대조되는 비관적인 표정을 짓고 있다는 점에서 마치 동일인물인 것 같다고 말한다.

이 밖에도 렘브란트는 「고기 덩어리」 시리즈를 제작한다. 그가 1638년부터 고기 덩어리를 소재로 남긴 여러 그림 중에는 정육점으로 보이는 곳에 가죽이 벗겨진 거대한 소 한 마리가 속이 갈린 채 거꾸로 매달려 있고, 그 왼쪽에서는 한 여인이 바닥을 닦고 있다. 같은 제목의 또 다른 그림에는 비슷한 모양의 거대한 고기 덩어리 오른쪽으로 문지방을 막 나서려는 여인이 보인다.

붉은 피가 뚝뚝 떨어질 것만 같은 고기 덩어리는 두 다리가 양쪽으로 벌려진 채 묶여 매달려 있는데 그리스도의 십자가 처형의 은유가 엿보이기도 한다. 또 고기의 참혹함에는 전혀 상관없이

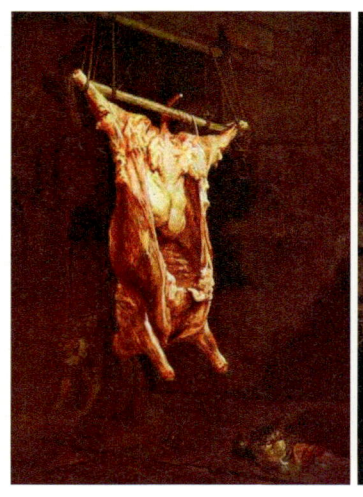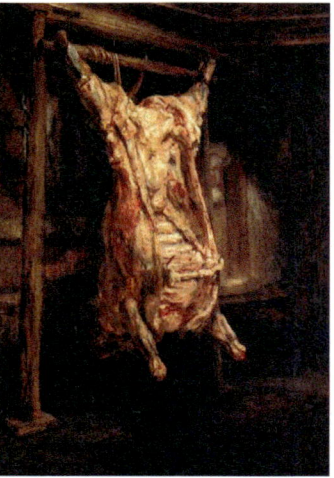

왼쪽 렘브란트, 「고기 덩어리」, 나무 패널에 유채, 1640, 글래스고 미술관, 스코틀랜드, 영국.

오른쪽 렘브란트, 「고기 덩어리」, 나무 패널에 유채, 1655, 루브르 미술관, 파리, 프랑스.

바닥을 닦고 있거나 무표정한 얼굴로 정육점을 나서는 여인에게 서는 그리스도를 십자가에 못 박은 로마 군인들의 냉혹함이 떠오르기도 한다.

렘브란트의 천재성을 발견한 엘스티르

렘브란트는 엘스티르에 의해 소설의 제1권 「스완네 집 쪽에서」에 이미 인용된 바 있다. 엘스티르는 당시 베르뒤랭네 살롱에서 그의 이름이 정식으로 소개되지도 않고 거친 말투와 저급한 농담으로 사람들의 폭소를 자아내는 역할을 담당하는 인물이었다. 후에 화가로 성공을 거두는 엘스티르에게 이미 이때부터 렘브란트는 범접할 수 없는 거장으로 인식되어 있다. 베르뒤랭네에서 식사하던 중 얼마 전에 사망한 어느 유명 화가의 전시회로 화제가 옮겨지자 마침 그날 오후에 전시를 다녀온 엘스티르는 자신의 소감을 다음과 같이 표현한다.

"그 작가의 그림들이 대체 어떻게 생겨 먹었는지 알아내기 위해 저는 그야말로 코를 갖다 밀어 넣었습니다. 아, 정말 뭐라고 표현해야 좋을지 모르겠군요. 그 그림은 끈적끈적한 풀로 만들었는지, 루비인지, 비누인지, 청동인지, 햇살인지, 그것도 아니면 똥 덩어리로 만든 것인지 대체 모르겠다는 말입니다. …… 어찌 보면 어떤 것으로도 이루어져 있지 않다고 할 수 있는데 「야경」이나 「여자 관리인들」이 무엇으로 만들어졌는지 알아내지 못하는 것처럼 어렵더라 이 말씀입니다. 어떤 면에서는 렘브란트나 할스보다 한 수 위라고 할 수도 있겠지요."

─「스완네 집 쪽에서」

이 대화 내용에서 독자는 엘스티르에 대해서 두 가지 사실을 엿볼 수 있다. 하나는 그가 말할 때 일부러 자극적인 표현을 씀으로써 충격으로 놀란 사람들의 모습을 즐긴다는 점이다. 사망한 화가에 대해 엘스티르의 의견을 물은 사람은 스완이었는데, 이 부분을 묘사하는 삼인칭 화자는 엘스티르가 스완과 단 둘이 있었다면 조금 더 솔직하고 깊은 대화가 이루어졌을 텐데 여러 사람이 있는 자리에서 자기 의견을 피력할 수 있는 기회가 생기자 일종의 허세를 부리며 한층 부풀려 말한다고 꼬집는다.

엘스티르에 대해 알 수 있는 또 다른 사실은 그가 렘브란트를 수수께끼 같은 작품을 남긴 거장으로 인정하고 있다는 사실이다. 여기서 엘스티르가 언급하는 작품 「야경 La Ronde de nuit」은 암스테르담의 시민 방위대 18명이 렘브란트에게 부탁하여 1642년에 제작된 작품이다. 원래는 「프란스 바닝 코크의 부대」라는 제목이었으나 그림이 너무 어둡게 표현되었다 하여 19세기부터 어느새 「야경」이라는 제목으로 우리에게 더 친숙해졌는데 그 이유에 대해서는 논란이 분분하다.

당시 유행한 단체 초상화를 제작하기 위해 민병대원들은 각각 100여 플로린을 분담하여 렘브란트에게 총 1,600플로린을 제작비로 지원한다. 하지만 막상 완성된 그림에서 같은 비용을 지원

했는데도 누구는 앞사람의 틀이나 모자 등에 얼굴이 가려진 상태로 그려지고, 당당하고 기품 있게 서 있는 군인의 초상을 기대했던 것과 달리 허둥지둥 출발하는 모습이 강조되어 어딘지 혼란스러운 부대의 모습으로 표현되자 민병대원들의 실망은 이만저만이 아니었다고 한다.

하지만 엘스티르는 이러한 그림에 얽힌 뒷이야기보다는 「야경」을 완성한 렘브란트의 기술적인 면과 재료에 관심을 보인다. 그림이 어떻게 제작되었는지 통 비밀을 밝힐 수 없으나 완성된 전체에서 풍겨져 나오는 신비함이 렘브란트의 천재성을 증명한다는 것이다.

엘스티르가 인용하는 또 다른 작품 「하를렘 양로원의 여자 관리인」(1664)은 렘브란트와 동시대를 살았던 네덜란드의 화가 프란스 할스Frans Hals가 그린 마지막 단체 초상화로 하를렘 양로원의 여자 관리인 5명을 표현하고 있다. 같은 해에 완성하였으며 현재 하를렘 프란스 할스 미술관에 나란히 걸려 있는 「하를렘 양로원의 이사들」과 함께 할스의 가장 대표적인 후기 작품으로 인정받고 있다.

또한 「갇힌 여인」에서 마르셀은 알베르틴과 문학 이야기를 나눌 때, 그녀에게 작가로서 도스토예프스키의 위대함을 이해시키기 위해 이 러시아 소설가의 작품의 특징을 카르파초와 렘브란트의 그림에 비교한다.

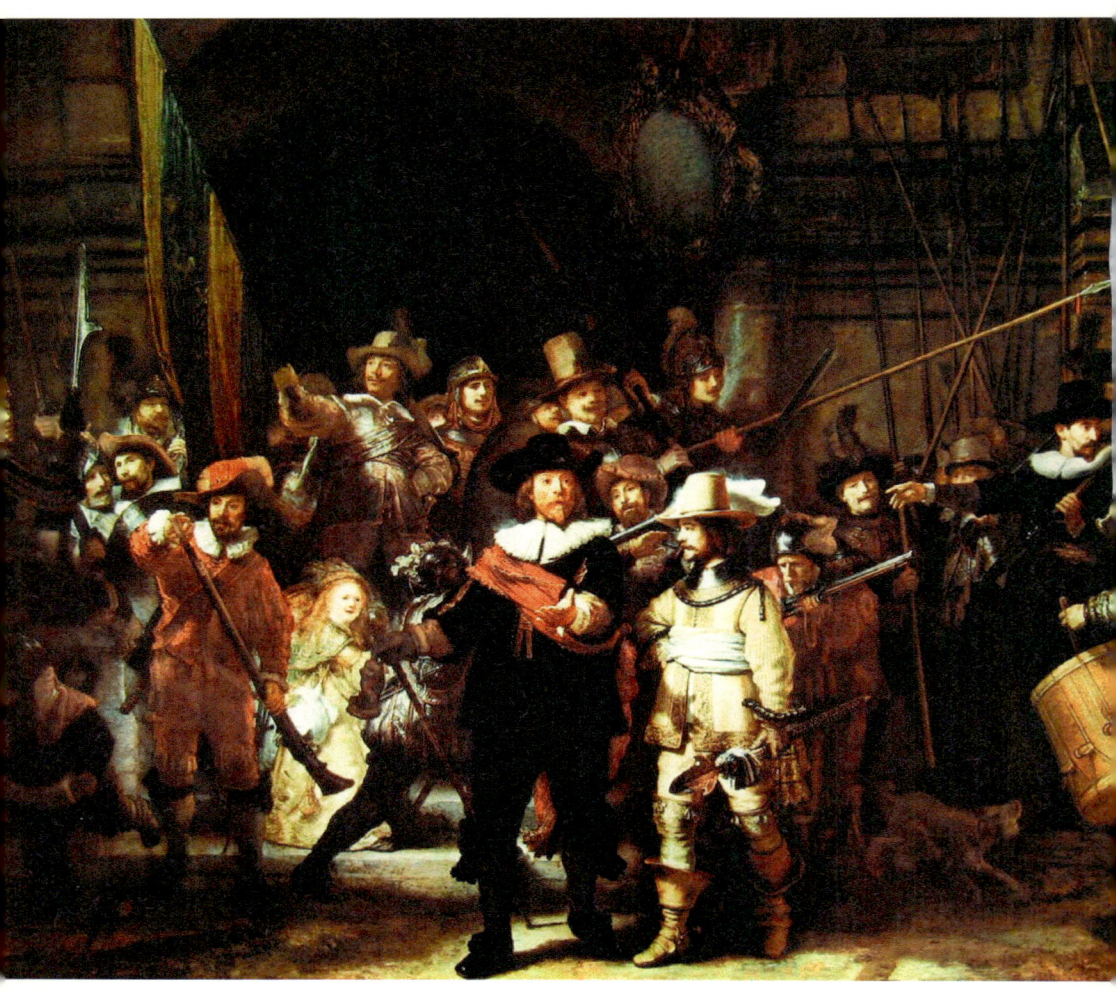

렘브란트, 「야경」, 캔버스에 유채, 1642, 암스테르담 국립미술관, 네덜란드.

"당신은 베르메르의 그림을 몇 점 본 적이 있다고 말했는데, 그 작품 하나하나가 어떤 천재적인 기술로 표현했든지 간에 언제나 동일한 세계에서 떨어져 나온 조각들이라는 사실을 눈치챘는지요? 그의 그림에서 볼 수 있는 식탁이나 양탄자, 여인들은 늘 새로운 아름다움을 가지고 있는데, 이는 그 당시에 제작된 다른 그림에서는 전혀 찾아볼 수 없는 것이지요. 그 아름다움의 근원을 이해하려면 소재에서 찾지 말고 색깔이 만들어 내는 고유의 인상에서 찾아야 합니다. 바로 그 새로운 아름다움이 도스토예프스키의 모든 소설에 동일하게 나타난답니다. 도스토예프스키가 묘사하는 여인들은 (렘브란트의 여인들만큼이나 개성적인데) 순간적으로 표독한 여인으로 변하는 아름다움을 갖고 있는 신비한 여인들이지요. 여태껏 다소곳했던 그녀의 자태는 완벽한 연기였다는 생각조차 들게 만든답니다. (그녀가 사실은 근본적으로 심성이 고운 사람이라는 점은 변함이 없을지라도 말입니다.) 아글라에에게 사랑의 편지를 보내는가 하면 동시에 그를 증오한다고 말하는 나스타샤 필리포브나 잔인한 여자라고 생각했던 그루셴카가 친절하게 방문하는 것을 보고 한순간 그녀도 좋은 여인이었다고 여기려는 찰나, 그루셴카가 돌변하며 모욕적인 말을 던지자 역시나 그녀는 잔인한 사람이라는 자신의 첫인상을 굳히는 카트리나 이바노브나 등등 (사실은 그루셴카는 착한 여인임에도 말입니다.) 도스토예프스키의 소설 속에 등장하는 여인들은 마치 카르파초의 그림에서 볼 수 있는 화려한 옷을 걸친 여인들뿐만 아니라, 렘브란트가 그린 밧세바와도 같이 모두 신비한 베일 속에 쌓인 아름다움을 공유하고 있지요." —「갇힌 여인」

문학을 회화로 비교 설명하려는 시도는 진정한 예술 작품 사이에는 경계가 없으며 서로 같은 공통 분모를 갖는다는 사실을 나타낸다. 도스토예프스키의 소설 『백치』의 나스타샤 필리보프나 『카라마조프의 형제들』의 그루센카에게 렘브란트가 여러 차례 그림으로 표현한 밧세바와 같은 아름다움이 있다는 말에서 우리는 엘스티르 화법의 가장 중요한 논리인 은유법을 적용한 설명을 볼 수 있다. 두 개의 분리된 영역 사이에 존재하는 보이지 않는 연결 고리를 찾아내어 그들 사이에 다리를 놓는 시도, 즉 문학을 회화로 설명하려는 시도는 은유의 기본적인 논리이다.

엘스티르는 화가의 눈이 대하는 다양한 사물들, 가령 하늘과 바다, 바다와 육지, 배와 사람 사이에 이성의 잣대로 생긴 경계를 없애고, 그것 전체가 모여서 만드는 전체적인 인상을 표현하는 것이 중요하다는 그만의 은유법을 역설하였고, 이는 마르셀에게 '엘스티르의 인상주의'로 이해된다. 엘스티르의 예술론에 매료된 마르셀은 거장들의 회화 작품 속에서 이상향의 예술이 갖는 진리를 발견하고 그들이 그림으로 표현한 것을 자신은 글로 표현하리라 결심한 것이다.

마르셀의 잃어버린 천국

소설의 마지막 무대가 되는 게르망트 대공 부인이 주최하는 오찬은 마르셀에게 그가 이제껏 막연하게 생각해 오던 예술가의 소명을 확인시켜 주는 계기를 제공한다. 만찬이 열리는 저택에 들어가기 전 앞마당에서, 그리고 저택의 서재에서 연속으로 경험하게 되는 비의도적 기억에 의해 어릴 적 마들렌 과자를 한 입 먹었을 때 느꼈던 전신을 감싸는 기쁨을 그는 한나절에 네 번이나 연속해서 느낀다.

앞마당의 고르지 않은 포석에 발이 걸려 넘어질 뻔했을 때, 하인이 찻잔을 나르는 중 수저가 잔에 부딪치며 내는 소리를 들을 때, 차를 마시고 뻣뻣하게 풀 먹인 냅킨으로 입가를 닦을 때, 그리고 서재에서 조르주 상드의 『프랑수아 르 샹피』가 꽂혀 있는 것을 보았을 때 마르셀은 예상하지 못한 순간 잃어버리고 있던 과거의 조각들이 자신의 눈앞에 펼쳐지는 모습을 보며 감각이 우연의 물체, 현상에 접했을 때 만들어 내는 무의식의 회상 작용과 같은 역할을 할 수 있는 것은 예술밖에 없다는 사실을 깨닫는다. 혼자 서재에 남겨진 채 앞으로 자신의 예술이 지향해야 할 방향에 대해 길게 사색하는 부분은 프루스트의 예술론이 그대로 드러나는 부분이기도 하다. 이때 다시 한 번 렘브란트와 베르메르의 이름이 거론되며 이들 사이에 존재하는 평행선이 강조된다.

"작가의 스타일은 화가의 색과 마찬가지로 기술의 문제가 아니라 사물을 바라보는 예술가의 시각에 의해 좌우된다. 오로지 예술에 의해서만 우리는 우리가 속한 세계를 벗어나고, 같은 세계인데도 이를 바라보는 이의 시선에 따라 어떻게 다른 세계가 될 수 있는지 발견하게 된다. 우리와 다른 시선을 가진 이들이 없었다면 이들이 표현한 세계는 마치 달나라만큼이나 우리에게는 미지의 것으로 남아 있을 것들이다. 예술이 존재하므로 오로지 하나의 세상, 즉 우리가 알고 있는 세상만을 보는 대신에 우리는 우리의 세계가 곱절이 되는 것을 볼 수 있다. 독창적인 예술가가 새롭게 나타날 때마다 우리의 세계는 무한대로 증가하며, 수세기 전에 없어진 어느 별에서부터 발산한 빛이 현재의 지구까지 도달해 우리가 볼 수 있는 것처럼 렘브란트 혹은 베르메르라는 이름의 별에서 나온 빛은 그 근원이 사라진 후에도 여전히 우리들을 감싸고 있다." —「되찾은 시간」

새로운 예술가가 등장할 때마다 새로운 세계가 창조된다는 발언은 예술가에게 신만이 발휘할 수 있는 특권을 부여한 것과 마찬가지이다. 마르셀에게 예술은 종교이다. 그에게 기도할 공간은 성당이 아니라 책 속이며 자신의 삶에 불멸성을 띠게 할 수 있는 것은 종교에서 말하는 천국이 아닌 자신의 지나온 삶, 잃어버린 시간을 예술 작품으로 승화시킬 수 있는 소설의 창작인 것이다. 마르셀에게 "진정한 천국이란 우리가 잃어버린 천국"이다.[6] 과거

---

6 프루스트는 천국이란 미래 혹은 죽음 뒤에 찾아올 영혼의 안식처가 아닌, 잃어버린 시간, 즉 되돌아갈 수 없는 과거라고 말한다. 프루스트에게 잃어버린 시간을 찾는다는 것은 이렇듯 자신의 지나온 삶의 잃어버린 기억들을 되찾는다는 것을 의미한다.

의 콩브레와 발베크, 베네치아에서 보낸 시간, 그중에서도 기억 뒤편에 묻혀서 의도적으로 회상할 때 떠오르는 추억이 아닌 촉감이나 미각, 후각 등이 그 기억이 남아 있는 물체와 우연히 만나서 비의도적으로 잃어버린 과거가 부활하는, 바로 그 순간이 마르셀에게 절대적인 의미를 갖는 것이다.

소설에서 렘브란트와 베르메르가 자주 나란히 등장하는 것은 사실이지만 그렇다고 프루스트가 두 화가를 마치 동일 인물로 간주하는 것만은 아니다. 둘 사이에 유사점이 있는 것은 사실이지만 프루스트에게 렘브란트는 다른 방향에서 특별한 의미를 갖는다. 이는 렘브란트가 노후에 제작한 여러 점의 자화상에 있다. 프루스트는 당당하고 자신감 넘치는 청년 시절의 렘브란트 초상에 대해서는 언급하지 않는 반면 빚에 허덕이고 파산을 피하기 위해 매일매일 붓을 들어야 했던 비참한 말년에 남긴 늙은 화가의 자화상에 더 매력을 느끼는 듯하다.

주름이 깊게 파인 이마와 시름이 가득한 두 눈을 한 렘브란트의 자화상들은 마르셀에게 지나온 반세기의 시간을 느끼게 한다. 시간을 한 폭의 캔버스라는 공간에 표현함으로써 시간의 공간화를 가능하게 한 렘브란트의 말기 자화상에서 마르셀은 자신도 시간이라는 네 번째 요소가 가미된 다차원적 소설의 집필 가능성을 본다. 어떤 허세나 꾸밈도 없이 고뇌하는 나이 든 예술가의 자화상들은 프루스트에게 솔직함으로 다가와 자신의 삶을 펼쳐 놓을 용기를 주었다.

게르망트 대공 부인이 주최하는 오찬에는 여태껏 소설 속에 등장했던 주요 인물이 모두 한자리에 모인다. '머리들의 축제Le Bal de têtes'라는 제목의 이 소단원은 프루스트의 뛰어난 심리묘사의 정수를 보여 준다.

중풍의 후유증에서 겨우 회복된 샤를뤼스 남작은 부축을 받으며 마차에서 내리는데, 예전의 귀족적인 오만함이라고는 찾아볼 수 없다. 그때 마침 예전에 그가 그토록 경멸했던 부인 한 명이 다가오자 "마치 프랑스 여왕에게라도 하듯이" 땅이 꺼져라 머리를 조아린다. 마르셀이 그토록 선망한, 단 한 번만이라도 눈길을 받기 위해 그녀의 산책로에서 이른 아침부터 기다리고 있다가 우연을 가장한 만남의 인사를 반복하게 만든 게르망트 공작 부인은 이제 사회적으로, 육체적으로 완전히 힘을 잃고 마르셀에게 남편의 바람기를 한탄하는 주름 진 얼굴의 부인일 뿐이다.

게르망트 공작은 주변 사람이 그의 이름을 부르지 않았던들, 마르셀이 그를 알아보지 못할 만큼 나이 들었다. 마르셀은 수염과 머리가 하얗게 센 그를 보며 "풍화 작용에 의해 심하게 마모되었는데도 사람들이 자신의 서재를 장식하기 위해 기꺼이 사용할, 고대의 유적에서 발굴해 낸 두상" 같은 느낌을 받는다. 반면 그녀의 연극이 보고 싶어 마음의 열병까지 앓았던 라 베르마는 이제는 무대에서 물러나 딸과 사위에게까지 버림을 받았고, 한때 사창가의 여인이었으며 속된 연극에 등장하던 라셸은 대공의 만찬에 초대되어 고고하게 대사를 읊는다.

이들의 '일그러진 초상'을 통해 자신도 시간의 흐름에서 자유롭지 못했음을 발견하는 마르셀의 서술은 렘브란트가 노년에 그린 자화상을 떠올리게 한다. 이마에는 깊은 주름이 지고 거대한 슬픔과 진리를 갈구하는 화가의 시선이 담긴 자화상을 프루스트는 소설의 마지막 권에서 마르셀의 시선을 통해 표현하고 있다. 이들의 모습에 담긴 추한 모습에 눈을 돌리지 않듯, 자신의 모든 것들, 과거의 실수들, 잘못된 인상들까지 빠뜨리지 않고 표현하는 작업이 필요하다는 사실을 깨닫는 마르셀에게 이제 앞으로 얼마 남지 않은 시간은 이러한 기억들을 글로 남기기 위한 것이다.

소설의 마지막은 제1권인 「스완네 집 쪽에서」의 도입부에 등장했던 여러 요소를 다시 끌어내면서 끝을 맺는다. 콩브레에서 스완이 마르셀의 부모를 방문한 어느 날 밤, 손님 때문에 어쩔 수 없이 잠자리에 든 마르셀은 어머니의 잘 자라는 입맞춤을 애타게 기다린다. 드디어 스완이 떠나고 어머니가 마르셀을 찾아와 읽어 준 조르주 상드의 소설 『프랑수아 르 샹피』를 「되찾은 시간」에서 마르셀이 게르망트의 서재에서 다시 발견하는 순간 기억의 연상 작용으로 과거를 떠올린다.

또한 나이가 든 마르셀은 소설의 마지막 부분에서, 콩브레에서의 그날 밤 스완이 일어나서 걸어 나가는 소리가 들리자 드디어 어머니의 입맞춤을 받을 수 있다는 생각에 기뻐하던 자신의 모습과 스완이 정원의 문을 열고 나갈 때 대문에 걸린 종이 흔들리며 나는 소리를 다시 한 번 떠올리며 자기만의 종소리가 내면에서 끊임없이 울리고 있었다는 사실을 깨닫는다. 동시에 그때의 나와 현재의 나 사이에는 단절된 기억들의 무분별한 조각들이 아니라 하나로 이어진 시간이 존재한다는 사실을 자각한다. 이렇듯 마지막 부분에는 첫 권의 도입부에 나왔던 요소들이 다시 등장하면서 『잃어버린 시간을 찾아서』는 하나의 완전한 순환 고리를 완성하고 끝을 맺는다.

| 부록 |

프루스트는 어렸을 때부터 문학에 천부적인 재능을 보이거나 십대에 발표한 시와 소설로 세간의 이목을 받는 천재적 작가와는 거리가 멀다. 『잃어버린 시간을 찾아서』는 프루스트가 남긴 유일하게 완성된 소설이며, 1913년에 이 책의 첫 권인 「스완네 집 쪽에서」를 발표할 당시 프루스트는 이미 마흔을 훌쩍 넘긴 후였다.

마르셀 프루스트는 1871년에 뿌리 깊고 부유한 유대인 가문 출신의 어머니 잔느 베일Jeanne Weil과 작은 시골의 안락한 집안의 아들인 아버지 아드리앙 프루스트Adrien Proust 사이에서 태어났다. 아버지는 일리에Illiers에서 식료 잡화점을 운영하는 집에서 자라 대학 진학을 위해 파리로 상경하여 의대에 진학, 그후로 승승장구한다. 어머니는 19세기 당시 전형적인 여성상으로 순종적이며 남편을 존경하고 자식들에게 헌신적이었다. 자애로운 어머니와 야심 찬 아버지가 이룬 가정은 프루스트에게 경제적, 심리적 안정의 토대가 되었다.

프루스트의 아버지는 위생학 분야의 전문가로서 점점 더 명성을 떨치고 생전에 20여 권에 달하는 의학 서적을 출판했는데, 서

재에서 두꺼운 책들에 둘러싸여 늘 무엇인가를 읽고 쓰는 아버지의 모습은 미래의 작가 프루스트에게 지적인 자극을 주었을 것이다. 늘 바쁘고 엄격했던 아버지에 비해 어머니는 마르셀과 두 살 아래 남동생인 로베르 프루스트에게 모든 애정을 쏟았다. 특히 어머니의 풍부한 문학적 지식은 어린 프루스트에게 깊은 영향을 끼쳤다. 그녀의 대화와 편지들은 라신 등 고전 작가뿐만 아니라 발자크와 같은 현대 작가의 작품에서 따온 인용구로 가득한데 초기 프루스트의 문학적 취향을 형성한 것은 어머니라고 해도 과언이 아니다.

늘 활동적이고 뛰어 놀기 좋아하는 남동생에 비해 프루스트는 조용히 산책을 하거나 책을 손에서 놓지 않는 정적인 소년이었다. 그가 너무 오랜 시간 독서를 할 때면 어머니는 억지로 그를 방에서 내보내거나 서재의 램프 불을 끄고는 하였다. 더구나 열 살 때 처음으로 일으킨 천식 발작은 그에게 일찍부터 죽음과 고통에 대해 생각하게 만들었다. 이후 천식은 평생 그를 괴롭히는 병으로 그의 곁을 떠나지 않았다. 육체적으로 허약할 뿐만 아니라 정신적으로도 과도하게 예민하고 신경질적인 프루스트는 부모에게 늘 걱정의 대상이었다. 변덕스러운 건강 상태 때문에 프루스트는 정상적인 학업 생활을 할 수 없었고, 대부분 집에서 가정교사를 통해 수업을 보충해야 했다.

그렇게 불규칙한 학창 시절을 보내던 프루스트는 열두 살이 되자 부유한 집안의 자제들이 다니는 파리의 콩도르세 중고등학교에 입학했다. 열입곱 살 때 고등학교 졸업시험인 바칼로레아를 통과할 때까지 보낸 이 시절은 그에게 깊은 인상을 남긴 철학 교사 알퐁스 다를뤼, 작곡가 조르주 비제의 아들인 자크 비제, 소설가 알퐁스 도데의 아들인 뤼시앵 도데와의 우정을 쌓은 중요한 시기이다. 이 시기에 프루스트는 열정적으로 철학 수업의 과제를 작성하고 친구들과 함께 음악회와 미술관을 드나들며 예술에 대한 안목을 넓혔다. 또한 당시 어느 정도 문학적 열정이 있는 프랑스의 많은 고등학생이 그랬듯이 문예지를 창간하여 자신과 친구들이 쓴 시와 에세이 등을 발표하기도 했다. 하지만 열정만으로 만들어진 문예지가 그렇듯 프루스트가 주축이 되어 만든 『녹색지 Revue verte』라는 이름의 문예지는 첫 회인 동시에 마지막이 되어 자취를 감추었다.

고등학교를 졸업하고 대학에 진학하기 전에 프루스트가 지원하여 1년 동안 군인 생활을 했다는 사실은 그의 허약한 체질을 생각하면 놀라운 일이다. 젊은이의 충동적인 애국심에 의해 오를레앙Orléans에서 보낸 1년 간의 병영 생활은 특별히 불행하지도, 그렇다고 행복하지도 않은 기간이었다. 그의 천식 증세가 동료 군인들에게 방해가 된다고 하여 그는 막사에서 떨어진 시내에서 개인 숙소를 배정받기도 했다. 지루함과 무료함으로 얽힌 이 시기를 마치고 제대한 프루스트는 곧 파리의 대학에서 법학과 정치외교학을 수강했다.

대학생이 된 프루스트는 파리의 사교계를 이끄는 여러 살롱에

드나들며 신분 높은 귀족들, 그리고 다양한 직업의 사람들, 특히 문화 예술인들과 대화를 하며 그들을 관찰하는 것을 즐거움으로 삼았다. 동성애자였던 그는 이러한 장소에서 만난 여러 남성과 쉽게 사랑에 빠지곤 했는데 그가 애정을 느끼는 대상은 공교롭게도 동성애자가 아닌 경우가 대부분이었기 때문에 그의 사랑 이야기는 거의 비극적이었다.

프루스트는 평생 글쓰기를 게을리 하지 않았다. 그것이 에세이, 편지, 또는 전날 밤 파리의 한 살롱에서 가진 모임을 묘사하는 신변잡기 신문 기사이건 간에 어떤 형태의 글이라도 끊임없이 썼다. 1896년, 그는 처녀작인 『기쁨과 나날들』을 발표했는데 이는 학창 시절에 썼던 시와 산문 모음집이다. 여기에 포함된 '화가의 초상'이라는 소단원에는 그가 루브르 미술관 등을 다니며 특히 좋아하게 된 화가인 알베르트 코이프, 파울루스 포테르, 앙투안 바토, 안토니 반다이크에 바치는 짤막한 시가 있다. 이는 프루스트의 미술에 대한 초창기 취향을 보여 주는 것으로 후기의 미적 취향과 기호와 얼마나 다른지 보여 준다는 점에서 매우 흥미롭다.

이후 곧 자전적인 소설 『장 상퇴유 Jean Santeuil』의 집필에 착수했는데 5년에 걸쳐 총 1,000쪽이 넘는 방대한 양을 남기지만 끝을 완성하지 못한 채 포기하고 말았다. 이 소설에는 이미 『잃어버린 시간을 찾아서』에 등장하게 될 많은 요소가 들어 있다. 가령 『장 상퇴유』는 『잃어버린 시간을 찾아서』의 마르셀과 마찬가지로 '장

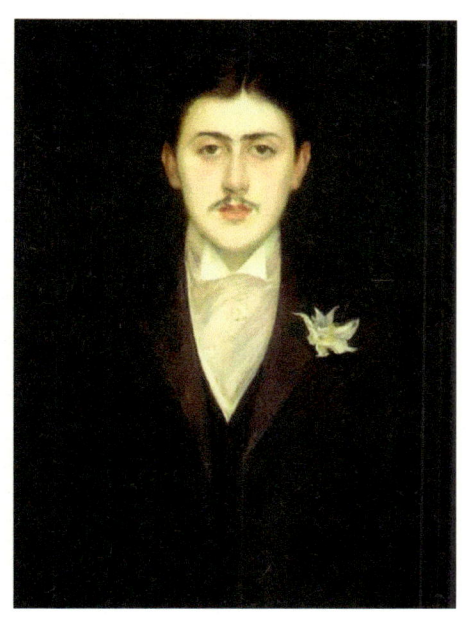

자크 에밀 블랑쉬, 「프루스트의 초상」(21세 때), 캔버스에 유채, 1892, 오르세 미술관, 파리, 프랑스.

이라는 한 소년의 성장 과정을 담고 있다. 어린 시절 시골에서의 추억, 소년과 소녀의 사랑, 흠모하고 숭배하는 사람과의 만남과 우정, 파리 귀족 사교계에의 입문, 파괴적인 시간의 흐름 등 소재 면에서 프루스트의 처녀작은 후기의 대작을 위한 밑그림이었다고 할 수 있다.

『장 상퇴유』에서 알 수 있는 또 다른 흥미로운 점은 프루스트가 초기에 어떤 화가들에 심취했는지를 보여 준다는 사실이다. 이 소설에는 귀스타브 모로, 클로드 모네 등 19세기 프랑스 화가들이 인용되는데 『잃어버린 시간을 찾아서』에서 거대한 축을 이루는 중세와 르네상스 이탈리아 화가들은 전혀 찾아볼 수가 없다. 미완성으로 남겨진 이 소설은 프루스트가 사망하고 30년이 지난 후인 1952년에야 출판된다.

대학을 졸업하고도 변변한 직업을 갖지 못한 아들을 걱정스러운 눈길로 바라보는 어머니에게 프루스트가 영국의 대문호인 존 러스킨에 관심을 갖고 그의 책을 번역하기 시작한 것은 매우 반가운 소식이었다. 어머니는 아들이 문인으로서뿐만 아니라 자신의 부와 명예를 이용한 적극적인 사회 활동으로 당시 영국에서 최고의 권위를 누리던 러스킨을 다루는 전문가가 되는 모습을 상상하며 아버지의 그늘에 가려 있는 아들에게 희망을 가졌을 것이다.

프루스트가 러스킨이 남긴 최후의 작품인『아미앵의 성서』를 프랑스어로 번역하는 작업에 착수하자 어머니는 자신이 직접 초벌 번역을 하는 등 아들의 적극적인 지원자가 되었다. 오랜 번역과 주석 작업 끝에 마침내 1904년 러스킨의 책이 프랑스어판으로 출간되고, 2년 후에는 그의 또 다른 책인『참깨와 백합』이 프루스트에 의해 번역되어 빛을 보았다. 러스킨을 연구하는 짧지 않은 기간에 프루스트는 이 탐미주의자의 미학론과 건축론에 심취하게 되는데, 이때 받은 영향을『잃어버린 시간을 찾아서』중 곳곳에서 찾아 볼 수 있다.

그러나 프루스트는 러스킨의 도덕론에 이내 반감을 느끼고 초기의 지적 스승으로부터 점차 거리를 두어 후기에는 러스킨에 반하는 자기만의 예술론을 형성하였다. 러스킨이 예술을 선함의 도구, 즉 대중의 행복을 위한 도구로 간주한 반면, 프루스트는 도덕적인 목적과 예술을 별개의 영역으로 본다. 프루스트에게 예술은 무엇을 위한 도구가 아니라 그 자체로 절대적인 목적이 되어야 하는 것이다.

프루스트는 이렇듯 소설을 창작하는 작가가 되기에 앞서 다양한 과정을 거치는데, 그중에서 중요한 단계로 문학 비평가로서의 시기를 빼뜨릴 수 없다. 러스킨 연구 이후에 그가 관심을 가진 작가는 동시대 프랑스의 시인이자 비평가인 생트 뵈브인데, 그는 한 작가를 판단하기에 가장 적절한 사람은 평소에 그를 잘 알고, 그와 나눈 많은 대화로 그의 사람 됨됨이를 꿰뚫고 있는 사람이

어야 한다고 했다. 따라서 생트 뵈브는 그 작가와 나눈 대화, 주고받은 편지 등에 바탕을 두어 여러 작가에 대한 비평문을 쓰고는 했다.

하지만 프루스트는 작가를 평가하는 유일한 잣대는 그가 남긴 작품이어야 하며, 작품을 쓰는 '나'는 살롱에서 대화를 나누는 '나'와는 차별되어야 한다고 주장한다. 이것을 증명하기 위해 프루스트는 보들레르, 제라르 드 네르발, 발자크 등을 비롯한 작가들에 대한 생트 뵈브의 비평에 자신의 논지를 맞세워 정면으로 그의 이론을 반박했다. 그러나 프루스트의 문학론을 이해하는 데 중요한 밑거름이 되는 문학 비평서 『생트 뵈브에 반박하여 Contre Sainte-Beuve』 역시 완성되지 못한 채 그의 생전에 출판되지 못했다.

자전소설인 『장 상퇴유』와 비평서인 『생트 뵈브에 반박하여』를 모두 미완성으로 남긴 프루스트는 앞으로 남은 평생을 자신의 삶을 대표할 작품을 집필하는 데 할애해야만 한다고 생각한다. 하지만 그것이 소설의 혓태를 띨 것인지 혹은 이론으로 점철된 비평서의 형태를 띨 것인지 사이에서 고민하게 된다. 그러다 1909년 프루스트는 드디어 『잃어버린 시간을 찾아서』를 쓰기 시작하는데, 이는 분명 소설 분류에 속한다고 보는 것이 옳지만 여기에는 문학, 미술, 음악, 건축 등에 대한 작가의 이론이 녹아 있기에 종래의 소설과 같은 부류에 묶는 것은 한계가 있다. 이 책이 다른 소설과 구분되는 또 다른 이유는 개인의 인상이라는 매우 평범한 소재를 방대한 작품의 주된 모티브로 승화시켰다는 데 있다. 실재la réalité는 사실la vérité 혹은 지성l'intelligence에 의한 것이 아니라 개인이 그 순간에 받은 '인상'에 의한 것이라는 논지는 이 세상이 유일하며 하나의 절대적인 실재로 이루어진 것이 아니라 그것을 다양하게 보는 여러 인상에 비례하여 그만큼 다양한 형태로 존재한다는 결론으로 이어진다. 따라서 고유의 시선을 가진 예술가가 그만의 시선을 표현한 작품을 남길 때마다 새로운 세계가 창조된다는 것이다.

하지만 무엇보다『잃어버린 시간을 찾아서』는 작가 자신과 마찬가지로 '마르셀'이라는 이름을 가진 주인공이자 화자가 작가로서 자신의 소명을 발견해 가는 과정을 담은 이야기이다. 프루스트가 예전에 쓴 많은 글에서 이미 이 소설을 이루는 주된 요소들이 등장한 것을 볼 수 있다. 특히『장 상퇴유』는『잃어버린 시간을 찾아서』의 초벌이라고 할 수 있을 정도로 둘 사이에는 공통점이 많다. 하지만 두 작품이 구분되는 가장 큰 차이점은 초기의 작품 속 주인공인 장의 이야기가 객관적인 삼인칭 화법으로 서술되는 반면 이 소설에서는 마르셀이 '나'의 목소리를 통해 자신의 이야기를 들려 주는 일인칭으로 진행된다는 사실이다. 초기의 작품을 쓸 때는 없었던 작가로서의 자신감이 프루스트로 하여금 '나'의 목소리를 낼 수 있게 만들었다고도 할 수 있다.

두 소설 사이에 존재하는 또 하나의 차이점은 마르셀이 삶의 최종적인 의미를 예술 안에서 발견하고 작가로서의 소명을 확인함으로써 '되찾은 시간'이 진정한 가치를 띠는 반면 장은 자신의 주변에서 일어나는 일을 관찰자의 입장에서 바라볼 뿐, 그 이상을 넘지 못한다는 사실이다.

장은 여전히 삶의 목표를 어디에 두어야 할지 모른 채 눈에 띄게 변하는 부모의 얼굴에서 시간의 흐름을 읽으며 당황할 뿐이다. 그러나 장이 느끼는 초조함은 해방구를 발견하지 못한다. 어쩌면 바로 이 이유 때문에 프루스트가『장 상퇴유』를 마무리하지 못했는지도 모른다. 자서전적인 요소가 다분한 이 처녀작은 작가 자신의 삶을 앞으로 어떻게 전개해야 할지 모르는 불안정한 상태를 그대로 반영하고 있는 것이다.

프루스트 스스로 여러 차례 강조했듯이『잃어버린 시간을 찾아서』에서 중요한 뿌리 역할을 하는 것은 '비의도적 기억'인데 그 작용 원리는『생트 뵈브에 반박하여』서문에 이미 그대로 드러나 있다. 따뜻한 차에 적신 마들렌 과자를 입으로 가져왔을 때 숨 막히는 기쁨의 근원이 되는 유년기가 갑작스럽게 떠오르는 것, 산책하다가 발끝이 돌부리에 걸려 균형을 잃고 넘어지려는 찰나에 베네치아의 산 마르코 성당 앞의 울퉁불퉁한 광장이 눈앞에 펼쳐지며 그때의 시간과 장소로 이동하는 경험 등이 비의도적 기억의 대표적인 예이다.

이는 모두 프루스트 자신이 직접 체험한 사실에 바탕을 둔 것인데『생트 뵈브에 반박하여』서문에서 묘사하는 이 두 개의 개인적인 경험은 『잃어버린 시간을 찾아서』의 첫 권과 마지막 권에 그대로 등장한다. 나이가 든 화자가 파리의 자신의 어두운 방에서 자다가 깨어나는 순간, 아직 완전히 의식이 돌아오지 않은 상태에서 자신이 머물렀던 수많은 방과 그곳에서 보낸 수많은 밤을 떠올리는 것으로 이야기는 시작된다. 그러다가 마들렌 과자를 한 입 베어 무는 순간, 그 동안 무의식 속에 숨어 있던 콩브레에서의 어린 시절이 떠오르며 소설은 마르셀의 유년기를 보여 준다. 비의도적 기억은 소설의 마지막 권에 다시 한 번 등장하여 이제는 마흔이 넘은 현재의 마르셀이 게르망트 대공 부인의 오찬에 초대되어 저택에 들어서는 순간, 마당의 고르지 않은 포석에 발머리가 걸려 휘청거리자 젊은 시절 어머니와 함께 한 베네치아의 여행을 떠올린다.

소설의 마지막 무대를 제공하는 게르망트네 오찬 모임에서 마르셀은 시간의 흐름이 고스란히 드러나는 낯선 얼굴의 사람들을 보며 여태껏 끊임없이 과거를 회상했던 것과 반대로 이번에는 앞으로 얼마 남지 않은 자신의 미래, 그리고 그 남은 시간을 차지하게 될 자신만의 예술 작품이 향해야 할 방향에 대해 사고한다. 이러한 경험을 통해서 마르셀은 우리가 흔히 부르는 실재라는 것이 사실은 객관적인 하나의 현실이 아니며 개인의 시선과 경험, 인상에 따라 수많은 다양한 형태를 띠는 주관적인 현실로 이루어져 있다는 진리를 깨닫고 이렇게 다양한 현실을 많은 사람에게 이해시킬 수 있는 방법은 오로지 예술 작품을 통해서만 가능하다는 결론에 다다른다. 그럼으로써 다양한 개인적인 인상으로 이루어진 자신의 지나온 삶을 예술 작품으로 승화시킬 소설의 창작에 집념하리라 결심하며 소설은 끝을 맺는다.

이렇듯 『잃어버린 시간을 찾아서』는 하나의 순환 고리처럼 처음과 마지막이 정확하게 맞물려 있다. 그 중간을 구성하는 몸체는 소년에서 청년으로, 그리고 성인으로 성장하며 겪는 일상의 인상들로 채워진다. 그 과정에서 다양한 인물과의 만남, 살롱에서 오고 간 대화, 발베크와 베네치아로 떠난 여행, 가까운 이들의 죽음, 알베르틴에 대한 사랑, 그리고 제1차 세계대전에 이르기까지 많은 일화가 있지만 하나하나의 사건 자체가 의미가 있다기보다는 각각의 경험에 대해 후에 어떠한 인상을 간직하게 되고 그것들을 어떻게 서술하는지에 소설의 묘미가 있다.

『잃어버린 시간을 찾아서』는 총 7권으로 구성되며 각 권은 다시 여러 개의 장으로 이루어진다.

제1권 「스완네 집 쪽에서Du côté de chez Swann」
　　제1부 콩브레Combray
　　제2부 스완의 사랑Un Amour de Swann
　　제3부 고장의 이름: 이름Noms de pays: le nom
제2권 「꽃핀 소녀들의 그늘에서À l'ombre des jeunes filles en fleurs」
　　제1부 스완 부인의 주변에서Autour de Mme Swann

제2부 고장의 이름: 고장Noms de pays: le pays

제3권 「게르망트네 쪽Le Côté de Guermantes」 1, 2부

제4권 「소돔과 고모라Sodome et Gomorrhe」 1, 2부

제5권 「갇힌 여인La Prisonnière」

제6권 「사라진 알베르틴Albertine disparue」

제7권 「되찾은 시간Le Temps retrouvé」

「스완네 집 쪽에서」를 완성한 프루스트는 이 책의 출간을 위해 여러 출판사에 의뢰하나 모두 거절당한다. 그중에는 앙드레 지드가 편집장으로 지내던 당시 최고의 문예지인 『누벨 르뷔 프랑세즈Nouvelle Revue Française(약칭 NRF)』[1]도 있다. 사교 모임 등에서 프루스트를 만난 적이 있는 지드는 그를 가십거리 기사나 쓰는 시원찮은 작가로 알고 있었고, 그래서 제대로 읽어 보지도 않고 그의 소설을 거절했던 것이다.

결국 프루스트는 자비를 들여 그라세Grasset가 운영하는 레 에

---

1 『누벨 르뷔 프랑세즈』는 1908년 앙드레 지드의 주관으로 뜻 있는 다섯 명의 젊은 작가와 비평가가 모여 창간한 문예지이다. 월간지로 창간한 이 잡지는 전통적이며 보수적인 주류 문단에 반하여 실험정신이 강한 작가의 시, 소설, 비평을 실었다. 앙드레 말로와 장 폴 사르트르의 초기 글들이 이 문예지를 통해 발표되기도 하였다. 1911년 가스통 갈리마르가 편집인으로 합세하면서 실질적인 운영자가 되고 이후 갈리마르 출판사의 원조가 된다. 1999년 이후 계간지로 그 형태를 바꾸어 오늘날까지 명맥을 유지하고 있다.

디숑 누벨Les Editions Nouvelles이라는 출판사를 통해 1913년 11월에 첫 권을 출판했다. 당시 프랑스 문단은 프루스트의 소설에 무관심하거나 부정적인 평가를 내렸다. 그러나 「스완네 집 쪽에서」가 책으로 출간되자 곧 지드를 비롯한 『NRF』의 안목 있는 소수 편집인들은 이 소설의 독창성을 감지하고 후속권들을 자신의 출판사에서 출판할 것을 권유했다.

이렇듯 프루스트가 원하는 방향으로 모든 일이 순조롭게 진행되는가 했더니, 1914년 프랑스는 제1차 세계대전의 소용돌이 한가운데에 휩싸이게 되고 책의 출간은 중단되었다. 이 시기에도 프루스트는 계속에서 다음 책의 집필에 전념하는데 평생 앓아 온 천식 때문에 외부의 소음과 냄새로부터 자신의 방을 차단시키기 위해 코르크 마개로 갖은 구멍을 메우고 호흡을 돕는 독특한 냄새가 나는 향이 진동하는 파리의 아파트에 자신을 가둔 채 종이와 펜을 벗 삼아 수많은 밤을 뜬눈으로 지새운다.

마침내 4년 동안 지속된 전쟁도 막을 내리고 다시 평화를 찾은 프랑스에서 1918년에 소설의 제2권인 「꽃핀 소녀들의 그늘에서」가 『NRF』를 통해 출관되었다. 프루스트 소설의 가치를 서서히 깨닫게 된 비평가들은 첫 권이 출판되었을 때와는 대조적으로 찬사를 보냈으며 그해 프랑스 최고의 문학상인 공쿠르 상을 수여하기에 이르렀다. 드디어 그렇게도 소망하던 문학적인 성공을 거두게 되었지만 계속해서 병마와 싸운 프루스트는 이미 약해질 대로 약해져 있었다. 1922년 봄, 프루스트는 드디어 소설을 완성하고 같은 해 11월에 숨을 거두었다.

1913년 첫 권이 출판되었을 때 프루스트는 서문에 『잃어버린 시간을 찾아서』는 총 3권으로 이루어질 것이며 마지막 권은 그 다음해인 1914년에 출간될 것으로 예고했다. 하지만 결과적으로는 처음 계획한 3권이 총 7권으로 늘어났으며 집필 기간도 이에 비례해서 총 13년(1909~1922)이 되었다. 결국 그는 생전에 자신의 모든 후속권이 출판되는 모습을 보지 못했다. 마지막 권인 「되찾은 시간」이 출간된 것은 1927년의 일이다.

『잃어버린 시간을 찾아서』에 관한 인터뷰 기사

다음은 1913년 11월 12일 『시간 *Le Temps*』지에 발표된 프루스트의 인터뷰 기사이다. 엘리 조세프 부아Elie-Joseph Bois 기자가 인터뷰한 것으로 다음날 출간될 「스완네 집 쪽에서」를 홍보하기 위한 기사이다. 이 인터뷰를 통해 프루스트는 의도적 기억과 비의도적 기억, 예술가의 역할 등 『잃어버린 시간을 찾아서』에 나오는 자신의 예술론을 구체적이며 직접적으로 설명한다.

* * *

저는 우선 이번 기회에 「스완네 집 쪽에서」 한 권만을 발표하는데, 이번 작품은 『잃어버린 시간을 찾아서』라는 소설의 첫 번째 권입니다. 제 마음 같아서는 모든 작품을 한 번에 발표하고 싶습니다만 오늘날 여러 권으로 구성된 소설을 동시에 출간하는 일은 어려운 실정입니다. 마치 현대식 아파트를 장식하기에는 양탄자가 너무 커서 그것을 어쩔 수 없이 잘라야만 하는 사람의 심정입니다.

저 또한 요즘 젊은 작가들에게 개인적으로 호감을 가지고 있습니다만, 이들은 등장인물의 수가 많지 않고 줄거리가 간단한 소설을 선호하는 경향이 있습니다. 하지만 제가 생각하는 소설은 그렇지 않습니다. 어떻게 표현해야 좋을까요? 평면 기하학과 공간 기하학에 비유해서 말씀 드리자면 제게 소설이란 평면적인 심리의 묘사가 아니라 공간 속에서의 심리 묘사와 같습니다. 저는 이번 소설을 쓰며 눈에 보이지 않는 시간이라는 물질을 따로 떼어 냈는데 그 상태가 오래 지속되어야 했습니다. 제가 바라는 것은 저의 소설의 마지막 부분에서 사소한 사건, 또는 제1권에서는 동떨어진 사회에 속했던 두 인물이 결혼하는 상황을 통해 시간이 지났음을 느끼게 하는 것입니다. 베르사유 궁전에 가면 볼 수 있는 윤기 흐르는 납이 세월의 흔적을 머금어 에메랄드와도 같은 모습을 띠는 것처럼 제 소설 속의 다양한 요소도 시간이 흐를수록 빛을 발하기를 바랍니다.

이동하는 기차 안에서 창밖으로 펼쳐지는 풍경을 감상하는 여행객의 눈앞에 구불구불한 선로의 방향에 따라 같은 마을이 오른쪽 창문, 때로는 왼쪽 창문으로 펼쳐지는 것처럼 제 소설에는 같은 등장인물이 얼마나 다양한 모습을 보일 수 있는지를 통해 시간의 흐름을 느낄 수 있을 것입니다. 그 인물이 얼마나 다양한 모습으로 나타나는지 한 사람이 아니라 마치 연속해서 여러 사람이 등장하는 것처럼 느껴질 것입니다. 또 어떤 인물은 이번 1권에서 보이는 모습과 전혀 다른 실재의 소유자라는 사실이 차후에 밝혀지기도 합니다. 이는 살면서도 종종 경험하게 되는 일입니다만 우리가 누구에 대해서 알고 있다고 생각하는 사실이 실제로는 그것과 정반대로 드러나는 이치와 동일합니다.

제 책의 경우 이야기가 전개되면서 늘 동일한 인물이 상황만 달리

해서 등장하는 발자크의 소설과 엄연한 차이가 있습니다. 제가 창조한 인물들은 저마다 깊은 인상으로 채워져 있는데 이는 거의 무의식에 가까운 인상입니다.

이런 면에서 제 소설은 일종의 "무의식의 소설들"의 연작이라고 말할 수 있습니다. "베르그송[2]식의 소설"이라고 해도 결코 부끄러움이 없을 텐데요, 어느 시대에서건 소설이란 그 당시 주류를 이루는 사상에 발맞추는 경향이 있는 것은 분명하기 때문입니다. 하지만 제 소설을 베르그송의 사상을 표현한 것이라고 딱 잘라 말하기에는 억지스러운 점이 있습니다. 왜냐하면 제 소설은 의도적 기억과 비의도적 기억으로 나누어지는 구성을 하고 있는데 이에 대해 베르그송은 언급하지

---

2 앙리 베르그송Henri Bergson(1859~1941)은 프랑스의 철학자이다. 1927년 노벨 문학상을 수상하였다. 대표작으로는 『물질과 기억 *Matière et mémoire*』(1896)이 있다. 베르그송의 철학에 등장하는 주된 개념 중에는 지성intelligence과 직관intuition, 물질matière과 시간durée 등이 있는데, 이는 프루스트의 예술론에도 공통적으로 등장하는 개념들이다. 베르그송은 지성이란 물질에 의해 존재하는 것이며 기능적인 역할을 수행함으로써 위험을 예상하고 이에 대비할 수 있는 도구를 생산하는 반면, 직관이 의존하는 것은 물질이 아닌 시간이며 지성이 만들어 놓은 외면의 틀을 벗어나 내면에 파고들어 절대적인 실재를 부여 주는 역할을 한다고 주장한다. 그러나 베르그송은 직관은 지성에 반대되는 개념이라기보다는 끊임없이 지성을 통한 노력을 기울임으로써 도달할 수 있는 단계라고 말한다.

베르그송은 프루스트의 사촌누이와 결혼하였는데 결혼식 때 프루스트가 신랑의 들러리를 서기도 했다. 베르그송이 1900년에 콜레주 드 프랑스Collège de France의 교수로 임용되어 취임 기념 공개 강연을 할 때 프루스트가 참석하기도 했으며, 1904년 프루스트가 존 러스킨의 책인 『아미앵의 성서』를 번역할 때 베르그송에게 수차례 편지를 보내 자신의 연구에 대한 조언을 구하기도 했다.

않을뿐더러 심지어는 금하고 있으니까 말입니다.

제게 있어 의도적 기억이란 우선 '지성의 기억' 혹은 '눈에 의한 기억'이라고도 할 수 있습니다. 이러한 기억은 진실이 결여된 표면만 간직한 과거를 보여 줍니다. 하지만 전혀 다른 상황에서 감지하게 된 과거의 향이나 맛은 우리의 의지와는 상관없이 그것에 얽힌 과거를 펼칩니다. 이렇게 펼쳐지는 과거는 우리가 알고 있다고 생각한 과거, 다시 말해 별 볼일 없는 화가가 진실이 결여된 색채로 그린 그림처럼 의식적 기억에 의해 회상된 과거와 얼마나 다른지를 보여 줍니다.

제1권에서 독자는 '나'의 입장에서 이야기하는 화자가 (소설 속의 '나'는 작가인 저와는 무관한 사람입니다) 차에 적신 마들렌 과자를 씹는 순간 잃어버린 과거와 정원들, 사람들을 되찾는 과정을 볼 것입니다. 물론 화자는 과거를 기억하고 있습니다만 의식이 기억하는 과거는 매력 없고 무미건조한 형태의 과거입니다. 제가 알고 있는 재미있는 일본식 놀이가 있는데, 이는 아주 작고 단단하게 접힌 종잇조각을 물에 넣으면 그 순간 종이가 활짝 펴지면서 꽃도 되고 사람도 되는 놀이입니다. 이와 마찬가지로 제 소설에서는 향긋한 차 한 잔 속에 콩브레의 정원과 비본 강의 수련들, 마을 사람들과 성당, 이 모든 것이 펼쳐집니다.

이렇듯 저는 예술가라면 바로 이러한 비의도적 기억 속에서만 작품의 우선적인 소재를 찾아야만 한다고 생각합니다. 말 그대로 비의도적이기 때문에 이러한 기억들은 같은 순간을 나누는 동질감에 의해 서로에게 끌리며 형성됩니다. 이러한 기억들이야말로 진정성을 띠고 있습니다. 또 이 기억들은 츠억과 망각이 적절히 조화된 상태에서 떠오르기 마련입니다. 마지막으로 비의도적 기억들은 과거의 상황과는 전혀 다른 상황에서 그때와 같은 감각을 떠올리기 때문에 이러한 기억들은 주변의 우발적인 상황에서 자유로우며 시간을 초월하는 본질을 깨닫게 합니다. 이러한 본질은 글의 진정한 스타일, 즉 아름다우며 절대적인 진리를 통해 유일하게 표현됩니다.

제가 저의 소설에 대해 이렇게 생각하는 이유는 이 책은 머리로 사고해서 쓴 것이 아니라 책에 언급되는 아주 작은 것일지라도 모두 저의 감수성에 의하 느껴진 것이기 때문입니다. 저는 이러한 요소들이 무엇을 의미하는지 이해하기 전에 이미 제 깊은 곳에서 존재한다는 것을 느꼈습니다. 그리고 그것들이 구체적인 형태를 띨 수 있도록 전환시키기 위해서 부단한 노력을 기울여야 했습니다. 마치 어느 음악의 한 악절과도 같은 것이라고 해야 할까요? 제가 이렇게 말하면 당신은 제가 너무 섬세하기 때문이라고 치부할지도 모르겠습니다. 하지만 그와는 정반대입니다. 그런 것들은 현실, 그 자체입니다. 우리가 스스로 존재를 확인하기 전의 것들, 즉 타자에 의해 미리 확인이 된 것은 이미 우리의 것이 아니며 또 그것이 실재라는 보장도 없습니다. 그것은 일종의 확률 같은 것으로 우리가 임의적으로 받아들이는 것입니다. 이러한 사실을 받아들이는 것은 글을 쓰는 작가의 문체를 통해 드러납니다.

작가의 글 쓰는 스타일은 몇몇 사람이 생각하는 것처럼 일종의 형식에 불과한 것은 아닙니다. 기술적인 문제도 아닙니다. 그것은 마치 화가의 경우 색감과도 같은 것인데 '시선'의 문제입니다. 작가의 글 쓰는 스타일은 다른 사람들에게는 보이지 않으며 오직 자신에게만 보이는 고유의 세계를 드러내는 한 방식이기도 합니다. 예술가가 주는 기쁨은 우리가 알지 못하는 세계를 보여 주는 데서 느끼는 기쁨입니다.

〉 프루스트를 혹평한 앙리 게옹과 프루스트의 편지 〈

「스완네 집 쪽에서」의 출간을 의해 프루스트는 여러 출판사에 의뢰하나 모두 거절당한다. 다음의 기사는 『누벨 르뷔 프랑세즈』의 편집인 중 한 명이었던 앙리 게옹Henri Ghéon이 쓴 것으로 그 당시 부정적인 반응의 대표적인 예로 들 수 있다. 이 신랄한 혹평에 대해 프루스트는 곧 장문의 답장을 보낸다.

* * *

1914년 1월 1일 앙리 게옹

당신이 여가 시간에 읽을 소설책을 찾고 있다면 바로 여기 딱 알맞은 것이 하나 있다. 그렇다고 여가 시간을 위한 책이라고 해서 내가 여기에 어떤 부정적인 의미를 부여하는 것은 아니다. 예술 작품을 창조하는 데 필수불가결한 조건이 바로 시간 아니던가? 다만 내가 알고자 하는 것은 이 책의 저자가 여가 시간을 지나치게 남용하지는 않았나 하는 것이다.

프루스트의 책을 읽으면서 나는 그가 여러 요소를 숙성시키고 배합하여 그럴듯한 모습을 띤 방대한 양의 한 작품을 만들기 위해 무한

대의 시간을 갖고 있는 사람이라는 사실을 알 수 있었다. 그에게는 이 세상의 모든 시간이 남아 있는 듯하다. 프루스트는 처음부터 그런 시간을 '잃어버린 시간'이라고 못 박아 두고 시작한다. 그는 자신에게 부여된 시간을 활용해서 이미 잃어버린 시간 속에 있던 오랜 기억들을 모은다. 기억이 나지 않는 부분은 친절하게도 그렇다는 것을 독자들에게 알려 주기까지 한다. 지나간 시간들의 총집합은 어떤 줄거리도 제공하지 않는데 작가에게는 처음부터 그럴 의도조차 없었던 것 같다.

프루스트의 소설을 읽으며 나는 그가 많은 것을 접했고, 수많은 책을 읽었으며, 다양한 사람과 대화를 나누었다는 것을 알 수 있었다. 또한 그의 여가 시간은 그로 하여금 감수성 발달에 충분히 기여했다. 그는 사물과 현상을 관찰자의 입장에서만 대할 뿐 그것들을 판단할 필요는 없었기에 아무것도 거부할 이유가 없었고, 실제로도 거부하지 않았다. 따라서 가장 사소한 만남이라든가 가벼운 봄바람의 스침, 길을 지나가는 행인 등은 그에게 가장 인상 깊었던 모험이나 가슴 저미는 기억, 소중한 사람들이 차지하는 것과 동등한 입장에서 기억의 한 부분을 차지한다. 작가는 그러한 것들 중에서 어떤 것을 선호하지도, 선택하지도 않는다. 그에게 이 모든 것은 같은 중요도를 갖고 있는 것 같다. 그 안에 내재된 작은 뉘앙스를 알아채려면 대단한 재능이 있는 사람이 아닌 이상 불가능하다.

시간이 많은 프루스트가 자신의 주변의 것을 관찰하고 느끼는 데 심혈을 기울인 것처럼 그것을 글로 표현하는 데도 엄청난 시간을 들였음은 의심할 바 없는 사실이지만 그럼으로써 작가는 그야말로 예술과는 가장 동떨어진 결과물을 낳았다. 그의 소설은 마치 개인적인 인상의 나열이자 자신이 얼마나 해탁한 지식을 가지고 있는지 자랑하는 듯한 느낌을 준다. 소설의 마지막 장에 이르러서도 나는 이야기가 어떤 전체적인 구조를 가지고 있는지를 깨닫지 못했다. 다만 다양한 인물과 풍경의 변화 양상이 담긴 스냅 사진들을 넘겨 보듯이 간헐적인 인상의 나열이라고밖에 생각하지 못했다. 프루스트는 인물들의 성장 과정을 일관성 있게 보여 주기보다는 그들의 이해할 수 없고 모순된 측면을 설득력 없이 전시하고 있다. 그들이 왜 그런지를 독자에게 이해시키려는 노력의 흔적조차 나는 찾아볼 수 없었다.

소설을 읽으며 독자는 그 안에 내재된 다양한 요소가 하나의 일관적인 틀을 향해 조화롭게 구성되는 모습을 기대하게 된다. 하지만 프루스트는 우리의 이러한 기대를 고집스럽게 저버린다. 소설을 하나의 숲이라고 본다면 그는 그것을 이루는 나무 한 그루 한 그루를 세고 있고, 그것에 달려 있는 나뭇잎과 가지들을 하나하나 세고 있는 것이다. 뿐만 아니라 그 밑에 몇 개의 나뭇잎이 떨어져 있는지도 허리 굽혀 관찰하고 있다. 이렇듯 그의 책은 기억의 '조각들'로 이어져 있다.

그의 초점은 소설 자체에 있다기보다는 문장에 집중되어 있다. 아니, 문장이라고 한다면 독자의 오해를 불러일으킬 소지가 있으니 그 표현은 적당하지 않은 듯하다. 왜냐하면 문장에 초점을 둔다고 하면 아름답고 완벽한 표현을 위해 그것을 정성 들여 다듬는 고티에, 플로베르, 공쿠르, 르나르 등의 작가를 떠올리게 되기 때문이다. 하지만 프루스트는 이러한 작가들이 추구하던 완전한 형식의 아름다움을 이상적으로 여기지도 않는 듯하다. 그의 끝없이 이어지는 장문 속에서 리듬이라고는 찾아볼 수 없으며, 서로 매끄럽게 연결되지도 않는다.

그의 과거로의 회상은 아무리 사소하고 작은 기억의 잔재들조차도 놓치지 않고 나열하는 데 목적이 있다. 그는 그러한 것들을 놀라울 정도로 무의식적으로 열거한다. 따라서 그의 문장의 특징은 기억의 바다 깊숙이 던져진 고기잡이 그물이 바닥에 있는 온갖 잡동사니까지 끄집어 올린 모양새가 된다. 그의 문장은 다듬어지지도, 부드럽지도 않은 상태이다. 그는 작가 정신이 있는 사람이라면 당연히 해야 할 선택을 하지 않고 단지 있는 것들을 다 끄집어 내어 보여 주면서 독자들에게 선택하라고 한다.

(중략)

시즈라 부인이라는 한 인물은 소설 중간에 갑자기 나타났다가 그 뒤로는 소설이 끝날 때까지 종적을 감춘다. 프루스트는 그 인물의 등장이 우연이 아니라고 말하는 것 같지만 독자로서는 그녀의 존재가 의아할 뿐이다. 한 성당의 스테인드글라스나 스쳐 지나가는 풍경, 또는 인물이나 의식, 사건 등 작가는 자기 주변의 모든 것을 있는 그대로 서술한다. 이 책은 병적일 정도로 진실성에 목맨 사람의 이야기 같다. 어떤 것도 선택하거나 삭제하지 않고 아는 모든 것을 이야기하는 것이 작가의 목적이다. 이런 책을 독자는 과연 어떻게 읽어야 한단 말인가?

소설 초반에 화자는 자신의 어린 시절의 꿈 이야기를 들려주다가 어느 순간 갑자기 스완과 오데트의 사랑 이야기로 넘어간다. 이 일화는 콩브레에서 보낸 여름날과 파리의 샹젤리제 거리를 산책한 이야기 중간에 이유 없이 끼어든다. 화자는 어느 순간에는 일곱 살이었다가 다음 순간에는 열다섯 살, 또 갑자기 서른 살의 모습으로 나타난다. 이야기의 순서도, 나이도 뒤죽박죽이다. 그의 사고의 흐름을 평범한 우리는 이해할 수가 없다.

「스완네 집 쪽에서」는 소설도, 그렇다고 재미있는 이야기로 이루어진 한 소년의 고백도 아니다. 여태껏 나온 어떤 책에서도 보지 못한 복잡하고 이해 불가능한 하나의 '총집합', 즉 작가가 여태껏 보고 듣고 느낀 것들의 합계라고밖에 할 수가 없다. 소설이 예술의 형태를 띠도록 만드는 것은 그 안에 담긴 줄거리가 선사하는 감동이나 뛰어난 표현의 아름다움, 그리고 내용과 표현의 전체적인 조화가 만들어 내는 거대한 틀의 성공적인 구성이라면, 프루스트의 소설은 예술 작품과는 아주 거리가 멀다.

어쩌면 내가 그 책을 읽는 데 너무 적은 시간을 할애한 것일 수도 있다. 그것을 제대로 이해하려면 작가가 긴 시간을 들여 쓴 만큼이나 긴 시간을 투자해서 읽어야 하는지도 모른다. 하지만 그의 책은 '잃어버린 시간' 아닌가. 그의 책은 아무 곳이나 펼쳐 그곳부터 읽기 시작해도 아무런 불편이 없다. 그만큼 서로 일관성이 없는 것이다. 이러한 모든 비난에도 불구하고 그의 책이 남긴 하나의 재산이 있다면 그것은 이 현대 사회가 양산한 극도로 과민한 한 소년의 감수성의 기록이다. 이런 기록은 마치 심리학의 절정을 표현한 하나의 시와도 같이 부분적으로 아름답다. 고유의 세계를 표현한 독특한 방법이 프루스트 전에는 볼 수 없는 새로운 시도인 것만큼은 확실하다. 프루스트는 작가로서 무엇을 말하고 싶은지, 그것을 설득력 있는 표현으로 구체화할 수 있는 방법을 모색하기도 전에 그 자체를 다듬어지지 않은 형태로 내보인 것이다.

그의 책을 제대로 이해하려면 작가가 제공하는 대로 모든 것을 받아들이고 음미하는 수밖에 없다. 끝이 쉽게 보이지 않더라도 인내하며 한 장 한 장 넘겨야 한다. 소설 중간에 프루스트는 그의 부모에 대해 언급하면서 "나이가 들어 성숙한 다음에야 제대로 감상할 수 있는 작품을 어린 시절부터 접하게 만들었다." 하고 그들의 이론을 비판하는 부분이 있다. 그런데 어느 부분에서는 화자가 어린 시절부터 "글리르Gleyre의 풍경화나 생틴Saintine의 소설"을 즐겼다고 고백하기도 한다.

그는 덧붙여 말하기를 "진정한 아름다움이란 눈 뜨고 있는 사람이라면 모두 볼 수 있는 사물의 겉 표면에 드러나는 것이 아니라, 오랫동안 가슴속에 품어 둔 후에야 느껴지는 것이다." 하고 독백하기도 한다. 이 문장 안에 작가의 미학론이 그대로 드러난다. 프루스트는 여태껏 볼 수 없었던 새로운 형태의 탐미주의자이다. 그가 말하는 한 조숙한 소년의 어슴푸레한 방 안의 빛이나 베르뒤랑네에서 들려오는 대화들은 예전에 어떤 책에서도 읽어보지 못한 진실을 담고 있다.

다음은 1914년 1월 2일 프루스트가 앙리 게옹에게 보낸 편지의 내용이다.

앙리 게옹께

제가 왜 당신께 편지를 쓰고자 하는 마음이 들었는지 설명하는 것은 생략하겠습니다. 작가로서의 제 입장을 공개적으로 옹호하는 것을 원하지 않기 때문에 당신께 사적으로 편지를 쓰는 바이며 이 편지 또한 공개되지 않기를 바랍니다. 당신의 글에 나타난 저에 대한 부당한 평가에 응답하는 것 자체만으로도 이 편지가 길어질 것을 알기 때문에 당신의 인내를 시험하게 될 서두는 생략함을 이해해 주시기 바랍니다.

당신은 제 책을 여가 시간을 위한 책이라고 말하며 제게 남아 있는 것이라고는 온 세상의 시간이라고까지 하였습니다. 당신이 관심을 가질 만한 자세한 사항까지는 설명하지 않더라도 저는 한 사람의 여가 시간을 결정하는 것은 그가 어떤 직업을 가지고 있느냐에만 전적으로 달린 것이 아니라는 사실을 말씀 드리고 싶습니다. 가령 한 사람의 평생을 괴롭혀 온 병을 예로 들자면, 환자는 자신이 병으로 인해 얼마나 지쳤으며 늙게 되었는지, 또한 그 병이 얼마나 시간을 갉아 먹고 있는지를 한시도 잊을 수 없을 것입니다. 제가 어떤 일 때문에 하루를 보내건 제게는 한시도 '여가 시간'이 남아 있지 않습니다. 일주일에 몇 시간조차도 글을 쓰기 위해 힘겹게 만들어야 할 정도입니다. 일주일이 아니라 한 달, 아니 일 년에 몇 시간이라고 함이 더 옳을 것 같습니다만 그 정도로 제게는 글을 쓰기 위한 여가 시간이라고는 없습니다.

이렇게 쫓기는 상황임에도 불구하고 수많은 인물이 등장하여 그들이 일생을 통해 어떻게 변화하는지, 그 과정을 시간 속의 심리학을 통해 그리는 데에 주력한 소설이 저의 목적이라면 이는 작가의 터무니없는 허황된 야망이라고 치부할 수도 있겠습니다. 점과 선으로 구성된 2차원에 공간이라는 요소를 추가하여 입체감 있는 3차원 세계로 연구 영역을 넓혀 가는 기하학자처럼, 저는 소설에 시간이라는 개념을 삽입함으로써 그와 연결되어 벌어지는 인간의 심리를 연구하고자 한 것입니다. 저의 이런 생각을 표현할 수 있으려면 소설 자체가 길어질 수밖에 없습니다. 따라서 그것을 쓰는 데 걸리는 시간 또한 길어지는 것이 사실입니다. 곤충이나 식물들이 번식을 위해 본능에 충실하듯 저 또한 앞으로 벌어질 많은 일의 근원이 될 씨앗들을 이번에 출판된 첫 소설 이곳저곳에 본능적으로 심어 놓았습니다.

하지만 당신은 시간 자체를 많이 투자했는지 안 했는지는 중요하지 않다고 말할지도 모르겠습니다. 그 의견에 저 또한 공감하는 바입니다. 수동적인 입장에서 단지 일차적인 호기심이 이끄는 대로 관찰한다면 그것은 어디까지나 사물의 겉 표면에 머물 것이며 극히 개인적이고 이기적인 행동의 결과로밖에는 여겨지지 않을 것입니다. 하지만 사십 년이라는 세월 동안 자신을 망각한 채 망원경이나 현미경을 통해 주변 세상을 관찰하여 그것을 기록한다면 그는 무시 못할 결과를 남기게 될 것입니다.

당신은 또한 제 책을 가리켜 "병적으로 진실성에 목맨 사람의 이야기" 같다고 하였습니다. 제 자신을 표현하는 데 병적이라는 표현을 쓴 것에는 찬성합니다만 저라면 그 표현을 다른 사람을 가리키는 데는 쓰지 않을 것입니다. 가령 당신이 지난달에 『NRF』에 기재한 '피렌체 여행' 기사 중에서 당신의 생각이 피렌체와 자신 사이를 끊임없이 오가며 자신이 다른 이들과 얼마나 다르게 생각하는지를 되풀이해서 설명한 것에 대해 저는 "작가가 병적으로 반복해서 설명한다." 하고 표현하기보다는 단지 약간 과장해서 썼다고 할 것 같습니다.

또한 당신은 소설 속에서 시즈라 부인에 대해 이야기하는 부분을 가리켜 제가 그 부인에 대해 이야기하는 이유는 그녀를 보았다는 사실을 기록하지 않고는 넘어가지 못하기 때문이라고 하였습니다. 하지만 저는 그때 그녀를 본 적이 없습니다! 저는 자연의 풍경이나 예술 작품 앞에서 느낀 감동의 순간들을 나름대로 깊이 있는 학습의 시간이었다고 생각합니다. 이때만큼은 저는 제 자신을 완벽하게 잊은 상태에서 제 앞에 있는 사물에 온 신경을 집중합니다. 저는 당신이 친구로 둔 많은 작가가 그러는 것처럼 그때 느낀 감동이 어떠했는지 분석하여 미사여구를 깃들여 표현하지 않습니다. 그 대신 순간순간 떠오른 인상의 조각들을 엮어 나갑니다.

저는 운 좋게도 지난 수년 동안 프랑스의 이곳저곳을 여행하며 여러 성당을 볼 수 있었습니다. 그때 각 성당에서 느꼈던 인상들을 모아 저만의 거대한 스테인드글라스를 만들어 냈습니다. 제가 시즈라 부인에 대해 언급하는 이유는 하루의 특별한 어느 순간에 나타나는 그 성당의 인간적인 인상을 강조하기 위해서였습니다. 제 소설에 등장하는 각각의 인물, 상황들 하나하나는 모두 특별한 의미를 담고 있도록 설정하였습니다. 스완의 이야기를 들려주는 대신에 저는 그를 보여 주려고 한 것입니다.

이렇게 구차한 설명을 하는 중에도 당신의 오해를 불러일으켰다는 사실이 작가로서 저의 부족한 능력을 말하고 있는 것 같아 부끄럽습니다. 한 작가를 평가할 때는 그가 무엇을 쓰려고 의도했는지가 아니라 소설이라는 결과물을 통해 해야 하기 때문입니다. 요즘 잘 나가는 인기 작가들 중에서 그들이 소설을 통해 하려고 한 말이 무엇이었는지 친절하게 설명하는 긴 글을 신문이나 잡지에 싣는 것을 종종 본 적이 있습니다. 하지만 그들은 그것을 소설 속에 표현할 알맞은 은유를 찾아내지 못한 채, 작은 물웅덩이 하나도 뛰어넘지 못하면서 계속해서 키만 높은 탑을 쌓아 가고 있는 것입니다.

그렇다면 이제 제가 "병적으로 진실성에 집착"하지 않는다는 사실을 증명해 줄 두 가지 사항에 대해 말씀 드리겠습니다. 첫째, 저의 소설에는 다른 소설들이 구성하는 대부분의 요소가 결여되어 있습니다. 제 소설 속 인물들은 자신의 행동이 어떤 내면의 심리를 드러내기 위한 것이 아닌 이상 외적으로 어떤 행동을 하는지 전혀 묘사되지 않습니다. 제 소설 속에서는 어떤 인물도 일어나거나 창문을 닫거나 코트를 걸치거나 하지 않습니다. 둘째, 저는 평생을 환자로서 살아왔지만 제 소설 속에 환자의 심리학을 나열하지 않습니다. 앞으로 출간될 다음 소설에서 제가 병에 대해 이야기한다면 그것은 작품의 심리학을 위한 것이지 환자의 심리 상태를 표현하기 위한 것이 아닙니다. 제가 하고 싶은 말을 글로 표현하기에 저는 지금 너무 지쳐 있습니다.

얼핏 보기에 별 의미도 없는 사소한 거리들을 책에 쓴다는 것이 그 작가를 안일한 사람으로 판단하지 만들 수 있다는 사실을 잘 알고 있습니다. 하지만 어떤 생산적인 목적이 결여된 상태에서 현미경으로 박테리아를 보거나 망원경으로 별을 관찰하는 사람은 그렇지 않은 사람보다 생명과 자연에 관한 진리를 발견할 수 있을 것입니다.

어떤 이들은 「스완네 집 쪽에서」가 일인칭 화법으로 전개된다고 하여 저를 소설의 화자와 동일시하기도 합니다. 앞으로 변화를 겪을 많은 인물이 처음에는 어땠는지를 보여 주는 이번 소설은 그런 의미에서 '출발선'이라고 할 수 있습니다. 그래서 읽는 이에 따라서는 과잉 묘사와 서술을 의아하게 생각할 수도 있습니다. 하지만 다음 편에서는 그들이 어떻게 될지 그 전개를 요약한 개요를 미리 가르쳐 주는 것은 너무 단순하지 않을까요?

어떤 이들은 스완이 자신이 없는 사이에 오데트를 샤를뤼스 남작에게 맡기고 떠나는 것을 어리석다고 말하기도 합니다. 하지만 실제로 스완은 그렇게 어리석은 사람이 아닙니다. 샤를뤼스는 소설의 3권 전편에 걸쳐 중요한 인물로 다루어지게 될 텐데 사실은 그는 늙은 동성애자입니다. 샤를뤼스는 학창 시절에 스완을 남몰래 사모하였고 그 사실을 아는 스완은 아두 걱정 없이 오데트를 샤를뤼스에게 맡기고 떠날 수 있었습니다. 하지만 이런 사실을 소설의 1권에서 설명하는 것은 당시에 그 사실을 모르고 있는 화자의 입장을 고려할 때 미리 발설하는 것이고 소설의 틀을 깨는 것입니다. 샤를뤼스는 1권에 딱 한 번 등장하는데, 그때 그는 화자인 '나'를 뚫어지게 응시합니다. 그때는 그의 행동을 별스럽지 않게 생각하고 넘겼는데 3권을 읽은 후에야 그 안에 어떤 의미가 숨겨져 있는지를 파악하게 되는 것입니다. 어떤 상황이 생길 때마다 매번 인물의 행동을 설명하는 것은 그것을 알 방법이 없는 화자의 입장과 모순되기 때문에 저는 그런 설명을 보류하는 것입니다.

제가 하고 싶은 말을 이제 막 시작했습니다만 어느새 끝내야 할 때가 온 것 같습니다. 제 소설에 대해 당신과 다르게 생각할 수도 있다는 사실을 증명하기 위해서 (비록 제가 이 편지를 통해 당신이 전적으로 잘못 생각하는 것이라고 말하는 것은 아닙니다만) 저는 그만 비겁하게도 제가 대단히 존경하는 한 작가로부터 받은 편지의 일부를 공개하고 싶은 마음이 듭니다. 그는 프란시스 제임스[3] 씨로 저는 그를 평생 딱 한 번, 그것도 2분 정도 잠깐 만난 적이 있습니다. 때문에 저와 개인적으로 친분이 있다고 말할 수 없을뿐더러 그가 예의를 차리기 위해 제게 편지를 보낼 이유라고는 없습니다. 프란시스 제임스 씨는 제 소설에 대해 당신과 정확히 반대되는 생각을 하고 있습니다. 다음은 그가 보낸 편지의 일부입니다.

"언제나 예상을 뛰어넘는 수많은 인물이 엮어 낸 당신의 소설은 거장의 붓끝으로 표현된 놀라운 색감의 거대한 프레스코와도 같습니다. 언뜻 보기에는 전혀 엉뚱한 것 같은 전개 속에 이제껏 아무도 이루지 못한 논리가 존재합니다. 당신의 문장은 타시투스[4]의 것과도 같이 섬세함으로 가득하고 완벽하게 균형이 잡혔으며 현명함으로 번뜩이고 있습니다. 심연 속 감성들을 보여 주는 당신은 셰익스피어, 세르반테스, 라 브뤼에르, 몰리에르, 발자크, 폴 드 코크 등과 같은 문학의 대가들과 어깨를 나란히 함을 보여 주었습니다. 작가로서의 재능이라는 표현만으로는 당신의 위대함을 모두 담을 수 없습니다. (이후에 제임스 씨는 제 소설 중에서 두 여인이 보여 주는 사디스트 행위를 묘사한 부분을 삭제하도록 권합니다.) 그토록 놀라운 진실의 눈으로 스완의 질투를 꿰뚫어 표현한 것은 그것을 읽는 저를 거대한 기쁨으로 가득 차게 했습니다. …… 당신의 소설을 읽으며 저는 진정한 대가의 것을 접하고 있다는 사실을 인지할 수 있었습니다. 이토록 치열하고 깊이 통찰한 작가가 예전에 또 있었던가요? 적어도 프랑스에서는 그런 작가를 찾아볼 수 없습니다. 당신의 소설을 전 세계에 퍼뜨려 이것이야말로 소설의 <u>구조</u>가 진정으로 승리한 것임을 보여 주는 표본으로 알릴 수 없다는 사실이 안타깝기만 할 뿐입니다."

이 부분이 제임스 씨가 쓴 편지 중에서 가장 강도 높은 호평을 담은 것이라고 생각한다면 그것은 절대로 오산입니다. 다른 부분 또한 민망할 정도로 제 소설을 치켜세우고 있습니다. 단 밑줄 쳐서 강조한 단어

---

3 프랑시스 제임스Francis Jammes(1868~1938)는 프랑스의 시인이자 소설가, 극작가, 평론가이다.

4 타키투스Tacitus(56~117?)는 고대 로마의 역사학자이자 철학가이다. 그의 글은 이전에 볼 수 없던 함축적이며 비전통적인 라틴어를 사용한 것이 특징이다.

는 제 스스로 선택한 것임을 알려드립니다.

　제임스 씨가 어떤 내용의 편지를 썼는지 당신께 말씀 드리는 이유는 그것을 공개하지 않을 것을 믿기 때문입니다. 만약 이 가운데 한 문장이라도 『NRF』에 공개한다면 당신은 저를 믿고 편지를 보낸 한 위대한 작가의 신뢰를 배신하게 만드는 것입니다. 오로지 당신께만 제임스 씨의 편지를 보여 드리는 것은 그에게 크게 잘못하는 일이 아니라고 생각합니다. 단지 이렇게 함으로써 제 자신을 변호하는 증거물 제1호를 보여 주는 것 같아 민망할 뿐입니다.

　제가 당신께 편지를 썼다는 그 자체만으로, 또 이 편지의 길이로 미루어 다시 한 번 제가 시간이 남아도는 사람이라는 당신의 판단에 못 박는 효과를 낸 것 같기도 합니다. 이 편지를 쓰면서 제가 시간을 버린 것은 사실입니다. 긴 사색을 걸쳐 창조해 낸 예술 작품만이 진실하게 되찾은 시간의 산물이기 때문입니다. 우리 두 사람의 영혼이 같은 안식처를 공유하고 있지 않다는 사실을 잘 압니다. 같은 것이라 한다면 적어도 그 숙성 단계는 다를 것입니다. 이 편지가 당신께는 말장난에 불과하다고 느껴질지도 모르겠습니다.

　약간 슬픈 생각이 들지만 제 긴 편지에 당신께 드리는 감사의 말을 빼놓고 마치고 싶지는 않습니다. 당신의 기사 중에서 끝부분은 처음의 신랄한 비평을 어느 정도 완화하고자 한 친절한 의도에서 쓰인 것이라는 인상을 받았습니다. 그래서인지 첫 부분보다는 당신이 생각하는 바가 덜 확실하게 피력된 것 같습니다. 제 스스로는 가장 부족하게 묘사했다고 생각한 베르뒤랑네에 관한 당신의 평가에서는 너그러움까지 느껴질 정도였습니다. 제 개인적으로는 생테베르트 부인네에서 오갔던 대화가 나오는 부분이 더 마음에 드는 바입니다.[5] 어쨌거나 당신의 말이 맞습니다. 제 책은 영 볼품없는 소설입니다. 이만 줄입니다.

—마르셀 프루스트

추신 : 제 편지에 답장할 필요는 절대로 없습니다!

　　(제 편지를 읽을 시간을 낸다는 것 자체로 만족합니다.)

---

[5] 「스완네 집 쪽에서」의 제2부를 이루는 '스완의 사랑'은 두 개의 주된 무대에서 전개된다. 전반부는 스완과 오데트의 만남을 주선하는 베르뒤랑 부부의 살롱에서 펼쳐지고, 후반부는 오데트로부터 버림받은 스완이 아픔을 이겨 낸 후 과거에 느꼈던 감정들을 객관적인 시선으로 분석하는데, 이러한 사색은 생테베르트 부인의 살롱에서 전개된다. 그러나 스완은 이곳에서 한때 오데트와의 사랑의 찬가를 상징한 뱅퇴유의 소나타 연주를 듣게 되자 오데트에게 다시 한 번 애틋한 감정이 살아남과 동시에 다시는 그 잃어버린 시간으로 되돌아갈 수 없음을 깨닫는다.

⟩ 앙드레 지드와 프루스트의 편지 ⟨

「스완네 집 쪽에서」의 출판을 거절한 사람 중에는 『누벨 르뷔 프랑세즈』의 편집장이었던 앙드레 지드도 있었다. 결국 프루스트가 자비로 출간한 이 소설에 대해 대부분의 평론가는 부정적인 반응을 보인다. 하지만 출간된 소설을 읽은 지드는 곧 자신의 결정이 실수였음을 깨닫고 당시에 왜 거절했는지 솔직한 이유를 담아 프루스트에게 정중한 사과의 편지를 보낸다. 다음은 그 편지이다.

1914년 1월 11일 앙드레 지드가 프루스트에게

 친애하는 프루스트 씨

며칠 전부터 저는 당신의 책을 손에서 놓지 않고 있습니다. 온통 당신의 글로 저의 생활을 채우며 포만 상태로 며칠째 보내고 있습니다. 하지만 당신의 소설을 좋아하게 된 만큼 다른 한편으로는 괴로움을 느끼는 이유는 무엇일까요?

이 책의 출판을 거부했다는 사실이 『NRF』의 가장 커다란 오명으로 (여기에 저의 책임이 컸다는 사실에 부끄러움을 느끼는 바입니다), 또한 제 인생에 지울 수 없는 후회오- 자책감을 남기게 될 것입니다. 제가 그러한 치욕적인 결정을 내리게 된 것은 불가피한 숙명이라고밖에 할 수 없을 것 같습니다. 20여 년 전 몇 차례에 걸친 모임에서 당신을 만났을 때, 저는 당신을 X나 Y부인이 주최하는 사교 모임에 드나드는 그렇고 그런 사람이라는 고정관념을 가지고 있었음을 고백합니다. 저는 당신이 그런 살롱에 조대되어 그곳에 왔던 사람들이며, 오갔던 대화를 모아 「피가로」 등의 신문에 기재한 기사들을 종종 대했기 때문에 신통찮은 글쟁이라고 생각했던 것이 사실입니다. 베르뒤랑네[6] 쪽 인물로 못 박음질을 했던 것이지요. 따라서 어떻게 보면 우리 출판사가 가장 꺼리는 성향의 작가였던 것입니다. ······

그런데 이제는 당신의 책을 좋아한다고 표현하는 것만으로는 부족할 정도입니다. 저는 당신의 소설에 완전히 빠져 있습니다. 당신에 대한 애정과 존경은 이루 표현할 수 없는 바입니다.

더 이상 무슨 말을 할 수 있을까요. ······ 제가 당신을 억울하게 판단한 것처럼 당신 책의 출판을 거절하는 데 큰 목소리를 낸 저를 언짢게 여길 수 있다는 사실에 생각이 미치면 너무나 후회스럽고 괴롭습니다. 제 과거의 선택을 스스로 용서하게 될 날이 오지는 않을 것입니다. 다만 제가 얼마나 후회하고 있는지를 당신에게 고백함으로써 조금이

---

6 베르뒤랑 부부는 「스완네 집 쪽에서」에 등장하는 인물로 자신의 집에서 정기적으로 사교 모임을 주최한다. 그들은 교양이라고는 찾아볼 수 없고, 매우 속물적인 근성을 가진 인물로 묘사된다.

나마 마음의 위안을 얻고, 또한 제 스스로 못하는 대신 당신이 저를 조금이라도 너그러이 용서해 주기를 바라는 마음입니다.

—앙드레 지드

1914년 1월 12일(혹은 13일) 프루스트가 지드에게

 친애하는 지드 씨

예전부터 종종 느껴 오던 바이지만 큰 기쁨을 느끼기 위해서는 그전에 사소한 기쁨을 누릴 수 있는 기회가 박탈되어야만 하는 것 같습니다. 오랫동안 작은 기쁨조차 느끼지 못한 이에게는 고통의 마지막에 찾아오는 기쁨의 정도가 더 크게 느껴지기 마련입니다. 여러 차례에 걸친 『NRF』의 거절이 없었더라면 저는 당신의 편지를 받지 못했을 것입니다. 책의 역할 중에 독자로 하여금 작가의 알려지지 않은 세상을 엿보게 하는 것이 있다면 당신의 편지가 제게 얼마나 큰 기쁨을 주었는지, 제 책을 통해 저를 이해하고 있는 당신이 모르지 않을 것입니다.

『NRF』가 제 소설의 출간을 거부했다는 사실을 받아들일 수가 없던 저로서는 여러 차례 그곳 관계자와 접촉을 시도했음을 고백합니다. 당신이 잘 알고 있는 코포Copeau 씨[7]에게 이를 확인할 수 있을 것입니다. 마지막으로 다시 한 번 당신의 『NRF』에서 거절당한 후 한참 지난 어느 날, 코포 씨가 새로운 연극을 무대에 올린다는 사실을 알고는 그에게 다음과 같은 편지를 보낸 적이 있습니다. "당신의 연극을 비평가들이 이해하지 못하더라도, 기대했던 사람들이 제 소설을 저버렸을 때 제가 느낀 고통처럼 당신은 기대했던 사람에게 외면당할 때의 고통을 이해하지 못할 것입니다." 비록 저의 글을 예전부터 실어 주던 신문사와 편집인이 있었지만 저는 제 소설이 최대한 빛을 발하기 위해서는 그에 어울리는 문예지를 통해 출간되어야 한다고 믿었고, 『NRF』야말로 최상의 조건이라고 생각했습니다. 하지만 당신 측에서는 제 소설을 어떤 형태로도 받아들이지 않았습니다. 『성서』에 그릇된 말이 하나도 없습니다. "그는 자신의 무리 속에 들어가려 했으나 그들은 그를 받아들이지 않았다."[8]

저는 이런 내용의 편지를 코포 씨에게 보낸 적이 있습니다. 문예지에 속한 평론가들은 종종 신문에 연재되는 글의 수준을 낮게 판단하는 경향이 있습니다. 그렇다면 저의 글처럼 신문에 연재하는 것보다는 문예지를 통해 간행하는 것이 더 적절한 경우라 하더라도 편집인들이 거절하여 어쩔 수 없이 신문에밖에 싣지 못한다고 해서 그것을 비판할 수는 없는 것입니다.

---

7 쟈크 코포 Jacques Copeau(1879~1949)는 지드와 함께 『NRF』의 창단 일원 중 한 명이다. 진보적인 사상의 극작가이며 연극 평론가로도 활동했다. 1913년 'Le Théâtre du Vieux-Colombier' 라는 이름으로 자신의 극단을 창단하기도 했다. 알베르 카뮈는 그를 가리켜 "프랑스의 연극은 코포 전과 코포 후, 이렇게 두 시대로 나뉜다."하고 말했다.

8 프루스트는 「요한복음」 1장 11절을 인용하고 있다. "그분이 자기 나라에 오셨지만 백성들은 그분을 맞아 주지 않았다."

제가 이렇게까지 솔직하게 말하는 이유는 지금 이 편지를 쓰는 제가 당신께 무조건적인 감사의 마음을(물론 당신에 대한 존경을 포함해서입니다만) 느끼고 있다는 사실을 말씀 드리기 위해서입니다. 제 마음을 상하게 했다고 염려하신다면 그러지 않아도 된다는 사실을 당장 말씀 드리고 싶습니다. (비록 당신의 편지를 통해 당신은 전혀 알 수 없는, 무의식적으로 제게 또 한 번 아픔을 느끼게 했을지라도 말입니다. 편지의 어떤 부분이 그렇게 느끼게 했는지는 제가 더 기력을 찾은 후에 말씀 드리겠습니다.) 당신이 준 아픔보다는 당신의 편지로 인해 제가 느끼게 된 기쁨이 천 배 더 크답니다. 당신이 다른 사람에게 한 일 때문에 괴로워하거나 기뻐하는 유형이라면 저는 당신께 기뻐하라고 하겠습니다. 당신이 제게 느끼게 한 기쁨을 제가 당신께 조금이라도 느끼게 할 수 있기를 바랍니다.

『NRF』에 제 소설의 출판을 요청한 이유는 저의 책에 알맞은 환경을 당신의 문예지가 갖추었다고 판단했기 때문이라는 사실은 이미 말씀 드렸습니다. 하지만 전적으로 그 이유 때문만은 아닙니다. 오랜 고심 끝에 미지에 대한 두려움에도 불구하고 익숙해진 환경을 등지고 긴 여행을 떠날 수 있도록 만드는 것은 아주 사소하고 작은 이유들입니다. 가령 빛나는 지중해의 태양 아래서 잘 익은 포도송이를 먹고 있는 자신의 모습을 상상하던 영상은 과거의 기억 속에 못 박혀 떠나지 않게 됩니다. 그러다가 마침내는 무의식적으로 그것을 잡으러 지중해로 여행을 떠나게 되는 것입니다. 하지만 여행을 마치고 다시 집에 돌아와서 그 여행을 떠나게 만들었던 본래의 목적을 생각해 보면 지중해의 태양 아래서 포도송이를 먹는 상상을 했지만 실제로 여행지에서는 그것을 실현하지 않았다는 사실을 기억해 내게 됩니다. 하지만 저는 『NRF』를 통해 제 소설이 출간될 수 있도록 갈리마르 씨[9]에게 질릴 정도로 고집을 피운 이유를 너무나도 잘 기억합니다. 그렇게 된다면 당신이 제 소설을 읽게 될 것이라는 사실을 알았기 때문입니다. 제 소설이 당신에 의해 읽히게 될 것이라는 사실이 제게는 그 먼 여행을 떠나게 만든 근원입니다. 하지만 저는 기대하지 않았던 순간에 오랜 저의 염원이 다른 형태로 현실화되었음을 당신의 편지를 통해 알게 되었습니다. 저의 기쁨은 그래서 훨씬 더 클 수 있었습니다. 당신의 편지를 읽으며 저는 '잃어버린 시간'을 되찾을 수 있었습니다.

이만 편지를 줄입니다. 이렇게 저는 비록 당신 곁을 떠나지만 당신의 『교황청의 지하실』[10]은 오늘 저의 긴긴 밤을 옆에서 지켜줄 동무가 될 것입니다.

—마르셀 프루스트

---

9 가스통 갈리마르Gaston Gallimard(1881~1975)는 당시 『NRF』의 편집인 중 한 사람으로 후에 자신의 이름을 딴 출판사를 창립한다. 갈리마르 출판사는 현재까지 프랑스 문단에서 가장 영향력 있는 출판사 중 하나로 자리 잡고 있다.

10 『교황청의 지하실 Les Caves du Vatican』은 앙드레 지드의 소설로 『NRF』의 1914년 1월호에 첫 부분이 출간되었다. 비전통적인 서술 구조를 통해 인습에 얽매이지 않는 다양한 인물을 '소티sotie'(프랑스 중세의 시사 풍자적인 익살극) 형식으로 표현한다. 이 작품을 통해 지드는 자신의 평생에 걸친 반기독교적인 사상을 드러내었다.

{ 프루스트에 대한 앙드레 지드의 일기 }

1921년 5월, 지드는 이제는 허약해져 많은 시간을 침대에서 보내는 프루스트를 여러 차례 방문한다. 이 방문을 통해 동성애자였던 지드와 프루스트는 그들의 공통 주제에 대해 긴 대화를 나누었고 특히 동성애에 관한 묘사가 많은 「소돔과 고모라」에 대해 서로의 의견을 피력했다. 다음은 지드의 일기로 당시 프루스트의 육체적, 심리적 상태를 느낄 수 있다.

* * *

1921년 5월 14일

어제 저녁 한 시간을 프루스트와 함께 보냈다. 지난 나흘 동안 프루스트는 자신을 방문해 달라고 내게 매일같이 차편을 보내왔으나 매번 나와 엇갈렸다. 어제는 내가 그에게 시간이 없을 것 같다는 전갈을 보내자 그 또한 다른 약속을 잡았던 것 같다. 내가 프루스트의 집에 도착하자 그는 한동안 집 밖에 나가 보지 못했다고 했다. 그는 나를 자신의 방에서 맞았는데 방 안의 온도는 매우 높았는데도 오들오들 떨고 있었다. 내가 도착하자 방보다 훨씬 온도를 높인 거실로 땀에 흠뻑

340

젖은 그가 나왔다. 자신은 서서히 임종을 맞고 있다며 한참이나 고통을 호소하기도 했다. 그러다 어느새 자세를 가다듬고 『성서』에 대한 자신의 궁금증을 몇 가지 해소해 줄 수 있겠느냐고 물었다. 그가 대체 어떤 이로부터 이 분야에 대한 나의 견해를 구하라는 말을 들었는지 도통 모를 일이다. 그는 끈질기게 자신이 얼마나 병에 시달리고 있는지를 내게 설명했는데 복음서 안에 자신의 고통을 경감시켜 줄 무엇인가를 찾고 있는 듯했다. 그는 뚱뚱해 보였다. 아니 부어 있다고 하는 것이 더 적당하다. 그런 그의 모습을 통해 나는 장 로랭[11]을 떠올렸다. 나는 그에게 『코리동 *Corydon*』[12]을 전해 주었고, 그 사실을 프루스트는 아무에게도 말하지 않겠다고 다짐했다. 이야기가 흘러 나의 일기에 대해 말이 나오자 그는 "당신이 거기에 '나'라는 표현만 쓰지 않는다면 모든 것을 말해도 좋습니다." 하고 말했다. 물론 그것은 내게 불가

---

11 장 로랭 Jean Lorrain(1855~1906)은 프랑스의 시인이자 소설가, 비평가이다. 공쿠르 문학상을 수여하는 공쿠르 아카데미의 초기 심사위원 중 한 명이다. 그는 프루스트의 처녀작인 『기쁨과 나날들』을 혹평하였으며, 프루스트가 쓴 책의 서문을 소설가 알퐁스 도데가 흔쾌히 써 줄 것이라고 했는데, 그 이유인즉 아들인 뤼시앵이 프루스트의 애인이기 때문이라고 비꼬아 말했다. 이를 계기로 1897년에 프루스트는 그에게 결투를 신청하였다. 결투에서 장 로랭과 프루스트는 각각 총 한 발씩을 쏘았는데 아무도 부상을 입지 않고 끝났다.

12 『코리동 *Corydon*』은 앙드레 지드가 1924년에 발표한 소설로 동성애와 이에 대한 사회의 편견을 다루고 있다. 오랜만에 만난 두 친구, 즉 화자인 '나'와 코리동이 나누는 네 개의 대화로 구성되어 있다. 이성 간의 사랑만을 자연스러운 것이라 보는 것은 학습과 관습에 의한 것이라며 파스칼 몽테뉴 등의 철학자의 말을 인용하는 코리동에 반해 화자는 그에 동조할 수 없다는 입장을 고수한다.

능한 일이다.[13]

그는 자신이 동성애자라는 사실을 부정하거나 감추기보다 오히려 그 사실을 자랑스럽게 생각하는 것처럼 보였다. 그는 여자들과는 영혼의 교감을 나누는 사랑만을 했을 뿐 그가 진정으로 완전한 사랑을 느낀 대상은 오로지 남자들이었다고 한다. 크고 작은 사건들로 가득한 그의 이야기는 끝없이 이어졌다. 또한 보들레르를 가리켜 그가 동성애자들에 대해 말하는 방식, 아니 그들에 대해 말할 필요성을 느낀다는 사실 자체가 그가 동성애자 중 한 사람임을 증명하는 것이라고 했다. 내가 그렇지 않다고 부정하며 "만약 보들레르가 동성애자였다면 그 자신은 아마도 그 사실을 몰랐을 것입니다. 당신 또한 그가 동성애 행위를 했다고는 말하지 못할 것입니다." 하자 그는 이어서 다음과 같이 말했다.

"아니, 뭐라고요? 오히려 나는 그 반대라고 생각합니다. 어떻게 당신은 보들레르가 동성애 행위를 하지 않았다고 생각할 수 있지요? 보들레르, 그 사람이 말입니다."

그가 말하는 투는 내가 그 사실을 믿지 않는 것 자체가 보들레르에 대한 모욕처럼 느끼게 했다. 나는 그가 옳기를 바란다. 내가 생각하는 것보다도 동성애자들이 훨씬 더 많이 있다고 믿고 싶다. 하지만 프루스트가 자신에 대해 말하는 것처럼 그가 그렇게 한결같은 동성애자인

---

13 지드는 방대한 양의 일기를 남겼고 이를 여러 차례에 걸쳐 출판했다. 1889년부터 50년에 걸쳐 쓴 그의 일기가 1939년에 『NRF』를 통해 출판되고, 그가 사망하기 1년 전인 1950년, 제2차 세계대전을 전후해서 그 동안에 쓴 일기가 출판되었다.

지는 몰랐다.

*   *   *

수요일 (날짜 미상)

어제 저녁, 방에 올라와 잠자리에 들려고 할 때 초인종이 울렸다. 프루스트의 운전수이자 셀레스트의 남편이 내가 5월 13일 프루스트를 방문했을 때 빌려 준 『코리동』을 되돌려 주기 위해 온 것이다. 기사는 프루스트의 상태가 요즘 많이 호전되었고, 내게 크게 방해가 되지 않고 원하기만 한다면 그를 다시 방문해도 좋다는 말을 전했다. 그는 내가 여기 적은 것보다 훨씬 길고 복잡한 표현을 써서 말했다. 그가 말하는 중에 내가 끼어들어 그의 말이 중단된 적이 있었는데 그러자 그는 다시 처음부터 같은 문장을 되풀이하더니 단숨에 내뱉았다. 나는 프루스트가 그에게 문장을 외우게 했다고밖에 생각할 수 없었다. 지난 번에 내가 프루스트 집을 방문했을 때 문을 열어 준 셀레스트는 나를 보자 프루스트는 지금 손님을 맞을 수 없다며 "프루스트 씨는 지드 씨가 끊임없이 그를 생각하고 있음을 결코 잊지 않기를 바라는 바입니다." 하고 말한 적이 있다. (나는 그 표현이 하도 인상적이어서 바로 수첩에 적었다.)

한동안 나는 프루스트가 자신의 집필 작업을 보호하기 위해 병을 핑계 삼는 것은 아닌가 의심한 적이 있다. 하지만 어제와 그 전의 방문을 통해서 나는 그가 실제로 아프다는 사실을 인정하게 되었다. 그는 고개도 가누지 못하는 상태에서 몇 시간이고 꼼짝 못하고 누워 있다고 했다. 하루 종일 침대에서 생활하고 그런 날이 며칠째 이어지기 일쑤였다. 그가 생기가 없는 손을 자신의 기다란 코에 가져다가 이상할 정도로 뻣뻣하고 틈이 벌어진 손가락으로 쓰다듬는 것을 본 적이 있는데 그 모습이 마치 정신병자나 짐승 같았다.

그날 밤에도 역시나 대화의 주제는 동성애였다. 그는 「꽃핀 소녀들의 그늘에서」를 통해 자신이 경험한 동성애에 얽힌 추억을 변형시켜 이성 간의 부드럽고 매력적인 사랑을 묘사하는 데 이용한, 작가로서의 유약함을 후회한다고 말했다. 반면 소설 속에 표현된 동성애는 변태적이고 비열한 행위뿐이라는 것이다. 그러다가 내가 막상 그의 소설을 읽으며 그가 동성애를 비난하는 것 같다는 인상을 받았다고 하자 상처를 받은 것 같았다. 그는 나의 말을 부정했다. 나는 결국 우리에게 거부감을 불러일으키고 손가락질당하는 행위들이 그에게는 그렇게 혐오스럽게 느껴지지 않는다는 사실을 이해하게 되었다.

그렇다면 언젠가는 그가 말하는 에로스를, 젊고 아름다운 형상을 한 인물을 통해 표현하지 않겠느냐고 내가 묻자, 그는 우선 자신이 매력을 느끼는 것은 외적인 아름다움과는 전혀 상관이 없는 것이라고 대답했다. 아름다움과 욕망은 별개의 것이라고도 했다. 또한 젊음은 가장 변하기 쉬운 것이기에 그의 미적 기준에 적당하지 않다고 했다.

- Autret, Jean. *L'Influence de Ruskin sur la vie, les idées et l'œuvre de Marcel Proust.* Genève Droz, 1955.
- Backus, David. "Leçon d'Elstir et de Chardin." *Bulletin de la société des amis de Marcel Proust et des amis de Combray* 32, 1982.
- Bales, Richard. "Proust et Gustave Moreau: la 'Descente de Croix' de Decazeville." *Revue d'histoire littéraire de la France* 6, 1974.
- Barthes, Roland. "Longtemps, je me suis couché de bonne heure." *Essais critiques IV. Le bruissement de la langue.* Paris: Seuil, 1984.
- ——, "Proust et les noms." *To Honor Roman Jakobson. Essays on the Occasion of His Seventieth Birthday. 11 oct 1966.* Vol. 1. The Hague: Mouton, 1967
- ——, "Une Idée de recherche." *De Shakespeare à T. S. Eliot: mélanges offerts à Henri Fluchère*, 1976.
- Baudelaire, Charles. "Critique d'art." *Œuvre complètes.* Vol. 2. Paris: Gallimard, 1976.
- Benjamin, Walter. *Illuminations.* Ed. and introd. Hannah Arendt. Trans. Harry Zohn. New York: Schoken Books, 1968.
- Bowie, Malcom. "Proust and Italian painting." *Comparative criticism* 25, 2004.
- Bowie, Theodore Robert. *The Painter in French fiction: a critical essay.* Chapel Hill: University of North Carolina, 1950.
- Brée, Germaine. "Proust's Combray Church: Illiers or Vermmer?"

American Philosophical Society 112, February 1968.

- Brix, Michel. "Proust et Ruskin: de *La Bible d'Amiens à la Recherche.*" *Marcel Proust Aujourd'hui* 3, 2005.

- Butor, Michel. *Les Œuvres d'art imaginaires chez Proust.* London: Athlone Press, University of London, 1964.

- Chelet-Hester, Claudie. "La Galerie des Guermantes ou la leçon de vérité d'Elstir." *Bulletin d' informations proustiennes* 22, 1991.

- Chernowitz, Maurice. *Proust and Painting.* New York: International UP, 1945.

- Collier, Peter. *Proust and Venice.* Cambridge, New York: Cambridge University Press, 1989.

- Courtial, Marie-Thérèse. "La Vision impressionniste de la mer dans *A la recherche du temps perdu.*" *BAMP* 26, 1976.

- Culberton, Diana. "Proust and the 'Sphinx of Delft'." *Southern Humanities Review* 9, 1975.

- Deleuze, Gilles. *Marcel Proust et les signes.* Paris: Presses Universitaires de France, 1964.

- De Man, Paul. "Reading (Proust)." *Allegories of Reading: Figural Language in Rousseau, Nietzsche, Rilke and Proust.* New Haven: Yale UP. 1979.

- Duncan, J. Ann. "Artists in *A la recherche du temps perdu.*" *Modern Language Review* 64, 1969.

- Dunlop, I. H. E. "Proust and Painting." *Marcel Proust 1871-1922: a Centennial Volume.* New York: Simons & Shuster. 1971.

- Eells, Emily. "Whistler et le côté de Guermantes." *BIP* 22, 1991.

- Eissen, Ariane. "Marines d'Elstir." *Art et littérature.* Ed. Rousseau, André-M. et Roger Bozzetto. Aix-en-Provence: Université de Provence, 1988.

- Feuillerat, Albert. "Peintre Elstir." *Comment Marcel Proust a composé son roman.* New York: AMS Press, 1973.

- Fraisse, Luc. *L'Esthétique de Marcel Proust.* Paris: SEDES, 1995.

- ——, "Impression au soleil levant." *BAMP* 44, 1994.
- ——, "Lectures inspiratrices de Proust sur Gustave Moreau." *Une Amitié européenne: nouveaux horizons de la littérature comparée*. Ed. and foreword Pascal Dethurens. Paris: Champion, 2002.
- Frye, Robert D. "The Role of Medieval Art and Allegory in the Genesis of Proust's *A la recherche du temps perdu*." *Symposium* 39, 1985.
- Gamble, Cynthia J. "Ruskin Perspectives on 'La Vierge Dorée' at Amiens Cathedral." *Word and Image* 9, 1993.
- ——, "Zipporah: a Ruskinina Enigma Appropriated by Marcel Proust." *Word and Image* 15, 1999.
- Gauthier, Patrick. "Proust et Gustave Moreau." *Europe* 496-97, 1970.
- Genette, Gérard. "Métonymie chez Proust." *Figures* III. Paris: Seuil, 1972.
- ——, "Proust palimpseste." *Figures* I. Paris: Seuil, 1966.
- Guichard, Léon. *Introduction à la lecture de Proust*. Paris : Librairie Nizet, 1969.
- Johnson, John Theodore, Jr. "Marcel Proust et Gustave Moreau." *BAMP* 28, 1978.
- ——, *The Painter and His Work of Art in The Works of Marcel Proust*. Doctoral dissertation. Michigan: University of Michigan, 1964.
- ——, "Place de Vittore Carpaccio dans l'œuvre de Marcel Proust." *Mélanges à la mémoire de Franco Simone* 3, 1984.
- ——, "Proust and Giotto: foundations for an allegorical interpretation of 'A la recherche du temps perdu'." *Marcel Proust, a critical panorama*. Ed. Larkin B. Price. Urbana: University of Illinois Press. 1973.
- ——, "Proust and Painting." *Critical essays on Marcel Proust*. Ed. and introd. Barbara J. Bucknall. Boston: Hall, 1987.
- ——, "Proust's Early Portraits de peintre." *Comparative Literature Studies* 4, 1967.

- ——, "Proust's 'Impressionism' Reconsidered in the Light of the Visual Arts of the Twentieth Century." *Twentieth Century French Fiction*. Ed. and Introd. George Stambolian. New Brunswick, New Jersey: Rutgers UP, 1975.
- Johnson, Lee Mckay. *The Metaphor of Painting: essays on Baudelaire, Ruskin, Proust and Pater*. Ann Arbor, Michigan: UMI Press, 1980.
- Kadi, Simone. *La Peinture chez Proust et Baudelaire*. Paris: La Pensée universelle, 1973.
- Karpeles, Eric. *Paintings in Proust. A Visual Companion to "In Search of Lost Time."* London : Thames and Hudson, 2008.
- Kolb, Philip. "Birth of Elstir and Vinteuil." *Proust, a critical panorama*. Ed. Larkin B. Price. Urbana: University of Illinois Press. 1973.
- ——, "Proust et Ruskin: nouvelles perspectives." *Cahiers de l'association internationale des études françaises* 12, 1960.
- Maurois, André. *Le Monde de Marcel Proust*. Paris: Hachette, 1960.
- McLendon, Will L. "Ruskin, Morris et la première esthétique de Marcel Proust." *Bayou* 70, 1957.
- Meyers, Jeffrey. "Monet in Zola and Proust." *New Criterion* 24-4, 2005.
- ——, "Proust and Vermeer." *Art International* 17, 1973.
- Monnin-Hornung, Juliette. *Proust et la peinture*. GenèveParis: Droz. 1951.
- Nondier, Guy. "Whistler et l'impressionnsime: le sacre de l'instant." *Œuvre et critique: revue internationale d'étude de la réception critique des œuvres littéraires de langue française* 29, 2004.
- Pouilloux, Jean-Yves. "Proust devant Chardin." *Poésie* 64, 1993.
- Proust, Marcel. *A la recherche du temps perdu*. 7 vols. Edition établie sous la direction de Jean-Yves Tadié. Paris: Gallimard, 1987-1990.
- ——, *Contre Sainte-Beuve, précédé de Pastiches et mélanges et suivi de Essais et articles*. Ed. Pierre Clarac et Yves Sandre. Paris: Gallimard, 1971.

- ——, *Correspondance*. Ed. Philip Kolb. 21 vols. Paris: Plon, 1970-1993.

- ——, *Jean Santeuil précédé de Les Plaisirs et les jours*. Ed. Pierre Clarac et Yves Sandre. Paris: Gallimard, 1971.

- Ruskin, John. *The Art Criticism of John Ruskin*. Ed. Robert L. Herbert. Gloucester, MA: Peter Smith, 1969.

- ——, *Modern Painters*. 5 vols. *The Works of John Ruskin*. Vols. 1-5. Ed. E.T. Cook and Alexander Wedderburn. London: Library Edition. Longmans, Green and Co, 1903-1905.

- ——, *Stones of Venice*. 3 vols. *Ibid*. Vols. 9-11. 1903-1904.

- ——, *Turner: The Harbours of England*. *Ibid*. Vol. 13. 1904.

- ——, *Giotto and His Works in Padua; St. Mark's Rest*. *Ibid*. Vol. 24. 1906.

- Tadié, Jean-Yves. *Marcel Proust: biographie*. Paris: Gallimard, 1996.

- Yoshikawa, Kazuyoshi. "Genèse du leitmotiv 'Fortuny' dans *A la recherche du temps perdu*." *Etudes de langue et de littérature françaises* 32, 1978.

- ——, "Idolâtrie artistique chez Swann" *Marcel Proust sans frontières* 1. Textes réunis par Bernard Brun. CaenLettres Modernes Minard. 2007.

- ——, "Proust et Carpaccio: un essai de synthèse." *Travaux de littérature* 13, 2000

- ——, "Proust et Moreau: nouvelles approches." *Nouvelles directions de la recherche proustienne* 1. Ed. Bernard Brun. Paris-Caen: Lettres Modernes Minard, 2000.

- ——, "Proust et Rembrandt." *Proust sans frontières* 1. Textes réunis par Bernard Brun. Caen: Lettres Modernes Minard, 2007.